Los
CHICOS
del calendario

- AGOSTO SEPTIEMBRE OCTUBRE -

Los CHICOS del calendario

Candela Ríos

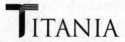

TITANIA

Argentina • Chile • Colombia • España
Estados Unidos • México • Perú • Uruguay • Venezuela

1.ª edición Julio 2017

Copyright © 2017 by Candela Ríos
All Rights Reserved
© 2017 *by* Ediciones Urano, S.A.U.
    Aribau, 142, pral. – 08036 Barcelona
    www.titania.org
    atencion@titania.org

ISBN: 978-84-16327-28-7
E-ISBN: 978-84-16990-04-7
Depósito legal: B-6.793-2017

Fotocomposición: Ediciones Urano, S.A.U.
Impreso por Romanyà Valls, S.A. – Verdaguer, 1 – 08786 Capellades (Barcelona)

Impreso en España – *Printed in Spain*

I'll stop time for you.
The second you say you'd like me too.
I just wanna give you the loving that you're missing.
Baby, just to wake up with you.
Would be everything I need and this could be so different.
Tell me what you want to do.

Shawn Mendes
Treat you better

(Me estaba resultando muy difícil elegir una cita para empezar a contaros qué pasó en agosto... Hasta que un día, sentada en un avión, escuché esta canción.)

PRÓLOGO

Comunicado oficial de la revista *Gea*, publicación del Grupo Olimpo, en relación a *Los chicos del calendario*.

«Estimados lectores, amigos y seguidores de *Los chicos del calendario*, lamentamos informaros de que el vídeo del chico de julio, John, saldrá una semana más tarde de lo habitual. El artículo mensual que nuestra Cande escribe cada mes también saldrá más tarde. No os preocupéis, dentro de unos días podréis leerlo y averiguaréis si el mar y el sol de Mallorca han hecho cambiar de opinión a nuestra chica.

»La convivencia de Candela con el chico de agosto empezará también una semana más tarde. El candidato de este mes está al corriente y ha tenido la generosidad de aceptar estas condiciones, detalle que le agradecemos sinceramente todo el grupo editorial. Comunicaremos su nombre en el próximo vídeo, aunque ya os adelantamos que es un chico increíble, como demuestra su comportamiento en estas circunstancias tan inusuales.

»Sabemos que os estáis preguntando a qué se debe este retraso y creednos que hemos intentado evitarlo por todos los medios, pero a veces, como dice Cande, la vida se descontrola. Dadnos, por favor, estos días para recuperarnos y volveremos con muchas cosas que contaros.

»Gracias por vuestra comprensión y por vuestro cariño constante.»

Revista *Gea*.
Grupo Olimpo

Mensaje de John, chico de julio, texto incluido bajo una fotografía de un amanecer en su cuenta de Instagram. En la imagen aparecen él y Candela mientras él le enseñaba a plantar bien una tabla en la arena:

«Ánimo, Cande, recuerda que al final siempre sale el sol ☀ y que no existe ola capaz de tumbarte. Sé que te reirás de mí por esta frase 😉 #Amigos#CuentaConmigo#LoDigoEnSerio#CandelaForever 🙇».

AGOSTO

Cuando tenía seis años me caí en una piscina y me golpeé la cabeza con el borde antes de llegar al agua. Solo estuve inconsciente unos minutos; mi padre todavía ahora relata cómo saltó por encima de dos tumbonas, derribó una silla plegable de *camping* y se lanzó al agua con las gafas puestas y las llaves del coche en el bolsillo. El detalle de las llaves es importante porque papá continúa el relato diciendo que, después de sacarme a mí del agua cual Supermán, tuvo que volver a meterse y pasarse no sé cuántos minutos buceando en busca del dichoso llavero porque era un recuerdo del mundial de fútbol.

En fin.

Hombres.

Recuerdo vagamente que cuando abrí los ojos no podía entender qué hacía toda esa gente, la gran mayoría guiris y jubilados, a mi alrededor ni por qué Marta y mi madre me miraban tan asustadas. Parpadeé, me entró un ataque de tos y tuve que sentarme para escupir agua. Sabía a cloro y me dolía la cabeza, pero son recuerdos borrosos, como si alguien me lo hubiese contado y no me hubiese pasado a mí de verdad.

Hay un detalle, sin embargo, que no le he contado nunca nadie (mamá, papá, Marta, siento que tengáis que leerlo aquí, pero es necesario) y es que, mientras estaba inconsciente en el agua, noté una clase de frío distinto al que sientes cuando estás consciente, como si el frío tuviese dedos y me estuviesen subiendo por la espalda. Me asusté. Dejé de estar asustada cuando papá me agarró (¿Ves, papá? Has tardado en salir, pero has quedado como un héroe.)

Ese miedo no es nada comparado a lo que estoy sintiendo ahora. Nada en absoluto. Imaginaos que todo el miedo de vuestra vida pudiera encerrarse en una caja..., pues el mío de este instante no cabría en ninguna. Y al mismo tiempo estoy enfadada, muy enfadada. En realidad, creo que gracias a lo enfadada que estoy no he perdido los nervios.

Los altavoces del avión anuncian que estamos a punto de aterrizar en Heathrow, así que será mejor que aproveche estos minutos para contaros cómo he llegado hasta aquí. Una prueba más de que esta situación me supera es que mentalmente estoy hablando con vosotros, pero bueno, la verdad es que llevamos siete meses hablando a través de Instagram y de mis vídeos y artículos, y ahora mismo necesito distraerme y estoy dispuesta a agarrarme a un clavo ardiendo.

El bolígrafo se desliza, vuela, por el cuaderno rojo. No sé si llegaré a publicar nunca este artículo. Me detengo y leo lo que llevo escrito. No, no lo publicaré en un artículo de *Gea*, lo guardaré para el libro.

Me tiembla la mano y cierro los dedos alrededor del bolígrafo para ver si así detengo el temblor. No parece funcionar; intento seguir escribiendo.

Hace apenas unas horas estaba en el aeropuerto de Palma, me había despedido del chico de julio, que al final ha resultado ser toda una sorpresa y me ha ayudado en más de un sentido, e iba decidida a volver a Barcelona para descansar unos días antes de que empezase el próximo mes. Mi plan consistía en ver a mis sobrinas, achuchar a Abril ahora que está embarazada e intentar hacerla entrar en razón respecto a Manuel, y poco más. Había decidido que ni Víctor ni Salvador formaban parte de mi lista inmediata de prioridades; los dos podían seguir adelante con su vida sin mí.

Por una vez que hago un plan...

El primero que ha echado por tierra mi plan ha sido Víctor cuando ha aparecido en el aeropuerto. Me ha gustado verlo, me ha gustado muchísimo. Le echaba de menos y por nada del mundo cambiaría lo que ha sucedido hoy.

Golpeo la hoja de papel con la parte trasera del bolígrafo.

—Deja de hacer eso. —Víctor alarga una mano y la coloca sobre la mía—. Enseguida aterrizaremos.

Víctor está aquí conmigo, es tan maravilloso que no tengo palabras para describirlo, y al mismo tiempo estoy enfadada con él por no haber aparecido antes y por no haber insistido antes en que teníamos que hablar. Sé que no tiene sentido lo que estoy diciendo y que es una cobardía de mi parte echarle las culpas de todo a él, pero no puedo evitarlo.

Cierro el cuaderno con la mano que me queda libre y me atrevo a mirar a Víctor, aunque no me resulta fácil.

—¿Por qué estás aquí? ¿Por qué me acompañas a Londres?

Víctor entrelaza los dedos con los míos.

—No te preocupes por eso ahora, Cande.

—No, dímelo, quiero que me lo digas.

—Estaba a tu lado en el aeropuerto cuando te ha llamado Pablo, ¿te acuerdas? —Arruga las cejas—. Cuando te han fallado las piernas y te habrías caído al suelo si yo no hubiera estado allí, y cuando te he ayudado a comprar el billete y a facturar la maleta porque tú prácticamente eras incapaz de hablar. Por cierto, me alegro mucho de ver que estás mejor, *nena*.

Ahora soy yo la que arruga las cejas.

—No necesito una niñera.

—Me alegro, porque a mí lo de portarme como una no me va nada. Mira, en Palma apenas hemos podido hablar antes de esa llamada y ahora no es el momento de hacerlo. Estoy aquí porque, pase lo que pase entre nosotros, soy tu amigo y no iba a dejar que te fueras sola.

Tengo que apartar la mirada, porque si sigo mirándole a los ojos, volveré a ponerme a llorar. Esto es un jodido desastre.

—¿Es eso lo que somos, amigos?

—Sí, Cande, eso lo seremos siempre. —Levanta la mano en la que todavía retiene la mía y me planta un beso como si fuera un caballero de resplandeciente armadura. Y aunque sé que si se lo digo se reirá y dirá que a él ese papel tampoco le va, lo cierto es que empiezo a pensar que estaría genial montado encima de un caballo blanco matando dragones y salvando a damiselas en apuros.

—Gracias. —Trago saliva—. Gracias por acompañarme y... por todo.

—De nada.

El avión inicia la maniobra de descenso y nos quedamos callados hasta que, por fin, se paran los motores y la voz del capitán nos da la bienvenida a Londres.

Llegamos a la cinta de recogida de equipaje y mi maleta tarda un poco en salir. Antes de ella han aparecido una cantidad impresionante de cajas con ensaimadas. Al verlas me he acordado de Mallorca y de lo rápido que se me ha complicado la vida. Han bastado unos minutos y una llamada.

—¿Qué vas a hacer? —le pregunto a Víctor cuando él insiste en llevar mi equipaje.

En otras circunstancias le habría tomado el pelo y le habría llamado sir Víctor de Lancelot o alguna tontería por el estilo, pero estoy demasiado preocupada para hacerlo.

—Lo que hemos quedado antes. —Veo que me mira y que comprende que me cuesta trabajo recordarlo. Me acerca a él colocándome una mano en la cintura y me besa la frente—. Te acompañaré fuera, te subirás a un taxi y le darás la dirección que te ha mandado Pablo. Yo me quedaré aquí y me subiré a mi avión dentro de cuatro horas.

—¿Y cuánto tiempo estarás en Estados Unidos esta vez?

—No lo sé. Poco, solo voy a agilizar unos cuantos trámites antes de que tenga que mudarme allí.

Apoyo la cabeza en su torso, cuando veo los cuadros de su camisa tan cerca de mí tengo ganas de sonreír y, sí, durante ese instante quiero mucho a Víctor; le quiero porque gracias a él no me he venido abajo.

—Gracias.

—No me las des. Vamos, tenemos que buscarte ese taxi.

Aunque estamos a finales de julio, en Londres hace frío, o tal vez soy yo que sigo helada. La cola de los taxis se resuelve con rapidez y cuando el encargado de asignar los vehículos a las personas que nos estamos esperando me señala, Víctor le pide en perfecto inglés que espere un momento. El señor no se toma nada bien la sugerencia y al final Víctor me agarra de la mano y tira de mí hacia un lado.

—Solo serán unos minutos —me dice como si tuviera que disculparse—; enseguida podrás irte.

—No me importa estar aquí contigo, Víctor. De verdad. Puedo esperarme a que subas a tu avión —le sugiero con sinceridad. No quiero que él crea que estoy impaciente por largarme y dejarle aquí tirado. A pesar de los nervios y de todo, sé que le he echado mucho de menos.

Él me mira sorprendido y de repente sonríe y me acaricia el pelo muy despacio.

—Gracias por decir eso, nena, pero no. Tú tienes que irte y yo necesito saber que has llegado bien a ese hospital. Esto no entraba en mis planes y sé que no es momento de hablar de mí o de nosotros. Pero escúchame bien, *existe* un nosotros. No me doy por vencido.

—Víctor...

—Déjame terminar, por favor. Entiendo por qué tienes que ir a ver a Salvador. Lo entiendo. Eso no significa que no tenga celos. Entiendo lo que estás haciendo. Si hoy, después de hablar con Pablo y de enterarte de todo esto, me hubieses dicho: «Sí, Víctor, vámonos de aventura» como si nada, no serías tú. No serías la Cande que me robó el corazón hace meses. Es evidente que él te importa —intento bajar la mirada, pero él coloca un dedo bajo mi mentón y me levanta la cabeza para que nuestros ojos se encuentren—, y también es evidente que yo te importo. Sé que te importo; esta tarde, por absurdo que te parezca, por fin me he dado cuenta. Y sí, me siento como un idiota por no haberme dado cuenta antes y no haber reaccionado a tiempo. Por eso no voy a echarme atrás.

—Pues claro que me importas, Víctor. Muchísimo.

Él se agacha y me da un beso. Es dulce, bonito, y mientras dura siento que el frío se aleja un poco. Estoy tentada de sujetarlo y retenerlo a mi lado, pero no sería justo.

—Vamos, tenemos que volver a ponernos en la cola de los taxis —dice con la voz ronca—, antes de que me arrepienta.

El señor de los taxis nos mira con las cejas en alto, como diciendo si esta vez vamos en serio. Víctor le ignora y se ocupa de hablar con el conductor; le está dando la dirección. Yo espero fuera junto a la puerta del vehículo negro.

—Gracias, Víctor.

—De nada. —Me da un abrazo y le oigo respirar profundamente—. Llámame cuando llegues o mándame un mensaje para decirme que estás bien, ¿de acuerdo?

Se aparta.

Vuelvo a abrazarlo, le rodeo la cintura con los brazos y apoyo la frente en su torso para depositar un beso justo en el pectoral tras el cual se esconde su generoso corazón.

—De acuerdo.

—Y... Cande, si algo no sale bien o si sencillamente quieres hacerlo, no embarcaré hasta el último minuto. Mierda. —Se pasa una mano por la barba—. No iba a decirte esto, pero al parecer no soy capaz de contenerme.

Sujeta mis manos en las suyas. ¿Por qué desprende tanto calor, por qué no puedo quedarme un poco?

—¿Qué sucede, Víctor?

—No sé qué sucederá en ese hospital y ya te he dicho que no soy un jodido héroe. No quiero que vuelvas con Barver. Quiero que estés conmigo. Así que si cambias de opinión y decides que no tienes que estar aquí y que quieres venir a Estados Unidos conmigo, ven. Te estaré esperando.

—¿Y... si no vengo? ¿Volverás a desaparecer de mi vida? Yo tampoco sé qué sucederá en ese hospital, pero...

—No. No volveré a desaparecer de tu vida. Solo quería que supieras que puedes contar conmigo y que, si volvemos a estar juntos, nada de todo esto tendrá importancia. —Agacha la cabeza y me da otro beso—. Vamos, vete.

Se ha apartado rápido, no he tenido tiempo de reaccionar y cuando lo consigo veo que estoy sentada en el taxi. Él cierra la puerta y se apoya en la ventanilla bajada.

—Te llamaré, Víctor.

—Cuídate, nena. Creo que no podría soportar que te hicieran daño.

El conductor arranca tras oír las dos palmadas que Víctor da en el techo y yo me quedo mirando cómo se va haciendo pequeño hasta desaparecer.

Hace unas horas, aunque parecen días y al mismo tiempo segundos, estaba en el aeropuerto de Palma dispuesta a volver a casa, a Barcelona, para pasar allí unos días antes de embarcarme en otro viaje.

Otro chico del calendario.

Otra ciudad.

Otro mes.

Y de repente apareció Víctor y mis planes se tambalearon un poco y, cuando aún no había tenido tiempo de recuperarme, sonó el teléfono y Pablo me dijo que Salvador está en el hospital, aquí, en Londres. Pablo no me ha contado exactamente qué le pasa a Salvador; detalle que, por supuesto, no me ha ayudado lo más mínimo a tranquilizarme. Solo me ha dicho que estaba enfermo y que tenía que ir cuanto antes.

Yo iba a interrumpirle y a decirle que, si Salvador disfrutaba con esas bromas de mal gusto y le había convencido para que lo ayudase, los dos podían irse a tomar por saco, pero la voz de Pablo no tenía ningún trazo de humor y supe que hablaba en serio. Me fallaron las rodillas, ni siquiera sé qué le dije exactamente. Le pregunté qué había pasado y me repitió que Salvador estaba enfermo, que si sentía algo por él tenía que ir. Después se produjo una pausa incómoda en la que Pablo estuvo a punto de disculparse por haberme llamado, pero yo se lo impedí y le dije, sin saber entonces que podía cumplirlo, que iba a subirme al primer avión rumbo a Londres. El alivio de Pablo me llegó a través del teléfono cuando me dio las gracias y me dijo que me mandaba un mensaje con la información necesaria.

No he vuelto a hablar con él desde entonces. Entre comprar el billete, el vuelo y todo lo demás no he podido. Además, estaba con Víctor.

Víctor.

La generosidad de Víctor ha sido como una manta que me ha abrigado todo el rato y ha impedido que el miedo me atrapase completamente y me dejase helada. Ahora entiendo perfectamente que cuando murió su padre lo dejase todo y fuese a hacerse cargo de las viñas en La Rioja. En marzo, cuando él fue el chico del calendario, conocía la historia, pero en el fondo no acababa de creérmela. Estoy descubriendo que Rubén me hizo mucho más daño del que creía en un principio, no en el corazón, pero sí en mi capacidad para confiar y pensar bien de los demás.

Creía que Víctor había dejado su trabajo en el laboratorio y había vuelto a casa porque en el fondo le apetecía o porque tenía ganas de cambiar de aires. Y él no es así. No es así en absoluto. Víctor es la clase de chico que lo deja todo para estar con su hermana tras la muerte de su padre; la clase de chico que permite que su hermana y su cuñado se muden con él y le inunden la casa de «jodidas princesas y unicornios» como dice él; la clase de chico que permitirá que su sobrina le tome el pelo sin cesar.

Y es la clase de chico que ha venido a buscarme a Palma para decirme que está dispuesto a todo para dar una verdadera oportunidad a lo nuestro. Y que me ha acompañado a Londres para que pueda ver al chico por el que le dejé.

El taxi se detiene frente al hospital. En el aeropuerto de Mallorca he cambiado unos cuantos euros por libras y pago a través del cristal que me separa del conductor antes de bajar. En la calle, con la maleta a mis pies, busco el móvil para ver el mensaje de Pablo; allí figura el número de habitación. Tengo la tentación de llamar a Víctor antes de entrar, solo para oír su voz y sentir de nuevo que está a mi lado. No lo hago; no sería justo para él pedirle esto además de todo lo que me ha dado, aunque le mando un SMS diciéndole que he llegado bien al hospital.

La discusión de hace semanas me parece muy lejana. En Segovia él me dijo cosas horribles y también que se estaba enamorando de mí y yo... yo no supe reaccionar. Miro la puerta del hospital; es un edificio imponente y Salvador está allí.

Pablo dice que su hermano me necesita.

Él, sin embargo, no me lo ha dicho nunca. Sacudo la cabeza al oír la voz de Salvador diciéndome precisamente eso y me falla el aliento. Sí, me lo ha dicho, pero cuando estábamos haciendo el amor. O *follando*, como decía él siempre en enero.

Tengo que entrar, he llegado hasta aquí y tengo que seguir adelante.

2

El mostrador circular bien podría pertenecer a una empresa de aeronáutica y no a un hospital si no fuera porque los cuatro empleados que hay sentados detrás visten uniformes blancos con una cruz violeta y el nombre del centro bordado en el bolsillo derecho del pecho. Trago saliva, el inglés no se me da mal, pero estoy tan nerviosa que me cuesta recordar las frases más básicas. Doy las buenas tardes a una de las recepcionistas (mi profesora siempre decía que la buena educación ayudaba a ganar terreno con los ingleses y espero que tenga razón—, y después le explico que ya dispongo del número de habitación de la persona que voy a visitar.

Ella me pregunta si estoy autorizada.

—No lo sé —contesto primero en castellano. Mierda. Tengo que centrarme. Le doy mi nombre y ella comprueba de nuevo la pantalla del ordenador.

Me sonríe.

Me tiemblan las piernas, tal vez va a llamar a seguridad para echarme de allí y solo me está distrayendo.

—Puede pasar. Tome el ascensor de la izquierda, es el quinto piso. —Me entrega una tarjeta de plástico que deduzco me hará falta, pero cuando veo el nombre de la planta me entran náuseas y empiezo a sudar—. Si quiere, miss Ríos, puede dejar su bolsa en una de las taquillas que tenemos justo detrás de los ascensores.

—Gracias —balbuceo.

Ella da por concluida la conversación y sonríe a la persona que está detrás de mí. Es difícil pensar cuando apenas puedes respirar, y mucho más moverte. No reacciono hasta que alguien tropieza conmigo y con un «*sorry*» sigue adelante. Camino hasta la habitación donde deduzco que están las taquillas, no me molesta arrastrar la maleta, creo que he decidido guardarla allí para tener la excusa de no subir a la habitación de Salvador.

Tengo miedo. Tengo muchísimo miedo.

A todos nos gusta creer que somos valientes y la verdad es que creo que, si ahora tuviera que subir a hablar con un médico sobre mi estado de salud, sobre mi vida, no estaría tan asustada. Pero es la vida de Salvador y tengo miedo.

Las taquillas son casi imposibles de descifrar y me escuecen los ojos. No voy a ponerme a llorar justo ahora solo porque las malditas instrucciones son incomprensibles y no tengo ni idea de qué estoy haciendo. ¿Qué estoy haciendo? ¿Por qué estoy aquí? No puedo quitarme de la cabeza que, si Salvador hubiese querido que yo estuviera aquí, me lo habría dicho. Y al mismo tiempo tengo el presentimiento de que Salvador me necesita y que esto, esto que ahora me da tanto miedo, es el motivo por el que él ha mantenido las distancias durante estos meses.

Apoyo la frente en el metal de la taquilla. O tal vez lo que me pasa es que ya me estoy montando otra película y Salvador me echará en cuanto me vea y el bueno de Pablo habrá metido la pata con la mejor de las intenciones.

—¿*Miss?*—me pregunta un señor con las cejas medio escondidas en una gorra.

—Oh, lo siento. *Sorry.* —Me aparto el pelo de la cara y me seco las lágrimas.

El señor me sonríe e introduce una moneda en la taquilla para abrirla y me entrega la llave. Debe pensar que estoy loca o que estoy al borde de un ataque de nervios, y probablemente tiene razón. Sujeto la llave atónita mientras él, sin dejar de sonreírme, coloca mi bolsa dentro y la cierra. Después, se coloca los dedos en la gorra y se despide.

—¡Gracias! *Thank you!*

Él se da media vuelta, camina al lado de una señora que me recuerda al instante a miss Marple, y me responde que de nada y me desea buena suerte. No tengo ni idea de quién es y no volveré a verle nunca más, pero sus ánimos me reconfortan y me hacen sonreír. Soy una idiota y una egoísta. Y una gallina. No puedo quedarme aquí dándole vueltas a esto, tengo que subir. Si Salvador me echa, me echa. Si Pablo la ha cagado al llamarme, la ha cagado. Nada de eso importa. Lo único que importa es que Salvador está enfermo y que yo le quiero, no sé exactamente cómo ni por qué, pero le quiero y aunque sea solo como amiga quiero que él sepa que estoy a su lado si me necesita.

Guardo la llave en el bolso y con la tarjeta de plástico en la mano voy en busca del ascensor que antes me ha indicado la recepcionista. Las puertas se abren y veo que para acceder a la quinta planta debo introducir la tarjeta. El trayecto es corto y estoy sola; mejor, porque me paso las manos por el pelo y no dejo de repetir: «Tranquila, Candela», hasta que una campanilla anuncia que hemos llegado.

Es blanco y hay mucha luz y unos cartelitos minimalistas que indican varias direcciones. Me acerco a ellos indecisa y, mientras los estoy leyendo, la voz de Pablo llega desde mi derecha.

—¡Cande! ¡Estás aquí!

Giro hacia él y le veo caminar hacia mí con el rostro cansado y los brazos abiertos. No sé cuál de los dos necesita más este abrazo. Nos apretamos fuerte y tardamos unos largos segundos en soltarnos.

—Claro que estoy aquí —le contesto al apartarme—. Gracias por llamarme.

En un gesto cariñoso le aparto el pelo de la frente y él sonríe. Es curioso; aunque nos hemos visto pocas veces, desde el primer segundo me he sentido muy a gusto con Pablo, como si fuéramos viejos amigos.

—Tendría que haberlo hecho antes —afirma él muy serio y entrelaza sus dedos con los míos para llevarme hasta una salita también blanca y minimalista en la que nuestra única compañía es una planta verde.

—¿Dónde está Salvador? ¿Qué le pasa? —No puedo contener más las preguntas. Estoy en la planta de Oncología; desde que he leído el nombre en la tarjeta, este se repite continuamente en mi cabeza.

—Siéntate, por favor. —Él ocupa la silla contigua a la mía y no me suelta la mano—. Mis padres están en la cafetería; me imagino que os habéis cruzado. Subirán enseguida. Mi madre sabe que te he llamado; ella también quería hacerlo.

—No la he visto, deben de haber bajado en otro ascensor. ¿Qué pasa, Pablo?

Él suelta el aliento y deja caer levemente la cabeza.

—Salva va a matarme cuando se despierte. Pero es que, joder, no podía seguir así.

—¿Dónde está? ¿Puedo verlo?

—Sí, mierda, lo siento. —Intenta sonreírme—. Te estoy asustando. Llevo días casi sin dormir; mamá ya me ha dicho que tenía que irme a casa y descansar un rato. —Me suelta la mano para pasarse ambas por el pelo. Lleva vaqueros y una camiseta con una fórmula matemática, creo. La prótesis que ocupa el lugar de su pierna izquierda está oculta—. Lo siento, Cande.

—No te preocupes. Me imagino que todo esto tiene que ser muy difícil para ti.

—Salva tiene leucemia.

Sabía que iba a oír algo así y, sin embargo, cuando las palabras se materializan ante mí, el corazón se me detiene y me falta el aire. Me falta todo.

—Oh... yo... —Cierro la boca. No puedo hablar.

—Es la segunda vez.

Me resbala una lágrima y al secármela veo que me tiemblan las manos; las cierro y aprieto los dedos con fuerza hasta que las uñas se hunden en las palmas. Intento respirar, porque noto una horrible presión en el pecho y, si no la aflojo de alguna manera, gritaré.

Pablo coloca una de sus manos encima de una de las mías. La engulle y aprieta hasta que yo levanto la cabeza y nuestras miradas se encuentran. Aunque sé que entre él y Salvador no existe ningún lazo de sangre, siento que en eso se parecen; los dos están dispuestos a ser fuertes por las personas que les importan.

Intento sonreírle; acabo de descubrir que sé esto de Salvador. Lo sé desde enero, desde que le vi negociar la compraventa de esa editorial infantil en Barcelona, porque había pertenecido a su mejor amigo, o cuando en febrero defendió a Jorge, el chico del calendario, o en junio cuando enseñó su barco a mi sobrina.

—Salva tuvo leucemia cuando tenía dieciocho años —sigue Pablo—; será mejor que eso te lo cuente él.

—Claro. No te preocupes. —Está mucho más delgado que la última vez que le vi, parece mayor, va mal afeitado y las ojeras hacen que los ojos le destaquen aún más en el rostro—. Si quieres, baja con tus padres a tomar algo, Pablo. Yo puedo esperar aquí.

Sí, tengo muchas ganas de ver a Salvador, muchísimas, pero también siento el impulso de cuidar de Pablo. Tengo la sensación de que él lleva meses sin pensar en sí mismo.

Sacude la cabeza levemente.

—En diciembre del año pasado, en uno de sus controles rutinarios, Salva descubrió que volvía a estar enfermo. Pero no se lo dijo a nadie hasta hace unas semanas, y la verdad es que creo que lo hizo porque iba a necesitar mi ayuda al empezar con la quimioterapia. Solo lo sabemos mi familia y tú.

—No sé si a Salvador le gustará que me lo hayas dicho.

—Mi hermano no sabe lo que le conviene. Pero tranquila, asumiré mi responsabilidad si las cosas se ponen feas.

—¿Qué ha pasado exactamente?

Pablo se frota los ojos un segundo.

—Hace unos días le sometieron a un nuevo tratamiento en combinación con la quimioterapia, soy incapaz de recordar el nombre específico, y uno de los medicamentos le produjo una reacción alérgica. Los médicos decidieron inducirle una especie de coma para que se recupere antes.

—Dios mío.

—Sí, exacto, es una pesadilla; me asusté. Hace unos días, mi hermano y yo estuvimos hablando de ti. Y esta mañana no he podido más y te he llamado; tal vez no lo he pensado demasiado bien, pero, mierda, he sentido que tenías que saber lo que está pasando. Lo que le está pasando a Salva.

—No... no te preocupes por eso ahora. En lo que a mí concierne, hiciste bien en llamarme. Muy bien. ¿Qué dicen los médicos? ¿Cuándo se despertará Salvador? Porque... —tengo que humedecerme los labios porque no puedo ni pronunciar las siguientes palabras—, porque se despertará, ¿no?

—Sí. Sí. Se despertará. En cuanto le retiren la sedación empezará a recuperar la conciencia.

Oímos unos pasos acercándose y los dos nos giramos hacia la puerta de cristal de la sala de espera en la que estamos hablando. La madre de Salvador sonríe al verme y me pongo en pie; en cuanto llega frente a mí me abraza antes de que pueda decirle nada. El padre de Pablo abraza a su hijo por los hombros y le dice que tiene que ir a casa a descansar, que tiene un aspecto lamentable. Pablo sonríe y le responde que él también.

—Gracias por venir, Cande.

—Yo... —balbuceo— siento mucho lo que está pasando.

Rita se aparta y se queda mirándome.

—Salva va a ponerse bien.

Asiento incapaz de pronunciar ni una sola palabra.

—Ahora que Cande está aquí —interviene Luis—, ¿crees que podemos arrastrar a Pablo a casa un rato? Tanto él como tú —se dirige a su esposa— tenéis que descansar un poco. No le serviréis de nada a Salva cuando se despierte si no podéis teneros en pie.

Pablo se acerca a mí.

—Te acompaño a la habitación de Salva.

—De acuerdo.

—¿Y después descansarás un rato? —insiste Luis.

—Y después, si a Cande le parece bien quedarse aquí sin mí, me iré a dormir un par de horas.

—Claro. No te preocupes, Pablo.

Rita me aprieta la mano y me aparta de su hijo adoptivo y su marido.

—Salva no sabe que estás aquí y, seguramente, se pondrá hecho una furia cuando te vea —añade con una sonrisa repleta de cansancio y preocupación—. No le hagas caso, ¿de acuerdo? No sé qué pasa exactamente entre vosotros, pero conozco a mi hijo y te necesita.

—Yo también a él —reconozco.

Rita vuelve a abrazarme y, tras soltarme, se acerca a Luis y le rodea por la cintura. Él le acaricia la espalda y no puedo evitar pensar en mis padres y en Marta con Pedro, y la imagen de Jorge con María y la de Javier con Esteban también aparecen en mi mente. Hay parejas que sí saben estar el uno con el otro cuando de verdad importa. Los admiro y los envidio.

—Vamos —Pablo aparece a mi lado—, te acompañaré hasta la habitación y me iré con mis padres. Tenemos una casa alquilada aquí cerca —me explica mientras cruzamos el pasillo—; mi madre pensó que sería más cómodo, así cuando tiene tratamiento va y viene sin problemas. —Se detiene frente a una puerta y la abre despacio—. Es aquí.

Suelto el aliento y doy un paso hacia delante impulsada por las ganas, por la necesidad que siento de ver a Salvador, de estar con él.

No puedo dar el segundo paso. No puedo.

Nada me ha preparado para este momento, para el dolor que siento al ver a Salvador en esa cama.

La mano de Pablo aparece en mi hombro.

—Vamos.

Me tiemblan las rodillas al eliminar esos metros de distancia, pero en cuanto llego junto a la cama el miedo desaparece y lo único que siento es amor y la certeza de que haré todo lo que pueda para estar al lado de ese hombre tan complicado y complejo, y que probablemente intentará echarme en cuanto me vea.

—Salvador. —Le acaricio el rostro, tiene un poco de barba, y le aparto un mechón de pelo negro de la frente.

Pablo me acerca una silla y me sorprende dándome un beso en la mejilla. Me cuesta dejar de mirar a Salvador, pero me giro un segundo.

—Mi madre vendrá dentro de un rato; supongo que los dos insistirán en acompañarme a casa. Yo volveré dentro de dos horas como mucho.

—No te preocupes por mí, Pablo. Descansa. Tu padre tiene razón, tienes muy mal aspecto.

—Lo sé. —Sonríe—. Gracias por estar aquí. —Me abraza—. Gracias.

Yo le devuelvo el abrazo.

—Gracias a ti por llamarme y... y por todo.

—Mi madre vendrá dentro de un rato; no conseguirá quedarse en casa.

—Aquí estaré.

—Los médicos y los enfermeros saben quién eres—añade caminando ya hacia la puerta—. Y si sucede algo, que no sucederá, nos llamarán.

—Vete tranquilo y descansa.

Pablo se va y tardo unos segundos en dejar de temblar. En realidad, no lo consigo del todo, sino que me siento para evitar que me fallen las piernas.

Salvador respira despacio, demasiado despacio para mi paz mental, aunque intento repetirme que es normal, teniendo en cuenta las circunstancias, y que está en un hospital en manos de un estupendo equipo médico, así que me imagino que respira como tiene que hacerlo. Pero, joder, no puedo fingir que no veo que está más delgado, que tiene una vía en un brazo y que está conectado a una máquina. No puedo.

Entrelazo los dedos de una mano con los suyos y la levanto de la cama para besarle los nudillos. No está frío y eso me tranquiliza un poco.

Acerco nuestras manos entrelazadas a mi rostro y apoyo mi mejilla en la piel de Salvador.

—Estoy muy enfadada contigo —susurro y me trago las lágrimas—. Muy enfadada.

Estoy tentada de hablarle, de contarle todo lo que siento ahora mismo y lo que me he callado desde enero; las emociones que llevo ocho meses guardándome, unas más y otras menos. Incluso quiero contarle lo de Víctor, lo que ha pasado con él y que él, a pesar de todo, me ha acompañado hasta Londres. Pero cuando estoy a punto de abrir la boca me doy cuenta de que esto sería hacer trampa. Quiero decirle todas estas cosas cuando esté despierto y mirándome a los ojos. Además, sería muy cobarde y egoísta de mi parte.

—Tienes que ponerte bien, ¿me oyes? Tienes que ponerte bien.

Le doy otro beso en la mano y vuelvo a apoyarla en la cama sin soltarla. Con la que me queda libre le acaricio de nuevo el rostro y el pelo, y con el corazón encogido echo de menos no haberle acariciado así antes. A pesar de todo lo que hemos compartido, del placer que nos hemos dado el uno al otro (y que yo no sabía que existía antes de estar con él), de las confesiones que nos hemos arrancado en esos encuentros y de las discusiones, los momentos de ternura entre Salvador y yo han sido pocos.

No puedo hablarle de nosotros y no quiero hablarle de mis sentimientos, pero eso no significa que no pueda decirle nada. Si me quedo callada me pondré a llorar y por nada del mundo quiero estar triste. Tengo miedo de que la tristeza se extienda, que le contagie en cierto modo. Llamadme histérica, pero he visto los suficientes capítulos de *Anatomía de Grey* para saber que tengo que mantenerme optimista. Empiezo a hablarle; le cuento que Abril está embarazada y salto de un tema a otro sin demasiado sentido, compartiendo con él anécdotas absurdas hasta que no sé cuántos minutos más tarde se abre la puerta.

La madre de Salvador se ha cambiado de blusa y parece sonreír tras espiar nuestras manos entrelazadas.

—Hola, no quería interrumpir, sigue con tu historia.

—¿Qué historia?

Ella llega a la cama y besa a Salvador en la frente como si fuera un niño pequeño y no un hombre hecho y derecho.

—Eso que estabas diciendo sobre tu hermana y su santo.

Parpadeo y caigo en la cuenta de que estaba hablando de Marta.

—Mi hermana Marta tiene una tradición para celebrar su santo —vuelvo a hablar y a mirar a Salvador. Yo solo le he besado la mano, no me he atrevido a hacer nada más—. Después de comer nos obliga a ver una de sus películas preferidas de los ochenta. El año pasado tocó *La chica de rosa*.

—¿Y este año?

—Este año voy a tener que perdérmelo.

Parece mentira que hace apenas unas horas estuviera pensando en la película que veríamos este fin de semana con Marta, que hoy sea su santo... Estos últimos meses, lo que pasó en Mallorca..., todo parece pertenecer a un pasado muy lejano y ajeno.

—Luis y Pablo vendrán dentro de un rato. —Rita cambia el tema de conversación—. Ninguno de los dos podrá dormir demasiado estando Salva aquí.

La miro, ella está de pie y yo aflojo los dedos para levantarme.

—Oh, lo siento, siéntate tú aquí...

—No, quédate donde estás. Por favor.

Asiento, porque ella me mira a los ojos sin ningún disimulo y dudo que pudiese ocultarle que no quiero soltarle la mano a Salvador. Rita ocupa una butaca que hay frente a la mesilla. En la habitación hay pocos muebles: un sofá que deduzco se convierte en cama, la silla donde estoy yo y poco más. Nos quedamos en silencio y no es incómodo, solo coincidí con esta mujer en enero y puedo decir que me gustó al instante, pero ahora la admiro.

Llaman a la puerta y Rita se pone en pie al mismo tiempo que esta se abre para dar paso a un doctor acompañado de dos jóvenes también en bata blanca. Los tres me miran un segundo y la madre de Salvador les dice mi nombre. Tras esa breve introducción, el doctor se dirige con absoluta seriedad a Rita. Mi inglés es bastante aceptable, aun así, la jerga médica se me escapa y tal vez si estuviese escuchando un documental entendería más palabras, pero están hablando de Salvador, así que lo único que logro entender es que la reacción de la alergia ya ha sido contenida, que su cuerpo empieza a responder y que dentro de un par de días le retirarán la sedación para que se despierte. Después podrán retomar las sesiones de quimioterapia, sin el medicamento que le provocó el *shock*.

Estoy helada y aprieto tan fuerte los dedos de Salvador que tengo miedo de hacerle daño. Los aflojo y respiro despacio para ver si así mantengo cierta calma. El médico y su equipo se despiden y Rita se acerca de nuevo a la cama.

—Te llevas bien con tu hermana.

La afirmación me sorprende tanto que tardo unos segundos en reaccionar.

—Sí.

—Nunca me he arrepentido de haberme divorciado del padre de Salvador; bueno, tal vez sí, me he arrepentido de no haberlo hecho antes. Aunque quizás entonces no habría conocido a Luis y a Pablo. Pero me habría gustado que Salvador tuviese un hermano a su lado cuando era pequeño.

—A mí me parece que Salvador y Pablo se llevan muy bien.

—Sí. Nunca olvidaré el día que se conocieron. —Acaricia la mejilla de su hijo con una sonrisa—. Pablo todavía era pequeño y era muy posesivo con su padre. No le hacía ninguna gracia tener que compartir a Luis conmigo y con un desconocido, un adolescente. Miro a Salva como si quisiera matarle y se negó a dirigirle la palabra.

No puedo evitar sonreír al imaginarme a Pablo de morros y a Salvador de adolescente.

—¿Y qué pasó?

—Estábamos en casa de Luis. Salva se acercó a Pablo, que no se apartaba de su padre, y se agachó hasta que los ojos de los dos quedaron a la misma altura. Entonces le tendió una mano y le dijo: «Soy Salva y estoy muy feliz de conocerte. Tienes cara de ser listo y yo siempre he querido un hermano listo. Voy a quedarme contigo y seré el mejor hermano mayor que puedas imaginarte». Pablo le sacó la lengua y Salva se rió y lo abrazó. Acabó conquistándole.

—Creo que fue mutuo.

Rita asiente y sonríe en silencio, mirando con ternura a Salvador.

—Mi hijo suele hacer estas cosas, ¿sabes? —Me mira y me encuentra levantando una ceja—. Suele decidir él solo cómo va a ser su relación con alguien, sin escuchar la opinión de la otra persona o sin plantearse lo que de verdad necesita. Cree que él solo puede con todo y hay muy poca gente que le plante cara. Pablo es el único que lo hace.

La llegada de Pablo, que aparece como si le hubiéramos convocado con nuestras palabras, y Luis me salva de contestar, pero me cuesta tragar y Rita me observa mientras intento digerir lo que acaba de decirme.

3

Durante el fin de semana no consigo moverme de la habitación de hospital.

El lunes por la tarde, cuando nos encontramos todos en la habitación, aparece el médico a retirarle la sedación. Anota algo en su carpeta, toquetea la máquina a la que está conectado Salvador y yo...

—Respira —susurra Pablo a mi lado—, no vaya a ser que tengamos que ingresarte a ti también.

—Sí, lo siento.

—Tranquila, te entiendo. Cuesta mucho hacerse a la idea.

Yo hasta este momento he tenido mucha suerte en este sentido. Ahora me doy cuenta de que en mi familia nadie ha estado nunca tan enfermo y es la primera vez que me enfrento a una situación así. No puedo ni imaginarme lo que siente Pablo o lo que sintió hace años.

—¿Qué hora es? —De repente quiero llamar a casa.

—Las siete de la tarde, ¿por? Oh, mierda, ¿hoy tampoco has comido nada? Llevas dos días durmiendo en el sofá, tendrías que...

—No, no es nada de eso, pero ahora que lo dices, ¿puedes recomendarme algún hotel por aquí cerca?

—No digas tonterías —interviene Rita, que como todas las madres, tiene radares en vez de orejas—. Ya te hemos preparado una habitación en casa.

—Yo de ti, no le llevaría la contraria —añade Pablo.

Los médicos se apartan de Salvador y hablan con Rita y Luis. Yo espero un poco alejada porque, aunque ellos me han recibido con los brazos abiertos y me han tratado como si fuera de la familia durante todo el fin de semana, no quiero inmiscuirme. Pablo está a mi lado, creo que va a acercarse a sus padres, pero entonces él coloca una mano en mi codo y como si nada me lleva con él hacia allí.

—Dicen que puede tardar unas horas en hacerle efecto —nos explica Luis—, que se irá despertando poco a poco en cuanto le quiten la sedación, pero que lo más probable es que vuelva a quedarse dormido enseguida.

—Pero no en coma, ¿no? Suena muy peligroso, la verdad. Lo siento, no tendría que haber dicho eso.

—No te preocupes, Cande, es peligroso, pero en este caso fue la única solución posible—me asegura Rita antes de dirigirse a Pablo—. Se despertará, ya lo verás, y solo volverá a dormirse por el cansancio. Mañana le dejarán volver a casa para que se recupere un poco antes de reiniciar el tratamiento.

—Yo me quedo aquí esta noche. Cande, imagino que tú también, ¿verdad? —Pablo da por sentado que, igual que he hecho los últimos días, no voy a abandonar el hospital, ¡pero estos días Salvador estaba totalmente inconsciente!—. Mamá, papá y tú podéis ir a descansar después de que Salva despierte.

—Yo...

—Tú debes de tener hambre —me interrumpe Pablo—. Vamos a la cafetería y subimos enseguida, ¿de acuerdo?

Estoy a punto de decirle que no puedo quedarme aquí toda la noche, que estoy a punto de tener un ataque de pánico, y salir corriendo hacia Heathrow y subirme al primer avión, pero no lo hago y dejo que me saque de la habitación y me acompañe al ascensor. No decimos nada hasta que las puertas de este se cierran.

—Tal vez no debería estar aquí cuando Salvador se despierte.

—Los «tal vez» me asustan, Cande. No, mejor dicho, me parecen una gilipollez. Lo siento, pero es así.

—Tu hermano y yo discutimos la última vez que hablamos.

—Mi hermano acababa de salir de una sesión de quimio y tú le dijiste que habías visto a Víctor. No me extraña que discutierais.

Se me retuerce el estómago.

—Yo no sabía...

—Lo siento, no pretendía atacarte. Me he pasado de la raya. Mira, yo voy a pasar la noche aquí porque sé que, si Salva no se queda dormido, estará hecho una mierda y quiero estar a su lado. Si se queda mamá o papá, Salva se contendrá y mañana estará peor, así que voy a quedarme yo y dejaré que mi hermano duerma o se desahogue, lo que él prefiera. La pregunta es qué quieres hacer tú.

Las puertas del ascensor se abren.

—Yo quiero quedarme.

—Pues quédate.

Nos tomamos un té y un bocadillo que no sabe a nada. Yo iba a pedir café, pero Pablo me ha advertido de que no lo intentase y al cabo de un rato volvemos a la habitación. Luis está sentado en el sofá —cama y Rita en la silla donde yo estaba antes. Pablo camina hasta su padre y le aprieta cariñoso una rodilla al sentarse a su lado. Yo me quedo a los pies de la cama. Desvío la mirada hacia la ventana justo cuando la estela de un avión se dibuja en el cielo; pienso en Víctor, en dónde debe de estar, y me pregunto si se arrepiente de haber ido a buscarme a Mallorca.

Creo que una de las cosas que he aprendido desde que empecé *Los chicos del calendario* es a no arrepentirme de las cosas que hago. De las cosas que no he hecho, de algunas de esas cosas que no sucederán jamás, sí que me arrepiento. No hacer nada no tiene remedio.

El sonido de las patas de la silla arrastrándose por el suelo me obligan a devolver la mirada a Rita y veo que se ha puesto en pie. No dice nada, bajo la vista hacia la sábana y la noto moverse bajo los dedos con los que yo me sujeto de la cama.

Pablo y Luis se ponen en pie y se colocan al otro lado.

Salvador parpadea un par de veces. Durante unos segundos parece que los párpados le pesen toneladas, hasta que deja de intentar levantarlos y la nuez le sube y baja por la garganta. Abre los ojos. Me digo que me quedaré aquí donde estoy; actuaré como una estatua, como si fuese una mosca en la pared. Su madre, su hermano y su padrastro son los que tienen que acercarse a él y abrazarlo y preguntarle cómo se encuentra.

Pero mis buenas intenciones se van al traste cuando él, después de mirar confuso a Rita, gira la cabeza hacia donde estoy y detiene los ojos; unos ojos oscuros y cansados, pero suyos, en los míos.

Vuelve a tragar saliva y, definitivamente, me olvido de mi absurda y estúpida idea de convertirme en mosca y camino hasta quedar a su lado. Tengo que tocarle y, cuando le acaricio la mejilla, él gira el rostro para apoyarlo en mi mano y cierra los ojos unos segundos.

—Salvador...

—Hola —logra decir con la voz muy ronca, tanto que me asusta, pero al mismo tiempo me inunda de alivio y sonrío. Me cae una lágrima y me pongo en evidencia delante de todas las personas que a él le importan.

Y me da igual.

Noto una mano en mi hombro derecho y veo que Pablo está detrás de mí mirando a su hermano.

—Hola, Salva.

—Pablo. —Salvador aparta la cabeza e intenta echarla hacia atrás; voy a apartarme hasta que sus dedos tocan los de la mano que tengo en la sábana.

—No sabes el susto que nos has dado, hijo. —Rita, que está en el otro lado de la cama, le agarra la otra mano y se la aprieta al mismo tiempo que se agacha y le da un beso en la frente—. No vuelvas a hacerlo.

—¿Qué...? —Se pasa la lengua por los labios y no puede seguir.

—Iré a buscar al médico —reacciona Pablo, caminando hacia la puerta—. Me imagino que aún no puedes beber nada.

—Tuviste una reacción alérgica a uno de los medicamentos —le explica Luis—. Te subió mucho la temperatura y los médicos decidieron inducirte un coma para que tu cuerpo pudiese recuperarse a tiempo.

Veo que Salvador aprieta los párpados.

¿A tiempo de qué?

—Tienes que descansar —le dice Rita—. Mañana podrás volver a casa.

Pablo entra con el médico y este se dirige a Salvador y revisa los datos que van apareciendo en esa máquina que me da tanto repelús. Intento apartarme, pero él no me suelta. Podría soltarme, Salvador no tiene demasiada fuerza, aunque, dado que no quiero hacerlo, aprovecho esa excusa para quedarme.

El doctor habla con Salvador, se dirige a él a pesar de que intercambia contundentes miradas con Rita y Luis, y después se despide dándonos la orden de que dejemos descansar al paciente.

—Iros a casa. —La voz de Salvador no acaba de sonar con normalidad—. Me duele la cabeza y me estoy quedando dormido.

Llega un enfermero con una bandeja con un vaso de agua y una pastilla, y no tengo más remedio que apartarme de la cama. Pablo está en el sofá, me acerco a él y me siento a su lado. Rita y Luis hablan con el enfermero y tal como están me ocultan el rostro de Salvador. Echo la cabeza hacia atrás y muevo los hombros; el cansancio y los nervios de los últimos días me pesan de repente.

—Sé que antes te he dicho que te quedaras, pero tal vez sería mejor que fueras a casa. Pareces muy cansada, siento no haberme dado cuenta.

—No, no te preocupes, no es nada.

El enfermero se va y Rita y Luis se despiden de Salvador antes de dirigirse a nosotros.

—Vamos a casa, vendremos a primera hora de la mañana —nos comunica Luis—. ¿Estáis seguros de que aquí estaréis bien?

—Claro, papá. Nos vemos mañana por la mañana.

—Diles que se vayan, mamá —insiste Salvador desde la cama y es la primera vez que parece él desde que se ha despertado.

Rita nos sonríe y se agacha para darle un beso a Pablo en la mejilla y a mí apretarme las manos que tengo entrelazadas en el regazo.

—Nos vemos mañana.

Tras su partida estamos en silencio durante unos segundos, hasta que Pablo se levanta y se acerca a la cama de su hermano.

—¿Cómo te encuentras, Salva?

—Como si me hubiese atropellado un jodido camión, pero no creas que no estoy enfadado contigo.

—De nada, para eso estoy. Voy a ir a la cafetería a por un agua o cualquier otra mentira que se me ocurra por el camino. Tardaré veinte minutos.

El muy metomentodo me guiña el ojo al salir de la habitación y yo tengo que morderme la lengua para no exigirle que deje de comportarse como si esto fuese un capítulo de *Friends*.

En cuanto Salvador y yo nos quedamos a solas, la habitación parece mucho más pequeña y los sonidos se amplifican; oigo la sábana y que él suelta frustrado el aliento. Tengo que olvidarme de mí y pensar solo en él; ahora no es momento de recordar lo que ha pasado entre nosotros, lo único que importa es que él se recupere. Me levanto y camino hasta la cama.

Me detengo a su lado, a la altura de su mano izquierda, aunque no la sujeto y no le toco de ninguna manera. Tiene los ojos cerrados.

—¿Cómo te encuentras?

—Confuso. Cansado. Enfadado —contesta sin mirarme.

Trago saliva.

—¿Quieres que me vaya?

Abre los ojos de inmediato.

—No. —Extiende los dedos en la sábana y busca los míos—. ¿Cuándo te llamó Pablo?

Sonrío.

—El viernes por la mañana, cuando me iba para Barcelona.

—Mi hermano es...

—Te quiere mucho.

—Lo sé. —Vuelve a cerrar los ojos.

—El médico ha dicho que tienes que descansar o eso me ha parecido entender —intento bromear sin demasiado éxito—. Será mejor que duermas un poco.

Aprieta mis dedos e intenta mover los hombros, la espalda, hacia el lado derecho de la cama.

—Túmbate aquí conmigo.

—¿Qué? No, no puedo. Te haré daño.

—Eso es imposible. Túmbate, quiero abrazarte.

Primero me siento en la cama, encima de las sábanas mientras él está debajo, y después me tumbo con cuidado a su lado. Coloco la cabeza en la almohada, mirando a Salvador y él me rodea la cintura con un brazo.

—¿Seguro que estás bien?

Él sonríe; en medio de la piel sin afeitar se le marca un hoyuelo.

—No, no estoy bien. Abrázame, Candela.

Hasta ahora he mantenido los brazos doblados entre nosotros como una especie de escudo. Los aflojo y coloco uno en el hombro más alejado de Salvador, mientras paso la otra mano por su torso. Lleva una de esas batas de hospital y noto que le sube y baja el pecho hasta quedarse dormido.

Pablo regresa unos minutos más tarde con dos botellines de agua y un paquete de galletas de chocolate. Se detiene a los pies de la cama y pronuncia «no te muevas» sin hacer ruido. Casi me muero de vergüenza.

Él se sienta en la butaca y abre un libro que hay encima de la mesilla. Yo estoy convencida de que no me dormiré; es imposible que me duerma aquí, en esta cama, pegada a Salvador, en una habitación de hospital donde puede entrar cualquiera sin avisar y pillarnos. Me quedaré un rato, lo justo para descansar un poco y me levantaré.

Un beso en la frente. Otro en la mejilla. Abro los ojos y la luz que entra por la ventana me obliga a cerrarlos de nuevo.

—Tengo que ir al baño, Candela.

¿Salvador? ¡Salvador! Me despierto al borde del infarto y los recuerdos del día anterior casi me hacen caer de la cama. Cama que sigue estando en un hospital de Londres y en la que sigo vestida con Salvador al lado. Sacudo la cabeza y le miro. No podía levantarse porque mi cabeza estaba en su hombro y yo tenía uno de sus brazos prisionero entre los míos.

—Lo siento —farfullo poniéndome en pie. Estoy a punto de tropezar y me sujeto en la silla para no hacer más el ridículo.

Él se pasa las manos por el rostro.

—Yo también. —Suelta el aliento y empieza a incorporarse.

—¿Necesitas que te ayude?

—No. Gracias.

Parece enfadado, aunque no estoy segura, tal vez está cansado o preocupado. «O tal vez acaba de despertarse de un coma inducido y te estás comportando como una niña pequeña», me riño y me obligo a centrarme. Pase lo que pase, su salud es ahora lo más importante.

Salvador está sentado en la cama dándome la espalda. La bata del hospital se abrocha con lazos en la espalda y le deja parte al descubierto.

—Tu tatuaje. —Él tensa los hombros—. Ha crecido, tienes más números. —Señalo el omoplato izquierdo sin llegar a tocarlo porque no sé si puedo o si debo—. Nunca has llegado a explicarme qué significan.

—No es nada. Pablo está hablando con el médico.

Me había olvidado por completo de Pablo.

—¿Ha pasado algo?

—No. Todo sigue igual. —Se pone en pie y veo que lleva pantalón de pijama y me avergüenza reconocer que, durante un segundo, solo uno, me sabe mal que los lleve. En mi imaginación ya había visualizado la escena de otra manera muy distinta y con menos ropa—. Voy al baño. Podremos irnos dentro de un rato. Tú...

No me mira. ¿Por qué diablos no me mira?

—Yo espero a que salgas del baño y después te ayudo con tus cosas.

Entonces levanta la cabeza y nos miramos. Espero que vea que no va a hacerme cambiar de planes. Ni hablar.

—Está bien.

Dos horas más tarde estoy en la casa que Salvador y su familia han alquilado en Londres. Hemos llegado en taxi y mientras Pablo paga al conductor yo me peleo con Salvador porque él insiste en llevar mi bolsa y la suya.

—Puedo llevarla yo —le digo.

—Y yo.

—Tú lleva la tuya y yo llevaré la mía —le propongo a modo de tregua.

—¿De verdad estamos discutiendo por una estúpida bolsa?

—No discutiríamos si tú te comportases como es debido.

Él no se ha afeitado en el hospital, igual que tampoco ha respondido a mi pregunta sobre el tatuaje ni me ha explicado qué le pasa, pero cuando levanta una ceja pienso en la primera vez que le vi hacer justo esto en enero.

—¿Y cómo se supone que debo comportarme? —me pregunta atónito de verdad.

Estoy a punto de decirle que tiene que dejar que le cuide, que está enfermo, y creo que él lo sabe porque tensa los hombros, listo para seguir peleándose conmigo. Por suerte para los dos, la puerta se abre y Rita y Luis aparecen.

Luis le arrebata las bolsas a Salvador y estoy tentada a darle un abrazo. Rita entrelaza los brazos con sus hijos, uno a cada lado, y nos pide a todos que entremos. A mí me acompaña enseguida a «mi habitación», un dormitorio azul con baño propio que está al lado del que ocupa Salvador.

—Pareces cansada, ¿por qué no te tumbas un rato?

—La verdad es que no me importaría darme una ducha en este baño.

Debo de sentirme cómoda con esta mujer, porque no he sido capaz de morderme la lengua.

—Adelante. Hay toallas en ese armario. Tómate tu tiempo. Los chicos seguro que también querrán ducharse y descansar un rato.

—Gracias.

Me pesa la cabeza y me duelen partes del cuerpo que no recordaba que tenía. Dejo caer mi peso sobre la cama y abro la cremallera de la bolsa en busca de mi neceser y una muda limpia. Estoy embotada, mis extremidades realizan los movimientos ignorando por completo mi cerebro, que ya es incapaz de procesar nada más.

Salvador está bien, al menos de momento. Tiene leucemia y no me lo ha dicho hasta ahora. Bueno, sonrío con amargura, en realidad él aún no me lo ha dicho.

Víctor está en España o quizá ya vuela hacia Estados Unidos, pero me ha pedido que lo acompañe.

Los chicos del calendario están en espera. Les debo una a Sergio y Vanesa.

Salgo de la ducha, me pongo una camiseta y me quedo dormida encima de la cama, ni siquiera me meto bajo las sábanas ni me seco el pelo ni me pregunto qué voy a hacer cuando me despierte.

4
SALVADOR

Candela está aquí.

Me he pasado los últimos meses escondiéndole esto, huyendo de ella y de nosotros, y ahora está aquí. Ayer, cuando abrí los ojos en el hospital y la vi al pie de la cama creí que estaba muerto. No lo digo por decir, en mi caso la muerte no es ninguna exageración. Durante unos jodidos segundos pensé que había muerto y que, no sé, que ella y mi familia eran el comité de bienvenida del cielo o del infierno.

Sí, lo más probable es que yo vaya al infierno.

—¿Por qué llamaste a Candela?

Pablo y yo estamos solos en la sala del televisor. Es irónico que sean estas mismas cuatro paredes las que van a presenciar también esta conversación. Fue aquí donde hablé con Pablo el día antes de que me diera la reacción alérgica por culpa de ese jodido tratamiento experimental.

—No hace falta que me des las gracias, hermanito. De nada.

—No voy a darte las gracias.

Pablo me mira completamente confuso y ofendido.

—Eh, que te vi cómo la mirabas ayer cuando te despertaste.

—Salía de un coma inducido, idiota.

—Ya, claro. ¿Y también fue el coma el que te obligó a pedirle que se tumbara contigo en la cama del hospital y te abrazase hasta quedarte dormido?

Pablo se agacha y saca los mandos de la consola.

—No tenías ningún derecho a inmiscuirte en mi vida.

Lanza al suelo unos cables que no sirven para nada. Tengo la impresión de que, si pudiera, los utilizaría para estrangularme.

—Oh, así que por fin reconoces que Cande forma parte de tu vida.

—Te dije que hablaría con ella más adelante —ignoro su último comentario—, que esperaría.

—Pues, ¿sabes qué?, No te creo. —Se pone en pie y me golpea el pecho con uno de los mandos—. Toma, te toca elegir a ti.

—No quiero jugar. Acabo de salir de un coma, Pablo. Joder, ten un poco de tacto.

—Tenlo tú, el tacto. Está claro que quieres pelearte y no voy a darte el gusto. Me alegro demasiado de que hayas salido de esta, así que o juegas conmigo o nos ponemos a hablar del verdadero motivo por el que estás tan asustado.

—Yo no estoy asustado.

—Estás cagado de miedo.

—Pon el juego que tú quieras. Te daré una paliza.

Mi madre me ha dicho que Candela se había quedado dormida; me ha visto que subía a su dormitorio para hablar con ella y me ha detenido. «Déjala descansar un rato», me ha dicho, y después me ha mirado de esa manera que miran las madres, adivinando lo que iba a hacer y dejándome claro que le parecía muy mal.

Iba a decirle a Candela que no hacía falta que se quedase, que podía volver a Barcelona.

Por eso estoy enfadado. Estoy cabreado porque he sentido un jodido y verdadero alivio cuando mi madre me ha dicho que ella dormía. Si no podía decírselo, ella no puede irse hasta mañana. Como mínimo.

Tengo un día más con ella.

Tras una partida en silencio que, por supuesto, gano yo, Pablo vuelve a dirigirme la palabra.

—Si estás cansado, podemos dejarlo.

—Me he pasado no sé cuántos días durmiendo, no estoy cansado.

Aún noto la cabeza algo turbia y me duele la espalda, pero lo cierto es que me encuentro bien. Los efectos de la última sesión de quimioterapia han desaparecido —gracias a los días que he estado inconsciente— y los efectos del medicamento que me provocó la alergia y la fiebre, también.

—¿Quieres saber por qué llamé a Cande?

—¿Porque en el fondo eres una vieja cotilla metomentodo que deja a las vecinas de radio patio en ridículo?

Pablo sonríe y, sí, vale, confieso que yo también y que quiero a este idiota.

—Porque yo también me asusté, ¿vale? Joder, Salva, ¿una reacción alérgica? ¿No sabías que ese tratamiento podía ser tan agresivo?

—Lo sabía —le confieso.

Él lanza el mando del juego al suelo.

—¿Lo sabías? ¡Lo sabías! —Está muy enfadado y camina hacia mí flexionando los dedos—. Mira, voy a ducharme, he dormido muy mal esta noche y estoy de muy mal humor, así que, por tu bien espero que no se te ocurra echar a Cande de aquí. Ahora más que nunca sé que hice bien en llamarla. Joder, Salva. Estás loco, estás como una jodida cabra. Escalas montañas, sales a navegar en medio de una tormenta y te sometes a tratamientos que te dejan en coma. ¿Qué será lo próximo? A veces pienso que de verdad te gusta tentar a la muerte, Salva, por eso llamé a Cande, porque creo que ella puede ser la única que te recuerde que la vida hay que cuidarla. —Iba a contestarle, pero ese último comentario me deja la boca abierta y sin palabras—. Voy a ducharme antes de decir o hacer alguna otra estupidez. A ti también te iría bien descansar un rato.

Pablo me deja allí solo; no consigo decirle nada, ni siquiera un cariñoso «vete a la mierda», y durante unos minutos me mantengo ocupado apagando la consola y ordenando, pero me doy cuenta de que estoy furioso y cansado y que, si mi hermano no se hubiese ido, me habría peleado con él.

La tentación de cambiarme, ponerme la ropa de deporte, calzarme las zapatillas y salir a correr por la calle es muy fuerte. No voy a hacerlo, incluso yo soy capaz de discernir que sería una temeridad, aunque meses atrás en este momento ya estaría en medio del parque y corriendo bajo esta incansable lluvia inglesa. Esta mañana he hablado con el doctor; me ha explicado que el último tratamiento ha sido un desastre —no hacía falta que él me lo dijese—, pero que la buena noticia es que mi cuerpo ya ha eliminado todos los efectos y que dentro de unos días podré retomar la quimio como estaba previsto.

Dice que es optimista, que tuve suerte de detectarlo a tiempo y que cree que podremos contener y eliminar el cáncer esta vez.

Esta vez.

No puedo quedarme aquí.

Voy a mi dormitorio, me cambiaré y saldré un rato. La puerta de la habitación azul está abierta; mis pies caminan hacia allí antes de que mi cerebro asimile qué o a quién voy a encontrarme si entro. Candela está dormida encima de la cama; más que dormida diría que ha perdido el conocimiento. Me acerco, cualquier otra opción es impensable, y le acaricio el rostro. Ella no se da cuenta, está tan dormida que su respiración no se altera ni un poco, y aparto el pelo, que aún sigue mojado.

¿Qué ha pasado exactamente para que esté aquí? Sé que Pablo la llamó, pero no sé qué dijo ella o por qué está aquí, ni qué pasó después de que me colgase el teléfono por última vez.

Mis ojos no pueden evitar recorrerla entera. Lleva una camiseta con el logo del patrocinador del chico de julio, un surfista que mi padre nos obligó a aceptar como candidato a chico del calendario, y ropa interior.

Me cuesta tragar.

Tendrá frío, estamos en Londres y, aunque hace buen tiempo, no hace el calor de España. Camino hasta el otro lado de la cama y aparto las sábanas, después vuelvo con Candela y la levanto en brazos. Ella no se despierta. Mejor así, porque entonces tendría que hablar con ella y no tengo ni la más remota idea de lo que voy a decirle. Sé lo que debo decirle y también sé lo que me gustaría decirle, pero cuando la miro se me nubla la mente, me cuesta respirar y siempre acabo lanzándome encima de ella, besándola porque la necesito y porque solo cuando estoy con ella, dentro de ella, puedo vivir o, la otra opción, le hago daño y me comporto como un imbécil y un desgraciado para echarla de mi lado y protegerla de todo esto.

Joder.

Sé lo que tengo que hacer.

La tumbo en la cama y la tapo con las sábanas, y al apartarme le planto un beso en la mejilla. Estoy decidido a irme de la habitación; si me quedo un segundo más cederé a la tentación de tumbarme con ella igual que le pedí que hiciera anoche, pero antes me detengo y quito de encima de la cama la bolsa de viaje y su bolso. De la bolsa cae un manojo de folios sujetos con una goma de pelo con un unicornio.

«Será de una de sus sobrinas o tal vez de ella», pienso con una sonrisa. Leo el título de la primera página y no sé cómo reaccionar.

Los chicos del calendario: enero.

Durante un instante me planteo dejarlo encima de la mesa que hay bajo la ventana y fingir que no lo he visto, pero entonces recuerdo que se supone que yo soy el único que puede y debe leer el manuscrito antes de que el libro de *Los chicos del calendario* siga adelante.

Por culpa de mi jodido padre.

Me duele la cabeza, aunque esta vez no es culpa de la enfermedad sino de mi padre, del odio irracional que consigue despertarme cuando pienso en él. Salir a correr ya no tiene sentido ni me apetece; por muy rápido y muy lejos que corra no podré huir de esto.

Enciendo la lámpara de pie de detrás de la butaca, me siento y empiezo a leer.

—¿Salvador? ¿Qué estás haciendo?

La habitación está a oscuras, excepto por la luz que ilumina las hojas de papel que me quedan en la mano, el grueso está ya en la mesa a mi lado. Levanto la cabeza y encuentro a Candela sentada en la cama. Está despeinada, muy despeinada porque se ha quedado dormida con el pelo mojado, y el corazón me aprieta porque es lo más bonito que existe.

—¿De verdad crees esto? —le pregunto.

—¿El qué? —Ella está tan confusa como yo, a pesar de que nuestros motivos son completamente distintos. Ella tiene sueño y está cansada, y yo estoy hecho una jodida mierda por lo que estoy leyendo.

—«Quizás en esto consiste la vida, en descubrir quién eres en realidad, estés con quien estés; en encontrar esa persona con la que siempre puedes ser tú y solo tú. Sería pedirle mucho al destino que bastase con un mes para encontrarla» —leo en voz alta una de las frases.

Ella aparta la mirada, la fija en las sábanas que tiene en el regazo y con las manos las alisa, como si su vida dependiese de eliminar hasta la última arruga.

—Se supone que tengo que leerme el libro antes de que se publique —añado y no me gusta que parezca que me estoy defendiendo.

—Esta no es la versión definitiva —responde sin mirarme—. Quería hacer algunos cambios antes de enseñártela.

—¿Cambios?

—Imprimí todo esto en Mallorca, Óscar me ayudó, quería leerlo y corregirlo. —Ahora está arrugando la tela, la misma que hace unos segundos alisaba—. Mira, en realidad iba a insultarte un poco más en cada página.

Sonrío y por primera vez en mucho tiempo siento algo parecido a las ganas de reír.

—¿Insultarme?

—Sí, Salvador, insultarte.

—Bueno, pues aquí estoy, insúltame.

—Eres un idiota. Un imbécil. Un... idiota.

—Te estás repitiendo.

—¿Esto te hace gracia? —Sale de la cama muy enfadada—. ¿Te hace gracia? —Se detiene frente a mí y me empuja el hombro derecho—. Eres un imbécil.

Levanto la mano y le sujeto la muñeca.

—Candela...

—Ni Candela ni nada, eres un idiota. ¿Qué pensabas hacer, eh? ¿No decírmelo nunca o contármelo cuando ya te hubieses curado? ¿Y entonces qué? Entonces me dirías: «Mira, Candelita, ya podemos estar juntos porque soy un imbécil, un gilipollas, un necio y un estúpido que te he dejado y te he roto el corazón mil veces, porque creía que te estaba haciendo un favor al ocultarte todo esto».

—Yo no es eso lo que...

—Cállate, Salvador. Cállate.

Está muy enfadada y sé que debería disculparme de nuevo y suplicarle que me dejase explicarle qué ha pasado; algo, lo que sea, pero la verdad es que, aunque no me hubiese interrumpido me habría quedado callado porque no puedo hablar. Creo que ni siquiera me atrevo a respirar. Candela me ha quitado los papeles que me quedaban en la mano y se ha sentado a horcajadas encima de mí.

—Yo... —vuelvo a intentarlo. Necesito explicarle que mi enfermedad no es solo una excusa, que tal vez si no estuviese enfermo de todos modos me habría alejado de ella. Odio tener que reconocer que, en realidad, quizá la leucemia me dio ánimos para arriesgarme a acercarme a Candela. Cuando crees que vas a morir aprovechas hasta la menor oportunidad. Pero y si...

Candela me rodea el cuello con los brazos, los dedos de una mano me acarician la espalda y los de la otra me sujetan el pelo de la nuca. Ella nunca ha sido tan agresiva conmigo y hay partes de mi cuerpo a las que le entusiasma la idea y se están descontrolando, por no mencionar mi corazón.

—Yo... —repito.

—Cállate, Salvador.

Agacha la cabeza y me besa. Sus labios separan los míos y, joder, creo que ella pretendía darme un beso tierno y probablemente algo enfadado, pero en cuanto su aliento roza mi boca pierdo el control y le sujeto el culo con las manos —no tendría que llevar solo ropa interior— y mi lengua busca la suya con desesperación.

Joder, esto, esta locura solo me sucede con ella.

Durante un segundo temo que no me devuelva el beso, que se aparte y me diga que no quiere volver a verme más. Tal vez sería lo mejor, pero entonces su cuerpo se funde con el mío, no sé explicarlo de otra manera; los dedos que tiene en mi pelo se aflojan y me acarician, y sus labios responden a las bruscas peticiones de los míos.

Su sabor es mucho mejor que cualquier medicina y mientras Candela me besa siento que puedo con todo, que incluso puedo quedarme con ella. Aprieto las manos en sus nalgas y la pego a mí; no quiero que nada nos separe y mis gemidos, los suyos, se mezclan en cada beso y pienso que ella tiene razón: soy un idiota. Porque solo un idiota creería que puede sobrevivir sin besos como estos a diario.

—¡Salva! —la voz de Pablo nos interrumpe. Esta vez sí que voy a matarlo.

Candela se aparta, tiene los labios húmedos y se pasa la lengua por encima.

—Joder, Candela, no hagas esto. —Aprieto las manos un poco más, negándome a soltarla.

—Tu hermano te está buscando.

No me gusta que se sonroje y que aparte la mirada. Puedo sentir que no lo hace por vergüenza, sino porque está triste y dolida, y porque está intentando protegerse de mí. A ella nunca se lo he dicho, soy tan imbécil que esto también me lo he callado, pero siempre he podido detectar cuándo se aleja ella de mí y se coloca este caparazón para protegerse, y lo odio. Lo odio con todas mis fuerzas a pesar de que pueda entenderlo.

Al parecer, además de un imbécil soy un egoísta.

Oigo a Pablo en el pasillo y Candela aprovecha para levantarse y caminar hasta la cama. Cuando mi hermano entra en el dormitorio, ella está buscando algo en su bolso y yo sigo sentado. Tardaré un rato en poder levantarme.

—Ah, estás aquí.

—Sí, estoy aquí —contesto exasperado—. ¿Sucede algo?

—Tu teléfono móvil está apagado —empieza Pablo y lo miro con una ceja en alto, ¿para eso me está buscando?—. No me mires así, no mates al mensajero antes de tiempo. Tienes el móvil apagado y tu querido padre lleva dos horas llamando a mamá.

—¿Qué?

Me levanto de un salto.

—Eh, cálmate. —Pablo me pone una mano en el hombro—. Mamá lo tiene todo controlado, ya la conoces, pero me ha dicho que te avise. Al parecer ha sucedido algo con *Los chicos del calendario.*

—¿Qué ha pasado? —Candela suelta el bolso y se coloca a mi lado.

Tengo que morderme la lengua para no decirle que se ponga pantalones o, no sé, algo, cuando mi hermano, que es un tío encantador y jamás me haría algo así, pero es humano al fin y al cabo, le recorre las piernas con la mirada. Al menos Pablo se sonroja cuando termina dicho recorrido y nuestras miradas se encuentran.

—No lo sé —nos explica a los dos—. Solo sé que el padre de Salvador ha perdido los nervios porque no le encuentra y ha decidido acosar a mi madre. No me gusta y por experiencia te diré que esa clase de comportamiento por parte de Barver no augura nada bueno.

—Mierda. Voy a tener que llamarle. Gracias por avisarme, Pablo.

—De nada. Estaré abajo si me necesitas. —Se da media vuelta y se dirige a la puerta—. Mamá me ha dicho que falta poco para almorzar, no tardéis.

Cuando Pablo cierra la puerta, Candela está tan muerta de vergüenza que si fuese un dibujo animado le saldría humo por la cabeza.

—No pasa nada. —Tengo que tocarla, pero como no sé cómo están las cosas entre nosotros solo me atrevo a colocarle un mechón de pelo detrás de la oreja y acariciarle la mejilla un segundo. El beso de antes, a pesar de que ha sido uno de los más sensuales y sinceros de mi vida, tal vez no cambie nada. No soy tan presuntuoso para creer que basta con eso para que Candela me perdone—. Hablaré con él y lo solucionaré.

—Tu hermano nos ha visto.

—¿Y?

Se aparta y veo que saca unos vaqueros de la maleta y se los pone trastabillando.

—¿Qué crees que quiere tu padre?

Estoy confuso, pero soy perfectamente capaz de darme cuenta de que ella quiere cambiar de tema, y quizá sea lo mejor.

—No tengo ni idea. Un momento, si tú estás aquí, ¿quién está con *Los chicos del calendario*?

Joder, tendría que haberlo entendido antes. Mi padre lo ha entendido y ahora va a joderme la vida.

Otra vez.

5

Salvador se pasa las manos por el pelo y se acerca a la ventana.

No me gusta verle tan tenso de repente, aunque eso me proporcione la excusa de apartarme de él e intentar no pensar en el beso que acabábamos de darnos. Me sonrojo —otra vez— solo con pensar en cómo me he sentado encima de él, pero es que estaba sonriéndome como si no pasara nada, como si no acabase de despertarme en la casa que él tiene alquilada en Londres donde ha ido a tratarse una leucemia de la que todavía no me ha hablado.

Vuelvo a ponerme furiosa.

—¿Cuándo piensas decirme que estás enfermo?

Él se gira de repente, tiene las manos en los bolsillos de los vaqueros y me mira entre intrigado y confuso. Me imagino que es normal, he pasado de besarlo a apartarme de él y a interrogarle, pero me da igual. Ya es hora de que los dos estemos igual de perdidos.

—¿En serio quieres que te lo diga formalmente?

—Tus silencios suelen traerme problemas, Salvador. —«Y hacerme mucho daño»—. Sí, quiero que me lo digas, quiero que me expliques qué tienes y qué estás haciendo *exactamente* aquí en Londres.

—¿Y si no lo hago? —Arrugo una camiseta entre los dedos y él vuelve a reírse. Tengo que contenerme para no tirársela a la cabeza—. Es broma. Lo siento. Me alegro mucho de que estés aquí. —Sonríe y se acerca a mí; empiezo a pensar que no teme por su vida, porque estoy a punto de volver a gritarle—. Estoy enfermo.

Pronuncia esa frase delante de mí, acariciándome la mejilla y la camiseta cae de mis manos y el mal humor se esfuma.

—Lo siento.

—No es culpa tuya. —Sonríe—. Tengo leucemia.

Se agacha y me da un beso en los labios. Es la clase de beso dulce que quería darle yo antes, antes de que los dos nos olvidásemos de todo y empezásemos a devorarnos.

Él es el primero en apartarse.

—Cuéntame qué pasa con *Los chicos del calendario*. ¿Quién está con ellos si tú estás aquí?

Sabía que íbamos a tener que hablar de esto. Tuve mucha suerte de solucionar las cosas tan rápido desde el hospital y supongo que era demasiado pedir que el padre de Salvador no se enterase o que no sospechase nada.

—Tu hermano ha dicho antes que el almuerzo ya casi estaba listo.

Él entrecierra los ojos.

—Le diré a mi madre que nos espere o que empiecen sin nosotros. ¿Qué pasa, Candela? Cuéntamelo, tengo que saberlo para enfrentarme a mi padre.

Tiene razón; suelto el aliento y camino hasta la cama. Me siento y empiezo a hablar.

—Estaba en el aeropuerto de Palma cuando tu hermano me llamó y me dijo que estabas aquí, en Londres, y que estabas enfermo. No recuerdo qué me dijo exactamente; tal vez él pueda decírtelo. —Trago saliva—. Víctor estaba conmigo en el aeropuerto. —Miro a Salvador.

—¿Víctor estaba contigo?

Él cierra los puños y vuelve a ocupar la misma butaca que antes.

—Sí, vino a buscarme, a decirme que quería que le diese una oportunidad a lo nuestro. Yo había decidido que pasaría un par de días en Barcelona, grabaría el vídeo de John, el chico de julio, y acabaría de hacer los preparativos para el chico de agosto. Entonces llamó Pablo y decidí que iba a venir aquí y que no me iría hasta que supiera exactamente cómo estabas. Tu hermano me asustó mucho.

Salvador se queda en silencio unos largos segundos. No sé si mencionar a Víctor ha sido lo más acertado, pero no quiero mentirle y lo cierto es que, si Víctor no hubiese estado en el aeropuerto aquel día, todo habría sido mucho más duro. No puedo evitar que se me retuerza el estómago y sentirme culpable, porque desde que lo dejé fuera de ese taxi solo he tenido tiempo de mandarle un par de mensajes diciéndole que estoy bien y que le llamaré cuando pueda. El último se lo mandé justo antes de entrar en la ducha y hace unos minutos, después de besar a Salvador, he visto que me ha contestado: «Tú haz lo que necesites. A mí me tienes siempre. Te quiero».

La culpabilidad no basta para describir lo que siento.

—No puedes quedarte aquí —afirma Salvador—. *Los chicos del calendario* no pueden seguir sin ti. Mierda. Es una de las cláusulas que pusimos en el contrato. Pensé que serviría para protegerte, para evitar que alguien intentase despedirte, no me imaginé que fueses a ser tú la que te irías.

—No se ha ido nadie, Salvador. Tengo a un chico de agosto que está dispuesto a empezar unos días más tarde, el que teníamos previsto no podía, pero encontramos a otro. Y después hablé con Sergio y él y Vanesa, y también Abril, me han ayudado.

—¿Les has dicho que estás aquí conmigo?

Parece horrorizado; me lo tomo como un insulto y pienso que le estaría bien merecido que lo hubiese hecho.

—No, Salvador, tranquilo. Tu secreto, señor hermético, está a salvo. Aunque deja que te diga que no te haría daño confiar en tus amigos. Sergio podría ayudarte.

—Lo sé, pero... —Sacude la cabeza—. Dejemos esto para otro momento. El chico de agosto empezará unos días más tarde, ¿qué le has ofrecido a cambio? ¿Y qué le has dicho a todo el mundo, a los seguidores de *Los chicos*?

—Nada. Conozco al chico de agosto, es una historia un poco larga.

—¿Conoces al chico de agosto? Diría que tengo todo el tiempo del mundo, pero mentiría, y no estoy haciendo ninguna broma sobre el jodido cáncer —me explica al ver mi cara de horror—, me refiero a mi padre. Si tengo que enfrentarme a él, necesito saber toda la verdad,

Candela. ¡Joder, Candela, y que conozcas al chico de agosto va contra las normas!

—No te preocupes, no lo sabe nadie. Nacho me escribió hace unas semanas —suspiro y empiezo el relato—; no te lo conté porque... porque, bueno, eso ahora da igual.

—No me lo contaste porque yo no te respondía al teléfono, lo entiendo. Sigue.

—Nacho es de Barcelona o, mejor dicho, lo era. Estudiaba en mi colegio, iba a mi misma clase y éramos amigos. Sus padres se divorciaron cuando teníamos trece años, su madre se fue con otro, y él, su hermana y su padre se mudaron a Asturias.

—¿Y os habéis mantenido en contacto todo este tiempo?

Me parece que tanto Salvador como yo agradecemos poder centrar nuestra atención en algo que no seamos nosotros.

—No exactamente. A lo largo de los años nos hemos mandado alguna que otra felicitación e intercambiado «me gusta» en Facebook, cosas así. Nacho me escribió para preguntarme si estaría dispuesta a hacer algo para ayudarle con un proyecto suyo, una especie de programa para la prevención del acoso escolar. Le dije que sí, que buscaría la manera, intercambiamos unos cuantos correos más y en uno le pregunté a qué se dedicaba y me dijo que era bombero y guarda forestal. Bromeé y le sugerí que se presentara al concurso de *Los chicos del calendario* y él respondió que ni loco haría tal cosa.

—Pero él es el chico de agosto.

—Sí. Cuando tu hermano me llamó... —No voy a contarle lo que me pasó, el miedo que sentí—. Cuando decidí que iba a quedarme aquí, supe que tenía que dejar a *Los chicos del calendario* en *stand by*. Llamé al chico de agosto con el que habíamos quedado para saber si podía empezar unos días después, y él justo me comentó que había cambiado de opinión, que él y su pareja estaban pasando por un mal momento y que no podía comprometerse con *Los chicos* como había creído en un principio. Primero me agobié un poco, pero aún no habíamos anunciado su nombre en ninguna parte y no sé cómo me vino esa conversación con Nacho a la cabeza, así que le dije a nuestro candidato que no pasaba nada. Yo mejor que nadie podía entender que la vida es complicada y le deseé toda la suerte del mundo. Después llamé a Nacho y le pedí que me hiciera este favor, que aceptara ser el chico de agosto y empezar unos días más tarde. Lo único que le prometí a cambio es que durante el mes de agosto le ayudaría con su programa contra el acoso escolar, aunque eso lo habría hecho de todos modos.

—¿Y en *Gea*? ¿Cómo conseguiste que te ayudasen?

—Tendrías que confiar más en la gente, Salvador. Reconozco que a mí también me ha costado aprender esta lección y que, sin chicos como Jorge o Alberto, tal vez habría tardado más tiempo, pero tus amigos están dispuestos a ayudarte, si se lo pides. —Él asiente y yo continúo—. Llamé a Sergio y le dije que había tenido un imprevisto familiar, que mi hermana me necesitaba, y que tenía que estar unos días fuera. Le conté que, además, había habido un cambio de chico a última hora y él enseguida se ofreció a ayudarme. Una hora más tarde, él y Vanesa me llamaron al mismo tiempo y lo tenían todo solucionado. Me dijeron que habían intentado llamarte, lo digo por si ves unas llamadas perdidas suyas, y que Marisa se había puesto en su contra, pero Sofía está de su parte. Ayer mismo publicaron un comunicado explicando que *Los chicos del calendario* iban a estar cerrados durante unos días.

—Mierda, tengo que ver ese comunicado.

—Creo que lo que estás intentando decir es: «Gracias, Candela, por todo esto. Ahora mismo voy a llamar a Sergio y a Vanesa para decirles que todo está controlado y que no se preocupen».

Él no dice nada por el estilo.

—Tengo que llamar a mi padre. Mierda. Seguro que está aprovechando todo esto para causarnos problemas y quitarnos de en medio. —Se pone en pie—. ¿Estás segura de que no es posible que sepa que ese chico, Nacho, y tú os conocíais de antes?

—No, no es posible.

Siempre he sabido que ese detalle infringía las normas del concurso, pero no pensaba que precisamente fuese Salvador el primero en echármelo en cara.

—Bueno, cruza los dedos para que sea así.

Camina hacia la puerta y, aunque lleva vaqueros y todavía va mal afeitado, es como verle en traje y saliendo del despacho. Y lo peor es que presiento que está utilizando todo esto para huir de lo demás, del resto del mundo.

—¿Esto es todo lo que vas a decirme? ¿Vas a ponerte en plan director de Olimpo y vas a centrar toda tu atención en resolver los asuntos de *Los chicos del calendario*?

No se da media vuelta, sino que se apoya en la puerta.

—¿Y qué quieres que haga?

—¿Sabes qué, Salvador? Ve, ve a ocuparte de todo esto tan *importante*, ve.

No quiero tener que pedirle que no se vaya para que se quede ni quiero tener que explicarle qué me pasa. Tendría que saberlo. Estoy aquí, ¿no?

Él aparta la mano de la puerta y yo bajo la cabeza hacia el bolso que está en el suelo. No pienso mirar cómo se va; es una imagen demasiado frecuente en mi vida. Hasta ahora. Me agacho y sujeto el asa; tal vez sería mejor que me fuera, que empezase el mes de agosto con Nacho en medio del bosque de Asturias.

La mano de Salvador me acaricia la mejilla; con el pulgar y el índice me levanta el mentón y antes de que pueda decirle nada, me besa. Sus labios engullen los míos y creo que un gemido sale de su garganta para erizarme la piel. Me suelta con el mismo ímpetu con el que me ha besado.

—Deja que me ocupe de esto, ¿de acuerdo? Tengo que hacerlo.

—De acuerdo.

Asiente y se va, pero esta vez tengo la sensación de que una parte de él se ha quedado aquí y una parte de mí se ha ido con él a enfrentarse a su padre a través del teléfono.

Una hora más tarde estamos los cinco acabando de almorzar o merendar, aún estoy un poco confusa en cuanto a horarios se refiere, y tanto Rita como Luis se han esforzado por mantener la conversación lo más alejada de Barver padre posible. Pablo los ha ayudado. Salvador no; Salvador no ha dicho nada y se ha dedicado a comer poco y a refunfuñar mucho. Yo he hecho lo que he podido.

—¿Cuántos días vas a quedarte, Cande? —me pregunta Rita y casi se me cae la cuchara en la mesa—. Oh, cielo, no te estoy echando, todo lo contrario —se apresura a añadir con una sonrisa—; es que dentro de dos semanas hay un festival en un parque y me encantaría que estuvieras.

—Mamá, dentro de dos semanas Candela no estará aquí.

—¿Ah sí, no estaré? —Claro que no estaré dentro de dos semanas, pero me indigna que él conteste en mi lugar—. ¿Y qué más haré dentro de dos semanas, Salvador?

Pablo no disimula que está sonriendo.

—Tienes razón, lo siento —se disculpa Salvador de mala gana—; no tendría que responder por ti.

—Gracias.

—Bueno —interviene Rita—, si estás por aquí, nos encantaría que nos acompañases.

Ahora es Pablo el que cambia el tema de conversación y conseguimos llegar a los postres sin que Salvador abra la boca y a mí no me entren ganas de estrangularle. Más o menos. Mientras él ha estado hablando por teléfono, yo he hecho lo mismo. He llamado a Marta y a mis padres y les he dicho que me voy a quedar unos días más en Londres con Salvador de vacaciones; el viernes ya les había escrito diciéndoles que me perdonaran por perderme el santo de Marta, pero que Salvador había querido darme una sorpresa (¡y vaya si fue una sorpresa!). No les he contado nada sobre su enfermedad, claro, en parte porque jamás lo haría sin antes hablarlo con él y en parte porque en realidad no sé nada. También le he mandado un mensaje a Sergio dándole las gracias otra vez por haberme ayudado y he aprovechado para abrir la agenda y centrarme un poco. Ahora que Salvador ha despertado del coma, he decidido que, pase lo que pase aquí en Londres, dentro de dos días tengo que estar en Barcelona para grabar el vídeo del chico de julio, hacer las maletas e irme a Asturias.

No he llamado a Víctor y tampoco he vuelto a escribirle. He tenido ganas de hacerlo y me he contenido; no me ha parecido justo. Sé lo que él quiere y espera de mí, y también sé que en nuestra relación Víctor, aunque haya metido la pata, es el que más se ha arriesgado. No puedo recurrir a él solo porque le echo de menos y quiero sentirme bien. No puedo hacerle eso y después decirle que lo siento, pero me quedo con Salvador. Aunque tampoco sé si esa opción existe. En lo que se refiere a mí y a Salvador no hay nada seguro. No sé qué quiere él y no sé qué; estoy dispuesta a darle yo.

Recogemos la mesa entre todos y Rita y Luis nos explican que quieren aprovechar el resto del día para descansar, tal vez dar un paseo. La última semana ha sido muy difícil. Pablo dice que estará un rato en el ordenador haciendo no sé qué; creo que está trabajando en un prototipo relacionado con la prótesis que lleva, aunque podría estar equivocada.

—¿Crees que tú y yo podríamos hablar un rato? —Salvador sujeta dos tazas en la mano y en la otra hay una caja de bombones.

Él sabe lo mucho que me gusta el chocolate. Me reconforta y preocupa que me conozca tan bien y que, al mismo tiempo, a veces me haga sentirme tan perdida.

—Claro. Tenemos muchas cosas que contarnos.

Él camina hasta el sofá y deja las tazas de café y los bombones en la mesa. Me siento a su lado, sin tocarle, y lo primero que hago es elegir un bombón; el chocolate siempre me pone de buen humor.

—Antes no me has dicho qué le dijiste a Víctor cuando apareció en el aeropuerto de Palma.

—No le dije nada. Tu hermano llamó justo entonces.

—Vaya casualidad. —Es evidente que no me cree y que no le gusta mi respuesta. Hace bien en no creerme; Pablo no llamó justo entonces, pero no me da la gana de hablar de Víctor cuando él, Salvador, tiene tanto que contarme.

—Sí. ¿Qué te ha dicho tu padre?

Salvador me mira a los ojos; no sé qué busca exactamente y en mis mejillas se hace evidente el efecto de esa mirada. Él carraspea y opta por dirigirla hacia la taza de café.

—Evidentemente se ha enterado de que *Los chicos del calendario* se han tomado unos días de vacaciones y ha aprovechado para que sus abogados vuelvan a buscar un resquicio en los contratos. Quiere sustituirte por otra.

—¿Por quién?

Intento no asustarme; sé que no puede cambiarme de la noche a la mañana y sin que yo me entere, pero la verdad es que me tiemblan las manos.

—No importa, no puede hacerlo. No dejaré que lo haga. Pero tienes que volver a España cuanto antes y seguir con *Los chicos del calendario* con normalidad.

Él deja la taza en la mesa sin beber nada y entrelaza los dedos; tiene las piernas separadas y los codos apoyados en las rodillas. Está aquí y no está; le conozco lo suficiente para saber que lo que está diciéndome es solo una parte y que su mente está dándole vueltas a una parte del todo hasta el cansancio.

—¿Qué no me estás contando, Salvador?

Tensa los hombros y sigue sin mirarme.

—Yo tengo que quedarme aquí en Londres todo el mes. Las sesiones de quimioterapia y el resto del tratamiento no terminan hasta finales de agosto.

Trago saliva; antes le he pedido que me hablase de esto, que compartiese esta parte tan dolorosa de su vida conmigo, y ahora que lo está haciendo no puedo asustarme y no estar a la altura. Ignoro por qué no puede someterse a este tratamiento en España, aunque esta pregunta la dejaré para más adelante.

Él no parece dispuesto a tocarme, en realidad me atrevería a decir que está haciendo un verdadero esfuerzo para no hacerlo, pero yo lo necesito, así que levanto un brazo y lo acerco a él despacio. Parecerá una tontería, pero siento lo mismo que si estuviese a punto de acariciar a un león enfadado encerrado en una jaula. Mis dedos llegan a su nuca y, cuando los paso por el pelo, él suelta el aliento y no se aparta.

—No pasa nada —le digo a pesar de que no sé de qué hablo—, *Los chicos del calendario* estarán bien, ya verás. Solo han sido unos días.

Al menos esto sí puedo asegurarlo.

—Mi padre no va a darse por vencido, no se trata solo de *Los chicos*, Candela.

—¿De qué se trata?

—Lleva años buscando la manera de quitarme *Gea* y expulsarme de la dirección de Olimpo. Es complicado y ahora mismo no puedo pensar en ello.

—Claro.

Suelta las manos y se pone en pie, alejándose de mí. Yo me quedo sentada; no voy a perseguirle cuando es obvio que prefiere establecer cierta distancia entre los dos.

—Ahora tengo que pensar en mí, en el tratamiento.

—Por supuesto, lo primero es que te pongas bien. ¿Qué te han dicho los médicos?

—Son optimistas, aunque sé por experiencia que con esta maldita enfermedad nadie puede asegurar nunca nada. De momento, me esperan varias sesiones de quimioterapia, y esto es solo el principio.

Él no ha vuelto a sentarse y su voz es cada vez más fría, igual que si estuviese explicándole a un desconocido los resultados de la empresa. Me levanto y coloco delante de Salvador, pero me guardo las manos en los bolsillos. Quizás así resistiré la tentación de tocarle.

—Has dicho que son optimistas. —Por fin vuelve a mirarme, incluso parpadea como si le sorprendiera tenerme tan cerca—. Y Pablo me contó que ya venciste la leucemia hace años, seguro que...

—No hay nada seguro excepto que estoy enfermo, Candela. Y no puedo pensar en nada más. Todos mis esfuerzos, mi tiempo, tienen que estar centrados en esto, en luchar contra el jodido cáncer.

—Lo entiendo, Salvador.

—No, no lo entiendes.

Creo que jamás podré explicar lo que veo en sus ojos en este instante; lo único comparable son esos documentales en los que ves un lago helándose. Casi me pongo a reír porque durante un segundo una imagen de la película *Frozen* me viene a la mente. Salvador se está quedando helado igual que Anna en esa escena del final.

—Ah, no. No. —Es tan obvio, tan jodidamente obvio que tengo ganas de gritarle y de pegarle—. Me estás dejando.

—Candela...

No me corrige, ni siquiera intenta negarlo, lo único que delata que he dado en el clavo es que se sonroja un poco y que alarga un brazo en busca del mío. Doy un paso hacia atrás. No voy a tener esta conversación con él tocándome y diciéndome que lo hace por mi bien. Si piensa eso, puede irse a la mierda.

—Ni Candela ni nada. Esto que estás haciendo, Salvador, es una estupidez, ¿me oyes? Una completa estupidez. ¿Estás tonto o qué te pasa? No, déjame hablar. —Le interrumpo porque veo que va a hablarme y no me veo capaz de aguantar otra de sus mentiras o de sus excusas. ¡Dios!—. En enero ya sabías que estabas enfermo y aun así estuviste conmigo, ¿qué digo *aun así*? ¡Me sedujiste! ¡Me hiciste cosas que no le he dejado hacer a nadie!

—¿A nadie? —Enarca una ceja y le veo apretar los dientes.

—A nadie. Y si te refieres a Víctor, te aconsejo por tu bien que no le nombres mientras intentas comportarte como un personaje de culebrón y dejarme por mi bien o alguna tontería por el estilo.

—Estoy enfermo y me esperan unos meses muy difíciles y tú tienes que seguir con *Los chicos del calendario* lo antes posible si no queremos que mi padre nos cause más problemas.

—¿Y eso qué tiene que ver con nosotros, Salvador? Yo no voy a renunciar a *Los chicos* y tengo intención de protegerlos con uñas y dientes si tu padre intenta quitármelo, pero eso no significa que no pueda estar contigo y visitarte, llamarte, estar a tu lado. Si quieres hablar de Víctor, hablaremos de Víctor. —No es una conversación que me muera de ganas por tener, pero, en fin—. Tenemos que hablar de muchas cosas y la primera y más importante es por qué siempre me echas de tu lado.

—No te estoy echando.

—Ah, entonces me he equivocado y no estabas a punto de decirme que no podíamos estar juntos.

—No iba a decirte que no podemos estar juntos. —Si no fuera por cómo lo dice, por la frialdad de sus ojos, tal vez habría sentido algo de esperanza al escuchar esa frase—. No *quiero* que estemos juntos.

Me cuesta respirar de lo dolida y enfadada que estoy. Es la primera vez en mi vida que tiemblo de rabia.

—No te creo. ¡¡Siempre haces lo mismo!! Me dejas, volvemos a vernos y entonces te comportas como si me quisieras, como si me necesitases y no paras hasta que vuelves a tenerme. Y yo soy tan idiota que todas y cada una de las veces que lo has hecho he caído en la trampa. ¡Estoy harta!

—Tranquila, no tendrás que volver a pasar por esto.

—¿Pero qué te pasa? Recuerda lo que pasó en tu barco por San Juan, porque ese también eras tú, ¿no? Eras tú el que me susurró al oído mientras hacíamos el amor que siempre querrías estar conmigo. Me dijiste que era lo más bonito que te había pasado nunca.

—Me dejé llevar.

—Mira, Salvador, tengo ganas de pegarte. No vuelvas a hacer lo que hiciste en Sant Jordi, no me digas que te he malinterpretado o qué sé yo. —Voy a intentarlo una vez más, soy así de *masoca*—. Me imagino que estás preocupado, enfadado, que hablar con tu padre te ha puesto de mal humor, y que estar enfermo de leucemia es una jodida putada. Pero estoy aquí. Mírame. Estoy aquí y quiero estar contigo, después de todos estos meses de secretos estoy harta de ocultarte lo que siento, así que ahí va: Te quiero, Salvador.

Él da un paso atrás y a una parte de mí le gustaría poder retirar lo que acabo de decir, mientras que otra se siente muy orgullosa de haber sido tan valiente.

—Yo a ti no. Yo no te quiero, Candela.

—Estás mintiendo.

—Me gustaría quererte. Me gustaría ser capaz de quererte, pero no puedo. Lo he intentado y no puedo.

—¡¿Lo has intentado?!

—Lo siento mucho, Candela.

¿Os han pitado los oídos alguna vez? Es horrible. Un verano fui a una fiesta en la playa con mis amigas de la Universidad y estuvimos demasiadas horas al lado de los altavoces. Me pitaron los oídos durante dos días, tenía dolor de cabeza y cualquier ruido no hacía más que acentuarlo. Acabé en urgencias y me recetaron unas gotas para el oído. Cuando me eché la primera se produjo un silencio como no había escuchado nunca. Un silencio absoluto.

Ahora vuelvo a escucharlo.

No es agradable, es la ausencia de todo. No puedes oír nada, ni siquiera tu propia respiración, tan solo cómo te late el corazón y el mío se ha parado durante un segundo. Oh, no soy idiota, sé que Salvador está mintiendo; lo sé igual que sé que jamás lo reconocerá y que no parará hasta que me vaya. Estoy furiosa con él y conmigo por estar otra vez en esta situación.

—¿Sabes una cosa, Salvador? Vete a la mierda.

6

—Hola a todos, ¿cómo estáis? Ya estoy aquí, ya he vuelto, y ninguna de las teorías que he leído sobre mi supuesta desaparición son ciertas, aunque confieso que la que más me ha gustado es la de la abducción por parte de extraterrestres. Dejad que os diga que es mucho más probable, muchísimo más, que suceda eso a que vuelva con Rubén, como he leído también en alguna parte. Tampoco me he fugado con Víctor, aunque él es mucho más atractivo que todos los alienígenas del universo juntos, exceptuando a Supermán, siempre que Supermán sea Henry Cavill, claro. Bueno, en realidad, Víctor está mejor que Henry, pero no se lo digáis, a Henry, quiero decir. Víctor está en Estados Unidos por trabajo; si alguno de vosotros le ve por allí, preguntadle por su gato, el de la caja, de mi parte. Él lo entenderá. A ver, ¿por dónde iba? Ah, sí, no me han abducido los extraterrestres, no he vuelto con Rubén —pongo cara de asco— y tampoco me he fugado con Víctor; solo he estado unos días con mi familia. —No es mentira del todo; al llegar de Londres me fui a casa de mi hermana Marta—. Si el presidente del país y Kim Kardashian pueden tomarse unos días para descansar, yo también, ¿no? Pero voy a confesaros que os he echado mucho de menos. No nos pongamos sentimentales. —Golpeo la mesa como un tambor—. Os debo mi veredicto sobre John, el chico de julio, así que ahí va: John me cayó muy mal al principio. No podía soportarle. ¿Le habéis visto? Es demasiado rubio, demasiado... ¡demasiado perfecto! Es como el Ken Surfista. Sí, sé que no soy muy objetiva en lo que a este deporte se refiere. Y para rematarlo, cuando llegué a Mallorca, John lo tenía todo orquestado. Nada era espontáneo ni natural ni improvisado ni nada. Vosotros os disteis cuenta, lo sé, y aunque algunos comentarios fueron un poco desagradables os agradezco que estéis siempre aquí y que me ayudéis a defender y a cuidar el espíritu de *Los chicos del calendario*. —Respiro profundamente. Esto va a ser más difícil de lo que pensaba—. Teníais razón, John no fue elegido por el mismo sistema que el resto de chicos del calendario. Lo siento, no volverá a repetirse. —He hablado con Sergio y Vanesa antes; ellos saben que estoy diciendo esto, y también lo sabe Sofía y me imagino que Salvador, aunque a él yo no se lo he dicho. Intentaron hacerme cambiar de opinión, pero les dije que era la mejor opción y que tenían que confiar en mí. Al final, accedieron. No sé si porque vieron que no iban disuadirme o si Salvador tuvo algo que ver, pero no pienso preguntárselo. Lo habría hecho de todos modos—. *Los chicos del calendario* son un proyecto precioso y, a veces, para proteger algo en lo que de verdad crees tienes que hacer concesiones, lidiar con un revés que no te esperabas. John ha sido eso, una concesión, pero a pesar de todo no está descalificado porque, si bien es cierto que su elección no cumplió con el procedimiento al pie de la letra, él al final me demostró que era un buen candidato y que se merece estar aquí.

Hago una pausa y, curiosamente, mi gato de la suerte mueve la pata; le habrá llegado una ráfaga del aire acondicionado, me lo he traído conmigo. Lo miro un segundo y después miro a Abril, que me anima a continuar con una sonrisa. Ella está siendo un gran apoyo estos días, siempre lo es, y ahora que está embarazada está imparable, como si tuviera una fuente incansable de optimismo y de energía dentro.

—Me imagino lo que estáis pensando: ¿Por qué no descalifica a John? Pues porque John es mucho más que una cara bonita o una cuenta de Instagram con millones de seguidores. John tiene una faceta pública y otra que no enseña a casi nadie. Sí, vale, esto suena un poco al doctor Jekyll y al señor Hyde, y algo se le parece, pero lo que quiero decir es que John es mucho más que todo esos «me gusta» y que sabe ser amigo de sus amigos. John, el de verdad, juega a los videojuegos en su habitación de hotel cuando está cansado y está dispuesto a correr verdaderos riesgos para ayudar y proteger a sus amigos. Os pondré un ejemplo: ¿Os acordáis de que Rubén apareció en Mallorca? No disimuléis, seguro que lo visteis, pues bien, el imbécil de Rubén vino a causarme problemas y John, que acababa de conocerme, se puso de mi parte e hizo todo lo posible por ayudarme y por quitarme de encima a esa babosa asquerosa que es mi ex. En serio, ¿cómo podéis creer que volveré con él? Y cuando murió Enrique, el caballero del geriátrico que presentó a Alberto como candidato a chico del calendario, John también fue más allá para asegurarse de que yo pudiera asistir al funeral. Él podría haberme exigido que me quedase en Mallorca, al fin y al cabo, perdió días para lucirse, pero ni siquiera lo mencionó. Resumiendo, que a este paso os tengo aquí hasta mañana, John no me ha hecho cambiar de opinión sobre los hombres, pero me ha obligado a reconocer que las apariencias engañan y que todas las personas tenemos varias caras, la que mostramos a los demás y la que nos guardamos para nosotros mismos o, tal vez, para la gente que queremos y con la que nos atrevemos a ser sinceros. John, si me estás viendo, y seguro que es así porque Óscar te habrá avisado y te habrá dicho que si compartes este vídeo en las redes ganarás seguidores, deja el rollo de Ken Surfista y enséñale al mundo cómo eres. Tal vez perderás algún seguidor. —Me encojo de hombros—. Pero ganarás amigos; a mí, si quieres, apúntame en esa lista.

»Os dejo, tengo que hacer la maleta para irme a... Asturias. El chico de agosto se llama Nacho, trabaja de bombero y guarda forestal, y de momento ha sido un sol aceptando empezar unos días más tarde. Estoy impaciente por que le conozcáis y, por favor, no empecéis con las bromas de los fuegos y los bomberos en cuanto veáis la foto que colgaremos mañana, aunque estarían más que justificadas —guiño un ojo—. Adiós, portaos bien o, mejor, portaos mal.

Abril apaga la cámara. Estamos solas en mi antiguo cubículo de *Gea*; entre que hay más de media plantilla de vacaciones y que aún no son las ocho de la mañana, no me extraña que no haya nadie.

—Has estado muy bien.

—Gracias.

Ordeno la mesa a pesar de que no hay nada fuera de lugar; cualquier excusa me sirve para disimular.

—¿Cuándo piensas contarme dónde has estado estos días?

Ignoro descaradamente la pregunta.

—¿Has visto a Manuel? ¿Cuándo vuelves a tener cita con el médico? Me encantaría acompañarte, si a él no le importa, bueno, y a ti tampoco. Porque entendería perfectamente que me dijeses que no, es algo muy íntimo y, la verdad...

Abril me sujeta las manos.

—Cande, para. Para un momento. ¿Qué te pasa? La última vez que hablamos estabas en Mallorca cabreada con Barver y a punto de venir a pasar un par de días en Barcelona antes de seguir con el concurso. Y de repente —chasquea los dedos de una mano— te esfumaste, te fuiste *de vacaciones* con Marta y convenciste a Sofía, a Sergio y a Vanesa de que emitiesen ese comunicado.

—A ti también te escribí.

Me suelta (está realmente enfadada):

—Sí, para pedirme que apoyase tu propuesta si alguien me preguntaba. Pero no me dijiste la verdad. ¿Dónde has estado?

—¿Tú cómo te encuentras?

—No despistes, Cande, y contesta.

—Está bien, pero te aseguro que tu historia es mucho más interesante. Tú estás embarazada.

—Lo sé, lo compruebo cada mañana cuando meto la cabeza en el wáter para vomitar. Desembucha.

—Tú estás embarazada y yo... yo soy una idiota, ¿vale? ¿Contenta? —Me cuelgo el bolso del hombro—. ¿Te importa si continuamos con mi humillación en un café? No quiero que entre alguien y me vea o, peor aún, me grabe. Sería el colmo.

—Vale, pero cálmate un poco, Cande. Se supone que la que tiene las hormonas alteradas soy yo y no tú.

—Tienes razón. —Los movimientos con los que me recojo el pelo no me hacen parecer demasiado centrada, pero es un intento—. Lo siento. ¿Vamos a ese café que hay en la calle París?

—¿El del pastel de chocolate que juraste que nunca más volverías a comer porque notabas cómo te crecía el culo mientras lo tragabas?

—Ese.

—Lo del culo es una tontería, Cande, lo tienes estupendo y aunque no fuese así, que lo es —añade apresuradamente al ver que me horrorizo—, que les den. Hay días que todas nos merecemos una ración extra de pastel de chocolate.

—Tienes razón.

Por suerte el café está abierto; no sé cómo habría reaccionado de encontrármelo cerrado por vacaciones. Está abierto y tienen pastel, tal vez mi suerte ha empezado a cambiar. Yo pido un café y Abril lo huele y pide una infusión.

—¿El médico te ha dicho que no puedes tomar café?

—No, pero una cosa es tomar café y otra metértelo en vena como hago yo normalmente. He reducido las tazas que tomo al día, eso es todo. No intentes atraparme en el maravilloso mundo de las conversaciones de embarazadas. Te juro que yo creía que todo esto eran chorradas y que si algún día me pasaba a mí no las tendría, pero no puedo evitarlo, en serio. No te rías.

—Se te ve feliz. —Abril sigue siendo sarcástica y lleva los labios pintados del fucsia más estridente que he visto nunca, y al mismo tiempo desprende algo distinto; algo que me atrevería a definir como dulzura si no tuviera miedo de que fuese a pegarme al oírlo.

—Lo estoy. —Se encoge de hombros—. Cuéntame qué ha pasado estos días. ¿Estabas con Víctor?

—No, aunque apareció en el aeropuerto el día que me iba de Palma.

Abril se me queda mirando unos segundos y, será porque hace años que me conoce o porque Salvador se me nota en la cara o tal vez porque refunfuño y aprieto la cuchara como si quisiera estrangularla y él es el único hombre que me causa este efecto, adivina la verdad. O parte de la verdad.

—Has estado con Barver.

—Sí.

—Mierda, Cande.

—Sí. Mierda.

—¿Qué ha pasado? Creía que no habías hablado con él desde que no apareció en el funeral de Segovia y discutisteis por teléfono.

Por muy enfadada que esté con Salvador no voy a contarle a nadie lo de su enfermedad, así que, aunque odio mentirle a Abril, modifico un poco la historia.

—Me llamó cuando estaba en el aeropuerto y fui a verlo.

—Espera un momento, ¿me estás diciendo que Salvador te llamó por teléfono y que Víctor estaba allí, *en persona*, y elegiste a Barver? ¡Tú eres tonta! Eso es como tener un bocadillo de jabugo delante, con una copa de un buen vino al lado, y largarte a comer un sándwich de pavo sin sal en una gasolinera. No puedo comer cerdo. Lo siento, es la primera comparación que se me ha ocurrido.

—¿No puedes comer jamón?

—No. No vuelvas a pronunciar la palabra; noto que estoy salivando y veo flotar paletillas delante de mis ojos. ¿Dejaste a Víctor, ¡a Víctor!, el tío más rudo y sexy que he visto en mucho tiempo, para irte con Barver?

—Vaya, y yo que creía que no ibas a tomar partido.

—Pero bueno, ¿de verdad creías que iba a ser capaz de mantenerme imparcial después de todo? No negaré que Barver tiene su punto; el rollo autómata y tío inalcanzable tiene su punto, y está tremendo. Lo siento, son las hormonas.

—No son las hormonas, siempre has hablado así de los tíos.

—Vale, al menos ahora tengo excusa. Barver tiene morbo, no lo niego, pero Pastor es... Ese tío es genial, Cande, y es de verdad. ¡Y vino a buscarte a Mallorca!

«Y siempre me dice la verdad y está dispuesto a luchar por nosotros», me muerdo la lengua.

—Lo sé, pero no es tan fácil. Y Víctor también ha metido la pata. —Abril levanta una ceja—. No estoy intentando justificarme, pero él tampoco es perfecto. Y yo no podía irme con él sin saber si lo mío con Salvador podía arreglarse.

—¿Y puede arreglarse?

—No.

—¿Estás segura?

—Segurísima. De hecho, si algún día me oyes decir que me estoy planteando volver con Salvador, pégame. Fuerte.

Abril sonríe.

—Es tu kriptonita, ya te lo dije hace semanas. Tranquila, yo seré tu LexLuthor.

Abro los ojos y la boca.

—Mírala citando correctamente personajes de cómic. —Me cruzo de brazos—. Deduzco que es mérito de Manuel. ¿Has vuelto a verle?

Abril se sonroja, le sienta bien.

—Sí. Pero hoy no hablamos de mí. ¿Qué vas a hacer ahora?

—Ahora mismo —miro la hora en el reloj—, ahora mismo me comeré otro trozo de tarta y después llamaré a un taxi para que me lleve al aeropuerto. Tengo la maleta en Olimpo y ya me he despedido de mi familia. Tengo que llegar a Asturias esta tarde, no puedo robarle más días al chico de agosto.

—¿Este chico es ese del que me hablaste hace tiempo, ese chico que había estudiado en tu colegio?

—El mismo —bajo la voz—, pero nadie puede saber que Nacho y yo nos conocíamos de antes. Va en contra de las normas de *Los chicos del calendario.*

—¿Nacho quién? No sé de quién me estás hablando. —Guiña un ojo—. De todos modos, ya sabes que nunca hablo de mi trabajo con nadie. Si me pusiera a contar todo lo que sé sobre ciertas modelos y *famosetes*, podría retirarme. Tal vez lo haga, esto del embarazo y de los niños es carísimo.

—Pues según Marta va a peor, aunque seguro que vale la pena.

—¿Estás bien, Cande?

—Sí. —Corto un trozo de pastel y me lo acerco a la boca—. ¿Por qué lo dices?

—Cuando el imbécil de Rubén te dejó por Instagram estabas enfadada y aturdida, y con Barver te he visto furiosa, feliz, preocupada, triste, entusiasmada y en cambio ahora pareces...

—¿Qué parezco?

—No lo sé, como si no te importara.

Dejo el tenedor y lo pienso durante unos segundos mientras Abril me observa. Lo de tener una amiga que te conoce tan bien puede ser un incordio a veces: no te deja esconderte de la realidad.

—Supongo que estoy cansada, Abril.

—¿De *Los chicos del calendario*?

—No, de *Los chicos* no. Este proyecto es lo mejor que me ha pasado en la vida y en este instante es probable que pueda mantener la calma gracias a él.

—¿Entonces?

—Estoy cansada de equivocarme, de escoger siempre la opción incorrecta. De confiar en quien no debo.

«De enamorarme de quien no se lo merece».

—Las únicas personas que no se equivocan nunca son las que no hacen nada, Cande. ¿Puedo decirte algo?

—Claro.

—Con Rubén actuaste por inercia, no hiciste nada, sencillamente te dejaste llevar. Intentaste ser una buena novia, y el tío te hizo una marranada. En cambio, con Barver o incluso con Víctor te he visto arriesgarte, tomar decisiones, ser valiente.

—Y mira qué bien me ha salido todo, Abril. ¿Sabes qué necesito?

—No.

—Una de esas bolas negras que salen en las películas que las sacudes y te dicen qué tienes que hacer.

—Tú estás tonta.

—No, piénsalo, visto mi currículum, creo que la bola negra tendría más probabilidades de acertar que yo.

—Pues yo creo que lo estás haciendo muy bien. —Al verme levantar las cejas, añade—: Sí, Barver es un cretino y te ha roto el corazón, pero hace un año ni siquiera te habrías atrevido a saludarle por un pasillo y ahora le has visto desnudo y has hecho el pino-puente con él. Y Víctor, a él le obligaste a reaccionar y has discutido y te has acostado con él y, pase lo que pase entre ese leñador y tú, en el futuro estoy segura de que siempre formará parte de tu vida.

—¿Qué quieres decir con todo esto?

La verdad es que le hago esa pregunta porque si sigue hablando de Víctor me pondré a llorar.

—Quiero decir que estás viviendo, Cande, y que no se te da nada mal, así que ahora te terminarás esta tarta, subirás a un avión rumbo Asturias y le demostrarás a todo el mundo que si alguien puede encontrar a un tío que valga la pena en este país eres tú, ¿de acuerdo?

—Vale. Pero se suponía que la que iba a llorar hoy eres tú y yo me estoy portando como un concursante de *Operación Triunfo* y llorando a moco tendido mientras tú estás en plan sargento de hierro.

—Y que no se te olvide.

—Señor, sí, señor.

Después de abrazar a Abril y jurarle mi amor eterno voy a Olimpo a por mi maleta y salgo pitando hacia el aeropuerto. Con Vanesa y Jan me reuní ayer; los dos fingieron que seguían creyéndose que los días que no había estado localizable los había pasado con mi hermana Marta y yo les di las gracias por preguntar por ella. Me gustaría pedirle a Sergio que llame a Salvador más a menudo, insinuarle de algún modo que no se crea ciertas cosas de él y obligarle así a indagar más o a descubrir la verdad. No lo hago, no solo porque no quiero traicionar de esa manera a Salvador, sino porque sería injusto para Sergio y a él empiezo a considerarle mi amigo.

Abril tiene razón, llevo medio año, ¿qué digo medio año?, más de siete meses arriesgándome, acercándome a personas a las que antes no me habría atrevido ni a acercarme, contándoles cosas de mí, invitándolas a formar parte de mi vida. Víctor me invitó a formar parte de la suya, me lo pidió, me dijo incluso que creía que podíamos crear una juntos.

Salvador, en cambio, siempre me echa de la suya. Ahora sé que está enfermo y tal vez puedo atreverme a pensar que me echa porque quiere protegerme o porque ha visto demasiadas veces *Armagedon* y es de los que creen que esta clase de sacrificios demuestran que eres valiente y quieres a alguien. Yo no lo veo así. Porque lo único que es verdad al final de todo, cuando quitas todos los adornos, lo único que queda es que Salvador me ha echado de su vida.

Pero ha sido la última vez.

Cuando llego al aeropuerto de Oviedo sonrío y mientras espero frente a la cinta transportadora a que salga mi maleta le hago una foto a un cartel que pone: «Destino Barcelona: CANCELADO» y justo debajo hay un póster de Asturias.

«#AdiosBarcelona#BarcelonaCancelado#HolaAsturias 🐨 #FelizDe-HaberVuelto #NoVuelvoAIrmePorNadaDelMundo 🖤 #ChicoDeA-gostoAlláVamos 🚒 #LosChicosDelCalendario 📅 🏃 ».

7

Cada vez que conozco a un chico del calendario me sudan las manos, se me retuerce el estómago y busco con la mirada el baño más cercano por si tengo que salir corriendo a buscarlo. Dejando a un lado a Salvador, y a partir de ahora no solo a un lado sino en otro universo, a los demás no los conocía de antes. Excepto a Nacho.

No es que no quiera pensar en Salvador (sé que se supone que este párrafo iba a ser para Nacho, pero tengo que aclarar algo), es que si empiezo no puedo parar y la preocupación, la rabia y las ganas de llamarle y de preguntarle cómo está o si puedo hacer algo por él me ahogan y entonces me pongo a llorar y no serviré de nada a nadie si lloro a todas horas. *Los chicos del calendario* me necesitan, no en plan espiritual, eso ya sé que no, pero el señor Barver (padre) sigue husmeando demasiado cerca y, si destruye a *Los chicos*, no respondo.

He decidido averiguar qué busca exactamente el padre de Salvador. No tiene sentido que un hombre de negocios, jubilado o no jubilado, tenga esa obsesión con este proyecto, que sin duda reporta unos ingresos ridículos comparados con lo que él debe de tener en el banco. Tengo un par de hipótesis que me gustaría investigar sin que nadie se dé cuenta.

Arrastro la maleta por la última puerta y, efectivamente, Nacho está esperándome (¿Lo veis? Esto solo ha sido un rodeo.)

Conocí a Nacho en el cole cuando éramos pequeños, no era mi mejor amigo, pero vivíamos en la misma calle y nuestros padres se combinaban lo de llevarnos e irnos a recoger al colegio. Cuando caminábamos por la calle de vuelta a casa, él era completamente distinto a cuando estábamos en clase y esos momentos eran los que más me gustaban. El divorcio de sus padres nos sorprendió a todos; más que el divorcio —así era como lo llamamos años más tarde— fue que su madre se fuese de la noche a la mañana con un viajante alemán que vendía piezas de repuesto para motores de batidoras. Recuerdo que entonces me sorprendió que todo el mundo supiera esos detalles sobre el señor en cuestión y nadie se hubiese dado cuenta de nada.

Durante años, cada verano, cuando mi padre sacaba la batidora para prepararnos a Marta y a mí su famoso batido Espinete (fresas con leche), recordaba el tema de los padres de Nacho, así que jamás podré olvidarlo. Y en cuanto a lo de *Espinete*, si no sabéis quién es, no sé si daros el pésame o consideraros afortunados.

Después del abandono de su esposa con el señor de las batidoras, el padre de Nacho estuvo bastante mal y al cabo de unos meses se mudó a Oviedo, porque allí estaban sus padres y necesitaba la ayuda de los abuelos con los niños. Me dio pena dejar de ver a Nacho, pero no al que estaba en clase conmigo, sino al que caminaba a mi lado de regreso a casa.

Él tiene los mismos ojos y el mismo color de pelo de cuando era pequeño, pero lo primero que pienso al verlo es que todos los estereotipos de los calendarios de bomberos son verdad. Todos. De pequeño era un niño alto y fuerte, aunque tirando a desproporcionado y robusto —así lo llamaba mi madre—, sin embargo, ahora no tiene nada desproporcionado y, cuando me abraza, lo de robusto adquiere otro significado.

—¡Hola, Cande! Estás igual que antes.

La voz también le ha cambiado y me pregunto si, además de bombero y guarda forestal, no será locutor de radio o el doblador de Drogo en *Juego de Tronos*.

—Tú no. Tú eres mucho más grande.

Nacho se ríe y mis pies vuelven a tocar el suelo.

—Tú también has crecido, pero tienes la misma cara pizpireta de siempre.

—No sé si darte las gracias por decir que no he envejecido o pegarte. ¿Pizpireta, en serio?

Vuelve a reírse y le observo detenidamente mientras alarga una mano y se apropia de mi maleta. Es muy guapo y tiene un atractivo salvaje, de esos que te hacen babear frente a un escaparate o chocar contra una farola si vas andando y te cruzas con él. Los chicos y las chicas que pasan junto a nosotros le miran, creo que más de uno babea, y sin embargo, yo siento como si acabase de abrazar a un primo lejano al que hace mucho tiempo que no veo. Aunque no en plan los Serrano, no. No hay ni la menor pizca de atracción y siento que él tampoco la siente hacia mí. En realidad, él parece sentirse algo incómodo bajo las miradas de flirteo que ha recibido.

—Yo voto por que me des las gracias.

—Gracias. Y no me refiero a lo de llamarme *pizpireta* cuando tendrías que haber dicho que te parezco una mujer muy sofisticada. Gracias por aceptar ser un chico del calendario, por empezar unos días más tarde y por estar aquí hoy. Han sido unos días complicados y tu ayuda ha significado mucho para mí.

—De nada, *carainfantil*. Gracias a ti por escuchar mi rollo hace unas semanas y por acceder a ayudarme con mi proyecto sobre el acoso escolar. Significa mucho para mí.

—De nada. Fue y será un placer colaborar con algo tan importante. —Caminamos hacia el coche—. Tienes que contarme cómo te metiste en esto y qué has estado haciendo todos estos años. ¿Cómo fue lo de hacerte bombero? ¿Todos los bomberos son guardas forestales? ¿Te acuerdas del oso Yogui?

—Para, para un momento. —Me señala un todoterreno y lo abre con el mando a distancia—. Me acuerdo de que, cuando éramos pequeños y caminábamos juntos de vuelta a casa, hacías lo mismo. Disparabas preguntas sin ton ni son y, cuando creía que podía contestar una, cambiabas de tema.

—La verdad es que te eché de menos durante mucho tiempo. Caminar sola era muy aburrido.

—Yo a ti no; me alegré de perderte de vista. ¡Eh, es broma! —Se defiende cuando le pego. Aunque está tan fuerte que dudo que él lo haya notado y yo tengo cosquillas en la mano.

Estamos ya en la carretera, el paisaje es bonito y a medida que el coche se distancia del aeropuerto las preocupaciones y las dudas que me han carcomido estos últimos días vuelven a asaltarme. ¿Qué está haciendo Salvador? ¿Si le llamo se pondrá al teléfono? ¿Por qué iba a llamarle? Tal vez sería mejor que llamase a Pablo. ¿Y Víctor? Le llamo y ¿qué le digo: «Estoy hecha un lío y te necesito a mi lado, pero no quiero utilizarte»?

—Tenemos dos horas de camino. —La explicación de Nacho hace que deje de mirar fuera de la ventana y lo mire a él—. ¿Quieres que nos detengamos a comer algo?

—Lo que tú prefieras, de verdad. Es tu mes, tú eres el chico del calendario, así que tú decides.

Él asiente pensativo.

—Cuando te llamé no fue para esto. Espero que no creas que pretendía utilizarte o que era una excusa para terminar aquí, participando en el concurso.

Parece preocupado de verdad y, no solo eso, parece medir cada palabra como si necesitase que se ajustasen al milímetro a lo que quiere transmitir.

—Sé que cuando me llamaste tu única intención era hablarme de tu proyecto *antibullying*, Nacho. Fui yo la que te pidió que aceptases ser el chico de agosto y que además empezases unos días tarde.

—Sí, lo sé, pero odiaría que creyeras que te manipulé para que lo hicieras.

Me cruzo de brazos.

—¿De verdad crees que habrías podido manipularme, Nachete?

Él se sonroja y el efecto es de lo más extraño: ver sonrojarse a un tipo que prácticamente podría comerse un oso y levantar armarios con una mano atada en la espalda logra hacerme sonreír.

—No, no es eso. Pero quería estar seguro. —Él aprieta el volante y no dice nada más. Entonces yo decido volver a mirar fuera; hemos avanzado un poco más y, aunque hay curvas, la vista es espectacular.

Nacho vuelve a hablar:

—Mierda. Lo siento. —Lo miro y está nervioso.

—¿Qué pasa, Nacho? —Se me forma un nudo en el estómago—. ¿Quieres echarte atrás, es eso? ¿No quieres ser el chico de agosto?

No sé cómo se lo diré a los demás y, joder, me sudan las manos, no sé qué tendré que hacer para que el padre de Salvador no se entere o no intente quitarme *Los chicos* otra vez con la excusa de que soy un completo desastre dirigiéndolos.

—No. —Él debe de haber visto que estoy en medio de un ataque de pánico, porque aparta una de sus enormes manos del volante y aprieta una de las mías. Durante unos segundos recuerdo que de pequeños a veces caminábamos con las manos entrelazadas de vuelta a casa—. No quiero echarme atrás. Quiero ser el chico de agosto. —Me suelta y vuelve a conducir con las dos manos. Respira profundamente—. Pero tal vez tú querrás que lo deje cuando te cuente la verdad. Sé que tendría que haberlo hecho antes, pero tú me dijiste que tenías prisa por cerrarlo todo y la verdad es que sonabas asustada.

No voy a pensar en Salvador. Mierda, ya estoy pensando en él. ¿Hay algún momento en que no piense en él o en Víctor o en que ahora tengo un agujero en el pecho y mi corazón anda con muletas?

—Lamento haberte presionado para que aceptases.

—No me presionaste. Me ofreciste una gran oportunidad y me dijiste que tenías prisa por saber mi respuesta, eso es todo. ¿Ya está solucionado?

—¿El qué?

—Lo que fuera que te llevó a llamarme el viernes pasado.

—No, no está solucionado. —Miro por la ventana—. Pero he descubierto que yo no puedo hacer nada más para arreglarlo.

Nos quedamos en silencio, aunque tengo el presentimiento de que Nacho está pensando y no tiene la mente en blanco o solo pendiente de la conducción. Yo estoy segura de que él, a pesar de que podría decirse que es prácticamente un desconocido con los años que hace que no nos veíamos, sabe que no estoy mirando el paisaje sin más. En realidad, desde que volví de Londres estoy tan confusa, enfadada, dolida y preocupada que es imposible que el lío y el todo que tengo dentro no me salga por los ojos cuando miro o por la boca cuando respiro.

—A veces hay cosas que no se pueden arreglar —dice Nacho al cabo de un rato— y lo único que podemos hacer es vivir con las consecuencias. —Su tono pensativo me lleva a mirarlo de nuevo—. Te hablé de mi proyecto, de las charlas que hago en los colegios e institutos de la zona para prever y ayudar en los casos de acoso escolar.

—Sí, me lo contaste.

—Pero lo que no te dije fue cómo me metí en esto y por qué.

—¿Por qué te metiste en esto, Nacho?

Él aprieta el volante y durante un segundo recuerdo algo absurdo, que la primera conversación que tuve con Jorge, el chico de febrero, también fue en el coche cuando íbamos rumbo a Granada y que en cierto modo aquel instante marcó nuestra amistad. Tendría que llamarlo un día de estos; seguro que él y María son felices y me irá bien tener una prueba tangible de que el amor a veces funciona.

—Porque me pasó a mí.

Jorge y María desaparecen de mi mente.

—¿A ti? ¿Tú sufriste acoso en el colegio? ¿Cuándo?

—No. No lo sufrí. —Vuelve a apretar el volante—. Yo acosé a alguien.

Suerte que tengo las cejas pegadas en la cabeza porque en este instante me habrían salido volando por los aires.

—¿Tú? —Él asiente—. ¿Tú acosaste a alguien?

Vuelve a asentir.

—Sí.

—Tú.

—Yo. Mierda, lo siento. Tal vez no tendría que haber empezado esta conversación en el coche. Tendría que habértelo dicho en el aeropuerto, así podrías haber vuelto a Barcelona hoy mismo. Pero es que de verdad creo que tu ayuda marcará una diferencia en mi proyecto y yo...

—Eh, tranquilo, Nacho. —Alargo una mano y la coloco en su antebrazo unos segundos—. Cuéntame qué pasó. No consigo hacerme a la idea de que tú pudieras hacer algo así.

—Nadie cree ser capaz de hacer algo así, Cande. Supongo que en el mundo existen, han existido y existirán siempre verdaderas malas personas, pero la triste realidad es que los niños y las niñas con este comportamiento son exactamente iguales a ti y a mí cuando éramos pequeños, a cualquiera. Por eso es tan importante que sepamos detectar estos casos y ayudarlos, tanto a las víctimas como a ellos. Aunque a las víctimas yo no las llamo así.

—¿Y cómo las llamas?

—Supervivientes. La palabra *víctima* implica debilidad y al niño o a la niña que sufre acoso tenemos que recordarle que en realidad es fuerte, muy fuerte. En la gran mayoría de los casos, víctimas lo son los dos; el niño que acosa y el acosado.

—¿Qué te pasó, Nacho? —Es obvio que él ha pensado mucho en este tema y deduzco que, igual que cualquier historia, tengo que empezarla por el principio.

—El que tenga una historia que contarte no significa que tenga una excusa. Nada excusa lo que hice. Mi madre se largó con ese vendedor de repuestos de batidoras y mi padre..., digamos que mi padre dejó de ser el que era. Nos fuimos de Barcelona y vinimos a vivir aquí, a Asturias, con los abuelos. Mi hermana, ¿te acuerdas de ella?

—Sí, claro que me acuerdo. ¿Cómo está?

—Bien, muy bien. Mi hermana era demasiado pequeña para darse cuenta de lo que estaba pasando. En ese momento la odié por ello, ¿sabes? Ella no se enteró de lo que estaba pasando, solo tenía tres años. Incluso llegué a culparla de que mi madre nos abandonase. Fui un estúpido. Y eso fue solo el principio. Odiaba a mi madre por habernos dejado tirados; a mi padre por no haber hecho lo que fuera que tuviera que hacer para que ella no se fuese; a ese miserable vendedor de batidoras; a mis abuelos por haberle propuesto a mi padre que nos fuésemos a vivir con ellos. Odiaba demasiado y por encima de todo me odiaba a mí mismo.

—Tenías once años y lo que hizo tu madre no debió de ser nada fácil de asimilar.

—O quizá lo habría provocado otra cosa. Cuando nos instalamos en Oviedo no tuvimos ningún problema; mis abuelos estaban bien de salud y mi padre empezó a trabajar el día siguiente porque los del banco aceptaron trasladarlo. Vivíamos en un piso más pequeño que el de Barcelona, pero estaba cerca del colegio y tenía todo lo necesario.

Excepto que era una ciudad completamente desconocida y que habían ido a vivir allí porque su madre los había abandonado y él, que no había hecho nada malo, había perdido a sus amigos y todo lo conocido en un abrir y cerrar de ojos.

—¿Y cuándo pasó lo del acoso?

—El primer día de colegio caminé aterrorizado hasta allí, aunque evidentemente me esforcé lo que no está escrito para no aparentarlo. Le pedí, no, le ordené a mi padre que no me acompañase hasta la puerta y entré decidido en el edificio. El colegio aún está, te lo enseñaré el día que vayamos a Oviedo. Tenía un papel con el nombre del profesor escrito y unas pequeñas instrucciones para llegar a la clase; mi padre había insistido en dármelo. Conocí a una chica en la puerta, llevaba gafas y se llamaba, se llama —corrige— Petra, me acompañó dentro y fue muy amable conmigo. Íbamos a la misma clase. Y al día siguiente empecé a ser horrible con ella; convertí sus últimos años en el colegio en un infierno.

—¿Tú... acosaste a esa niña, a la que te ayudó el primer día? —Me cuesta creérmelo, pero él asiente vehemente.

—Le hice la vida imposible.

—¿Por qué? ¿Cómo?

—Ese primer día todo el mundo me llamaba *el nuevo* y... —se encoge de hombros y repite lo que me ha dicho antes— nada de esto justifica lo que hice. Cuando volví a casa me sentía como una mierda; no estaba solo enfadado, la rabia y la impotencia me hacían hervir la sangre y quería... No sé lo que quería. Aquel día comprendí que esa iba a ser mi vida, que mi madre no iba a volver y que nosotros no regresaríamos a Barcelona. Esa noche tuve una discusión horrible con mi padre, mandé a Juana, a mi hermana pequeña, que entonces tenía tres años, ¡tres!, a la mierda y la empujé contra la pared. Sí, exacto —añade al ver que abro los ojos como platos—. Mi padre me encerró en mi habitación, todavía no sé cómo logró contenerse y no pegarme. Fueron unos años muy difíciles.

—¿Tu padre está bien, os lleváis bien?

—Sí y tengo que reconocer que al principio se lo puse muy difícil. —Sonríe y el afecto que siente por su padre es evidente—. Ahora vive con una señora fantástica, Juana y yo insistimos en que tendrían que casarse, y nos llevamos bastante bien, la verdad.

—Me alegro.

—No ha sido fácil y lo que hice en el colegio, lo que le hice a Petra, fue lo peor de todo. —Aprieta el volante otra vez—. El segundo día de colegio empezó igual que el primero, pero esa mañana mi padre no se despertó para desayunar conmigo ni para acompañarme durante unas calles. No le culpé, sabía por qué lo hacía y como un imbécil sentí cierta satisfacción por haber logrado que me dejase en paz. Llegué al colegio y Petra estaba en la puerta esperándome. No habíamos quedado, me puse a la defensiva, no sabía qué estaba haciendo ella allí ni qué quería de mí. Entonces unos chicos aparecieron por el lateral, iban a nuestra misma clase, y le tiraron la mochila al suelo y se rieron de ella, de sus gafas y de su nombre. Petra miró mal a uno de ellos y este la empujó y la insultó. Los demás se rieron de la ocurrencia. Yo llegué allí y no sabes cuánto me gustaría poder decirte que la ayudé a recoger las cosas del suelo o que la defendí, pero hice todo lo contrario. Me burlé de ella, la llamé *sapo cuatrojos* y pisé uno de sus lápices hasta que se rompió. Los otros chicos me aplaudieron. Uno, Lorenzo, me pasó un brazo por los hombros y me incluyó en la pandilla. A partir de ese día fuimos inseparables.

—Pero en algún momento decidiste parar, ¿no? En algún momento te diste cuenta de que lo que estabas haciendo estaba mal y cambiaste.

—Fue demasiado tarde, y que cambiase no condona todo lo que hice hasta entonces. —Levanta una mano del volante para señalar hacia delante—. Allí está Muniellos, hemos llegado.

8

Nacho vive en una cabaña. Una cabaña. Vale, es una casa en medio del bosque y tiene todas las comodidades necesarias, pero su aspecto exterior y su entorno hacen que cuando la veo solo pueda pensar en que estoy delante de una cabaña y mi corazón da un vuelco extraño porque de repente me imagino a Víctor saliendo de detrás de un árbol vestido con una de sus camisas a cuadros y su barba sin afeitar.

Víctor no está aquí y, aunque yo le llamo *leñador*, él no tiene una cabaña. Está visto que se me da mal lo de poner apodos; tendría que haber llamado a Víctor *bodeguero* o *científico chiflado*, pero ahora ya es demasiado tarde y la verdad es que *leñador* le queda bien. Muy bien.

—Tengo la sensación de que el oso Yogui va a salir de detrás de un árbol de un momento a otro. Dime que por la mañana cantas con los pajaritos y que estos te sirven el café recién hecho en tazas de porcelana —le digo a Nacho cuando caminamos hacia la puerta con él llevando mi bolsa de viaje.

Se ríe y deja las cosas en el suelo para buscar la llave.

—Gracias, creo que necesitaba reírme. No, lo siento, los pájaros de aquí son unos camareros pésimos y a Yogui nunca lo he visto. ¿Vas a quedarte? ¿Quieres seguir adelante conmigo como chico de agosto?

La pregunta no me sorprende; Nacho ya me ha dicho antes que se arrepentía de no haberme contado todo esto. Lo que sí me pilla desprevenida es el tono de preocupación y el remordimiento.

—Voy a quedarme y por supuesto que quiero seguir adelante contigo como chico de agosto. Todos cometemos errores y hacemos cosas de las que después no nos sentimos orgullosos. Vale, lo tuyo es más grave que decir una mentirijilla de vez en cuando, pero aun así... —Me encojo de hombros—. Tu proyecto es importante y, si *Los chicos del calendario* pueden ayudarte, vamos a hacerlo.

—Gracias. —Da una palmada y mira a su alrededor durante unos segundos, quizá le sorprende que me haya quedado y no sepa qué hacer conmigo—. Vamos, tu habitación es esa de allí. Esta cabaña es propiedad de la reserva natural de Muniellos, aunque yo y mis compañeros del cuerpo de bomberos la reconstruimos. La encontraron abandonada hace años y no sabían qué hacer con ella. Iban a derribarla o a convertirla en una especie de almacén, pero el jefe de bomberos, Abraham, sabía que yo estaba buscando piso, el mío era de alquiler y el propietario había decidido recuperarlo para sus hijos y me iba a quedar en la calle al terminar el contrato. Abraham le propuso al comité que dirige la reserva que nos la cedieran a cambio de arreglarla y así aquí podría vivir un bombero o guarda forestal de manera permanente.

—¿Y te gusta estar aquí perdido?

—Me encanta.

Por primera vez desde que me ha contado lo que sucedió en el colegio le veo sonreír de verdad.

—Bueno, supongo que tiene sus ventajas.

—Pero ahora mismo no puedes verlas, ¿no? Tranquila, no eres la primera persona en insinuar que estoy loco por vivir aquí. No me molesta. Yo no lo cambiaría por nada. Mi habitación es esa de allí. —Señala con el dedo el otro extremo de la casa. Es una estructura cuadrada y el espacio central está ocupado por el comedor, que evidentemente está enfocado hacia una chimenea, y una cocina abierta, sin puerta ni pared que la separe del sofá, solo una barra americana—. Tu habitación siempre está disponible para visitantes oficiales o para cualquier visitante que la necesite en caso de emergencia; forma parte del trato. Yo vivo aquí sin pagar alquiler y a cambio mantengo la casa y estoy siempre disponible.

—¿Y si sucede algo mientras estoy aquí? No quiero causarte problemas.

—No te preocupes, si sucede algo, dormiré en el sofá. Estamos en agosto y el parque está lleno de familias; no suele ser una época complicada. En invierno, aunque no te lo creas, es cuando la gente comete más tonterías; salen a caminar sin el equipo correcto y se pierden o les sorprende una nevada o una ventisca. Estaremos bien.

—De acuerdo, pero insisto en que me mantengas al tanto de todo y si alguien tiene que dormir en el sofá, seré yo. No voy a echarte de tu dormitorio. Tú solo asegúrate de decirme la verdad, ¿vale?

—Vale. ¿Por qué tengo la sensación de que alguien te ha mentido últimamente?

—No quiero hablar de ello ahora. —Es raro estar con un chico del calendario que al mismo tiempo me ha visto llevar coletas—. Pero sí, digamos que llevo muy mal que me mientan.

—Es comprensible. ¿Estás cansada o te apetece salir a caminar un rato? Puedo enseñarte los alrededores y tal vez presentarte a alguno de mis compañeros.

—No estoy cansada; me encantará conocer a tus compañeros. ¿De verdad no tienes ningún conejo que hable, ni siquiera un poco?

—De verdad.

Caminar por el bosque en compañía de un guarda forestal es toda una experiencia. Nacho se ha colgado del cinturón un *walkie-talkie* y se ha cambiado los zapatos por unas botas; yo he hecho lo mismo después de que él se riese de mis zapatillas. Me ha dicho: «Déjatelas si quieres torcerte un tobillo» y he ido a por mis viejas botas. Suerte que Marta insistió en que me las llevase.

Hago una foto, la hace Nacho, si soy sincera. Le pido que él sujete el móvil y alargue el brazo y nos saque un *selfie*. ¿Por qué son todos tan altos? Yo no soy especialmente bajita, aunque llevo meses sintiéndome como un gnomo y no en plan sexy como Campanilla, no, qué va, en plan la esposa de David el Gnomo. En la foto se ven unos árboles preciosos detrás de nosotros y escribo el texto mientras Nacho habla con alguien por su *walkie*.

«#HolaChicoDeAgosto 😊 #Nacho #LaLlamadaDeLaNaturaleza 🐼 #VerdeQueTeQuieroVerde 🌿 #JustoLoQueNecesitaba».

Nos pasamos el resto del día recorriendo el parque natural, deteniéndonos de vez en cuando. Nacho lo sabe todo sobre las plantas, los animales y todo lo que vamos encontrándonos en el camino. También conozco a dos compañeros suyos, uno es guarda forestal igual que él y otro es un bombero que está allí pasando el día con su familia. Nacho me explica que no todos los bomberos son guardas forestales, su caso no es del todo aislado, pero no es una norma generalizada.

—Primero fui bombero. Empecé a prepararme para las pruebas en cuanto cumplí dieciocho años y cuando las pasé estuve un par de años destinado en una estación de Oviedo. Después me trasladaron aquí, bueno, al pueblo y, no sé, sentí que este era mi sitio. Te parecerá ridículo.

—No, no me lo parece. Sé exactamente a qué te refieres.

Aunque tal vez en mi caso mi sitio no es un lugar, sino una persona.

—Visité la caserna de los guardas forestales y me presenté como voluntario. Siempre nos hacen falta y tras un verano decidí que quería implicarme más. Estudié, pasé las pruebas físicas y las oposiciones, y aquí estoy.

—Aquí estás. —Sonrío—. Convertido en una especie de Capitán Naturaleza.

—¿Capitán Naturaleza? —Levanta burlón una ceja—. No sé si suena muy sexy.

—¿Quieres que suene sexy? Vaya, vaya, Nachete, y yo que creía que solo te preocupaba proteger el planeta Tierra.

Se sonroja y no puedo evitar recordar el afecto que sentía por él cuando éramos pequeños. Vivíamos tan cerca el uno del otro, nuestros padres se relacionaban tanto, que era como un primo para mí y para Marta.

—Bueno, las mujeres también forman parte del planeta Tierra —dice algo incómodo.

—Está bien, haré lo que pueda para ayudarte también en ese sentido, pero yo creo que es sexy que te preocupes tanto por la naturaleza.

—No digas tonterías, Cande.

—Oh, vamos, no me dirás que te sientes inseguro. ¿Te has mirado en el espejo últimamente? Mejor aún, ¿acaso no te das cuenta de cómo te han mirado antes esas dos americanas que nos hemos encontrado en ese camino? Las pobres casi se matan y se dan de bruces contra un árbol porque no podían dejar de mirarte.

—Sé que estoy en buena forma, Cande, pero que te miren por tu físico no vale nada. Nadie debería juzgar a los demás solo por eso.

—Tienes razón, aunque por desgracia es lo primero que vemos. De momento nadie ha inventado unas gafas para ver directamente el alma de las personas.

Estamos andando de vuelta a la cabaña, hemos comido hace un rato, el compañero de Nacho nos ha traído unos bocadillos que al parecer él le había pedido antes cuando han hablado, y ahora sí que empiezo a notar las noches que apenas he dormido, el vuelo, los nervios y las horas que me he pasado recorriendo los bosques como Heidi.

—Pues alguien tendría que hacerlo.

—En eso, Nacho, estoy contigo.

En la cabaña, después de ducharnos, Nacho está en la cocina preparando la cena y escuchando música.

—¿Te acuerdas de cuando venías a dormir a mi casa, Cande? —me pregunta sin darse media vuelta.

—Claro que me acuerdo.

—¿Por qué crees que ninguno de los dos hemos hecho ningún esfuerzo estos años para ponernos en contacto y, sin embargo, ahora nos sentimos tan cómodos el uno con el otro?

Yo me he estado haciendo esa misma pregunta bajo el chorro de agua caliente. No me gusta pensar que soy mala amiga, que si no hubiera sido por *Los chicos del calendario* Nacho habría seguido sin volver a aparecer en mi vida de verdad.

—Soy mala amiga —confieso—, tendría que haberme puesto en contacto contigo mucho antes.

—Lo mismo digo.

—Pero tú tenías excusa —insisto—; tú te fuiste de Barcelona por lo de tu madre y estabas en un lugar nuevo, con gente nueva; tenías muchas cosas en la cabeza. Mientras que yo seguía como si nada. Te eché de menos.

—Gracias. Yo también a ti y a toda tu familia. —Vuelve a cocinar—. No es solo culpa tuya, yo también podría haberme puesto en contacto contigo antes. Siento haberme convertido en un capullo durante tantos años.

—Bueno, de nada sirve que nos torturemos ahora. Lo importante es que los dos hemos cambiado; tú has dejado de ser un capullo, y conste que eso te lo has llamado tú, y yo, gracias a mis chicos, he aprendido a luchar por lo que quiero. Me alegro de haberte recuperado, Nacho, y siento no haber estado a tu lado cuando pasó lo de tu madre y todo lo demás. Tal vez podría haberte ayudado.

Espero no sonar presuntuosa, pero lo cierto es que me siento fatal porque creo que podría haber hecho algo por él.

—O tal vez yo te habría hecho lo mismo que le hice a Petra y jamás me lo habrías perdonado. Mira, si algo aprendí cuando iba a terapia (esa historia la reservo para mañana o dentro de unos días) —añade al ver que abro los ojos—, es que tenemos que mirar hacia delante. Estás aquí, sabes la verdad y has decidido quedarte y ayudarme con mi proyecto, y yo he recuperado a una de las personas que más quería en mi antigua vida. De pequeño, cuando vivía en Barcelona, solía imaginarme que Marta y tú erais mis primas. Es una tontería, y sé que en clase no éramos especialmente amigos, pero cuando volvíamos andando a casa o cuando nuestros padres nos juntaban es lo que pensaba.

—No es ninguna tontería, aunque no te aconsejo emparentar conmigo. Marta está loca de remate, sigue empeñada en que el cine de los ochenta es el mejor, y yo tampoco soy muy de fiar. Pero te propongo algo: ¿Qué te parece si ahora que se supone que somos adultos responsables somos amigos, buenos amigos?

Le tiendo una mano y él la acepta y la estrecha.

—Me parece que es la mejor idea que he escuchado en mucho tiempo, Cande. ¿Adultos responsables, eh?

Los dos sonreímos.

—Más o menos.

Pasa una semana casi sin que me dé cuenta, el trabajo de Nacho es tan físico que cada noche caigo reventada en la cama, algo que agradezco, así no pienso tantas veces en cómo debe de estar Salvador o en que todavía no he tenido valor de llamar a Víctor y contarle nada. Y tampoco he llamado a Salvador, obviamente. Con el único que mantengo cierto contacto es con Pablo, él me ha mandado algún que otro mensaje diciéndome que todo va bien y que su hermano mayor es un idiota. No pude evitar contestarle que tenía razón.

Estos días he recorrido el bosque con Nacho, le he ayudado en todas sus tareas y me he sentido culpable por todos los años que he estado reciclando mal. En cuanto a su trabajo como bombero, él dice que lleva muy buena racha y que tarde o temprano se terminará. Estamos en agosto y según él por estas fechas siempre hay algún imbécil que se olvida de apagar bien un fuego. Pero de momento no he visto a los bomberos en acción, lo cual, aunque sin duda es bueno para la naturaleza y el mundo en general, es una pena porque a mi imaginación le encantaría ver a Nacho y a sus compañeros corriendo hacia el camión con los cascos en la mano y las mangueras a punto.

—¡Cande!

—¿Eh, qué pasa?

—Te he llamado tres veces —se ríe Nacho—, ¿en qué estabas pensando?

—En nada.

—Te has puesto roja, ¿en qué estabas pensando?

Estamos en su cabaña, se supone que hoy tenemos otros planes, vamos a Tablizas, la puerta de entrada oficial del parque natural, para recibir a una escuela de verano que viene de visita. Van a acampar en el parque durante unos días.

—En nada —insisto—. ¿Ya tenemos que irnos?

—No, aún podemos estar aquí media hora más. Te he preguntado si querías otra taza de café.

—Sí, gracias.

Él va hasta la cocina y vuelve con dos tazas, una en cada mano. Se nos da bien vivir juntos y por primera vez desde que llegué aquí me sorprende darme cuenta de que no siento ni la menor atracción por él. Nacho es espectacular, no solo tiene un cuerpo de infarto, sino que su cara es de esas que funden neuronas cuando las miras, pero a mí no me produce ningún efecto más allá de tener ganas de fotografiarlo igual que si fuera una obra de arte. Él me trata realmente como si fuésemos hermanos, nunca le he visto mirarme más de lo apropiado y, si me sujeta la mano cuando subimos o bajamos de la montaña, no saltan chispas. Lo que sí que salta es algo especial, algo parecido a lo que me pasó con Jorge en febrero, pero más profundo, seguramente porque conozco a Nacho de antes y, si has comido hormigas con alguien en el balcón de tu casa, es para siempre.

—Toma. —Me pasa el café—. Ahora que tenemos un momento de tranquilidad quería darte las gracias por estar aquí.

—¿Las gracias?

—Sí, solo en esta semana las visitas a la web de Valiente se han multiplicado por diez y tenemos peticiones para hacer charlas y cursos en colegios e institutos de toda España a partir de septiembre.

Valiente es como se llama el proyecto de Nacho para prevenir el acoso escolar. Estos días he colgado varias fotos hablando de él y también hemos grabado un vídeo juntos. Esta vez es distinto a lo que pasó con John en julio; no estoy haciendo propaganda de unas gafas de sol ni de una crema bronceadora. Las respuestas que hemos recibido son abrumadoras y he leído varios testimonios que ponen los pelos de punta. Hay niños y niñas muy valientes allí fuera y no soy tan engreída como para pensar que estoy a su altura, pero si *Los chicos del calendario* y yo podemos hacer algo para ayudar y para que estas historias no se repitan, lo haremos hasta el final.

—No me las des, Nacho. Me siento honrada de poder hacerlo y la verdad es que espero poder seguir ayudándote en lo que sea, en lo que me dejes, después de que acabe esto.

—¿Qué harás cuando llegue diciembre?

—No tengo ni la más remota idea. —Algo me impulsa a sincerarme, será que con este chico bajo realmente las defensas. Le vi correr desnudo con una capa de Supermán atada a la espalda y él me vio meter la cabeza en la reja del balcón de casa y quedarme atascada allí—. Creo que escribiré.

—¿Es eso lo que haces cada noche cuando te encierras en tu habitación con el ordenador, escribir?

—Sí, pero es para *Los chicos*. Creo que cuando termine el año escribiré algo distinto.

—Bueno, seguro que será genial, Cande.

—Gracias por el voto de confianza, Nacho, aunque lo más probable es que sea un desastre.

—De pequeña los desastres se te daban bien y después de estos días contigo creo que de mayor, también.

Recupera las tazas vacías y las lleva de vuelta a la cocina, donde las friega.

—Es una lástima que hayamos estado todos estos años sin hablarnos, me habría venido bien tu optimismo.

—Pues será cuestión de que no volvamos a cometer el mismo error. Espero que, cuando te vayas de aquí dentro de unos días, no desaparezcas.

—Tranquilo, al final te aburrirás de mí. ¿Siempre vas a recibir a los niños que vienen de campamento?

Estamos en el coche. Nacho acaba de aparcar en la zona reservada a los guardas forestales y nos disponemos a salir y recorrer la corta distancia que hay hasta la entrada del parque. El aparcamiento está lleno de vehículos particulares y también hay autocares.

—Eso intento. Es una oportunidad excelente para hablar con los profesores o monitores con algo de calma. Una vez están dentro del parque solo tienen ojos y cabeza para los niños, lo que es comprensible. Me gusta hablar con los niños sobre la naturaleza y explicarles qué pueden y qué no pueden o deben hacer. Es una de las partes que más me gustan de mi trabajo.

—Se te nota.

Llegamos al edificio donde se encuentra la recepción y el servicio de información. Nacho saluda a unos compañeros y yo aprovecho para sacar unas cuantas fotos.

—El grupo de hoy está allí. —Señala hacia una esquina donde hay colgado un mapa del parque. Habrá unos veinte niños y dos adolescentes, que deduzco que son monitores en prácticas o ayudantes de las dos chicas que se encargan del grupo—. Vienen de una escuela de Oviedo que organiza actividades en verano.

—¡Oh, qué bien! Así están cerca de casa. A mí me daba terror irme de campamento cuando era pequeña; tenía miedo de la oscuridad y de que me comiera un oso, claro que adonde yo iba no había osos, pero aun así... —Me doy cuenta de que estoy hablando sola. Nacho se ha quedado helado y sigue con la mirada fija en los papeles que tiene en la mano. Doy media vuelta y me acerco a él—. ¿Sucede algo?

—La profesora de los niños...

Levanto la vista; una chica está hablando con los niños, creo que está separando a un par que estaban discutiendo, y la otra nos da la espalda. Es pelirroja y no puedo evitar pensar en Javier, el chico de mayo.

—¿Qué le pasa? —susurro sin saber muy bien por qué—. ¿La que está riñendo a esos dos o la que está mirando el mapa del parque?

—La del mapa. —Él traga saliva—. Es Petra.

9

—¿Petra, la chica a la que... —no puedo decirlo— en el colegio?

—Sí, la chica a la que acosé en el colegio. —Tengo la sensación de que él se obliga a pronunciar esa palabra como si fuera un castigo—. Mierda. Mierda.

Nacho no ha llegado a contarme toda la historia. En esta semana hemos hablado del acoso, de las charlas que él y los colaboradores de Valiente imparten en colegios e institutos y del teléfono de ayuda que intentan mantener abierto las veinticuatro horas, pero todavía no sé qué le pasó para cambiar y qué papel jugó esa chica, la que ahora acaba de darse media vuelta y está fulminando a Nacho con la mirada.

Ella camina hacia nosotros, lleva gafas y sujeta un mapa doblado en una mano y con la otra una de las asas de la mochila que le cuelga del hombro.

—Hola —ella es la primera en hablar—. No sabía que trabajaras aquí; tu nombre no aparecía en ninguno de los correos que la escuela recibió del parque.

Ha ido directa al grano.

—Hola, Petra. —Nacho está nervioso y triste. Sí, está triste. Mientras ella caminaba hacia aquí la ha mirado como si la hubiese estado esperando y, cuando se ha detenido y ha empezado a hablarle de esta manera tan fría, a él le han caído los hombros—. No trabajo para la parte del parque que se encarga de los campamentos infantiles. Soy guarda forestal y estoy destinado aquí.

Ella parece relajarse un poco, afloja los dedos que tiene en la cinta de la mochila y da un pequeño paso hacia atrás. Los hombros de Nacho caen un poco más.

—De acuerdo. Entonces supongo que no volveremos a coincidir. —Mide cada palabra y se gira hacia mí. Arruga las cejas levemente—. Hola, soy Petra, ¿tú eres Lupe?

—No, soy Cande. —Le tiendo una mano—. Lupe es esa chica de allí.

Es la encargada del centro, la conocí hace días, y supongo que es la persona con la que Petra se ha estado escribiendo.

Petra acepta mi mano con educación y sin demasiado entusiasmo.

—¿Nos hemos visto antes? ¿Eres profesora de algún centro de Asturias? Tu cara me suena.

—No. —Sonrío—. Por suerte para los niños de este país no soy profesora. Tal vez te resulto familiar porque tengo una especie de concurso en marcha, *Los chicos del...*

—*Los chicos del calendario*, de eso me suenas. Lamento decir que no te sigo, pero he estado unos días de vacaciones con una amiga que está superenganchada. Ella cree que todo lo que haces es de verdad y yo le dije que tenía que ser un montaje.

Es tan brusca que me incomoda un poco, aunque en cierto modo es agradable. Como cuando te depilas con cera: duele, pero te gusta.

—No es un montaje, todo lo que me pasa es de verdad. Sería incapaz de inventarme algo así.

—¿Y qué estás haciendo aquí? Disculpa, no es asunto mío, es que estoy acostumbrada a lidiar con niños de ocho años y con ellos la sutileza no funciona. Cuando hablo con adultos se me olvida reincorporarla a mi lenguaje.

—No te preocupes, estoy aquí por Nacho, él es el chico de agosto.

Petra levanta las cejas y se cruza de brazos con una mueca de asco en el rostro.

—¿Nacho? ¿Él es el chico de agosto?

—Sí. —Nacho baja la cabeza. No me gusta verle así—. Y es un chico estupendo, la gente está...

La risa amarga de Petra me interrumpe.

—Si él es chico del calendario, todo esto tiene que ser un montaje.

—No lo es —reafirmo enfadada.

—Pues entonces has cometido un grave error.

Petra se aleja, va a intercambiar unas cuantas frases con la otra profesora y juntas se dirigen hacia Lupe donde rellenan los documentos pertinentes para la entrada en el parque. Los niños de su grupo siguen en el rincón; algunos se han sentado en el suelo y otros están de pie jugando o inspeccionando un *stand* de postales que tienen al lado.

—¿Estás bien? —le pregunto a Nacho que sigue alicaído y sin reaccionar.

—Sí —sacude los hombros—, supongo. No sabía que Petra iba a estar aquí; solo sabía el nombre del colegio y la edad de los niños. La última vez que la vi trabajaba en otro sitio.

—¿Os habíais visto antes?

—Sí —suelta el aliento—, unas cuantas veces, y todas van más o menos como acabas de ver. Me odia y no digo que no tenga motivos para hacerlo, pero...

—Pero has cambiado y te duele que te vea así.

Él sonríe con tanta amargura que le aprieto el antebrazo durante unos segundos para darle ánimos.

—Si solo fuera eso... —responde enigmático—. Vamos, tenemos que hacernos cargo del grupo.

—¿Vas a encargarte tú de esos niños? Podrías pedirle a otro guarda que se hiciera cargo. Cuando hemos llegado nos hemos cruzado con Samuel y aún te debe el favor del otro día.

—Voy a encargarme yo, bueno, tú y yo. ¿Vamos? Creo que necesitaré tu ayuda.

—Está bien. —Caminamos hacia allí y Petra parece dispuesta a lanzarnos la grapadora que Lupe tiene en la mesa—. Espero que sepas lo que haces.

—Yo también lo espero.

—Este es nuestro guarda forestal residente y el más bien preparado del equipo —empieza Lupe ajena a lo que está pasando—. Podéis llamarle a cualquier hora en el número que figura en el dosier que os he dado y ahora os acompañará hasta la zona de acampada y os pondrá al tanto de todo. Os dejo en buenas manos, Nacho es el mejor.

Creo que Petra está a punto de vomitar y la otra profesora también se da cuenta, porque le da un codazo para hacerla reaccionar. Entonces ella sonríe.

—Gracias, Lupe, estoy segura de que Nacho lo sabe todo sobre los animales, pero no hace falta que nos acompañe; podemos apañárnoslas solas con el mapa. ¿A que sí, chicos?

Los niños miran atónitos a su profesora.

—¿Quién de vosotros sabe preparar una hoguera y, lo más importante, apagarla? —Nacho se dirige a los niños—. ¿Y sabéis qué hacer si os cruzáis con un oso?

El oso capta su atención.

—¿Hay osos? —pregunta un niño.

—Sí, pero no en vuestra zona. —Nacho se agacha para quedar a su altura—. Aunque nunca está de más estar preparado, ¿no crees?

—Yo le lanzaría una piedra. —Uno se hace el valiente.

—Bueno, es una reacción natural, pero solo serviría para hacer enfadar al oso. —Nacho se pone de pie—. ¿Y qué me decís de las estrellas fugaces? ¿Sabéis cómo capturar una?

—Las estrellas no se pueden capturar. —Esta vez es una niña y Nacho se gira y le guiña un ojo. La pobre se sonroja y lo cierto es que la entiendo.

—Eso es que nadie te ha enseñado a hacerlo como es debido. Yo os contaré mi secreto para hacerlo con la condición de que cuando os vayáis de Muniellos no se lo digáis a nadie. ¿Qué os parece? ¿Vamos?

El «sí» es ensordecedor y Nacho sale de allí con los niños caminando y saltando a su alrededor como si fuese el flautista de Hamelín. La otra profesora, Malena, se me presenta antes de irse y me quedo con Petra.

—Mi amiga me explicó que recorrerías España en busca de un chico que valiera la pena.

—Así es. —Lo que veo en los ojos de Petra no me gusta nada.

—Pues entonces estás perdiendo el tiempo con Dueñas. Nacho es la prueba viviente de que hay personas que no valen nada.

—¿No crees que estás siendo injusta con él? —De reojo veo a Nacho pidiendo a los niños que se sienten en círculo a su alrededor. Están fuera, cerca de unos árboles.

—No. —Se ríe un poco—. Si le conocieras como yo, opinarías igual. La gente no cambia.

Me gustaría decirle que sé lo que pasó entre ellos, pero me muerdo la lengua porque no quiero que se ponga más a la defensiva y porque intuyo que aprovecharía esa información para atacar a Nacho de otra manera; se lo tomaría como una traición.

—Le conozco y sé que la gente no cambia, pero puede aprender. Yo misma no soy igual ahora que cuando el imbécil de mi ex me plantó por Instagram. Creo que Nacho ha aprendido de sus errores y que eso demuestra que es un chico muy *valiente* y un gran chico del calendario.

Ella ha levantado las cejas, está enfadada, pero no me cabe ninguna duda de que está al tanto del proyecto de Nacho y que no le gusta. Y no logro entenderlo.

—Que alguien se sienta culpable por algo no significa que haya aprendido nada. Tú sigue buscando a ese chico perfecto e inexistente en tu mundo de fantasía, pero mantente alejada del mío. Aquí la gente se hace daño de verdad y tiene que vivir con las consecuencias.

Se dirige a los niños. Mientras me hablaba los ojos le echaban chispas detrás de las gafas y en cuanto ha llegado frente a sus alumnos han cambiado. Para ser capaz de ocultar tanto en tan poco tiempo tiene que tener mucha práctica; a mí me resulta imposible levantar esta clase de muros en apenas unos pasos.

Salvador sí puede.

Mierda, ¿por qué pienso en él? De nada sirve que me escude tras su enfermedad y me diga que es normal que esté preocupada, que cualquiera lo estaría. Lo único que puedo hacer es olvidarlo y olvidar que le quiero y que sé que, a pesar de sus mentiras, él me quiere a mí, pero no lo suficiente.

No lo suficiente.

Tiene que curarse, va a curarse y yo voy a seguir adelante con mi vida. Por ahora lo mejor que puedo hacer es salir de aquí e ir a reunirme con Nacho. Creo que él va a necesitarme para enfrentarse al resentimiento de Petra y recordarle que está en el camino correcto y que lo que hace vale la pena. Salto los dos escalones; el sol me ciega durante un segundo y me pongo una mano en la frente a modo de visera. Nacho sonríe y me guiña un ojo mientras contesta las preguntas que le están haciendo los niños; como mínimo hay cuatro con la mano levantada esperando su turno.

Es bonito sentirse necesitada.

Dejamos a los niños en los bungalós de la zona de acampada fuera de la reserva y todos nos despiden contentos y nos piden que volvamos mañana para acompañarlos en la escalada que tienen prevista. Todos excepto Petra, por supuesto.

El resto del día transcurre con rapidez y con esta especie de normalidad que se ha establecido entre Nacho y yo desde el principio. Comemos con otros guardas forestales y opto por no sacar el tema de Petra delante de ellos. Sé que los compañeros de Nacho están al corriente del proyecto Valiente y de su origen, y todos le ayudan siempre que pueden y se ofrecen voluntarios, pero dudo mucho que estén al corriente de quién fue la persona que sufrió el acoso.

—Estoy agotada —exclamo al llegar a la cabaña— y apesto. Lo de sacar a ese cervatillo del riachuelo ha sido mucho más difícil de lo que creía.

—Nunca había visto a nadie tan torpe, Cande, creo que has batido un récord. Creía que el pobre animal iba a tener que sacarte a ti del agua.

—Si tú y tus amigos no os hubieseis estado riendo, tal vez no me habría caído tantas veces.

Lo del cervatillo ha ocurrido cuando se suponía que todos volvíamos a casa y durante unos minutos he pensado que se trataba de una novatada, pero tal y como me han señalado, son brutos, pero no tanto como para poner a un animal inocente en un apuro.

Tal vez los guardas forestales no han tenido nada que ver, pero está claro que se lo han pasado en grande viendo cómo hablaba, abrazaba y tiraba del cervatillo para sacarlo del río. Al pobre animal le había quedado una pezuña atrapada entre dos piedras y no podía soltarse.

Tarde o temprano lo habría conseguido, el agua del río habría aflojado las piedras o se habría tranquilizado lo bastante para levantar la pata sin hacerse daño e irse, pero yo me he ofrecido voluntaria para meterme en el arroyo y ayudar al animal —he visto demasiadas veces *Bambi*—, y lo que pasa es que los de verdad tienen dientes y no se alegran demasiado cuando una desconocida se acerca a ellos y resbala delante de sus narices, cae en el agua y los salpica. Ha sido una experiencia muy educativa. Uno de los compañeros de Nacho me ha grabado con el móvil y, aunque el vídeo tiembla un poco porque él se estaba muriendo de risa, he colgado unos segundos en mi cuenta de Instagram, los que estoy más o menos de pie.

«#OperaciónLiberarABambi 🦌 #PrayForCandela 🙏 #ElChico-DeAgosto 🐻 #NaturalezaSalvaje 🌳 #VayaVeranito ☀️».

El cervatillo está bien, yo creo que me saldrán dos o tres morados en el trasero, pero nada de lo que no pueda recuperarme tras una buena ducha de agua caliente. Nacho está en su habitación haciendo lo mismo, sin los morados y probablemente aún se ríe de lo que ha pasado. Me quedo bajo el chorro hasta que empieza a enfriarse y después me pongo crema con calma. Creo que hacía semanas que no me pasaba tanto rato con la mente en blanco y es agradable no pensar en nada, dejarse llevar. Ojalá fuese capaz de hacerlo más a menudo, aunque sin tener que pelearme con Bambi antes ni tener que estar prácticamente aislada del mundo en medio de un bosque mágico.

La pantalla del móvil no deja de parpadear. Me está costando un poco volver a acostumbrarme a las redes tras los días de desconexión, los comentarios que recibí durante el mes de julio cuando todo el mundo se dio cuenta de que el chico de ese mes no había sido elección mía me han vuelto un poco asustadiza. Sí, esa es la palabra. Además, el otro día leí parte de una de las conferencias de Nacho y se me pusieron los pelos de punta al comprobar hasta qué punto puede un niño sufrir acoso a través de Internet. El comisario que conocí en mayo en Madrid tiene toda la razón, todos tenemos que aprender a ser más cautos con lo que hacemos en las redes y ser conscientes de que lo que colgamos allí tiene consecuencias en el mundo real. Le pediré a Nacho que me deje seguir vinculada a Valiente después de mi mes aquí; creo que puedo ayudar con mi historia, hablarles de la seguridad en las redes, y siento que tengo que hacer algo. Tal vez a mí las redes no me arruinasen la vida, sino todo lo contrario, pero si con mi experiencia puedo hacer que alguien cambie de manera de pensar, vale la pena que lo intente.

Miro el vídeo una última vez, estoy ridícula con el pelo pegado a la cara, pero parezco contenta. Estoy contenta, ahora que lo pienso. Sigo muy dolida y no sé cuándo me recuperaré de Salvador —o si llegaré a hacerlo nunca—, pero no me siento fría ni vacía, sé que conseguiré ser feliz y estar aquí con Nacho me está ayudando mucho. Los comentarios que hay debajo del vídeo son divertidos. Las redes tienen una parte mala, pero también tienen una parte buena y no digo que yo no tenga algún que otro trol entre mis seguidores, pero lo cierto es que la inmensa mayoría son geniales y noto que estamos conectando de nuevo. Los he echado mucho de menos.

Un comentario capta de repente mi atención. La persona que lo ha escrito utiliza el nombre de *Leñador*. No puede ser casualidad.

«@leñador: El ciervo te ha tirado al agua adrede, lo entiendo».

No es casualidad.

Oigo a Nacho que me llama desde la cocina y me pregunta qué me apetece cenar. Tardo unos segundos en vestirme; tan solo me pongo unos pantalones cortos y una camiseta, y salgo descalza.

—Cualquier cosa, lo que a ti te apetezca.

Decidimos prepararnos una ensalada y terminarnos un pollo asado con el que no pudimos ayer. La temperatura baja un poco de noche y todavía no me he acostumbrado a lo frías que son aquí.

—¿Crees que los niños estarán bien?

—Sí, seguro que sí. Los bungalós están preparados para todo. Solo tendrán miedo pasado mañana —me explica.

—¿Pasado mañana? ¿Qué pasará pasado mañana?

—La profesora, la que no es Petra (no me acuerdo de su nombre, lo siento) —se encoge de hombros—, me ha dicho que esa noche les dejarán quedarse despiertos hasta más tarde y explicar historias de terror.

Sonrío, a mí de pequeña me aterrorizaba que Marta me contase historias para no dormir.

—Siento que Petra te haya tratado de esa manera —le digo a Nacho.

—Yo también, aunque me lo tengo merecido. Ya tendría que estar acostumbrado, pero sé que me lo merezco.

—¿De verdad lo crees?

—¿Tú no? ¡Le hice algo horrible!

—Cuando tenías doce años.

—No paré hasta los diecisiete, casi dieciocho. Créeme, a mí más que a nadie me gustaría que Petra me escuchase y me diese una segunda oportunidad. —Suspira y veo algo distinto en él—. Pero no sucederá y yo no puedo pedírselo.

—Eras un niño y estabas hecho un lío con lo de tu madre y el traslado.

—Da igual. —Se pone en pie y lleva los platos al fregadero—. ¿Te importa que sigamos hablando de esto mañana? Hoy... —abre y cierra el grifo del agua— estoy cansado. Creo que voy a acostarme. Buenas noches, Cande.

—Buenas noches, Nacho.

Camina hasta la puerta del dormitorio, no dudo de que pueda estar cansado, yo estoy exhausta, pero el peso que le mantiene los hombros bajos no es solo eso.

—Por cierto —se detiene y da media vuelta—, mañana tenemos fiesta.

—¿Fiesta?

—Más o menos... Tengo que estar localizable, pero no tenemos que levantarnos temprano ni ocuparnos del parque. ¿Qué te apetece hacer?

—¿Y a ti? —Él se mete las manos en los bolsillos del pantalón del pijama y deduzco que espera que yo decida—. Yo quiero dormir y después, ya veremos.

Nacho sonríe.

—De acuerdo entonces; dormiremos y ya veremos. Buenas noches, Cande.

—Que descanses, Nacho.

10
VÍCTOR

Pasar unos días en Nueva York ha sido muy buena idea. Las obras en casa todavía no han terminado y, aunque sé que Tori me echa de menos, a mi hermana y a su pequeña familia les irá bien adaptarse a su nuevo hogar sin que yo esté por medio. Claro que, cuando vuelva, secuestraré a Valeria y me pasaré horas recuperando el tiempo perdido con ella. Me importa una mierda que digan que no es normal que malcríe tanto a mi sobrina. Es mi sobrina y es la niña más lista y preciosa del mundo; es comprensible que pierda la cabeza con ella.

Y con Cande.

Joder, al parecer últimamente pierdo la cabeza por demasiada gente. Ya, dos personas no es «demasiado», pero si tenemos en cuenta que hasta hace meses el número era cero, estamos hablando de un incremento del doscientos por cien. Una barbaridad.

Inexplicable.

O tal vez no tanto.

Después de dejar a Cande en Londres me quedé unas cuantas horas en el aeropuerto de Heathrow esperando mi vuelo de regreso a España. Estuve un rato sin reaccionar, supongo que no sabía exactamente qué había pasado y cómo había llegado hasta allí, hasta ese momento. Lo más curioso es que ni por un segundo me arrepentí de haber ido a buscar a Cande a Mallorca.

Por primera vez en mi vida había sido completamente sincero conmigo mismo y, aunque lo de empezar a sentir es una jodida mierda, valió la pena, porque durante unos minutos, antes de que su móvil lo echase todo a perder, Cande me miró a los ojos como yo llevaba meses mirándola a ella.

Hubo un instante en que Cande fue mía y quiso que yo fuese suyo.

El gato de Schrödinger, mi gato imaginario que sigue dentro de mi caja imaginaria, seguro que está vomitando de tanta cursilería, pero ya no hay vuelta atrás.

Por eso me he quedado en Nueva York, porque si existe alguna ciudad en el mundo capaz de hacerme reaccionar y conseguir que deje de recitar poesía barata es esta.

Volví a España, fui a por mis maletas y me despedí de Tori y Valeria, y también de mi cuñado, claro; el tío está resultando ser todo un descubrimiento. Me miró a los ojos, me abrazó, aunque yo me resistí un poco, y me dijo al oído: «Se te pasará o aprenderás a vivir con ello».

Joder, mala señal cuando tu propio cuñado se da cuenta de que estás hecho una mierda.

Pasé unos días en San Francisco, tuve que asistir a un par de reuniones y firmé el contrato; de nada servía que siguiera dándole vueltas. No recibiré una oferta mejor porque no existe y quiero estar aquí, trabajar aquí. Empezar una vida nueva aquí. Elegí una casa de alquiler, una que tiene unas vistas espectaculares al mar; y pagué lo que me pedían para reservarla, aunque no me mudaré hasta dentro de unos meses, probablemente en octubre. Mi nuevo trabajo empezará en enero del año que viene, pero me dejaron claro que si me instalaba antes podía empezar al día siguiente, fuese cuando fuese.

Estaba allí, en San Francisco, cuando decidí que no iba a volver a España hasta septiembre; no enfrentarme a Candela iba a ser, quizás, el primer acto realmente cobarde de mi vida. Iba a recorrer el país o visitar Canadá, o tal vez México. Entonces me llamó Álex, un antiguo compañero y amigo de la Universidad, que trabaja en los laboratorios que me han contratado y se enteró de que estaba en Estados Unidos. Me explicó que él y unos amigos iban a pasar unos cuantos días de agosto en Las Vegas y que, si me apetecía, podía unirme a ellos. Uno, un chico que al parecer formará parte de mi equipo el año que viene, se casa en septiembre y esa escapada era su despedida de soltero.

«Es la oportunidad perfecta para conocerlos y empezar a hacer amigos aquí», me dijo Álex.

Tenía razón y acepté la invitación. Así que me quedé y, antes de asistir a una despedida de soltero de un desconocido en Las Vegas, estoy en Nueva York solo, dejándome envolver por la ciudad, visitando todos esos lugares que siempre había querido ver y en los que nunca había estado porque no tenía tiempo o porque, qué sé yo, e intentando no pensar en Cande y en cómo estarán las cosas con Barver.

Hoy he decidido visitar el Metropolitan. Estoy subiendo la escalinata principal, esquivando turistas, cuando me suena el móvil y lo descuelgo sin mirar.

—¿Qué ha hecho Valeria cuando le has enseñado la foto que te he mandado?

—Hola, Víctor.

Me detengo en un escalón.

—¿Cande?

—Hola, Víctor —repite y yo me siento en el suelo y me convierto en un estorbo más para los visitantes del museo. Me importa una mierda, que me esquiven, yo no pienso moverme. No voy a correr el riesgo de que esta llamada se corte.

—Hola, nena, ¿cómo estás?

—Bien, oye, ¿te has hecho una cuenta de Instagram?

Sonrío. La cuenta me la hice hace tiempo, pero hoy he escrito algo por primera vez bajo el vídeo de Cande con ese cervatillo. No he podido contenerme.

—Sí, ¿estás bien o sigues peleándote con Bambi?

Ella se ríe y de repente su imagen desnuda, debajo de mí, riéndose en la cama después de hacer el amor me sacude. Gracias a Dios que estoy sentado.

—Bambi y yo somos íntimos; he quedado mañana con él para salir a pasear con Tambor.

—¿Tambor?

—Ya averiguarás quién es, leñador, seguro que tarde o temprano tendrás que contarle el cuento a Valeria.

—¿Me estás diciendo que no podré leerle teorías científicas desde pequeña?

—Pobre de ti que le cuentes eso del gato y la caja, Víctor, yo aún no me he recuperado. No creo que *Bambi* te guste demasiado, la verdad, pero *Peter Pan* o *La Bella y la Bestia* tienen posibilidades, ya verás.

—Eso espero. —Me gusta tanto oír su voz que, si es lo que quiere, puedo pasarme horas repasando las jodidas princesas Disney, pero ella se pone seria; noto el cambio incluso a través del teléfono.

—Creía que estabas enfadado conmigo.

—No, no estoy enfadado, Cande.

—No habías vuelto a escribirme y tampoco me has llamado.

—Tú a mí tampoco. —Esta frase me sale más dura de lo que pretendo—. No estoy enfadado, pero tengo que pensar en mí.

—Sí, lo entiendo. —Tengo la sensación de que está conteniendo algo, aunque no logro averiguar qué. ¿Lágrimas? ¿Otra pregunta? ¿Decirme que está con Barver?—. ¿Dónde estás ahora? ¿Has vuelto a La Rioja?

—No, qué va. Estoy en Nueva York. Ahora mismo tengo el Metropolitan a mi espalda.

—Oh, Dios, lo siento, Víctor. No quería...

—No te disculpes, nena. —Me da igual si es o no apropiado que la llame así—. Me gusta oír tu voz. Puedes llamarme cuando quieras.

—Gracias, Víctor. —Ahora sí que oigo que está llorando y tengo que apretar el teléfono—. ¿Estás solo?

—Por supuesto que estoy solo, Cande.

—Oh... perdona. No sé qué me ha pasado. No quería ponerme a llorar.

—No pasa nada —carraspeo—, pero deja de hacerlo porque acabaré rompiendo el móvil de lo fuerte que lo estoy apretando, ¿vale?

—Vale.

—Así está mucho mejor. —Quiero creer que la he oído sonreír—. Volvamos a empezar, ¿cómo estás, Cande?

—Bien. Esta tarde he salvado a un ciervo.

—Lo sé. Te he visto. Estabas preciosa.

Se ríe.

—Parecía un pato mareado y he acabado apestando a perro mojado.

—Pero aun así estabas preciosa. ¿Qué tal con el chico de agosto?

—Bien, él y yo éramos amigos de pequeños, vivía cerca de mi casa e íbamos a la misma clase. Pero no se lo digas a nadie, es un secreto.

—Soy una tumba. Me alegro de que estés bien, de que tengas a un amigo a tu lado. —Suelto el aliento—. ¿Qué pasó en Londres, Cande?

Tarde o temprano tendré que averiguarlo y este momento es tan bueno como cualquier otro. Si ella no me contesta o me manda a la mierda, no tendré más remedio que aceptarlo.

—Salvador está enfermo, tiene leucemia y se está sometiendo a un tratamiento allí.

—Lo siento. Espero que todo salga bien y se recupere pronto. —Soy completamente sincero en mi respuesta. Solo un hijo de puta se alegraría de algo así.

—Gracias, yo también lo espero. Salvador... Salvador no quiere que esté con él, él no... él no quiere estar conmigo. Ya no hay nada entre él y yo.

Ojalá fuera tan sencillo.

—¿Y tú qué quieres, Cande? Dices que él no quiere estar contigo, pero ¿tú qué quieres?

—Sé que no quiero perderte, Víctor. Siento haber estado tantos días sin ponerme en contacto contigo y siento haberlo hecho hoy justo después de que tú me dejases ese comentario en el vídeo. Lo siento. Siento haber estado ausente.

—No te preocupes.

—Sí que me preocupo, tú no te mereces esto. No te mereces que te arrastre al caos de mi vida.

—Eh, para, Cande. Por si no te ha quedado claro, *quiero* formar parte del caos de tu vida.

Ella se queda en silencio y mientras no habla me maldigo por haber sido tan directo, pero, joder, una cosa es que no la presione y otra que le mienta. Y no quiero ocultar lo que siento. Por una vez en la vida que me pasa esto, no quiero disimular ni callarme.

—¿Qué estás haciendo en Nueva York?

No voy a quejarme por el cambio de tema; me basta con seguir hablando con ella. Además, no tengo derecho a juzgarla, yo fui el primero que la cagó hace meses cuando me fui y corté todo contacto. No fue mi mejor momento y aún estoy pagando las consecuencias.

—He decidido quedarme aquí lo que queda de agosto; un antiguo amigo de la Universidad trabaja en los laboratorios que van a contratarme y me ha invitado a irme con él y unos amigos a Las Vegas la semana que viene, a una despedida de soltero.

—Oh, vaya. —No negaré que me gusta oír la preocupación en su voz—. ¿Has aceptado el trabajo? ¿Vas a quedarte en Estados Unidos?

Suelto el aliento. No me imaginaba teniendo esta conversación por teléfono, pero dado que cabía la posibilidad de que no llegase a tenerla nunca, de que a Cande no le importase, no voy a quejarme.

—Empiezo en enero.

—Oh.

—Aún falta mucho. Pueden pasar muchas cosas en este tiempo.

—Sí, claro.

—Y es solo un contrato, no he vendido mi alma al diablo. Los dos sabemos que él no la habría querido.

—No digas eso, leñador. —Vuelve a llorar—. No me hagas caso, es culpa de Bambi. Estoy muy cansada y... —sorbe por la nariz—, creía que ibas a volver.

—Voy a volver, nena, y —voy a lanzarme— si quieres verme, puedes venir aquí.

—¿A Estados Unidos y estropearte tu viaje a Las Vegas? Seguro que tú y tus amigos ya tenéis a varias *strippers* esperándoos.

—Sabes que a mí me da igual, Cande. Ven y podrás comprobar que ninguna *stripper* consigue hacerme reaccionar como tú.

—Yo...

—Tú no estás preparada para oír esto, pero es la verdad.

—Lo siento, Víctor, siento hacerte esto. No tendría que haberte llamado.

—¡No! Llámame siempre que quieras, cuéntame lo que quieras. No sé qué llegaremos a ser el uno para el otro o si llegaremos a ser algo, pero te dije que quería averiguarlo juntos y lo dije en serio.

—Tú quieres algo más.

Es lo que pasa cuando te cuelgas de una chica lista, que no puedes esconderle nada.

—Cierto. La cuestión es qué quieres tú, Cande. Ya te lo he dicho antes, no importa lo que quiera Barver o lo que quiera yo, importa lo que quieras tú y, si tú quieres llamarme, llámame. Puedo con ello.

—Empiezo a creer que puedes con todo, leñador.

—Por ti, sí.

—Oh, Víctor.

—Vamos, no vuelvas a llorar o acabaré lanzando el teléfono contra una de estas columnas y me arrestarán. —Me pongo en pie—. Voy a entrar en el museo y a portarme como un turista como Dios manda.

—Te he echado mucho de menos, Víctor. Gracias por contestarme y por ser tú.

—Yo también te he echado de menos, Cande. Te llamaré dentro de unos días, antes de irme a Las Vegas. Te prometo que todo saldrá bien.

—No puedes prometerme eso, Víctor.

—Acabo de hacerlo.

Le cuelgo antes de que pueda decirme nada más.

Soy un idiota y no puedo dejar de sonreír. ¿Sé que estoy arriesgándome a salir muy mal parado? Sí, por supuesto. ¿Vale la pena? Sí, joder, sí.

Lo que pasa entre Cande y yo no sucede todos los días. Es evidente que preferiría que Barver no existiese, aunque en cierto modo, si él no hubiese aparecido en la vida de Cande, ella y yo no nos habríamos conocido o, de haberlo hecho, ella no habría estado dispuesta a arriesgarse conmigo. Lamento que Barver esté enfermo, hace que me sienta como si estuviese haciendo trampas. Absurdo, lo sé.

Sea como sea, el tío la ha cagado rechazando a Cande, mintiéndole, echándola de su vida una vez tras otra. Yo estuve a punto de hacer lo mismo, pero al menos he visto la luz y voy a aprovechar esta oportunidad.

Si ella solo quiere que seamos amigos, seremos amigos, si quiere algo más, le daré todo lo que llevo dentro. Lo bueno y lo malo, porque algo me dice que cuando quieres a alguien no puedes enseñarle solo una parte y necesitas entregarte entero.

Y si al final no quiere nada, podré seguir adelante. Tendré mi trabajo aquí, mi sobrina, mi hermana, mi vida, y nunca más volveré a encerrarme en un laboratorio para resolver mis problemas o por miedo a vivir o sentir.

El museo es espectacular, pero ninguna obra de arte puede compararse a las imágenes de Cande que, tras contenerlas durante días, me asaltan a cada paso que doy. Después de Londres, conseguí en cierto modo bloquearlas, pero tras oír su voz, el modo en que me ha llamado *leñador*, es imposible.

La recuerdo desnuda en mi cama, debajo de mí acariciándome la espalda. Encima, moviéndose y pronunciando mi nombre. Pienso en esa vez en Barcelona, nuestra primera vez, cuando los dos estábamos demasiado excitados para ir despacio. Y pienso en mi cuerpo entrando en el suyo, en su calor atrapándome, y tengo que largarme del jodido museo antes de que me arresten por escándalo público.

Pensar en Cande tiene consecuencias en mi cuerpo y mi mente. Y ahora que sé que tenemos una posibilidad, una jodida y verdadera posibilidad de acabar juntos, no voy a dejar de hacerlo.

Creo que la próxima vez que hablemos le recordaré lo guapas y atractivas que son las *strippers* de Las Vegas. Me ha gustado oírla celosa; una cosa es que no esté dispuesto a aprovecharme de la enfermedad de Barver para ganar esta batalla y la otra, que sea idiota. Si las *strippers* molestan a Cande (aunque a mí me son completamente indiferentes), tendré que recordarle que estaré rodeado de ellas dentro de unos días... y que, si ella quiere, puede subirse al primer avión que salga rumbo a Estados Unidos y estar conmigo.

II

Ha transcurrido otra semana, no he vuelto a encontrarme con el cervatillo. Me imagino que él quedó tan escarmentado de nuestro encuentro como yo, pero he dado un biberón a un búho, he vendado una pata a una cría de zorro y he montado diez tiendas de campaña. Soy toda una experta.

Hoy acompaño a Nacho a pasar la noche con los alumnos de Petra. A lo largo de estos días, ella nos ha evitado tanto como le ha sido posible y ha mandado a su compañera, Malena, a hablar con nosotros.

—¿Crees que Petra se enfadará mucho cuando se entere de que eres tú el encargado de acompañarlos en la excursión nocturna?

—Muchísimo, pero va a tener que aguantarse. Los turnos de los guardas forestales y de los voluntarios que nos ayudan en verano ya son bastante complicados de por sí como para tener en cuenta estas cosas. Además, tú y Malena estaréis allí, y con los niños corriendo arriba y abajo dudo que se dé cuenta. Puede seguir fulminándome con la mirada o ignorándome, lo que ella prefiera. Yo haré mi trabajo y seguiré adelante —parece añadir casi para sí mismo.

—El día del cervatillo ibas a contarme qué pasó con Petra y no llegaste a hacerlo.

—Tienes razón. —Nacho sonríe—. Creía que te habías olvidado.

—¿Quieres que me olvide?

Se encoge de hombros.

—Supongo que es mejor que sepas la verdad. Vete a saber qué pasará esta noche y, probablemente, me irá bien tu ayuda. Pero no le digas a Petra que lo sabes, por favor.

—Por supuesto. No le diré nada a nadie. Creo que a estas alturas ya sabes que puedes confiar en mí.

—Sí, pero esto no se trata solo de mí. —Se detiene y busca algo con la mirada—. ¿Por qué no nos sentamos allí? —Señala un tronco—. Tenemos tiempo y creo que prefiero contarte esto sin tener que preocuparme por si te metes en un arroyo.

—Eso solo me ha pasado una vez y fue un accidente.

—Lo que tú digas.

—Vale, dos, pero fue culpa tuya porque me distrajiste.

—Pues sentémonos; no quiero que por *mi culpa* vuelvas a caerte. Está oscureciendo y esta noche necesito tu ayuda con los niños y su maestra.

El tronco no es cómodo, obviamente, pero la tensión de Nacho no tiene nada que ver con las astillas que están arañándonos la ropa. No le pido que empiece; lo hará cuando logre encontrar las palabras que está buscando.

—Ya te he dicho que insultaba a Petra en el colegio y que nos reíamos de ella y le tirábamos la mochila cuando nos cruzábamos en el pasillo. Lo que no te he dicho es que cada día, cuando la veía, pensaba «hoy no se acercará a mí, hoy no levantará la vista al verme, hoy me ignorará o me esquivará». Pero ella nunca lo hacía. Nunca.

—¿Querías que dejase de mirarte?

—No. Joder, no, eso era lo último que quería. Pero por desgracia necesité años de terapia para entenderlo. Me ponía furioso que me mirase porque entonces quería que al día siguiente volviese a hacerlo y temía el día en que por fin me abandonase.

—Como tu madre.

—Como mi madre. —Suspira abatido. Dudo que le haya contado esta historia a mucha gente, a nadie, en realidad—. Petra me miraba cada día y yo, durante un segundo, me sentía como un ser humano, como si fuese importante para alguien. A mi madre yo no le había importado. A mi padre tampoco, o eso creía entonces. Él me había sacado de *mi* colegio, me había alejado de *mis* amigos y me había obligado a vivir en *su* ciudad sin preguntarme nada. No digo que tuviese que haberlo hecho; ahora sé que hizo lo mejor para todos nosotros.

—Pero entonces eras un adolescente y lo perdiste todo.

—Y Petra cada día me sonreía durante un segundo y yo la insultaba, le lanzaba la mochila al suelo, le pisaba los bolígrafos, le rompí las gafas varias veces y la llamé... la llamé cosas horribles. Horribles. Y ella nunca parecía asustarse ni alejarse completamente. Con los demás era distinta, ya te dije que yo me junté con un grupo de chicos.

—¿Aún sois amigos? —le interrumpo.

—No. Joder, no. Dudo que alguna vez lo fuésemos, pero dejé de verlos hace mucho tiempo, en mi último año de instituto.

—¿Qué pasó ese último año? —No es la primera vez que observo cómo le cambia la cara a Nacho al mencionar ese curso.

—Petra no se comportaba igual con el resto de mis amigos, a ellos sí los esquivaba y nunca los miraba a los ojos. Era como supiera que yo era un fraude y cada mañana la odiaba y respetaba un poco más por ello.

—¿Y la querías?

Él se encoje de hombros.

—Dudo que en esa época de mi vida fuera capaz de querer a alguien, Cande. Pero si hubiese podido, habría querido a Petra. Estábamos en el último curso, era diciembre y en clase de literatura teníamos que escribir un poema. No recuerdo exactamente cuál era el motivo; teníamos que escribirlo y leerlo en voz alta delante de todos. Petra lo leyó y no dejó de mirarme en todo el rato, me lanzó cada palabra, cada mirada. Era un poema precioso. Aún me lo sé de memoria, pero no, no voy a decírtelo. No puedo.

Agacha la cabeza y alargo una mano para entrelazar mis dedos con los suyos, que están fríos.

—Lo entiendo, hay cosas que tenemos que guardarnos muy dentro para protegerlas.

—Me reí de ella. Me puse en pie y la humillé. La insulté. Le dije que era patética, que era lamentable que se fijase en mí, que yo le gustase y que al mismo tiempo me permitiese insultarla. Le dije que todo el colegio se reía de ella, que era idiota, estúpida, gorda, fea, asquerosa. Y cosas mucho peores. El profesor me mandó callar, varios de nuestros compañeros de clase pronunciaron mi nombre en voz baja diciéndome que parase.

Pero yo seguí y seguí, seguí hasta que el profesor vino a sujetarme, porque estuve a punto de pegar a Petra y ella salió corriendo de la clase.

—Dios mío, Nacho.

—Sí. —Él me suelta la mano y las entrelaza delante de él. Tiene los codos apoyados en los muslos y sigue sin levantar la vista—. Petra estuvo unos días sin venir a clase y a mí me expulsaron, pero aun así regresé antes que ella. Pensé que tal vez se había cambiado de colegio; circularon unos cuantos rumores al respecto, hasta que un día regresó y dejó de mirarme. Nunca lo hacía y, si por casualidad nos cruzábamos en el pasillo, se apartaba como un animal asustado.

—¿Le pediste perdón?

—No. Eso sucedió más tarde y, como has visto, ella no me lo dio. Llegó el buen tiempo, faltaban unas semanas para que terminase el colegio. Yo sabía que no iba a ir a la Universidad, con mis notas apenas lograría entrar, y mi padre me había dejado claro que no pensaba malgastar el dinero conmigo. Miraba a Petra de reojo, esforzándome siempre en que no me viese, sabiendo que iba a irse a Madrid a estudiar Magisterio. Supongo que no quería quedarse a unos pocos quilómetros de mí. Estaba muy delgada, había perdido mucho peso en los últimos meses y siempre tenía ojeras. A nadie parecía importarle, era como si después de lo de esa poesía ella se hubiese vuelto invisible, y yo quería gritar en medio del colegio si estaban todos locos; era yo el que tendría que haberse esfumado y no ella. Pero no hice nada, seguía siendo un cobarde. Era viernes, siempre lo recordaré, yo había estado observándola como siempre y ella había mantenido la cabeza agachada y la mirada clavada en el suelo, hasta que a la hora de salir levantó la cabeza y clavó sus ojos en los míos durante un larguísimo minuto. No sé explicarte qué vi en ellos, solo sé que me asusté y que di un paso hacia ella. Petra retrocedió y se fue sin decirme nada. Otro día me habría olvidado de ella, pero aquel la seguí. —Se frotó la frente—. Gracias a Dios que la seguí. Iba unos metros detrás para que no me viese. Llegamos a la estación de tren e iba a irme; me sermoneé por haberme comportado como un idiota. Entonces vi que Petra se quitaba la mochila de la escuela, miraba a ambos lados y, tras asegurarse de que no había nadie, sacaba un sobre de la mochila y dejaba ambas cosas en el banco. Había horas en que la estación estaba muy concurrida, pero esa no, y deduje que Petra lo sabía y lo había pensado todo hasta el último detalle. El tren se acercó y la vi caminar hacia la vía. Iba a saltar, así que corrí, la empujé y los dos caímos al suelo en el andén. Se le rompieron las gafas y se le clavó la montura aquí —señala la parte superior de la ceja derecha—; aún tiene la marca.

—Dios, Nacho.

—Le pregunté a gritos qué iba a hacer y ella empezó a pegarme en el pecho y darme patadas. Yo la abracé con fuerza, creo que nunca he abrazado a nadie tan fuerte, y la dejé hacer. De repente, se desinfló y se puso a llorar, y gritar. Y yo también. Es un milagro que no se acercase nadie; habíamos caído a un lado del andén y yo me había arrastrado con ella hasta la pared. Supongo que la gente creería que estábamos abrazados besándonos. No dije nada durante mucho rato, le acaricié la espalda y la dejé llorar. Vi la sangre que tenía en la ceja y las gafas rotas, y le dije que teníamos que ir al hospital.

—¿Y qué pasó?

—Petra me miró, fue como si de repente se hubiese dado cuenta de que estaba conmigo, y se apartó de mí. Me preguntó por qué quería llevarla al hospital. «Tú tendrías que alegrarte, Nacho. ¿Por qué no me has dejado saltar? ¿Por qué?».

—No fue culpa tuya —le digo, aunque una parte de mí sabe que mi amigo sí es en parte responsable de que esa niña, la Petra de hace unos años, quisiera suicidarse.

—Sí que lo fue. Fue culpa mía. Es culpa mía. Me puse en pie, nunca me he odiado tanto como en ese instante, y la ayudé a levantarse. Ella se dejó, supongo porque estaba aturdida, y la sujeté por la muñeca; para llevarla hasta el hospital. Era como arrastrar una muñeca; Petra no decía ni hacía nada. No sé qué habría pasado si ella se hubiese resistido o se hubiese puesto a gritar en medio de la calle. Llegamos al hospital y una enfermera se la llevó enseguida.

—¿Y te esperaste a que saliera?

Nacho sacude la cabeza.

—Caminé hasta el mostrador y le pregunté a la señora que estaba allí dónde estaba el psicólogo del hospital. Subí hasta esa planta y entré en un despacho sin llamar; la doctora se levantó y me miró descolgando el teléfono. Me imagino que iba a llamar a alguien, tal vez a recepción, pero empecé a hablar. Empecé a vomitar palabras y a llorar. Estuve a punto de desmayarme, apenas podía respirar. Casi no recuerdo qué le dije aquel día, solo que acabé sentado en un sofá llorando con Anabel, así se llama mi psicóloga, dándome pañuelos y escuchándome. Pasadas unas horas llamó a mi padre y él también se quedó y empezamos a hablar. Fue muy difícil.

—Yo... no sé qué decir.

—Le supliqué a Anabel que hiciera algo conmigo, que llamase a la policía o que me drogase. —Se ríe con tanta pena que me entran ganas de llorar—. No podía soportar la idea de que por mi comportamiento otra persona hubiese querido quitarse la vida. Una persona tan buena y maravillosa como Petra. Le pedí a Anabel que por favor llamase a los padres de Petra o al colegio e hiciera lo que fuera para evitar que ella volviese a hacer algo parecido a lo de la estación. Anabel lo hizo con la condición de que yo fuese a visitarla cada día y siguiese todas sus directrices. Lo hice; le habría prometido lo que hubiese hecho falta. Lo único que quería era dejar de odiar y no volver a hacer daño a nadie.

—Tuvo que ser muy difícil.

—Lo fue, aún lo es. Pero tengo que vivir con ello, tengo que vivir sabiendo que hace años por mi culpa Petra estuvo a punto de quitarse la vida. Y por muchas cosas que haga ahora, por muchos niños que consiga ayudar, nada cambiará eso. Lo sé yo y lo sabe Petra, por eso no puede verme ni perdonarme.

—¿Le has pedido que te perdone?

Él vuelve a tomar aliento.

—Yo estuve muchísimo tiempo visitando a diario la consulta de Anabel y un día, cuando casi hacía un año de lo de la estación, me crucé con Petra. Cuando la vi, el corazón casi se me salió del pecho; sentí una mezcla de alivio por saber que ella también había ido a terapia y por volver a tenerla cerca. A esas alturas ya me había dado cuenta de que la echaba de menos. Intenté hablar con ella, quería explicarle todo lo que había descubierto en ese tiempo, lo que la doctora me había ayudado a descubrir sobre mí, y pedirle perdón. Pero Petra no quiso escucharme. Nunca ha querido y yo no puedo obligarla ni culparla.

—Es muy grave lo que le pasó, eso no voy a negarlo, pero tendría que darte una oportunidad.

—¿Por qué? —me pregunta muy serio y resignado.

—Tú no eres el mismo que entonces y estás dedicando tu vida a evitar que lo que os pasó a vosotros pueda sucederle a otros niños. Eso tiene que valer algo.

—Vale mucho, pero, Cande, tienes que aprender que hay heridas que no se curan. Yo puedo y quiero llevar una vida de la que me sienta orgulloso y, por supuesto, que me gustaría que Petra me escuchase y me diese una oportunidad de acercarme a ella como amigo, como ser humano, como lo que fuera. Pero no voy a obligarla, no puedo, acabaría con todo lo que he conseguido.

—Ella te hace daño cada vez que te acercas y tú crees que te lo mereces —adivino.

—Será mejor que vayamos a buscarlos. —Se pone en pie y me tiende una mano—. La aventura nocturna consiste en clasificar las estrellas que se ven hoy en el cielo y catalogar unos cuantos animales. Seguro que los niños nos están esperando impacientes.

—Gracias por contarme esto, Nacho. Me imagino que ha sido muy difícil y te admiro; no solo por contármelo, sino por haber sido capaz de reconocer que necesitabas ayuda y pedirla. Tal vez tengas razón y Petra nunca querrá escucharte ni perdonarte, pero hay algo que no entiendo.

—¿El qué?

—¿Por qué no te perdonas tú?

Estamos con los niños de nueve a doce de la noche. Nacho mezcla la información real y educativa con leyendas sobre esos bosques y los ayuda a rellenar el cuaderno de aventuras de esa noche. Cuando le veo hablar con Petra, algo que solo ocurre dos veces, él se mantiene alejado y con los hombros alicaídos, mostrándose vulnerable, y ella se le cruza de brazos y mantiene una postura rígida. Sin embargo, cuando se alejan, Petra lo mira y él hace lo mismo cuando cree que ella no lo ve. ¿Por qué somos tan estúpidos los humanos? Estúpidos y complejos. ¿Qué habría pasado si aquel día en el colegio Nacho no se hubiese reído de Petra ni la hubiese humillado y le hubiese dicho que ella le gustaba o le hubiese dado las gracias por ser amable con él?

No lo sabremos nunca.

Pero ahora los dos son adultos, personas hechas y derechas, y tendrían que ser capaces de hablarse y decirse a la cara lo que piensan y sienten.

Sí, lo sé, no soy nadie para dar consejos sobre este tema.

Después de dejar a los niños de nuevo en su bungaló volvemos andando al coche y Nacho conduce en silencio hasta su cabaña.

—Ha sido una noche estupenda —dice al llegar—; esos niños son geniales.

He colgado una foto de la cacería de luciérnagas, asegurándome de que no salía la cara de ningún niño, y me he contenido de mencionar otra noche estrellada de meses atrás, de enero, aunque no he conseguido no pensar en Salvador mientras veía las estrellas.

«#CaceríaDeLuciérnagas ✨ #ElChicoDeAgosto 🐼 #SueñoDeUnaNocheDeVerano 🌙 #Valientes 👬».

—Te he visto hablando con Petra —le digo tras quitarme las botas en la entrada.

—Sí, uno de sus alumnos la ha arrastrado hasta mí para enseñarnos a los dos la luciérnaga que había dibujado. Dudo que a ella le haya hecho gracia.

—¿Le has hablado alguna vez de Valiente?

—No, nunca me ha dejado intercambiar más de dos frases con ella, pero sabe que existe. Hemos ido a dar conferencias en el colegio donde ahora trabaja y todos los centros de la zona reciben nuestro dosier. Me imagino que cree que lo hago porque me siento culpable, y tiene razón.

—No solo lo haces por eso.

—Da igual. Deja de preocuparte por mí y por Petra, al menos en ese sentido.

—Los dos os miráis de un modo distinto cuando creéis que el otro no os ve.

Nacho, que estaba a punto de entrar en su dormitorio, se detiene. Apoya la mano en el marco de la puerta y suelta el aliento al mismo tiempo que aprieta la madera.

—No sé cómo me mira ella, supongo que con odio o algo mucho peor. Por lo que me has contado estos días, no soy el primero que te dice que la vida no es como en las películas, Cande. Aquí Petra no va a darse cuenta, de repente, de que sigue enamorada de mí y va a perdonarme por lo que hice. Hice algo horrible y, aunque yo también estaba sufriendo, eso no significa que me merezca un final feliz. Estoy bien, al menos ahora puedo mirarme al espejo, aunque cuando veo a Petra me acuerdo de lo que hice y me torturo imaginando lo distinto que podria ser todo. No me obligues a plantearme nada más, me mataría. Sé mi amiga, si de verdad estás dispuesta a serlo, escúchame y ayúdame con Valiente. No me manipules porque sientes la necesidad incontrolable de tener finales felices a tu alrededor. Si quieres uno de esos, búscatelo para ti; yo estoy bien así, de verdad.

—Tienes razón, lo siento.

Me avergüenza ver que lo he vuelto a hacer. He vuelto a meterme donde no me llaman y, si Nacho no me hubiese detenido y puesto en mi lugar, a estas horas ya estaría tramando una cena sorpresa para él y Petra.

Y yo soy incapaz de plantar a Salvador de verdad y decirles a él y a Víctor lo que siento. Soy una hipócrita.

—Quiero que seas mi amiga, Cande.

—Yo también quiero que seas mi amigo, Nacho. Me vendrá muy bien tener uno con la cabeza tan bien puesta como tú —añado en un intento de aligerar un poco el ambiente.

—Bueno, tengo años de terapia a mis espaldas, así que en algo tiene que notarse. Buenas noches, Cande.

—Buenas noches.

12

Petra y los niños de su clase se van mañana y a mí me quedan muy pocos días en Muriellos. Estoy a punto de decidir quién será el próximo chico del calendario, pero sé que tengo que mandarle mi lista de candidatos a Salvador y aprovecho cualquier excusa para no hacerlo. Ya me salté esta parte del protocolo en agosto, y no creo que deba volver a hacerlo, pero él tampoco me ha escrito ni llamado en todo este tiempo...

Antes de ir a mi próxima ciudad, esa que aún no he elegido porque soy una cobarde, tengo que detenerme en Barcelona para grabar el vídeo de Nacho, que ha resultado ser un firme candidato a ganar el concurso.

No consigo quitarme su historia de la cabeza.

Ahora mismo él está entrenando con los bomberos. No me ha dejado que le acompañase, tal vez me lo merezco después de todas las bromas que he hecho sobre torsos mojados y mangueras largas y listas para disparar. Estoy en la cabaña escribiendo; he terminado el manuscrito del mes de enero y este es otro de los motivos por los que no me atrevo a escribir a Salvador. Tengo que mandarle la versión definitiva del libro, y la verdad es que una parte de mí quiere hacerlo, para poder así terminar la charla que empezamos en Londres cuando leyó el borrador o para sentir que, por fin, he cerrado ese capítulo de mi vida.

El *walkie* de la cabaña hace ruido; el sonido estático que precede siempre la voz de Lupe.

—¿Estás ahí, Cande?

Saco el aparato de la base donde se está cargando y aprieto el botón para contestar.

—Hola, Lupe. Estoy aquí. Nacho no está, se ha ido con los bomberos.
Espero unos segundos y ella vuelve a hablar.
—Lo sé. Te estoy buscando a ti.
—¿Y no me llamas al móvil? —Miro confusa el *walkie.*
—Es la costumbre. Hay alguien aquí, tienes visita.
—¿Yo?
—Sí. ¿Puedes venir a la entrada del parque?
—Claro, ¿quién...?
—Te dejo. Hay gente esperando.

Apago el *walkie* confusa, no tengo ni idea de quién puede ser. Ayer hablé con Víctor y sigue en Las Vegas; esta mañana me ha mandado una foto desde la piscina del hotel. Marta y las niñas o mis padres no aparecerían sin avisar y tampoco Abril, que me habría llamado.

Salvador.

Confieso que, aunque no quiero pensar que es él, se me acelera el corazón y le veo en la entrada del parque, vestido con esos vaqueros negros y una de sus camisetas también negras, dispuesto a suplicarme que le perdone por lo que hizo en Londres.

Es imposible que sea él y, sin embargo, me paso las manos por el pelo y me detengo un segundo frente al espejo antes de ponerme las zapatillas de deporte y salir corriendo hacia la entrada del parque. Corro con una sonrisa en los labios, no voy a perdonarle a la primera, pero nada me impide besarle y recrearme en él mientras me pide perdón.

Estoy a pocos metros y presiento que algo no encaja; es como ver una película de terror: estoy en esa típica escena en la que una chica entra en su apartamento llevando un ramo de flores o quitándose los zapatos de tacón mientras habla en voz alta con su novio y, de repente, se topa con un asesino en serie. Me detengo y con las manos apoyadas en los muslos intento recuperar el aliento. Salvador no estará en la entrada, lo sé, lo presiento. O, si lo está, no habrá venido por mí.

Tengo que dejar de hacer conjeturas antes de que me vuelva loca de verdad. Me aliso la camiseta, los pantalones cortos y recorro los últimos metros hasta la recepción del parque. Hay varios coches aparcados, pero no reconozco ninguno, y abro la puerta.

El asesino en serie está aquí, bueno, quiero decir el padre de Salvador, pero el efecto que me produce es el mismo. Se me hiela la sangre, me suda la espalda y el corazón está intentando escapar de mi garganta.

—Ah, está aquí, señorita Ríos. —El señor Barver me mira y camina hacia mí; yo parezco haberme quedado petrificada.

—Señor Barver —soy incapaz de disimular mi sorpresa—, ¿qué hace usted aquí? —De repente el miedo se convierte en terror de verdad—. ¿Ha sucedido algo?

Él entrecierra los ojos. Mierda, la he cagado, él no sabe que Salvador está enfermo, solo tiene leves sospechas.

Mierda.

—¿Por qué lo dice? ¿Está preocupada por algo?

Trago saliva.

—No, solo es que no esperaba su visita. Nadie de Olimpo me ha dicho nada.

—No hace falta que nadie sepa nada. —Señala la puerta—. ¿Le importa que paseemos un poco? Me han dicho que este parque es precioso.

¿En serio quiere salir a ver el paisaje?

—Lo es.

Él camina y me abre la puerta. Veo a Lupe observándonos y no tengo más remedio que salir si no quiero montar un espectáculo.

—Quería hablar con usted a solas, señorita Ríos. Como seguro ha deducido ya, mi visita aquí no es casualidad.

—No, ya me lo imagino.

Él enarca una ceja y me horripila que en este gesto Salvador se parezca a él.

—Ha incumplido una de las cláusulas del contrato. Usted y el chico de agosto se conocían de antes, fueron vecinos durante años y él le escribió hace unas semanas, antes de que fuese elegido chico del calendario. No me haga perder el tiempo negándolo; perdería el poco respeto que ha conseguido que sienta por usted.

No voy a seguir paseando con este cretino (este insulto es culpa de mis sobrinas y ciertas películas de dibujos antiguas).

—¿Qué quiere, señor Barver, a qué ha venido?

Él se detiene frente a mí y me sonríe. ¿Por qué hacen esto siempre los malos? Porque él es el malo de mi vida, de eso ya no me cabe ninguna duda, al menos de mi vida más reciente.

Se mete una mano en el bolsillo de la americana y saca un sobre que me entrega y yo acepto confusa.

—No tenga miedo, no la estoy despidiendo.

—Usted no puede despedirme.

—Yo de usted, señorita Ríos, no estaría tan segura. Y tampoco la estoy demandando por incumplimiento de contrato. De momento no le diré a nadie que ha incumplido las normas de sus preciosos chicos del calendario.

—¿Y esto qué es? —No pienso abrir el sobre delante de él—. ¿Quiere presentarse como candidato?

—No, eso incumpliría las normas —chasquea la lengua y me maldigo por haberme precipitado—. Aquí tiene los datos del chico de septiembre.

—No pienso hacerlo. —Intento devolverle el sobre, pero él se pone las manos en los bolsillos del pantalón del traje—. No puede imponerme otro chico del calendario.

—A mi modo de verlo, señorita Ríos, tiene dos opciones: o acepta o dimite, porque me encargaré de que la directiva de Olimpo la despida y mi hijo, esté donde esté, no podrá impedirlo. Un contrato es un contrato y usted ha vulnerado una de las cláusulas que pueden anularlo.

A pesar del miedo y de lo enfadada que estoy no se me escapa que el señor Barver no ha conseguido hablar con Salvador.

—¿Por qué está haciendo esto? *Los chicos* y yo somos insignificantes para usted, no le afectamos en nada y tampoco le haremos ganar o perder nada.

—En eso tiene razón, *a mí* no.

—Pero a Salvador, sí —adivino y la poca sangre que quedaba circulando por mis venas se hiela de golpe.

—Si no acepta que el próximo chico del calendario sea el chico del sobre, dimita. Por mí no hay problema.

Intuyo que él incluso preferiría esa opción.

—No voy a irme a ninguna parte.

—Pues entonces ya sabe qué tiene que hacer. —Estrujo el sobre y el señor Barver sonríe al ver que me estoy conteniendo—. Y una cosa más.

—¿Qué?

—Yo de usted no le comentaría a nadie mi visita ni lo que hemos hablado.

—¿Me está amenazando?

—No sea vulgar, por favor. Solo le estoy diciendo que no me gustaría nada tener que sacar cierta información sobre usted.

Consigo reírme, aunque sigo temblando.

—¿Sobre mí? Eso tiene gracia, hasta hace unos meses mi vida era de lo más aburrida. ¿Qué tiene? ¿Una foto en la que he quedado mal? ¿Una multa sin pagar?

—A ningún hombre le gusta que le humillen delante de sus amigos y usted humilló a su expareja, Rubén, creo que se llama, delante de todo el país.

—Ese... ese hijo de... ¿qué le ha contado Rubén? ¿Qué cree que tiene?

—Usted elija a Benjamín como chico de septiembre, pase el mes en Marbella y no tendrá nada de qué preocuparse. Iré a verla allí; llévese un traje de noche. Ha sido un placer charlar con usted.

Me gustaría insultarle o ser capaz de contestarle con una frase cortante e hiriente a lo condesa de *Downtown Abbey*, pero no puedo dejar de pensar en que Rubén está trabajando para el padre de Barver y que los dos parecen empeñados en hacernos daño a mí o a Salvador.

Ha dicho que no ha conseguido encontrar a Salvador. Me guardo el sobre en el bolsillo trasero de los pantalones cortos y busco el móvil para llamarlo. Por muy mal que estén las cosas entre nosotros, tiene que contestarme.

El aparato tiembla en mi mano y veo el número de Sergio reflejado en la pantalla.

—¿Sergio?

—Gracias a Dios, Cande. Tenía miedo de no encontrarte a tiempo.

—¿A tiempo para qué?

—Para avisarte de que el señor Barver padre va hacia allí.

—No has llegado a tiempo.

—Joder. Mierda. Lo siento mucho.

—No te preocupes.

—Iba a llamarte, pero antes tenía que hablar con Benjamín; no podíamos dejar ningún cabo suelto.

—Para, para, para. ¡¿Benjamín?!

—Han sido dos días muy intensos, Cande, y con Salva ilocalizable y tú perdida en medio de la montaña, Vanesa y yo hemos hecho lo que hemos podido.

Tengo que sentarme, no me importa hacerlo en el suelo, y apoyo la espalda en un árbol.

—No entiendo nada, Sergio. Explícamelo más despacio y desde el principio.

—El señor Barver apareció ayer y se reunió con sus esbirros en uno de sus despachos. Al principio no pensé nada, lo hace de vez en cuando, pero más tarde empecé a oír comentarios acerca del contrato de *Los chicos del calendario* y uno de sus abogados pidió el archivo del chico de agosto. Más tarde, un chico del departamento informático vino a verme y me dijo que Barver padre le había pedido entrar en tu ordenador personal.

—Joder.

—Sí, joder. El informático me explicó que me lo contaba porque te había conocido en enero, te ayudó a montar la web al principio, y le parecía que no era correcto a pesar de que en nuestros contratos se establece que pueden hacerlo.

—Sí, me acuerdo de él.

—Barver sabe que Nacho y tú os conocíais de antes.

—Sí, me lo ha dicho.

—Joder, Cande, eso va en contra de las normas.

—Lo sé, ¿vale? No me lo recuerdes, estaba desesperada y en mi defensa diré que Nacho ha resultado ser un chico del calendario extraordinario.

—Eso no importa, ya no. Barver lleva años buscando algo con lo que atacar a Salva y por fin lo ha encontrado, no va a rendirse.

—Lo siento, yo no creía que nadie fuera a descubrirlo.

—Si Salva estuviera aquí o pudiéramos hablar con él, tal vez se nos habría ocurrido otra cosa.

—¿No has podido hablar con Salvador? —Aprieto el teléfono; una cosa es que su padre no le haya encontrado y otra que no lo haya hecho Sergio—. ¿Sabes dónde está?

—No, no tengo ni la más remota idea, es como si se hubiera esfumando de la faz de la Tierra. —Duda un segundo—. Creía que tú sí sabías dónde estaba.

—No —trago saliva—, no lo sé.

—Mierda. No es la primera vez que se va de viaje sin decir nada a nadie, pero creía... —No se atreve a decir lo que los dos estamos pensando—. Vanesa y yo hemos hecho lo que hemos podido para evitar que vuelva a suceder el fiasco de agosto.

—¿Qué habéis hecho?

—Le pedí a ese chico informático que me diese acceso al ordenador del abogado de Barver. Sí, sé que es delito. Pregúntame si me importa.

—¿Te importa?

—Ni lo más mínimo. Barver tiene dos amigos, socios, compañeros de aventuras a los que quiere hacer felices. O eso he deducido. Ninguno de ellos tiene edad para ser chico del calendario, pero al parecer uno tiene un hijo que salió en un programa de Cocina de la tele, uno de esos *reality*.

—El tal Benjamín.

—Exacto.

—¿Y qué has hecho?

—Vanesa y yo hemos llamado a Benjamín y le hemos contado lo que estaba pasando.

—¿Que habéis hecho qué? —Suerte que estoy sentada.

—Mira, Salva no está, tú no podías hacer nada y, en agosto, cuando John supo la verdad sobre el montaje con Rubén, las cosas no fueron tan mal. Además, investigamos un poco a Ben (prefiere que le llamen así) antes de llamarle y descubrimos que no se lleva especialmente bien con su padre. Lo único que hemos hecho ha sido explicarle que, si resulta elegido como chico del calendario del mes que viene, podría obtener mucha publicidad gratis para su academia. No sé si él habría aceptado si nosotros no hubiésemos hablado con él, probablemente se habría negado y tu padre y el señor Prados nos habrían hecho la vida imposible de otra manera. Ahora él está tan intrigado como nosotros por averiguar qué diablos pretende su padre y va aprovechar para dar a conocer su academia a todo el país.

—¿De qué estás hablando? ¿Qué academia?

—Ben se está dejando los cuernos en una academia de Cocina, una especie de taller de reinserción para exdrogadictos. Ha desaparecido de la vida nocturna y no colabora de ninguna manera con la prensa, excepto para promocionar esa academia. Le importa mucho y no me avergüenza reconocer que, cuando le he llamado, he ido directo al grano. No sé qué diablos pretende el señor Barver con todo esto, Cande, pero Ben está de nuestra parte. Y mientras Salva no esté aquí tenemos que proteger a *Los chicos* como sea.

Se me hace un nudo en el estómago.

—No creo que *Los chicos* o yo seamos tan importantes, Sergio.

—Escúchame bien, Cande, mi trabajo consiste en asesorar a Salva y en su ausencia habría protegido cualquiera de sus asuntos ante alguien que le espiase e intentase atacarle por la espalda. Es mi obligación. Pero tanto tú como yo sabemos que *Los chicos* son mucho más que un proyecto de Salva y, si fracasan, tendrá que cerrar *Gea*.

—Yo...

—Y por desgracia también lo sabe Barver; por eso está tan empeñado en matar esta historia.

—Gracias.

—De nada. Como te he dicho, es mi trabajo, aunque confieso que he disfrutado mucho cuando Ben me ha dicho que estaba de nuestra parte. De momento es mejor para todos que Barver padre crea que le estamos siguiendo la corriente, al menos hasta que Salva se digne a volver.

—Está bien, de acuerdo. —Creo que empiezo a poder respirar—. ¿Puedes mandarme la información que tienes de ese chico, de Ben? La leeré y lo llamaré.

—Claro. Lamento no haber podido hablar contigo antes de que llegase Barver; te habrás llevado un buen susto al verlo.

—Ni te lo imaginas. Llegaré a Barcelona dentro de unos días; esta noche hablo con Nacho y me organizo.

—Tranquila. Creo que por ahora hemos contenido el desastre. Avísame cuando vuelvas y seguro que entre tú, Vanesa y yo se nos ocurrirá cómo sobrevivir al mes de septiembre.

—Vale, lo haré. Gracias, Sergio.

—De nada. —Durante un segundo creo que va a colgar, pero vuelve a hablar—. ¿De verdad no sabes dónde se ha metido Salva? ¿No está ahí contigo?

—De verdad.

—Está bien, tenía que preguntártelo. Hablamos en unos días, Cande.

Vuelvo a la cabaña de Nacho, que aún no ha regresado del entrenamiento. Aunque a mí todo esto me ha parecido que duraba horas, en realidad no han sido tantas. Lo primero que hago al entrar es ir a la cocina a beber un vaso de agua, que se me atraganta por los nervios. En el segundo intento la cosa me sale mejor. Me molesta mucho que ese hombre haya conseguido enfadarme y asustarme tanto.

Y lo peor es que Salvador parece haberse esfumado. Quiero llamarlo, necesito saber qué le pasa, pero algo me retiene. No puedo olvidarme de que él me echó de su lado. Escribo un mensaje a Pablo, que, por suerte, responde casi al instante.

«Salva está mejor, sometiéndose al tratamiento. No ha habido ningún cambio. Pero no quiere hablar con nadie (estoy haciendo esfuerzos para no matarle, créeme). ¿Ha sucedido algo? ¿Necesitas mi ayuda?».

El alivio consigue que derrame unas lágrimas. Contesto a Pablo con una verdad a medias; le oculto los problemas de *Los chicos del calendario*, porque en realidad son ridículos comparados con lo que él está sintiendo ahora con su hermano enfermo.

«No, gracias. Gracias por ofrecerte. Solo quería saber cómo estaba».

«Escríbeme o llámame cuando quieras».

«Lo haré. Cuídate».

Después, aún alterada, pero más calmada, pongo en marcha el ordenador y abro la aplicación del correo para escribir a Salvador. Ha llegado el momento.

«Hola, Salvador.

Aquí tienes la versión definitiva de lo que me pasó en enero, cuando te conocí y fuiste el chico del calendario. Si hay algo que quieres tachar, borrar... o añadir, dímelo; en Londres no pudimos terminar de hablar de ello.

También es tu historia y me gusta creer que todavía la estamos escribiendo, aunque sea cada uno por su lado.

Cuídate, por favor.

Candela».

Adjunto el archivo con el manuscrito y le doy a enviar.

13

Nacho y yo no hemos vuelto a hablar de Petra. Dudo que él quisiera hacerlo y yo bastante tengo con lo mío como para dar lecciones a nadie sobre cómo enfrentarse a los miedos o al rechazo.

Si esto fuera una serie de la tele, Nacho le habría confesado a Petra que, en realidad, siempre ha estado enamorado de ella y Petra le habría dicho que ella también, y se habrían besado bajo la luz de la luna junto a una hoguera. Pero esto no es una serie de la tele y por eso nos sorprende tanto que Petra llame al teléfono de Nacho a las diez de la noche.

—¿Petra?

Nacho tiene el móvil en altavoz; todos los guardas forestales tienen esa costumbre cuando reciben llamadas relacionadas con el trabajo, porque si se trata de una emergencia y a uno se le escapa un detalle otro podrá retenerlo.

—David, un niño de mi clase...

—El moreno con gafas —apunta Nacho acertadamente—, ¿qué le ha pasado?

—No está. ¡No está! —La voz de ella cambia, se rompe—. No le encontramos por ninguna parte.

—Tranquila. Vamos para allá. Tú, Malena y los demás niños esperad juntos en el bungaló; no vayáis a buscarlo por vuestra cuenta, ¿de acuerdo?

—De acuerdo.

Tardamos muy poco en llegar al bungaló y Petra y Malena salen a nuestro encuentro. Están asustadas, aunque intentan mantener la calma, me imagino que por el bien de los demás niños.

—Gracias a Dios que estás aquí. —Creo que Petra no es consciente del efecto que tiene esa frase en Nacho, pero yo, que llevo días viendo cómo le caían los hombros siempre que estaba con ella, sí.

—¿Qué ha pasado? ¿Cuándo le habéis visto por última vez?

—Hemos cenado y después hemos jugado un rato con las linternas —nos explica Petra—. Unos niños han discutido.

—¿David también?

—No —añade Malena—, él no. Petra y yo hemos ido a ver qué sucedía y un rato más tarde, cuando íbamos a prepararnos para acostarnos, David ya no estaba. Falta su linterna y el abrigo.

—¿Nada más? ¿No se ha llevado nada más? —pregunta Nacho.

—No que nosotras sepamos.

—Bien. Yo iré a buscarlo, vosotras...

—Yo también voy —digo yo.

—Y nosotras —insiste Petra.

—Iré mucho más rápido solo y podré centrarme en la búsqueda y en avisar a los otros guardas.

—Yo me conozco bastante bien el parque. Si quieres, Petra, puedes venir conmigo —le ofrezco— y Malena puede quedarse aquí con los niños.

—Está bien —acepta.

Nacho está mandando mensajes por el teléfono, me imagino que a sus compañeros para que nos ayuden.

—Llámame si sucede algo —me dice—. Empezad por esa zona e id subiendo en línea recta. Yo iré por allí, ¿de acuerdo?

—De acuerdo.

—¡No os desviéis! —nos advierte ya de espaldas y en marcha.

Petra y yo acompañamos a los niños dentro y le aseguramos a Malena que la llamaremos en cuanto encontremos a David. Salimos y nos ponemos a caminar en silencio; no es que estemos enfadadas, es que la preocupación es como una losa en el pecho y las dos tenemos los cinco sentidos enfocados en encontrar al niño.

Ambas llevamos sendas linternas y avanzamos con cuidado en busca de pistas, a pesar de que no sabemos exactamente qué estamos buscando. Al cabo de una hora me suena el teléfono y el susto casi nos mata a las dos.

—Es Nacho —le digo a Petra, que se acerca al instante.

—Le he encontrado —dice él en cuanto contesto.

—Gracias a Dios.

—¿Le ha pasado algo? ¿Está bien? —Petra pregunta alzando la voz.

—Está bien —contesta Nacho.

—¿Dónde estáis?

—No vas a creértelo; estamos en el arroyo del que sacaste a ese cervatillo.

Miro a mi alrededor y reconozco la zona.

—No estamos lejos, espéranos allí. Llegaremos enseguida.

—Os habéis alejado de donde os he dicho.

—Ya nos reñirás cuando nos veas.

Le cuelgo y nos ponemos en marcha. A diferencia de hace un rato, nuestro paso ahora es más firme y alegre. Aunque seguimos en silencio, tengo el presentimiento de que los pensamientos que ocupan ahora la mente de mi acompañante también han cambiado.

Oigo el ruido del riachuelo y veo la luz de la luna reflejada en el agua.

—Están allí —le digo a Petra, señalándole una roca en la que veo sentado a Nacho con el niño al lado. Nosotras estamos en un punto más elevado y bajamos despacio para no abrirnos la cabeza. Ellos nos dan la espalda; están sentados frente al agua y, si Nacho nos ha oído, no se ha dado media vuelta y sigue hablando tranquilamente con el niño, como si fueran las seis de la tarde y no acabase de darnos un susto de muerte.

—Sé que crees que el mundo es una mierda y que todos los adultos te hemos fallado, David —oímos la voz de Nacho—, pero danos una oportunidad.

—¿Por qué? Mis padres se han dado por vencidos y se nos han repartido a mi hermana y a mí como si fuéramos muebles —dice el niño, que es evidente que está haciendo esfuerzos por no llorar.

—No eres ningún mueble.

—No conozco a nadie en Oviedo y este campamento ha sido para quitarnos de en medio mientras firmaban el divorcio. Mi hermana está en un campus de ballet, ¡y ella odia el ballet!

—Pues tú has salido mejor parado, ¿no crees? No todo el mundo tiene hoy estas vistas. —Nacho levanta una mano detrás de él. Nos ha oído y nos hace una seña para que nos detengamos—. Y claro que conoces a alguien en Oviedo; me conoces a mí y a Malena y a Petra. Y a los niños del campamento, porque no me creo que ninguno te haya dicho nada. Tiene que haber alguien. Siempre hay alguien.

—Bueno, un niño me preguntó el otro día si podía prestarle mi libro y una de las niñas es amable.

—Pues ve con ellos. Hazme caso y ve con ellos.

—Está bien. ¿Van a castigarme? No quería irme, pero es que de repente estaba allí solo y esos niños han empezado a gritarse y odio... odio los gritos. Me recuerdan a casa.

—No lo sé, David. Nos has dado un susto y podrías haberte hecho mucho daño, pero pase lo que pase eres un niño muy valiente, ¿de acuerdo?

—De acuerdo.

—¿Nos levantamos y volvemos al campamento?

—Vale.

Se levantan y cuando David nos ve detrás de él corre hacia Petra. Ella lo abraza y, por encima de la cabeza del niño, le susurra un «gracias, Nacho». Creo que es la primera vez que veo sonreír así a mi amigo.

La clase de Petra se fue sin ningún otro contratiempo. Nacho y yo fuimos a despedirlos y me sorprendió que nos regalasen un dibujo y que nos cantasen una canción con una rima de lo más interesante sobre los guardas forestales. Eso fue una sorpresa, no voy a negarlo, pero casi pierdo la mandíbula cuando Petra se acercó a darme la mano y después repitió lo mismo con Nacho. No lo miró a los ojos, pero oí claramente cómo volvía a darle las gracias y añadía un «ya nos veremos».

Bueno, Roma no se construyó en un día, ¿no? Y esto, como ya he dicho, no es una serie de la tele.

Parece mentira que mi estancia aquí haya llegado a su fin, que el mes de agosto, un mes que casi todos solemos aprovechar para desconectar de nuestra vida, haya sido tan importante. Salvador no me ha contestado el correo. Sé que lo ha recibido porque Pablo me mandó un mensaje preguntándome si le había enviado algún correo a Salvador, porque el humor le había cambiado de golpe, aunque no sé en qué sentido me lo dijo. El caso es que, exceptuando ese detalle, no sé nada más, excepto que sigue con su tratamiento en Londres.

Víctor vuelve a estar en Nueva York, sobrevivió a Las Vegas que, según él, es un Disney World para mayores, y volvió de allí sin ningún tatuaje y afirmando que la reputación de las *strippers* está sobrevalorada. «Solo tienen buenos cirujanos y hacen mucha gimnasia. Tú eres muchísimo más preciosa, nena. Si estuvieras aquí te demostraría empíricamente que tú me produces un efecto infinitas veces más letal que todas esas *barbies* de plástico juntas», me dijo, y sentí que sonreía y que un cosquilleo en el estómago iba llegando poco a poco al resto de mi cuerpo.

—¿Ya lo tienes todo? —me pregunta Nacho desde la cocina.

—Sí, eso creo, y si me he olvidado algo ya me lo mandarás o me lo darás cuando volvamos a vernos.

—Tienes razón, no creas que me olvidaré de que has prometido dar un par de charlas conmigo sobre las redes sociales. Gracias de nuevo por involucrarte en Valiente.

—Gracias a ti por crear algo así.

Vamos en coche hasta la entrada del parque; quiero despedirme de los compañeros de Nacho y, sí, pedirles una última vez que posen para mí sin las camisetas, a ver si esta vez lo consigo. Es por una buena causa: las mujeres y los hombres de este país necesitamos saber si eso de los abdominales de los bomberos es un mito. Sería en nombre de la ciencia.

—No vas a pedirles otra vez que se quiten la camiseta. —Nacho me lee la mente.

—Está bien, no lo haré, pero reconoce que si estuvieras en mi lugar y visitando el equipo olímpico femenino de natación, les pedirías lo mismo.

Nacho sonríe y tiene el buen criterio de dejar el tema.

—Podemos quedarnos aquí media hora, pero después tendremos que irnos, si no quieres perder el vuelo a Barcelona.

Me despido de Lupe y de los guardas forestales, quiero comprar un par de postales y terminan regalándomelas. Ha sido un mes bonito; no creía que fuera a serlo tanto teniendo en cuenta el estado en que me encontraba al llegar de Londres. Decirle adiós a Nacho es fácil porque sé que no es un adiós de verdad. Nos abrazamos en la terminal y cuando me suelta me da un beso en la mejilla.

—Gracias por venir, Cande.

—Gracias por aceptar ser un chico del calendario.

—Estos días hemos hablado de muchas cosas, pero nunca he llegado a preguntarte si de momento algún chico ha conseguido hacerte cambiar de opinión sobre los hombres.

—Tú eres el que más se ha acercado, de momento.

—¿Yo? ¿Qué habían hecho los otros? Porque si yo soy el mejor...

—Eres el más sincero de todos; sabes lo que eres, lo que fuiste y lo que quieres llegar a ser. Eso, para mí, es de valientes, Nacho.

—Gracias.

—Sé que me pediste que no me metiese en esto y no le he hecho, pero ya que estoy a punto de subirme a un avión y que estás fingiendo que no te has emocionado, voy a arriesgarme. Tal vez deberías llamar a Petra.

—No, Cande, yo...

—Sí, ya sé, esto es la vida real y todo ese rollo. Lo sé. Pero creo que tanto tú como ella necesitáis hablar de ello y ahora los dos estáis dispuestos a escuchar al otro. Vale la pena intentarlo, ¿no crees? Os he visto juntos y eso, lo que pasó entre los dos, está siempre presente; os acompaña a todas partes y es... como un peso muerto sobre los hombros.

—Sí, tal vez tengas razón. Te propongo algo.

—Ay, Dios.

—Si yo llamo a Petra y le pregunto si está dispuesta a hablar conmigo, ¿tú harás lo mismo con ese chico?

—¿Cuál?

—No te hagas la tonta. El chico con el que te has estado escribiendo estos últimos días, el que te hace sonreír.

—¿Tú crees?

—¿Habrías sido tan pesada si hubiésemos sido adolescentes juntos? ¡Porque estoy a punto de alegrarme de haberme ido de Barcelona!

—Cállate.

—En fin, sí, creo que ese chico, el que está en Estados Unidos, te hace sonreír y solo por eso tendrías que llamarle. En esta vida es mucho mejor reír que llorar.

—Tienes razón —afirmo sorprendida—. Tienes toda la razón. Está bien, tú habla con Petra y yo hablaré con Víctor.

Me paso el vuelo pensando en esa última conversación, en Víctor, en que con él apenas he llorado y he reído mucho. ¿Por qué insisto en llorar con Salvador si con Víctor puedo reír? ¿Por qué quiero estar con alguien que no me quiere a su lado y tengo miedo de arriesgarme con alguien que está dispuesto a esperarme, a cambiar su vida, para verme a diario?

En Barcelona no hay nadie esperándome y no es que me haga falta, pero de repente comprendo que quiero ver a alguien, quiero hablar con él de verdad y no a través de la pantalla de un móvil. Hoy es domingo, y gracias al señor Barver no me esperan en Marbella hasta el próximo domingo. Tal vez podría haberme quedado unos días más en Muniellos, pero Nacho tenía un par de días complicados en el parque y ya ha hecho bastante por mí. Espero a que mi maleta salga por la cinta transportadora; tendría que alegrarme de estar aquí y poder descansar y hacer vida normal, ver a mi familia y hablar con Abril. Pero me falta algo.

Pongo en marcha el móvil y la maleta aún no aparece. El teléfono me vibra en el bolsillo y yo, como una idiota, voy a por él en busca de un mensaje, una señal, algo que me saque del estado en el que me encuentro. No es nada, es un mensaje de la compañía de telefonía diciéndome que puedo cambiar de plan.

Ojalá la vida también te mandase esta clase de mensajes: «Cámbiate al plan aventurera y serás feliz. 100% garantizado y, si no te gusta, podrás volver a tu antiguo plan sin perder los puntos».

Miro la última foto que he colgado con Nacho en el parque: «#AdiósBosqueMágico 🌳 #GraciasChicoDeAgosto 🐻 #Valiente 👫 #BambiTeQuiero 🖤 ».

Me llega un mensaje, el corazón se me acelera, y cuando veo que es de Abril aminora la marcha. No es que no quiera a mi amiga, pero ella no es el motivo de que esté así. Abril dice que me llamará cuando pueda, pero que no va a poder grabar el vídeo del chico de agosto hasta el viernes porque tiene que ir a hacer un reportaje fotográfico a Italia. Ella ya no ha podido venir a Muniellos; las fotos que saldrán en el artículo las he hecho yo y añadiremos las oficiales del parque. Abril dice que prefiere trabajar ahora que puede, el embarazo va viento en popa, y bajar el ritmo más adelante. Cuando hable con ella me pondré en plan madre y me aseguraré de que está bien de verdad y de que está hablando de nuevo con Manuel.

Me llega un correo y casi me quedo sin respiración... ¿Qué estoy haciendo? En serio, ¿qué estoy haciendo? ¿Qué creo que voy a recibir? ¿Quién espero que me llame? Mi nivel de idiotez está llegando a límites insospechados. ¿De verdad me estoy convirtiendo en esta clase de chica después de todo lo que me ha pasado?

Aparece mi maleta, la saco con tanta fuerza de la cinta transportadora que casi golpeo a un pobre señor. Tras disculparme voy hacia la salida, pero una vez la he cruzado no me dirijo a la calle ni tampoco voy en busca de un taxi o de un autobús. Camino decidida hasta un mostrador de venta de billetes.

—Buenas tardes, ¿en qué puedo ayudarla?

—Quiero un billete a Nueva York.

SEPTIEMBRE

14
VÍCTOR

El apartamento de Kyle (no puedo creer que ahora tenga un amigo que se llame así) tiene unas vistas a Central Park espectaculares, y es mucho más cómodo que cualquier hotel que hubiese podido encontrar. Le conocí en el viaje a Las Vegas hace apenas unos días, es el padrino del novio, Bradley (yo también tengo la sensación de estar viviendo en un capítulo de *GossipGirl*), y me ofreció que me quedase aquí mientras él iba de viaje por trabajo. Yo rechacé el ofrecimiento, estos americanos realmente son demasiado confiados, pero él insistió y me dijo que era una tontería que pagase un hotel cuando su piso estaba disponible y que, además, él así estaba más tranquilo.

No sé qué diablos podría preocuparle. ¿Que el portero no le guardase el correo?

La cuestión es que estoy pasando esta última semana que me queda en Nueva York en el apartamento de Kyle, descubriendo más secretos de la ciudad y conociendo un poco mejor la vida que, tal vez empezaré a llevar dentro de unos meses. No es que quiera ponerme trascendental, pero también tengo la sensación de estar conociéndome a mí mismo.

Ahora, cuando pienso en lo que hice después de la muerte de papá, me siento como un idiota. Seguro que él, mi padre, me mira desde donde sea que esté y se ríe de mí. Me lo imagino diciéndome: «Te lo dije, sabía que no podías pasarte la vida escondido en tu laboratorio».

Llego a la calle, voy a correr un rato por el parque y después...

—¿Cande?

Un taxi se ha detenido frente al portal y el conductor está sacando la maleta de la parte de atrás mientras una chica idéntica a Cande se pelea con el bolso. Parpadeo, incluso me froto los ojos. Una cosa es que piense en ella a diario y en los momentos más inoportunos (u oportunos, pero que no quiero analizar ahora porque tendría un problema teniendo en cuenta que llevo pantalones cortos y nada con lo que disimular mi reacción) y otra que me la imagine delante de mí.

El taxi se aleja, ella le ha dado dos billetes y yo sigo sin moverme. La chica es real, eso seguro, al menos no estoy tan mal, y entonces sujeta el asa de la maleta y se da media vuelta.

—Víctor. —Sus ojos me recorren de arriba abajo en un segundo antes de detenerse en mi rostro. Está cansada y se sonroja—. Iba a darte una sorpresa.

Joder.

Mis pies por fin reaccionan, mi cerebro no tanto, y camino hasta donde está ella.

—Nena.

Le sujeto la cabeza con las manos y la beso. Tal vez soy tierno durante un segundo, joder, al menos espero haberlo sido, pero en cuanto un gemido de ella se cuela en mi garganta dejo de serlo. Nunca me había considerado un hombre posesivo, esta clase de pensamientos me parecían absurdos y sin sentido. Y me lo siguen pareciendo. Estos pensamientos son una estupidez. Pero, joder, no puedo negar el efecto que produce en mi cuerpo saber que Cande ha gemido así por mí.

Ella se sujeta a mis hombros y oigo el sonido de la maleta al caer al suelo.

Mierda, estamos en la calle.

—Nena... —Dejo de besarla y bajo las manos hasta su cintura—. Me has dado una sorpresa. —Sonrío—. La mejor sorpresa de toda mi vida.

—¿Te alegras de verme? —Parece insegura.

—Muchísimo.

—¿De verdad? —No detiene la mirada en la mía—. ¿No tienes a una *stripper* en el apartamento?

Suelto el aliento, si soy sincero conmigo mismo, esto, las dudas de Cande, el que siempre intente reducir nuestra relación a la parte física o recurrir al sentido del humor para hablar de nosotros, me duele más que el imbécil de Barver.

Puedo competir contra otro hombre y más si este es idiota y se empeña en hacer daño a la chica que quiero. Pero ¿competir contra ella misma?

—No hay ninguna *stripper*, Cande. No hay nadie, nena, excepto tú.

Aunque estoy tan excitado que si ahora mismo me viera un policía correría a arrestarme por escándalo público; siempre me pasa lo mismo. No sé si soy patético o si mi libido tiene alma de exhibicionista. Doy un paso hacia atrás y entrelazo una mano de Cande con la mía mientras con la otra levanto la maleta del suelo.

Ella me aprieta los dedos.

—Te he echado mucho de menos este mes, Víctor —empieza ella casi sin andar; tengo la sensación de que estoy arrastrándola igual que a su equipaje—. He pensado mucho en ti.

—Yo también en ti.

Aunque estoy casi seguro de que no de la misma manera. Pasamos por delante del portero y le explico, sin dejar de caminar, que Cande es amiga mía y va a quedarse unos días; al menos espero que vaya a quedarse unos días.

—Me alegro mucho de que estés aquí, nena, y de que hayas querido darme una sorpresa —le digo en el ascensor—, pero podrías haberme llamado y te habría venido a buscar al aeropuerto. Unos minutos más tarde y habrías encontrado el apartamento vacío.

—Te habría esperado —bosteza—. Empieza a molestarme que los aeropuertos tengan tanta presencia en mi vida. Los momentos importantes no tendrían que suceder en un lugar cuyo objetivo, básicamente, es alejarte de un lugar o de una persona.

Arrugo las cejas, no sé si es consciente de que esa frase la ha dicho en voz alta.

—Estás muy cansada, ven. —Vuelvo a tirar de la maleta y de ella—. Puedes descansar un rato. Hablaremos después.

—¿No tienes ganas de...? —Otro bostezo le impide terminar la frase.

—Tengo ganas de todo, pero prefiero que estés despierta. —Sonrío y le doy un beso en la frente mientras abro la puerta.

Estoy instalado en la habitación de invitados y llevo a Candela hasta allí sin enseñarle el apartamento; ya tendremos tiempo para eso.

—Estos últimos días apenas he dormido —farfulla ella—. He terminado de revisar la novela del mes de enero y ¿te conté lo de Nacho? ¿Y lo de Petra?

—Creo que no —le contesto mientras abro la cama—. Túmbate, vamos. Vas a quedarte dormida de pie.

—He empezado a escribir el mes de febrero en el avión. —Otro bostezo y se sienta o más bien cae sentada en la cama—. Creo que este mes será más fácil. —Me agacho, le quito los zapatos y le masajeo la planta de los pies. Ella gime. No tendría que haber hecho esto.

—Van a tener que darme una medalla —digo entre dientes y ella no se entera.

—El mes de marzo será más difícil. —Cae tumbada. ¿En serio espera que yo le quite los vaqueros? Soy un jodido santo, eso es lo que soy.

—¿Difícil, eh? Cuando te despiertes dentro de un rato ya te explicaré yo qué es difícil.

Le desabrocho los vaqueros y tiro de la cintura hacia abajo hasta quitárselos. Ella ya está completamente dormida, gracias a Dios, porque si hubiera insinuado, ni siquiera un poco, que estaba dispuesta a hacer realidad cualquiera de las imágenes que se han cruzado por mi cabeza, nada habría podido detenerme.

—Estaré en el comedor —le digo, aunque sé que no va a contestarme—. La camiseta no pienso quitártela, vas a tener que dormir oliendo a avión y yo... —suelto el aliento— yo voy a... No sé qué coño voy a hacer, pero voy a estar ahí fuera esperándote.

Tres horas más tarde, horas durante las cuales he acabado utilizando la máquina de pesas que Kyle tiene en su despacho, duchándome (lo que ha sucedido en la ducha ha conseguido calmarme un poco) y viendo un partido de fútbol americano en la tele, Cande sale del dormitorio con el pelo alborotado y enseñándome sus preciosas piernas.

—Hola —dice en la puerta y se sonroja de la cabeza a los pies—. Siento haberme desmayado.

—Hola.

No me pongo en pie, sigo sentado en el sofá, porque si me acerco la tomaré en brazos, la tumbaré de nuevo en esa cama y no saldré de dentro de ella hasta que el cuerpo me diga basta, y por desgracia sé que eso no es lo que Cande y yo necesitamos ahora. Joder. Si ella no se hubiese quedado dormida, si nos hubiésemos seguido besando en el ascensor, probablemente habríamos follado de pie en la puerta de este carísimo apartamento, y después en el suelo y en este jodido sofá.

Pero se ha dormido y yo he tenido tiempo para pensar.

Si solo fuera sexo, si solo quisiera sexo con ella y ella conmigo, nada de esto sería tan complicado. Durante unos segundos mi cuerpo se rebela contra mí y me grita por qué estoy haciendo esto; a mi erección le importa una mierda mi corazón y se ríe de mí. Joder, algo de razón tiene. Podríamos desahogarnos en la cama, follar, soltar todo esto que llevo dentro y después... Después seguiría preguntándome por qué está aquí ahora y si va a quedarse o va a volver con ese Barver o con otro, o a seguir sola, y yo voy a tener que despedirme de ella para siempre.

Mierda, todo era muchísimo más fácil en marzo, cuando lo único que me inspiraba Cande era curiosidad. O incluso en abril, cuando me acosté con ella porque la deseaba y me importaba una mierda que ella estuviese conmigo para desquitarse de otro hombre.

Me da rabia reconocerlo, pero desde que he visto a Cande salir de ese taxi no he dejado de recordar lo que sucedió en Mallorca... y la voz de Jimena suena una y otra vez en mi mente.

«Sé muy poco sobre ti, eso lo reconozco, pero sobre el amor sí sé algo y no parece que tú y esa misteriosa chica lo hayáis intentado demasiado. Os habéis rendido a la primera. A lo mejor lo único que te pasa es que estás cabreado porque te han dejado. A los hombres suele molestaros eso, os sentís infravalorados. Tenéis un ego muy frágil, pobrecitos. A la que el ego se os recupera os olvidáis de que tenéis corazón y de que se supone que estáis enamorados de otra».

Sacudo la cabeza.

—No te preocupes. —Vuelvo a mirar a Cande—. ¿Quieres ducharte? El baño está allí.

Ella me mira confusa.

—Me encantaría ducharme; todavía huelo a ambientador de avión. —Juega con el extremo de la camiseta, aunque en realidad creo que lo hace porque está nerviosa—. ¿Te molesta que haya venido?

Ahora sí tengo que levantarme, no quiero que piense eso. Camino hasta donde está, no ha dado ni un paso desde que ha abierto la puerta, y le pongo las manos en los hombros para bajarlas por los brazos y acariciarla. Me gusta que se le ponga la piel de gallina y que a mí se me acelere la respiración.

—No, por supuesto que no. Estoy muy contento de que estés aquí —afirmo mirándola a los ojos y sonrío—; aún no termino de creérmelo.

—¿Entonces?

Sé qué es lo que me está preguntando, aunque no se atreva a decírmelo. Hay aspectos de Cande que todavía desconozco y me confunden, como por ejemplo que en abril fuese capaz de llamar a la puerta de mi dormitorio en ese hotel y hacer lo que hicimos, y que ahora sea incapaz de preguntarme por qué no nos hemos arrancado la ropa en cuanto nos hemos visto.

Me agacho y le doy un beso.

—Tenemos que hablar —susurro al apartarme. Mierda. Me muerdo los labios; no tendría que habérselo dicho así.

Cande asiente y respira profundamente.

—Está bien, supongo que tienes razón. —Me acaricia el rostro y me planteo decirle que no, que me da igual si está aquí porque está triste y quiere olvidarse de ese imbécil o si está aquí por mí, y acostarme con ella, morderla, atarle las manos en el dosel de esa cama en la que me he pasado días imaginándomela y correrme una y otra vez dentro de ella, hasta que a los dos nos dé igual por qué está aquí.

—Dúchate, nena. —Me aparto y la dejo pasar hacia el baño—. Pero ni por un segundo pienses que no te deseo y que no tengo que contenerme para no meterme bajo el agua contigo y follarte durante días.

Ella se sonroja mucho más que antes y me sonríe. Bueno, al parecer mi verborrea ha sido acertada esta vez.

—Vale, pensaré en eso.

—Métete en el baño y cierra la puerta. Ciérrala.

La sonrisa de Cande llega a sus ojos y yo camino de nuevo hasta el despacho de Kyle para sentarme otra vez en la máquina de pesas.

Una hora más tarde salgo yo de darme otra ducha y Cande me está esperando en el sofá.

—¿Estás bien? —Me siento a su lado.

—Muy bien. El apartamento es precioso, Kyle tiene buen gusto.

—Y dinero —bromeo—. Lo cierto es que tanto él como los demás son geniales. Me han acogido como si fuésemos viejos amigos. Me lo pasé muy bien con ellos en Las Vegas.

—Aunque las *strippers* te decepcionaran.

—Exacto, esta gente tiene un problema con las prótesis. Demasiado plástico.

—Dudo que todo el mundo opine como tú, leñador.

Al oírla llamarme así alargo una mano en busca de la suya. Le acaricio los nudillos con el pulgar.

—Estoy muy contento de que estés aquí, Cande, pero necesito saber qué significa.

Ella me mira a los ojos.

—¿Lo dices por el gato? Necesitas saber si está vivo o muerto.

Tengo que sonreírle.

—No solo por el gato, nena. ¿Qué te parece si empiezo yo?

—Me parece muy bien. —Suelta el aliento—. Yo... —sonríe— aún estoy nerviosa. Jamás había hecho algo así.

—Estos días he comprendido que ni tú ni yo habíamos luchado de verdad por nuestra relación. Ni siquiera habíamos reconocido que estábamos en una relación. Todo empezó en abril cuando llamaste a la puerta de mi habitación en ese hotel de Barcelona porque Barver apareció en la fiesta con una rubia.

—Yo no...

Le aprieto la mano para detenerla.

—Sé que no viniste *solo* por eso, pero ni tú ni yo, especialmente yo, podemos seguir negando que si esa noche Barver no se hubiese comportado como un imbécil no habrías venido a verme.

—No te quiero porque Barver no me quiera —pronuncia en voz baja. Decidida, pero en voz baja.

—Lo sé. Lo sé. —Me acerco y le doy un beso en los labios, aunque me aparto antes de que pueda ir a más—. Lo que pasa es que tú y yo nunca hemos podido ser nosotros de verdad. O tal vez no hemos querido. Todo lo que ha sucedido entre nosotros ha sido consecuencia de *Los chicos del calendario*. Hemos ido a remolque de Barver o de este concurso.

—No puedo evitar que Sal... que Barver forme parte de esto, él es el director de Olimpo.

—No me refiero a eso y lo sabes. Cuéntame por qué estás aquí, qué pasó ayer o hace unos días para que te subieras a un avión rumbo a Nueva York y vinieras a verme. ¿Fue por mí, por las conversaciones que hemos tenido estos días, porque me echabas mucho de menos o porque Barver te ha hecho daño otra vez?

—Hace semanas que no sé nada de él. —Me suelta la mano y se pone en pie—. Salvador no tiene nada que ver con esto.

—¿Estás segura?

—Si no quieres que esté aquí, dímelo directamente, Víctor.

Yo también me pongo en pie.

—Quiero que estés aquí por mí.

Camina hasta mí y me sujeta el rostro para plantarme un beso en los labios.

—Estoy aquí por mí. —Me rodea el cuello con los brazos—. Porque gracias a Nacho me di cuenta de que contigo sonrío y con él no.

No es una gran declaración de amor, pero, joder, es un avance. Aunque no puedo ni voy a conformarme con eso.

—He aceptado el trabajo —le digo—. No quiero que vuelva a haber secretos o medias verdades entre nosotros. Si de verdad vamos a luchar por esto, tiene que ser con nuestra verdad por delante.

—¿Vas a quedarte aquí, en Nueva York? —No se aparta y me lo tomo como una buena señal—. Yo no puedo dejar *Los chicos del calendario*.

Respiro. Joder, esto de ser honesto y hablar de tus emociones es muy complicado. Tenerla cerca me afecta y nada me gustaría más que besarla, desnudarla y dejar todo esto para más tarde.

—Lo sé. Sé que *Los chicos* son importantes para ti.

—Quiero llegar hasta el final, hasta diciembre. Además, está lo de los libros que te conté, ya he entregado el mes de enero.

—Los libros, claro... ¿Vas a hablar de *nosotros*?

—Cuando llegue marzo, sí. Y también los meses siguientes. ¿Te molesta?

—Si te dijera que sí, que me molesta, dejarías de hacerlo. —Doy un paso hacia atrás y me aparto de ella—. No estoy seguro de que me guste que hables de nosotros. Una cosa fue participar en el concurso, y otra muy distinta es que hables de nosotros. Porque imagino que no será como en los artículos de *Gea,* sino una especie de diario, ¿o me equivoco?

—No, no te equivocas.

Me siento en el sofá.

—Joder, nena, cada vez que creo que derroto a uno de mis contrincantes aparece otro.

—¿Otro contrincante? No te entiendo, Víctor. —Se sienta a mi lado—. No hay nadie más.

Me paso las manos por el pelo, hacerme a esta idea me cuesta más de lo que estoy dispuesto a reconocer.

—No voy a quedarme en Nueva York. La semana que viene volveré a España y pasaré septiembre en Haro con Tori y mi sobrina. En los laboratorios no me esperan hasta enero, aunque estarían encantados de que me incorporase antes.

—¿Y tú qué quieres hacer?

—Sé que ahora no puedo pedirte que vengas conmigo a San Francisco en enero. —Me agacho y le doy un beso—. Tú tienes que terminar con tus chicos del calendario y yo... —suelto el aliento— yo tengo que estar seguro de que, por mucho que Barver reaparezca en tu vida, tú no volverás con él. Si esto fuera sexo, nena, todo sería más fácil, pero no lo es. Al menos para mí.

—Para mí tampoco.

—Entonces, lo que vamos a hacer es aparcar la caja con el gato a un lado —sonrío al verla sonreír.

—Sabía que no ibas a poder dejar el gato fuera de esto.

—Me gusta que me conozcas, nena. —Otro beso y bajo las manos por la espalda—. Esta vez vamos a hacerlo bien. Tú vas a dejar al país entero boquiabierto con tus chicos del calendario y con tus novelas.

—Te dejaré leer tu mes antes de mandársela a Salvador.

—¿Barver va a leerlo antes de que se publique? Genial.

—Es el director de Olimpo.

—Claro.

—¿Estás diciendo que no quieres que estemos juntos hasta enero?

—Estoy diciendo que cuando llegue diciembre quiero estar listo para hacerte una pregunta muy importante y que quiero que tú estés lista para contestarme. Te estoy diciendo que no quiero que te acuestes conmigo porque el sexo entre tú y yo es increíble y consigue hacerte olvidar que Barver, o quien sea, te ha dejado. Y yo no quiero estar contigo solo porque hace meses heriste mi orgullo al dejarme —confieso al fin.

—Está bien, de acuerdo, señor científico, lo haremos a tu manera. Pero que conste que esta vez he venido yo detrás de ti.

—Lo sé, nena, no creas que voy a olvidarlo nunca. —Mis labios devoran los suyos, si quiero seguir adelante con mi plan tengo que hacerlo ahora, antes de perder el control—. Joder. Dentro de unos segundos voy a odiarme y tú vas a tener que soportarme de muy mal humor.

—¿De qué estás hablando, leñador? —Me acaricia el pelo de la nuca y me estremezco. Mierda, qué digo *me estremezco*, estoy a punto de correrme—. No me digas que esto tiene que ver con tu gato.

—No. —Una risa ahogada escapa de mi garganta y levanto las manos para capturar las suyas y apartarla de mí—. Tengo muchas ganas de estar contigo, nena. Ahora mismo te tumbaría en este estúpido y carísimo sofá, te bajaría estos pantalones cortos y entraría dentro de ti. Dudo que durásemos más de veinte segundos.

—Oh, Víctor —Se lame el labio y tengo que soltarle las manos. No puedo tocarla.

—Pero no voy a hacerlo.

—¿Ah, no? —Parpadea confusa y algo enfadada, y confieso que me hace sonreír. No quiero ser el único que sufra—. ¿Por qué no?

—Porque el sexo es muy bueno, es increíble, pero nos despista.

—El sexo nos despista.

—A mí, sí —afirmo y soy consciente de que parezco un idiota y de que hay partes de mi cuerpo, todo mi cuerpo, que me están insultando—. Nos acostamos en Barcelona porque Barver se presentó en esa fiesta con otra —enumero casi para mí mismo—. Y después volvimos a acostarnos cuando le viste en Barcelona. No quiero que la próxima vez dependa de él. La próxima vez va a depender de mí... —trago saliva porque veo que a ella se le oscurecen los ojos. Una parte de Cande tal vez esté enfadada, pero a otra le gusta la idea y le parece sexy— y de ti.

Camina hasta mí y me acaricia el torso. Va a volverme loco.

—¿Eso quiere decir que nada de besos?

—¿Estás loca? Por supuesto que voy a besarte. Mucho.

15

El avión aterriza en El Prat y yo sigo con la cabeza en las nubes. Nunca me había imaginado que besar a alguien, solo besar, pudiese ser tan maravilloso. Bueno, sí lo sabía, pero creía que estas sesiones de besos y nada más se quedaban en la adolescencia. Se supone que de mayor, cuando te das esta clase de besos, acabas en la cama y no en un avión de vuelta a casa maldiciendo al chico que te los ha dado y a ti misma por haber aceptado que era lo mejor que podíais hacer.

Aunque si soy sincera, a pesar de que cierta parte de mí está insatisfecha, vale, muchas ciertas partes de mí, estos días con Víctor han sido increíbles. Quizá lo de solo besar tendría que seguir más allá de los dieciséis años. O quizás el calentón que llevo no me permite pensar con claridad, qué sé yo.

Apenas he estado tres días en Nueva York y Víctor me ha enseñado sus partes preferidas de la ciudad, esas que descubres cuando ya has visitado los museos, parques y calles que figuran en las guías. Hemos hablado mucho, creo que empiezo a conocerlo de una manera distinta y, aunque reconozco que la idea de no acostarnos hasta que los dos estemos seguros de qué estamos haciendo me pareció una locura al principio, ahora la entiendo.

La próxima vez que hagamos el amor, además de quemar la cama (esta frase la dijo él ayer cuando me fui), no será porque Salvador me haya hecho daño o porque él tenga el orgullo herido. Lo cierto es que me esperan unos meses muy intensos, aún me quedan cuatro chicos del calendario por conocer y, a no ser que hayan cambiado los planes sin yo enterarme, tendré que escribir los libros de todos los candidatos, de todos excepto enero. Víctor y yo hemos decidido hacerlo bien esta vez, vernos, llamarnos, contarnos la verdad y ver hacia dónde nos lleva esto. Juntos. Hemos decidido hacerlo juntos y no cada uno por separado; yo tengo un buen presentimiento y no puedo parar de sonreír ni de pensar en él.

Mañana viernes he quedado con Abril en Olimpo para grabar el vídeo del chico de agosto y el domingo volaré a Málaga. He hablado con Benjamín, el chico de septiembre, y Sergio tenía razón, parece de fiar. Además, lo que quieren Barver padre y su amigote, el padre de Benjamín, es que sea el chico del mes y lo han conseguido, así que espero que no nos causen más problemas. Existe la posibilidad de que me haya engañado, nos haya engañado a todos y esté confabulado con esos dos residentes de Mordor, pero de momento no me queda otra que arriesgarme y confiar en él y mi intuición. Aprovecharé este mes para averiguar todo lo que pueda sobre el padre de Salvador y elegir a los chicos de los próximos meses, así al menos no podrá volver a amenazarnos con esto. Elegiré a los tres chicos que faltan, octubre, noviembre y diciembre, y releeré el contrato, las normas, todo lo que sea necesario, para evitar que ese hombre vuelva a ponernos en peligro.

Tendría que haberlo hecho antes, tendría que haber sacado la cabeza de la arena antes, centrarme y luchar de verdad por lo que me importa. No tendría que haber perdido tanto tiempo ni esfuerzo, ni corazón, en Salvador.

Salgo de la terminal y me subo a un taxi; quiero llegar a casa y dormir. Estos días en Nueva York han sido increíbles y no los cambiaría por nada del mundo, por absolutamente nada, pero estoy exhausta y tanto mi cuerpo como mente necesitan desconectarse unas horas. Llamo a Víctor durante el trayecto, es de noche y la ciudad está medio apagada, no tardaré en llegar a mi pequeño apartamento.

—Nena, ¿ya has llegado? —contesta tras el primer timbre.

—Sí, estoy en el taxi.

—¿Cómo estás? —Le oigo bostezar—. ¿Has tenido un buen vuelo?

—Cansada, pero bien. Todo ha ido muy bien, ¿y tú?

—¿Yo? —Se ríe por lo bajo—. Estoy cabreadísimo conmigo. No puedo creerme que te haya dejado subirte a ese avión sin haberte echado un polvo. O mil. ¿De quién fue la estúpida idea de no acostarnos?

—Tuya. —Sonrío.

—Soy un idiota. Un sádico. ¿Y desde cuándo me dejas salirme con la mía? Tendrías que haberme dicho que era una estupidez y desnudarme en medio de la cocina o en el pasillo o en el sofá. Mierda. Joder. Tengo que dejar de imaginarme todos los sitios donde podríamos haberlo hecho.

—Sí —carraspeo—, tienes que dejar de decir estas cosas porque estoy en un taxi y muy cansada.

—Lo siento, nena, pero te echo de menos.

—Yo también a ti, leñador, y tu idea puede parecer una locura y por tu culpa apenas he dormido estos días porque o me besabas o me decías que no podíamos hacer nada más, pero ha estado bien. Muy bien. Creo que es justo lo que necesitábamos. La próxima vez que nos veamos...

—No me tortures con eso, Cande. —Suelta el aliento—. Sé que es lo que necesitábamos, me da igual parecer un engreído, pero lo sé. La cuestión es que ahora mi cuerpo me odia y me odiará aún más los próximos días, cuando tenga que conformarse conmigo.

—Recuérdame cuándo vuelves a España.

—Llegaré el martes, iré a Haro a ver si mi casa y mi laboratorio siguen en pie, y a malcriar a mi sobrina. Te llamaré en cuanto esté allí y nos organizamos, ¿de acuerdo?

—De acuerdo. —Suspiro—. Yo ya estaré en Marbella, pero seguro que encontraremos la manera de vernos.

—Segurísimo.

El taxi se detiene delante de mi portal.

—Tengo que colgar, Víctor. He llegado a casa y tengo que pagar.

—Descansa, nena. Hablamos mañana.

Mi apartamento está igual que antes, lo cual es algo confuso porque yo siento que he cambiado desde la última vez que estuve aquí.

Cuando llegue diciembre buscaré la manera de que estas cuatro paredes vuelvan a ser mi hogar.

O tal vez no, pienso de repente, tal vez pondré un anuncio alquilándolo y yo volaré a Estados Unidos.

Si pienso en lo trascendental que será un cambio así, tengo que reconocer que Víctor ha tomado la decisión acertada obligándonos a los dos a esperar. No podemos seguir fingiendo que lo que pasa entre nosotros es solo sexo o una manera de aparcar la realidad; ni él ni yo nos merecemos jugar a medias. Pero estoy cansada y de nada servirá que intente planear el futuro, esto sí lo he aprendido. Dejo la maleta en el pasillo, me desnudo, elijo una camiseta cualquiera y me dejo caer en mi cama.

El *jet-lag* tiene la culpa de que me despierte a las cinco de la madrugada con la necesidad incontrolable de comer chocolate. Por suerte tengo en la nevera y, después de saciarme y mirar la tele, en la que no dan nada interesante, vuelvo a la cama, pero no hay forma humana de dormirme. A las seis me doy por vencida y voy a ducharme, y a las siete y media cruzo la puerta de Olimpo. Es muy temprano, creo que es la primera vez que voy a trabajar tan pronto, pero he decidido que ya que estaba despierta bien podía aprovechar el tiempo.

El edificio está abierto, aunque cuando cruzo la entrada no encuentro al guarda de seguridad por ningún lado. Estará haciendo la ronda por el aparcamiento o tal vez ha salido a buscar algo. El vestíbulo tiene un aire extraño, completamente abandonado, parece que haya habido un holocausto y que los *zombies* se estén preparando para atacar en algún lado.

Si hubiera un apocalipsis, dudo mucho que los *zombies* se diesen un banquete en Olimpo. Cerebros encontraría, eso sí, aunque no sé si serían de su gusto. Me imagino que los tenemos un poco secos. Entro en el ascensor. Quizás los de los chicos de Marketing serían los más suculentos o picantes. Sacudo la cabeza. Que esté elucubrando sobre un ataque de *zombies* demuestra que tendría que haberme quedado en casa e intentar dormir un poco más. Bueno, ahora ya no tiene sentido que me arrepienta. He quedado con Abril a las once, así que tengo tres horas para preparar el texto del vídeo; repasar las carpetas de los chicos que, de momento, se han presentado como candidatos; elegir unos cuantos; escribir a Vanesa y a Jan para contarles mis planes; darle las gracias a Sergio por allanar el terreno con Ben, y escribir también a Salvador. No tengo tiempo que perder y menos con *zombies*.

«Aunque sí, sin duda los cerebros de Dirección serían los más sosos», pienso cuando se abre la puerta del ascensor en la sexta planta.

Las luces del pasillo están apagadas, el sol entra por las ventanas que van del suelo al techo y noto el calor de los rayos acompañándome hasta el despacho de Salvador; el mío durante los cuatro meses que faltan hasta terminar el año, aunque apenas esté aquí para utilizarlo.

Todo está igual que antes, mi mesa sigue en el mismo lugar y mi gato está esperándome al lado de la pantalla del ordenador junto a un bote lleno de lápices. La parte de Salvador también sigue idéntica y no puedo aflojar el nudo que se forma en mi estómago al imaginármelo allí sentado. Aún no sé nada de él, no me ha escrito ni llamado desde la última vez que lo vi o que le mandé el manuscrito. Pablo me mantiene informada, aunque son mensajes cortos. Me imagino que los escribe porque me prometió hacerlo, pero al mismo tiempo quiere mantenerse fiel a su hermano.

Le empujo la patita hacia abajo a mi gato de la suerte, y esta empieza a moverse. No sé si funciona demasiado bien, ha habido momentos en los que he pensado seriamente que es un gato de la mala suerte. Sin embargo, estas últimas semanas me he dado cuenta de que, sencillamente, es un gato lento y algo maquiavélico, pero sabe lo que se hace.

La suerte lleva su tiempo.

Dejo el bolso encima de la mesa, en una esquina, y sigo mirando al gato.

—Creo que empiezo a entenderte —le digo—. Mira, sé que no te lo he puesto fácil, pero en mi defensa diré que las circunstancias estaban en mi contra. Por fin sé qué tengo que hacer, ¿sabes? Así que no me haces tanta falta.

Genial, he pasado de plantearme si un extintor sería mejor que una grapadora para defenderme de los *zombies* a hablar con un gato de plástico que me regalaron en un chino, y ni siquiera son las ocho de la mañana.

—He pensado —sigo con el gato— que voy a cederte. Dejaré que despliegues tus talentos con alguien que te necesita más que yo. Sí, sé que parece imposible, pero créeme, así es. —Sujeto el gato en mi mano, camino hasta la mesa de Salvador y lo dejo junto a su ordenador—. Sí, aquí estarás bien.

Me alejo dándole un último empujón a la patita y, cuando estoy a punto de sentarme y empezar a trabajar, la puerta se abre y levanto la mirada dispuesta a encontrarme con Sergio.

—¿Salvador?

Definitivamente tendría que haber dormido un poco más. Parpadeo. Es imposible que él esté aquí, ¿no?

—Hola, Candela.

Abro los ojos, los he cerrado otra vez para ver si mi cerebro se reseteaba y dejaba de gastarme esta clase de bromas.

Él sigue aquí, delante de mí, frente a la puerta que ha cerrado a su espalda.

—Hola, Salvador.

—Hola, Candela —repite y sus ojos me ponen la piel de gallina al recorrerme de arriba abajo.

—¿Cuándo has llegado? ¿Cómo te encuentras?

Ahora es él quien cierra los ojos unos segundos y veo que tiene ojeras y que está un poco más delgado, aunque nada de eso le da mal aspecto. Tiene el pelo negro un poco más corto de lo que es habitual en él y diría que esta mañana no se ha afeitado, porque en sus mejillas hay esa incipiente barba oscura que hace cosquillas cuando le paso la mano... Algo que no pienso volver a hacer, claro, por eso me sujeto del escritorio. Él no avanza; se queda donde está y se cruza de brazos.

—Llegué el miércoles. —Me habla con los ojos abiertos, buscando los míos y reteniéndolos—. Necesitaba verte, te busqué por aquí y no estabas.

¿Está enfadado? ¿Por qué? Me digo que no tiene sentido que lo esté y que no voy a caer en nuestras viejas rutinas de siempre. No tiene sentido volver a ellas y volver a sufrir por algo que no existe, diga lo que diga ahora su mirada.

—No, no estaba.

—Abril me explicó que te habías ido unos días; me dijo adónde. —Le veo apretar la mandíbula—. Me dijo que hoy grababais el vídeo.

Abril, mierda, voy a tener que hablar con ella. Sé que mi amiga no me ha traicionado, nunca le dije que tuviese que ocultarle mi viaje a Salvador y él, al fin y al cabo, es su jefe. Me preocupa que no me haya avisado para darme algo de ventaja.

—¿Abril está bien?

—Sí, no te ha avisado de que te estaba buscando porque yo le pedí que no lo hiciera, que no te molestase.

No sé qué odio más, que me conozca tan bien como para leerme la mente o que haya sido tan educado y correcto conmigo y no me haya *molestado* durante mis vacaciones robadas. Es evidente que él no sabe solo dónde he estado, sino también con quién, a juzgar por el temblor de la mandíbula. Pero también es evidente que si se lo pregunto lo negará.

Dios, ¿por qué he tenido que verlo justo ahora, justo hoy?

—¿Tú cómo estás? ¿Lo de Londres...?

—Tengo que esperar los próximos resultados —me responde antes de que pueda terminar la pregunta—. Estoy bien. Esta tanda de tratamiento ha concluido.

—¿Y vas a quedarte aquí, en Barcelona?

Él respira profundamente y sus ojos... sus ojos parecen estar rompiendo una tras otra las barreras que he levantado para protegerme de él, de nosotros, durante estos días.

—Sí.

—Bueno, me alegro de que estés mejor. —Tiro de la cinta del bolso y espero no sonar tan estúpida y torpe como me siento—. Tengo que irme, me he olvidado... —¿Qué me he olvidado, mi cerebro?

—Si intentas salir de este despacho sin escucharme, te retendré por cualquier medio necesario, Candela.

Se me eriza la piel de la nuca.

—¿Qué... qué has dicho?

—Ya me has oído.

Suelto el bolso y me doy media vuelta para mirarle. No parece arrepentirse lo más mínimo de haber sonado como un capullo.

—Me ha parecido oír que decías que ibas a retenerme aquí.

—Eso he dicho.

Abro los ojos como platos y durante unos segundos me cuesta respirar de lo enfadada que estoy.

—¿Y cómo piensas hacerlo?

Levanta una ceja.

—No me tientes.

Todo esto es absurdo.

—Está bien, voy a fingir que no acabas de comportarte como un imbécil egocéntrico mandón y manipulador, y voy a esperar a que me digas eso que, según tú, es tan importante. —Él sigue sin moverse, aunque diría que respira más rápido—. Y después te apartarás de la puerta y me iré de aquí. ¿Está claro? —Sí, definitivamente respira más rápido y no me ha contestado—. ¿Está claro?

—Clarísimo.

Yo también me cruzo de brazos, estoy apoyada en mi mesa y no dejo de repetirme en mi cabeza que no me afecta verle, que lo único que siento es alivio porque está mejor y porque no parece tan enfermo como en agosto.

—Bien, ¿qué quieres decirme?

—He terminado tu manuscrito del mes de enero. La versión definitiva, quiero decir.

—¿Y?

Suelta los brazos, veo pasar cien, mil, frases en su mirada que sé que nunca va a decirme.

—Ha sido... —carraspea—. Si te parece bien lo pasaré a una correctora. No cambiará nada, solo se encargará de temas ortotipográficos y temas de estilo.

—¿Vas a contratar a alguien para que te haga quedar bien en el libro?

No tendría que haber dicho esto, mierda.

—No. Creo que me has hecho quedar mejor de lo que merezco, Candela. —Por primera vez desde que ha llegado no me mira a los ojos, los desvía hacia la ventana—. Se llama Beatriz, me la ha recomendado Martín, ¿te acuerdas de él?

—Claro. ¿Cómo está? ¿Has podido hacerte cargo de Napbuf como querías? —Es raro hablar así de lo que sucedió en enero, de la editorial de libros infantiles que Salvador compró entonces.

—No, lamentablemente no. Pero la editorial está a salvo y algún día podré tratarla como se merece.

¿Por qué tengo la sensación de que no está hablando de Napbuf? Tengo que salir de aquí, alejarme de él antes de que empiece a elucubrar teorías mucho más peligrosas que la de los *zombies*. Él no solo me arrancará el cerebro, sino también el corazón.

—Esa correctora, Beatriz, ¿no tocará nada del libro?

—Nada. Martín dice que es un hueso muy duro de roer y que es muy estricta con cuestiones técnicas, pero no tocará nada de la novela. Te doy mi palabra.

—¿Tu palabra?

—Sí.

—Está bien —acepto, en realidad no tengo ningún motivo para negarme—. ¿Eso es todo lo que querías decirme?

—No, eso no es todo.

—Ah.

Da un paso hacia mí, dos, tres. No se detiene hasta quedar justo delante.

Mierda.

Suelta el aliento a escasos centímetros y le veo temblar ese maldito músculo y creo que yo también estoy temblando, lo cual es absurdo y peligroso. Muy peligroso.

Víctor, piensa en Víctor, en sus besos y en que él y tú estáis avanzando.

—Estos días he estado con Víctor —suelto de repente y él, Salvador, retrocede.

—Lo sé. —Traga saliva—. Abril me lo dijo.

—Me ha enseñado Nueva York.

Salvador da otro paso hacia atrás y yo me pregunto qué diablos estoy haciendo. Yo nunca he sido así, siempre he odiado a la gente que hace daño innecesariamente y tengo la sensación de que es lo que estoy haciendo ahora.

¿Le estoy haciendo daño a Salvador? Él me echó de su lado, otra vez. Otra vez. Él me dijo que no me quería, igual que en enero, igual que siempre.

—Quería preguntarte si mi padre ha vuelto a molestarte. El miércoles Sergio me contó lo que había pasado y lo que habíais decidido hacer con el chico de septiembre. Siento no haber estado localizable esos días.

—No te preocupes. —Me cuesta hablar, tengo que humedecerme los labios—. Es comprensible. ¿Ahora ya estás bien?

—Estoy en ello. El chico de septiembre, Benjamín... Sergio dice que podemos confiar en él. ¿Tú opinas lo mismo?

Asiento y recupero el bolso. No puedo hacer esto, creía que podría, pero la verdad es que no. Podré tratar a Salvador con normalidad, hablar con él solo del trabajo y no hacerme mil millones de preguntas sobre su salud o sobre por qué, por qué, me pidió que me fuera de Londres. Podré hacerlo en cuanto haya conseguido respirar una sola vez sin tener ganas de abrazarlo. Ahora no puedo, así que tengo que alejarme de él y pensar en mí y en Víctor.

—Sí. He hablado con él y creo que está de nuestra parte. No me contó su historia por teléfono; yo tampoco lo hice. —Esquivo a Salvador y él se aparta a pesar de que cierra las manos y las mete en los bolsillos—. Aunque me quedó claro que no siente especial cariño por su padre. Benjamín tiene sus propios motivos para haber aceptado ser un chico del calendario. Lo más probable es que él también nos esté utilizando, reconoció que aceptaba ser el candidato de este mes porque así podía hacer publicidad de su academia y, dado que nosotros le estamos utilizando para no tener problemas con tu padre, supongo que es un intercambio justo. Tengo que irme. —Me detengo con la mano en la puerta.

—De acuerdo. —Se da media vuelta, creo que para no mirarme—. Vete.

¿Me está echando otra vez? No tiene derecho a estar tan enfadado.

Durante un segundo le observo respirar, subir y bajar los hombros, y la tentación de acercarme y tocarle el pelo es tan fuerte que salgo corriendo.

Llego al ascensor y el aire aún se resiste a entrar en mis pulmones sin traer consigo las ganas de abrazar a Salvador. Solo tengo que resistir unos segundos más. Unos segundos más. La puerta de acero se abre y consigo entrar. Sí, creo que, si llego abajo, salgo a la calle y llamo a Abril para pedirle que grabemos el vídeo en la Antártida, lo conseguiré.

La puerta del ascensor se está cerrando. El aire empieza a cambiar.

Salvador entra justo antes de que se cierre por completo y con una mirada que no logro identificar me enseña mi gato de la suerte.

Traidor.

16

El gato, no puedo dejar de mirar mi gato de la suerte, que me devuelve la mirada (y creo que una sonrisa sarcástica) desde la palma de la mano de Salvador.

—¿Qué significa esto, Candela?

Me niego a ponerme más nerviosa y me aparto un poco para apretar el botón de abrir la puerta o el de cerrarla o, no sé, algún botón que haga algo. Salvador se coloca frente al panel de botones.

—Es mi gato de la suerte.

—Ya sé que es tu gato, Candela. —Cierra los dedos alrededor de la figura de plástico. Me estoy volviendo loca del todo. ¿Mi gato me ha guiñado el ojo?—. Tú lo has puesto en mi mesa y quiero saber por qué.

—¿Cómo sabes que he sido yo? Puede haber sido cualquiera. Sergio, por ejemplo, o una visita. Sí, seguro que alguien ha estado en tu despacho.

—Sergio sabe que no puede tocar nada de tu mesa. Y es nuestro despacho.

—¿Nuestro despacho? ¿Quieres apartarte de los botones de una vez?

Salvador se gira con movimientos lentos y deliberados, y aprieta el del vestíbulo varias veces. Con fuerza.

—¿Contenta? Dime por qué has puesto tu gato en mi mesa.

—No he sido yo.

El ascensor, gracias a Dios, empieza a bajar. Dentro de poco podré salir de aquí y... Se detiene de golpe, la sacudida me hace trastabillar y caigo hacia Salvador. Él me sujeta por la cintura.

—Te tengo.

El ascensor se detiene del todo.

—Oh, no. Oh, no. —Me aparto y él me suelta. Las piernas me tiemblan más ahora que hace unos segundos y me apoyo en la pared de cristal—. ¿Qué ha pasado?

—No lo sé. ¿Estás bien? —Se acerca a mí y se queda mirándome.

—Sí, estoy bien, ¿y tú?

Sonríe y de repente revivo su primera sonrisa, el día que descubrí que Salvador tiene una sonrisa solo para mí.

—Estoy bien. —Parece dudar, creo que contiene las ganas de dar otro paso hacia mí y tocarme la mejilla, porque allí se detienen sus ojos unos segundos—. Voy a averiguar qué pasa.

Se acerca al panel del ascensor y aprieta el botón de emergencias. Una voz enlatada no tarda en contestar.

—Buenos días, ¿están todos bien?

—Estamos bien. ¿Sabe qué ha pasado? ¿Pueden venir a sacarnos de aquí?

Oímos que la chica teclea algo en un ordenador.

—El ascensor se ha bloqueado. Es un procedimiento normal, lo hace cuando detecta que alguien ha intentado manipular su panel de control —nos explica la chica y fulmino a Salvador con la mirada. Él me ignora—. No es peligroso. Si hay alguien fuera puede forzar que suba o baje al piso más cercano y abra la puerta.

—¿Qué tendría que hacer esa persona? —le pregunta Salvador.

—Lo explicamos en el cursillo de seguridad —dice la chica, como una profesora riñendo a un alumno.

—Lamento decirle que no pude asistir al cursillo. ¿Qué tenemos que hacer?

—Si hay una persona fuera, puede introducir la llave de emergencia en la clavija de la puerta del último piso. Tiene el mismo aspecto que la llave Allen de Ikea.

—Yo he visto esa llave —les digo tanto a la chica como a Salvador—. Sergio tiene una en su despacho y me imagino que en recepción hay otra. Y tal vez tengan otra los de Mantenimiento.

—Llamaré a esas personas, figuran en nuestra lista —nos informa la chica—. Si no los localizo mandaré a un equipo de técnicos a revisar el aparato y sacarlos de allí, pero tardarán una hora. Su situación no es peligrosa y no corren ningún peligro; el ascensor no se moverá.

—Eso lo dice usted —farfullo y Salvador me mira.

—La situación no es peligrosa. El ascensor tiene un sistema de seguridad y se ha bloqueado. El equipo de técnicos que está más cerca está atendiendo una emergencia, ya les he mandado el aviso por si acaso. Llegarán en cuanto puedan. Ustedes no se pongan nerviosos y no se vayan a ninguna parte.

—Gracias, aquí estaremos —le asegura Salvador y no puedo evitar sonreír ante su sarcasmo.

—Has apretado el botón demasiado fuerte. Has estresado al ascensor.

Duda entre sonreír y enfadarse; al final se da media vuelta y me mira con una ceja en alto.

—¿Estás diciendo que esto es culpa mía? Los ascensores no se estresan, Candela. Ayer estuvieron instalando un nuevo sistema de seguridad en el edificio, seguro que tocaron algo. —Saca el móvil del bolsillo de la americana negra y después se quita la prenda y la deja doblada en el suelo—. Por si quieres sentarte —me dice sin mirarme, mientras teclea algo en el móvil—. No tengo cobertura, ¿y tú?

Yo sigo mirando perpleja la americana que está en el suelo. ¿Por qué hace esto? En serio, ¿qué clase de chico, de ser humano, se quita una americana y la dobla para ofrecértela de cojín? Tendría que decirle que me he sentado en el suelo en sitios peores que este ascensor.

Busco el móvil en el bolso a ver si así entro en razón. No voy a emocionarme por una americana doblada, es solo un trozo de tela.

—Yo tampoco tengo. Esa señora ha dicho que llamaba a los de Mantenimiento y a Sergio; alguien vendrá enseguida —digo casi para mí misma—. No tardarán demasiado.

—¿Estás intentando convencerte a ti o a mí? Porque a mí no me molesta que tarden más. No me importa estar aquí contigo.

Lanzo el móvil al interior del bolso y miro a Salvador enfadada.

—No digas tonterías. ¿Y si nos quedamos sin aire?

—El sistema de ventilación funciona perfectamente.

—O a oscuras.

—¿Eso sería malo?

—Genial, tómatelo a broma, pero a mí no me hace ninguna gracia.

Él me estudia durante unos segundos.

—¿Te dan miedo los espacios cerrados?

—No.

—Entonces, ¿te doy miedo yo?

—No, Salvador, tú tampoco me das miedo. —Aprieto los dientes—. Pero estamos encerrados en una caja de metal que está suspendida en el sexto piso de un edificio, podemos...

Él coloca las manos en mis brazos, justo encima de mi piel, y aprieta los dedos.

—No va a pasarnos nada, Candela. Te lo prometo. —Mantengo la mirada fija en el suelo, en sus zapatos para ser más exactos, y él aparta una mano de uno de mis brazos, dejando tras de sí la piel de gallina, y con un dedo me levanta el mentón—. Mírame. No va a pasarnos nada.

—Sí, ya lo sé. Lo siento, es que esta noche he dormido muy mal —improviso y doy un paso hacia atrás para apartarme—. Seguro que cuando los de Seguridad vean el vídeo de esto se reirán de mí; ya tendría que estar acostumbrada.

—No hay cámaras en este ascensor.

—¿En serio? —No acabo de creérmelo.

—En serio. No quise instalarlas. Esto no es la NASA. —Sigue mirándome y se pasa las manos por el pelo—. ¿Te importa que me siente? Yo también he dormido muy mal.

—No, no, siéntate. ¿Te...?

—No me preguntes si me encuentro bien, Candela. Por favor.

—Está bien, no te lo preguntaré, pero si te apetece contármelo, aquí estoy.

Se sienta en el suelo y apoya la cabeza en la pared de cristal con los ojos cerrados.

—Estoy bien, acabé el tratamiento hace unos días. Aún no tengo los resultados definitivos, creo que te lo he dicho antes, así que todavía no sé qué tendré que hacer a partir de ahora. No he vuelto a sufrir ninguna reacción alérgica y ya no tengo náuseas, así que supongo que es un avance. Y —suelta el aliento— no voy a contarte nada más. Odio hablar de esto. Odio que me veas así.

Me siento a su lado, levanto la americana —no voy a sentarme encima— y la coloco en mi regazo. Hay un bulto en el bolsillo y cuando intento colocarla bien cae el gato, mi gato de la suerte.

—Yo no te veo distinto, Salvador. No veo la enfermedad, sigo viéndote a ti.

Él abre los ojos y gira la cabeza hacia mí.

—Todo el mundo ve la enfermedad, Candela. Es inevitable, yo también la veo. Hay días en que es lo único que veo.

—Pues yo no —insisto tozuda y me atrevo a colocar mi mano derecha encima de la izquierda que él tiene apoyada en el suelo. Salvador gira la suya y entrelaza nuestros dedos.

—El gato lo has puesto tú en mi mesa, dime por qué. ¿Crees que necesito suerte?

—No exactamente.

—Lo has puesto tú —afirma y aprieta la mano.

—Sí, está bien, lo he puesto yo. No tiene tanta importancia. Solo he pensado que podía ayudarte un poco. Te lo advierto, aún no estoy segura de si es un gato de la buena suerte o un sádico, mira todo lo que me ha pasado a mí desde que lo tengo, pero creo que siempre busca la felicidad de su dueño.

—¿Tú eres feliz?

El modo en que me mira ahora no es comparable a ningún otro. Parece un paracaidista justo antes de lanzarse del avión, como si mi respuesta fuese a impulsarle por el aire.

—Sí, soy feliz.

Gira la cabeza hacia la puerta del ascensor.

—Me alegro.

No sé qué decirle, nada de lo que se cruza en mi mente tiene sentido. ¿Qué puedo decirle? ¿Que si en Londres no me hubiese dicho esas cosas ahora sería feliz con él? Eso sería injusto para Víctor y lo cierto es que Salvador en ningún momento me ha dicho, ni me ha insinuado, que se arrepienta de lo que hizo. Nos quedamos en silencio; él sigue sujetándome la mano y pasa el pulgar por mis nudillos. Cada movimiento parece una de esas frases que nunca llegamos a decirnos.

Paso la otra mano por la americana que todavía tengo en el regazo; es curioso que el tacto y el olor de él siempre me hayan parecido únicos, distintos, casi míos. O así los sentí durante unos meses. El problema es, pienso de repente, que nunca he dejado de sentir lo contrario. Salvador es el único que hace que conceptos absurdos como el de saber que una persona existe para ti tengan sentido. Y no debería ser así. Ya no.

—Están tardando un poco. ¿Crees que sucede algo?

—No, aún es pronto. Sergio seguro que aún estaba en su casa y como mínimo, tarda media hora en llegar aquí. Y hoy el encargado de Seguridad está en el sótano revisando la instalación de ayer. Si le han llamado, tal vez no han logrado dar con él. Allí la cobertura es pésima —me contesta sin dejar de atormentarme con ese pulgar que viene y va por mi cordura.

—Sí —carraspeo—, cuando he llegado no estaba en recepción.

Volvemos a quedarnos en silencio y lo cierto es que, a pesar de mis nervios, es agradable, muy agradable. Cierro los ojos e imito la postura de Salvador y apoyo la cabeza en el espejo que hay a mi espalda. Puedo oír su respiración y el calor que desprende su cuerpo, su brazo, va desplazándose hacia mí.

—¿Puedo decir algo sin que te enfades? —me sorprende preguntándome.

—Creía que te habías quedado dormido. Claro, di lo que quieras, prometo no matarte aquí dentro.

—¿Demasiados testigos?

—¿No has dicho que no había cámara de seguridad en este ascensor?

—Cierto, no tendrías testigos, pero ¿cómo se lo explicarías a los de emergencias cuando abrieran las puertas?

—Improvisaría. ¿Qué querías decirme? ¿Por qué crees que voy a enfadarme?

Levanta mi mano del suelo y la acerca a sus labios. Los dos miramos lo que está haciendo. Yo aguanto la respiración cuando su boca roza mi piel.

—No puedo dejar de pensar en lo que pasó en el ascensor de tu casa.

Intento apartar la mano, aunque sin demasiada convicción, porque basta con que él deposite otro beso para que la deje donde está.

—Salvador...

—No puedo dejar de pensar en ti, en nosotros.

Baja los labios por la muñeca y mi cuerpo entero se estremece. Por su culpa ahora yo también pienso en lo que sucedió en enero, aquel día en que hicimos el amor en el ascensor de mi edificio. Desde entonces voy a pie y, al parecer, a partir de ahora también haré ejercicio cuando venga a Olimpo, porque no voy a poder entrar aquí sin pensar en él.

—Salvador, para... —Me muerde la piel y gimo, aunque intento evitarlo mordiéndome el labio. Él levanta la cabeza para mirarme y con el pulgar de la mano que tiene libre me acaricia la zona que he mordido—. Para.

—¿Por qué? —Inclina la cabeza hacia mí y nuestras bocas están muy cerca, demasiado teniendo en cuenta lo mucho que se han echado de menos—. Dime, ¿por qué tengo que parar?

Tengo que tragar saliva un par de veces antes de contestarle.

—Porque no me quieres. Tú no me quieres. Me lo dijiste en Londres, ¿acaso se te ha olvidado? ¿O estás aburrido y has decidido volver a jugar conmigo?

Él me suelta de repente, si no estuviera ya sentada en el suelo me habría caído, y se pasa furioso las manos por el pelo.

—Joder. Mierda. Joder —farfulla en voz baja—. Joder.

Yo apoyo la cabeza en el espejo e intento controlar la respiración. Siento cosquillas en los labios por el beso que no nos hemos dado, como si me lo estuvieran reclamando.

—No vuelvas a tocarme —le ordeno en voz también controlada—. Sé que tendremos que vernos de vez en cuando, es inevitable, pero nada más. Ahora que por fin están claras las cosas entre nosotros, dejémoslo así.

—¿Claras? Joder, sí, clarísimas. —Se frota la cara—. No puedo prometer que no volveré a tocarte, Candela.

—¿Qué has dicho? ¿Te has vuelto loco? —Se ha vuelto loco, es la única explicación que se me ocurre—. No te lo estoy preguntando, Salvador, te lo estoy diciendo.

—Lo sé y una parte de mí lo entiende.

—¿Una parte? —Le miro perpleja y sin levantarme intento mover el cuerpo hacia el lado opuesto, alejarme de él. Salvador vuelve a capturar una de mis manos. No es brusco ni violento, en realidad me sujeta la piel como si estuviera acariciando una flor o algo muy delicado—. Suéltame, Salva.

—No me llames Salva.

—Suéltame, ¿qué diablos te pasa? ¿Es la medicación? —Es un golpe bajo y lo sé, y durante un segundo me odio por ello, pero estoy asustada por todo lo que me hace sentir, por todo lo que desbarata su voz y sus recuerdos y promesas sin cumplir.

—No es la medicación. Joder, Candela. Lo siento. Lo siento muchísimo.

—Suéltame. Voy a llamar otra vez a esa señora y como los de emergencias no aparezcan dentro de unos minutos la lío. —Lo miro horrorizada—. ¡Lo has hecho aposta! ¡Nos has encerrado aquí aposta!

—No, te juro que no. Jamás se me habría ocurrido algo así.

—Pero te encanta.

—Has sido tú la que me ha regalado tu gato de la suerte, supongo que es más eficiente de lo que creías.

—Suéltame, Salvador.

—Lo haré, solo espera un segundo. Tú dices que no quieres que te toque, que entiendes que tendremos que coincidir a veces porque es inevitable y que ahora, después de lo que hice y te dije en Londres, las cosas por fin están claras entre nosotros. Y yo te digo, Candela, que lo único que tengo claro es que no puedo dejar de tocarte. Que si me rechazas y me pides que me aleje tendré que aceptarlo, pero que al mismo tiempo haré lo imposible por hacerte cambiar de opinión.

—Suéltame.

Esta vez me suelta.

—Sé que cometí un error en Londres.

—¿Un error?

—Cientos. Demasiados. Lo sé, Candela, pero no puedo creer que sea demasiado tarde.

—Lo es. ¿De verdad crees que puedes reaparecer en mi vida cuando te dé la gana y desmontármela otra vez? La cagaste, Salvador, no solo me echaste de tu vida, sino que me rompiste el corazón cuando no tenías ningún motivo para hacerlo.

—Tenía miedo. Tengo miedo.

—Pues yo también, así que te aguantas.

Vuelve a hundir las manos en el pelo, parece a punto de arrancárselo.

—Joder. Tú y yo no podemos terminar así.

El ascensor se sacude un poco y los dos nos ponemos en pie y miramos hacia arriba.

—¿Estáis bien? —Es la voz de Sergio—. Os sacamos de aquí enseguida.

Salvador me sujeta de la mano; he tropezado y él ha evitado que me cayese.

—Estamos bien. Candela dice que en tu despacho hay una llave para forzar la apertura de las puertas del ascensor.

—Lo sé, voy a buscarla. Enseguida vuelvo.

—Toma, tu americana. —Le paso la prenda a Salvador y él no tiene más remedio que soltarme.

—Esto no ha acabado, Candela.

—Sí que ha acabado. —Le miro a los ojos—. ¿Qué te pasa? ¿Por qué haces esto? Hace un mes me dijiste que no me querías y que me fuese. No puedes pedirme que te dé otra oportunidad o que vuelva a confiar en ti. No soy tan idiota.

«O tan valiente».

—Me odio por haberte hecho daño, Candela. Sé que te lo he hecho y que podría haber encontrado la manera de no hacértelo, pero...

—El ascensor se sacude—. Mierda. No tengo tiempo para decirte todo lo que necesito.

—No tienes que decirme nada más.

—¡Ya he colocado la llave! —nos avisa Sergio—. La giro noventa grados más y subiréis. ¿De acuerdo?

—De acuerdo —le grito apartándome de Salvador, que se ha puesto la americana y me mira.

Intento encontrarle sentido a todo esto. No lo tiene. Lo único que se me ocurre es que tiene celos, aunque eso también es absurdo, o que después de leer lo que tuvimos en enero siente nostalgia de esos días. No puedo negar que fueron unas semanas... incendiarias. O tal vez solo quiere acostarse con alguien mientras está en Barcelona y yo estoy a mano. Y he demostrado no poseer ningún autocontrol en lo que a él se refiere. Pero aunque intento pintar a Salvador con los motivos más desfavorables posibles, ninguno encaja con el hombre que tengo delante.

—Será mejor que olvidemos lo que ha pasado —empiezo—, a los dos nos faltan horas de sueño y lo de quedarnos aquí encerrados nos ha sentado mal.

—Yo creo que es lo mejor que me ha pasado en mucho tiempo.

El ascensor se zarandea y Salvador me sujeta por la cintura y me besa. Mi espalda golpea con cuidado el espejo, con cuidado, porque él coloca sus manos de tal manera que absorbe el golpe. Nuestras bocas han perdido toda delicadeza y se persiguen como si no pudiesen seguir ni un segundo más la una sin la otra. Su torso se pega al mío, todo su cuerpo deja huella en cada recodo que he intentado recuperar desde la última vez que estuvimos juntos. Sus labios no se apartan, mezclan caricias tiernas con otras violentas y descarnadas, desnudas de toda pretensión y en las que creo encontrar la verdad de todo esto.

Pero justo antes de que pueda decir algo, abrazarle o pegarle, él se aparta y me acaricia el rostro.

—En Londres te mentí.

La puerta del ascensor se abre y cuando veo a Sergio plantado en el pasillo junto con el encargado de Mantenimiento a su lado me doy cuenta de que Salvador se ha apartado de mí y de que nadie nos ha visto besándonos.

Al menos mi vergüenza se mantendrá en privado.

No tendría que haberle besado.

No tendría que creerme nada de lo que me ha dicho.

—¿Estáis bien? —nos pregunta Sergio.

—Sí, muy bien —contesta Salvador.

—Lo siento mucho, señor Barver—se disculpa el encargado—. Estaba en el garaje y allí no hay cobertura.

—No se preocupe, los de emergencias de la compañía de ascensores estarán al llegar. ¿Puede ocuparse de ellos y asegurarse de que le explican qué ha fallado?

El señor se va con su maletín de herramientas, me imagino que lo ha subido hasta aquí por precaución. Sergio nos dice algo más, no le presto atención porque en mi cabeza estoy maldiciendo a Salvador. ¿Acaso cree que soy tonta? ¿Quién se cree que es? Sé que en Londres me mintió, lo he sabido siempre. No digo que esté locamente enamorado de mí o que me quiera con toda el alma, no digo eso, pero sé que siente o sentía entonces, para ser más exactos, algo por mí. Algo profundo y sincero, algo que quizás incluso no había sentido antes.

Y aun así me apartó de él, me mintió, me ocultó la verdad y me echó de su lado.

Es eso lo que no puedo perdonarle, lo que no puedo correr el riesgo de olvidar, porque si lo hizo hace un mes y hace ocho meses, volverá a hacerlo.

—¿Vamos al despacho, Candela?

Le miro, estamos solos en el pasillo y me está tendiendo la mano.

—No. Yo voy a grabar el vídeo del chico del calendario. Adiós, Salvador.

17

—¿Alguna vez os habéis quedado atrapados en un ascensor? A mí acaba de sucederme hace un rato. Solo han sido unos minutos, aunque confieso que lo de estar en una caja suspendida en el aire no me ha hecho ninguna gracia. Creo que a partir de ahora utilizaré las escaleras. A lo que iba, ¿os ha pasado algo alguna vez que os haya hecho reaccionar, que os haya hecho replantearos qué estáis haciendo con vuestra vida? A mí sí, y no, no me refiero a lo del ascensor, eso ha sido... (No pienses en el beso, no pienses en el beso) una sacudida como mucho. A mí lo que me obligó a abrir los ojos fue lo de Rubén, bueno, y el vídeo que grabó Abril y que me llevó a esto —extiendo las manos—, a vosotros. Pero he estado pensando: ¿Y si antes de lo de Rubén ya me sucedió algo trascendental y no me enteré? A la mayoría de personas se nos da muy mal reconocer las señales y peor aún darnos cuenta de que la estamos cagando y rectificar. Porque una cosa es reconocer que has metido la pata o que has cometido un error, pero reconocer que la has cagado más allá de lo comprensible, que has hecho una barbaridad, eso, dejad que os lo diga, es muy, pero que muy difícil.

»Por eso el chico de agosto ha sido y es tan especial. Sí, sentaos bien, sujetaos a vuestras sillas, sofás, escritorios o lo que tengáis a mano. El chico de agosto es de momento el que más se ha acercado a hacerme cambiar de opinión. ¿Lo ha logrado? No estoy segura, supongo que depende de lo que pase a partir de ahora y de los chicos que nos faltan por conocer. Pero vayamos por partes.

»Nacho no solo es capaz de reconocer que la cagó soberanamente hace años, cuando apenas era un adolescente, sino que incluso entonces pidió ayuda. Sí, eso que sabemos que a los chicos os cuesta tanto porque al parecer creéis que perdéis espermatozoides, o qué sé yo, si lo hacéis. Y después, no os soltéis todavía de la mesa, ha dedicado su vida a evitar que otras personas cometan el mismo error que él. A lo largo de estos meses he visto el lado bueno de las redes sociales, he conocido a gente estupenda y confieso que vuestro apoyo es... no sé... como ganar cada día la primitiva y tener a Charlie Hunnam en casa, pero también he visto la parte negativa. Sé que son peligrosas y que pueden hacer mucho daño, en especial a los niños. Nacho no ha convertido su error en un secreto; él es el primero que si estuviera hoy aquí os lo contaría. Un momento, esto sí que sería una buena idea, voy a tener que llamarlo y pedirle que venga aquí. Perdón, siento el despiste. A falta de Nacho, al que convenceré para que os grabe un vídeo tarde o temprano, os cuento yo lo que pasó. Nacho hizo daño a alguien, a alguien que no se lo merecía, a una persona que iba al instituto con él cuando él estaba pasando por el peor momento de su vida. Nacho no lo utiliza como excusa, en realidad, insiste en que nada justifica lo que hizo. Pero él me ha enseñado a ver que a veces las personas tomamos la decisión equivocada porque no sabemos cómo tomar otra. —Se me rompe la voz y me cuesta continuar. ¿Es esto lo que le ha pasado a Salvador? No puedo pensar en él ahora, Abril me hace señas para que continúe—. Nacho acosó a esa persona durante años, la humilló, la insultó, la hizo sentirse que no valía nada y en su colegio nadie se dio cuenta. La historia de Nacho y de esa persona estuvo a punto de tener un final horrible y por suerte no lo tuvo. Pero Nacho ha decidido dedicarse profesionalmente a asegurarse de que eso no vuelve a sucederle a nadie. Tiene una asociación, os dejaré el enlace por aquí —señalo la parte de debajo de la pantalla—. Se llama *Valiente* y su objetivo es informar y formar a profesores y alumnos sobre el acoso escolar. Poneos en contacto con ellos, os aseguro que encontraréis a alguien dispuesto a escucharos y ayudaros. Siempre. Así que, si bien Nacho no es perfecto, es el primer hombre que conozco que insiste en reconocerlo a todas horas y que dedica un sinfín de esfuerzos a mejorar y convertirse en mejor persona. Mi única queja sobre Nacho es que tendría que aprender a ser más benévolo consigo mismo y confiar en que él también se merece ser feliz. Ah, y también tendría que dejar de obligar a sus invitados a rescatar cervatillos que se quedan atrapados en el río. Esos bichos muerden, en serio, y el río está helado.

»Nacho, sé bueno y aprende a relajarte un poco, ¿vale? Y cuenta conmigo y con *Los chicos del calendario* para ayudarte en todo lo que podamos con Valiente.

»La parte positiva de haber andado tanto durante agosto es que estoy preparada para conocer al chico de septiembre. No, no es corredor de maratones ni nada que se le parezca, es pastelero. Es *el* pastelero. Estoy segura de que todos le conocéis de sobra; el chico de septiembre es Benjamín Prados, el pastelero de *Empieza por los postres*, el famoso programa de televisión. Sé lo que estáis pensando, no pongáis esa cara. No, Ben no es como John, aunque todos sabemos que John acabó dándonos una sorpresa. Ben es distinto, él es un candidato a chico del calendario con todas las letras y os aseguro que estoy impaciente por conocerle y por pasar el mes entero con él. ¿Me acompañáis? Marbella no será lo mismo sin vosotros y vamos, sed sinceros, ni locos podéis perderos la oportunidad de conocer a Ben de verdad, sin trampa ni cartón, sin edulcorantes y sin esos *cupcakes* del infierno que preparaban en ese programa. Adiós, no dejéis escapar el sol si lo tenéis cerca, nos vemos pronto. *Ciao*.

—Te ha quedado genial —me asegura Abril al apartar la cámara—. No sé por qué me necesitas para grabar estos vídeos; podrías hacerlo perfectamente tú sola.

—Así tengo una excusa para verte.

—¿Ahora necesitamos excusas? Vigila lo que dices o haré madrina a Marisa.

—Odias a Marisa.

—Tienes razón. —Guarda la cámara—. Ha habido un momento en que te has quedado en blanco; creía que iba a tener que cortar.

—Sí, lo sé. Lo siento. Se me ha ido la cabeza. —Pensando en Salvador—. He dormido poco esta noche. ¿Crees que se notará?

—¿El qué, la pausa o tus ojeras?

—Las dos cosas.

—No, tranquila, no se notará. Lo revisaré para asegurarme de que el sonido y la imagen están bien y lo pasaré para que lo cuelguen hoy mismo. ¿Te vas mañana o pasado a Málaga?

—Pasado mañana, necesito un día para recuperarme un poco y preparar el equipaje. Además, quería hacer un par de cosas antes de volver a irme.

—¿Vamos a comer y me las cuentas?

—Por supuesto. Tengo que ponerme al día con tu locura beberil.

—¿Beberil? —Abril se ríe—. Eres tan mona cuando intentas inventarte palabras, Candelita, pero déjamelo a mí.

—¿Qué pasa? Creía que esta vez lo había logrado.

—Te has acercado, pero yo lo llamo *locura pañaril*. Y no te rías, es imposible escapar de ella. Te enseñan dos mudas de recién nacido y algo muy raro le sucede a tu mente, no puedes dejar de mirar. Te lo juro.

—¿En serio?

—En serio. Vamos, tengo hambre y ganas de sentarme, y tú tienes que contarme qué tal te ha ido por Nueva York con el señor leñador.

Seis horas más tarde cruzo de nuevo la puerta de mi apartamento y caigo rendida en el sofá. Comer y reírme con Abril ha sido justo lo que necesitaba y cuando he vuelto a Olimpo he conseguido hablar con Sergio y con Vanesa, y esquivar a Salvador. En resumen, ha sido un buen día, si no pienso en los cuarenta minutos que he estado encerrada en el ascensor con el chico de enero. Vale, lo de fingir que algo no ha pasado no es muy adulto y está demostrado que no sirve de nada, pero es lo que hay.

Me quito los zapatos y camino hasta la cocina para guardar el helado de chocolate que he comprado en el congelador. Más tarde me regalaré la terrina entera, cuando acabe de leer al menos la mitad de los papeles que me he traído a casa. Vuelvo al sofá, me siento como una india, y saco del bolso mi cuaderno rojo y los documentos que he recopilado hoy. Ya va siendo hora de que investigue un poco sobre el señor Barver padre y su obsesión por boicotear a mis chicos del calendario.

También tendría que escribir un rato, el mes de febrero empezó muy bien, me resultó fácil hablar de los primeros días que pasé en Granada con Jorge, pero claro, después apareció Salvador y lo complicó todo.

—No, no voy a pensar en él.

Lo tengo difícil, es como ponerte a dieta cuando te vas de vacaciones. Yo no quiero pensar en Salvador, pero al mismo tiempo quiero leerme el contrato, firmado por él, y tengo un montón de artículos sobre su padre en los que él, obviamente, aparece.

Muy mala decisión, Candela. Al parecer hoy estás que te sales.

Tal vez si pudiera quedar con Marta y su familia hoy no sería un día tan complicado, pero ellos están de viaje. Sí, irónico que por una vez que estoy yo aquí, ellos no estén. Nos hemos organizado mal, yo me he organizado mal y los echo de menos. Hace demasiado que no nos vemos y hoy me iría muy bien la dosis de realidad y sarcasmo de mi hermana mayor, y el cariño de mis sobrinas.

Dejo de leer la página que tengo en la mano en cuanto me doy cuenta de que mis ojos han pasado diez veces por el mismo párrafo sin entender nada. Mi falta de capacidad de concentración no es culpa únicamente del momento ascensor; también se debe a que no sé si voy a contárselo a Víctor.

Puedo sentir cómo me maldecís desde aquí.

Sé que tengo que decírselo. Lo sé y sé que nada justifica que no se lo diga. Nada en absoluto. Pero en mi cabeza la lista de motivos que apoyarían mi decisión de quedarme callada no para de aumentar:

Primer punto. En realidad yo no he hecho nada. Yo no me he quedado encerrada en el ascensor con Salvador adrede y yo no le he besado. Él me ha besado a mí.

Segundo punto: Vale, sí, le he devuelto parte del beso, pero solo porque me ha pillado por sorpresa y porque ¿qué iba a hacer? Ha sido una reacción natural y no me ha afectado.

Tercer punto: Además, aunque me haya afectado un poquito, solo ha sido porque estoy preocupada por él, por su salud. Yo le he dicho que estoy con Víctor. Bueno, no se lo he dicho exactamente, pero Salvador sabe que acabo de volver de Nueva York y que Víctor estaba allí conmigo. No hace falta que entre en detalles.

¿Qué estoy haciendo?

Me levanto del sofá y voy a la nevera. Necesito ayuda para resolver esto. No puedo creerme que de verdad me esté planteando este montón de tonterías. Tengo que decirle a Víctor lo que ha pasado y tengo que decirle claramente cómo me ha afectado. El único y verdadero problema es que no lo sé y me da miedo averiguarlo.

Pasarme la vida esquivando a Salvador es absurdo y ¿qué dice eso de mí, eh? Que el único modo que tengo de no pensar en él, de no querer tocarle o besarle, es no verle. Esto no es sano, no es manera de vivir. Tengo que encontrar la manera de ver a Salvador y que no me afecte, y de apartarme de él cuando intente besarme.

Es... peor que una adicción.

Víctor es... No, no voy a compararlos. Tengo que parar de hacer esto. Dejo los papeles a un lado y pongo en marcha el ordenador para ver si el vídeo está ya colgado y contestar los mensajes que haya podido recibir desde entonces. Por suerte voy directamente al correo y encuentro uno de Nacho donde me cuenta que me llamará mañana, porque hoy no tiene tiempo, ¡porque está recibiendo tantas peticiones para colaborar de Valiente que va a pasarse el día respondiéndolas! Me alegro tanto por él y por todos los niños y adultos a los que ayudará con su proyecto. Al menos esto lo he hecho bien. Le escribo un breve correo de respuesta felicitándole y asegurándole que mañana estaré esperando su llamada.

Después me distraigo leyendo los comentarios que no paran de crecer bajo el nuevo vídeo que, efectivamente, está colgado en la web de *Los chicos*. Contesto unos cuantos, muchos, y aprovecho vilmente la distracción para no pensar en el lío que tengo en mi cabeza y en mi estómago, por no hablar de mi corazón.

Podría salir a pasear y comer algo fuera, aunque la verdad es que me gusta estar aquí, en mi sofá, como antes, pero mejor. Mucho mejor. Pase lo que pase con Salvador o con quien sea, estos meses me han enseñado algo muy importante; descubro de repente que me gusta estar sola y que soy una compañía estupenda para mí misma.

Estoy comiendo mi segunda y merecidísima bola de helado de chocolate cuando suena el timbre. Mi instinto sabe quién es, pero intento negármelo mientras camino hacia el interfono y contesto.

—¿Sí?

—Soy yo, Salvador, ¿puedo subir?

Miro por la ventana, ya es de noche, y me pregunto si una parte de mí lo estaba esperando.

—Sube.

Evitarlo, echarle de aquí y después pasarme horas despierta es la opción cobarde y yo ya no lo soy o intento no serlo.

Aprieto el botón y oigo que abre y cierra la puerta, y después los pasos por la escalera. No utiliza el ascensor y sonrío al pensar en el recuerdo que le ha llevado a tomar esa decisión. En cuanto le veo se me encoge el estómago y acelera el corazón, pero estoy dispuesta a aceptar ambas reacciones, a reconocerlas como algo que ya forma parte de mí, y a seguir adelante.

—Hola —le digo—, ¿quieres helado de chocolate?

Me mira confuso y no me extraña, me imagino que esperaba que le cerrase la puerta en las narices.

—Sí, claro.

—Pues pasa.

Vuelvo dentro sin esperarle. Salvador tarda unos segundos en reaccionar; lo sé porque no le oigo moverse hasta que ya estoy en la cocina buscando otro bol y una cuchara para él.

—Gracias. —Acepta el helado sin que acabe de reaccionar del todo—. Y gracias por dejarme subir, no estaba seguro de que fueras a hacerlo.

—Creías que iba a dejarte en la calle. —Me siento en el sofá y le indico que haga lo mismo. Salvador, siendo como es, no se sienta lejos de mí, sino que se coloca a mi lado y enseguida descubre los papeles que he estado leyendo o intentando leer.

—Me has evitado toda la tarde —se justifica—. ¿Qué estás haciendo? —Levanta uno de los artículos sobre su padre—. Me dijiste que mi padre no había vuelto a molestarte.

—Y no lo ha hecho. —No tengo intención de contarle que el cretino del señor Barver se tomó la *molestia* de venir a verme a Asturias para *charlar* un rato, así que miro el helado para despistar—. Es decir, exceptuando el hecho de que nos ha impuesto otro chico del calendario, pero eso ya lo sabes.

—Sí. Joder, Candela, no te imaginas cuánto siento que haya vuelto a entrometerse.

Le veo sujetar con fuerza la cuchara; está ridículo con su traje negro, su barba, su pelo despeinado y sujetando un bol con cerezas y una cuchara con el mango rosa a mi lado. Ridículo de un modo que me derrite con más rapidez que el helado que se está comiendo.

—Supongo que quiero entender por qué tu padre está haciendo esto.

Sus labios dibujan esa mueca tan suya que sigo sintiendo mía a pesar de todo.

—Dudo que esos artículos te ayuden.

—¿Tú sabes por qué lo hace?

Se encoge de hombros.

—Sé que mi padre no me tiene demasiado cariño y que lleva años buscando la manera de hacerme daño. Tiene que ver con mi abuelo y Olimpo, no tiene nada que ver contigo.

—Y, sin embargo, cree que conseguirá lo que quiere atacando *Los chicos del calendario*. Creo que me será útil conocerle un poco mejor y estos artículos son un buen lugar donde empezar. Dudo mucho que él aceptase hablar conmigo y contarme la verdad.

—No tendrías que estar preocupándote de esto. —Se termina el helado y deja el cuenco en la mesa—. Tendría que haber encontrado la manera de evitarlo.

—¿Acaso eres Supermán y puedes controlar a los demás?

—No.

La mano de Salvador aparece en mi rostro y pasa el pulgar por la comisura de mis labios. Atrapa una gota de helado de chocolate y los dos observamos fascinados cómo se la lleva después a los suyos.

—¿A qué has venido, Salvador?

—No me arrepiento de haberte besado en el ascensor.

Dejo mi bol en la mesa, porque no quiero romperlo y anticipo que voy a ponerme nerviosa o furiosa, o quizás algo más peligroso para mi vajilla.

—Será mejor que no hablemos de eso, que nos olvidemos de que ha pasado.

—Yo no quiero olvidarlo. Sé que en Londres cometí un error, Candela. Lo supe incluso entonces.

—Pero seguiste adelante de todos modos, Salvador, ese es el problema. Me tenías allí, delante de ti, pidiéndote que no dijeras esas cosas, que reconocieras lo que estaba pasando entre tú y yo, y seguiste adelante. Al final, fue más importante protegerte a ti que a nosotros.

—Te oculté que estaba enfermo porque no quería, no quiero —añade— que estés a mi lado por lástima.

—¿Lástima? ¿Por ti? —Me pongo en pie—. Mira, Salvador, eso es muy condescendiente de tu parte. ¿De verdad crees que soy la clase de chica que se quedaría con alguien por lástima?

Él también se levanta y camina hasta mí.

—Sé que tienes un corazón demasiado grande y que demasiada gente se ha aprovechado de ti.

—No digas esas cosas cuando estoy tan enfadada contigo.

—Pero es la verdad.

—Mira, para. Tendrías que haber confiado más en mí y en ti y, que conste, tú nunca, nunca das lástima. Es sencillamente imposible. Pero no me echaste de Londres solo por eso. Me echaste porque desde enero estás luchando contra nosotros. Lo que no sé es por qué.

—Tienes razón. Joder. Tienes toda la razón y que seas capaz de ver a través de mí y de conocerme tan bien tendría que asustarme, pero ya no. Ya no me asusta.

—No puedes hacer esto, Salvador. No puedes entrar y salir de mi vida siempre que algo te asusta o te sorprende, o siempre que sucede algo que no entra en tus planes. No puedes, porque cuando te vas yo tengo que recuperarme y cuando vuelves —le miro a los ojos—, cuando vuelves sé que volverás a irte y yo no puedo estar así.

—No volveré a irme.

—No te creo. Mírate, ahora mismo hay tantos secretos dentro de ti, muchísimas cosas que no quieres decirme porque crees que debes protegerme o porque has decidido que esa parte de tu vida, la que no conozco, no me incumbe o qué sé yo. La cuestión es que nunca dejarás que te conozca de verdad.

—Puedo intentarlo.

—Pero yo no. Sucederá algo, ya lo verás, tu padre encontrará la manera de atacar a *Los chicos* y tú harás alguna idiotez sin contármelo y me harás daño. O tal vez no, tal vez no sucederá nada de eso, pero tú seguirás siendo tú, no me dirás toda la verdad sobre tu enfermedad o sobre otras cosas. Mantendrás siempre una parte de ti lejos de mí y eso no es una relación, Salvador.

—Necesito protegerte. —Me sujeta por los brazos—. Joder, Candela, no sé explicarlo de otra manera. Créeme que lo he intentado. Lo he intentado cada noche desde que estuvimos juntos por primera vez y no lo consigo.

—Yo no necesito que me protejas, Salvador. Nunca lo he necesitado.

—¿Crees que no lo sé? Lo sé; sé que no me necesitas para eso. Lo que hace que todo esto, todo lo que me pasa desde enero sea aún más complicado para mí. —Atrapa una de mis manos—. Lo que me sucede contigo, lo que siento por ti desde hace nueve meses o probablemente más nace aquí dentro. —Coloca mi mano en su pecho—. De un lugar que ni siquiera existía antes de ti.

Noto cómo le cambia la respiración bajo mi caricia.

—No puedes decirme todo esto ahora, Salvador.

Doy un paso hacia atrás y él me sujeta la muñeca.

—No puedo no decírtelo. Tú no tienes que hacer nada a cambio, aunque me ha costado creo que empiezo a entender que he llegado demasiado tarde, pero yo tengo que decírtelo.

—No me hagas esto, por favor. Tienes que irte.

—¿Sabes? Creo que soy capaz de hacer cualquier cosa por ti, y voy a demostrártelo. Me iré en cuanto te haya dicho por qué he venido.

—No puedo olvidarme de estos meses, de todas las veces que me has dejado y me has hecho daño.

—Yo tampoco. Me he comportado como un imbécil, como un cretino, y nada de lo que tú puedas decirme será peor de lo que yo mismo me he repetido miles de veces. Créeme, he sido muy creativo con los insultos y los reproches; Pablo me ha ayudado.

—¿Tu hermano siempre ha sabido la verdad? —No puedo creer que Pablo me haya mentido en esto.

—Sí, Pablo siempre ha sabido que me estaba comportando como un idiota contigo y me ha dejado bien claro lo que piensa.

—Me refería a tu enfermedad. —Por mucho que intente ser encantador conmigo no está funcionando. No. Ni hablar.

—No. Eso no lo sabía. No le conté nada de la recaída hasta hace unas semanas.

Siento un gran alivio al comprobar que su hermano no me ha fallado. Creo que me lo habría tomado muy mal. Aun así, sigo preguntando.

—¿Y todos los viajes? ¿Todas las desapariciones, las mentiras, tus silencios, tus frases a medias tenían que ver con esto, con la leucemia?

—O con mi idiotez.

—Antes has dicho que, tal vez, empezó antes de enero. Tú y yo no nos conocíamos antes de enero.

—Joder, esto de decirte la verdad es más complicado de lo que creía.

—¿A qué te refieres?

—Yo me había fijado en ti antes. Te vi un día en una cafetería y te oí reír.

—¿A qué viene todo esto ahora? ¿Es porque tienes celos de Víctor?

Él aprieta los dientes y tarda unos segundos en contestar.

—Tengo celos de Pastor, pero no estoy aquí por eso. Este mes, desde que te fuiste de Londres, ha sido muy difícil para mí.

—Oh, Salvador. —Le acaricio el rostro, sé que esto no le resulta fácil, basta con mirarle.

—Estoy aquí porque me he dado cuenta de que hay algo que me da más miedo que morir y es vivir sin ti. Entiendo que tú aún no estés dispuesta a creerme y que todavía no quieras darme otra oportunidad. Ni siquiera sé si me la merezco. Pero tengo que intentarlo, cariño. Por eso no me arrepiento de haberte besado en el ascensor ni de haber venido aquí esta noche y seguiré intentándolo hasta que consiga hacerte cambiar de opinión o hasta que un día vea en tus ojos que de verdad no sientes nada por mí.

—Yo... —Voy a ponerme a llorar y no quiero que él lo vea—. Tienes que irte de aquí, Salvador. Vete, por favor.

—Está bien. —Me suelta y camina hacia la puerta—. Gracias por el helado y por escucharme.

Creo que voy a conseguirlo, voy a dejar que se vaya sin besarlo y sin gritarle, sin preguntarle una y otra vez por qué ahora, por qué así y no entonces. Pero él se detiene y vuelve a hablar y a mirarme

—Hoy en el ascensor he recordado algo. —Me sonrojo al escucharlo—. He recordado algo que te pregunté o que me pregunté a mí mismo aquel día de enero cuando hicimos el amor en tu ascensor después de que yo volviera de un viaje. Tú creías que había estado fuera por trabajo, lo creías porque era lo que yo te había dicho, pero había ido a hacerme unas pruebas. Volvía a tener los mismos síntomas que años atrás y no podía seguir negando la evidencia.

Tengo que clavar los pies en el suelo para no acercarme a él.

—Entiendo que no me lo dijeras entonces, acabábamos de conocernos.

—No lo hice por eso, Candela. Yo nunca he sentido que acabase de conocerte, siempre he sentido que por fin te había encontrado. Es culpa mía no haberte dicho la verdad. Hoy, en el ascensor de Olimpo, me he acordado de que mientras estaba dentro de ti me pregunté cómo había podido estar tanto tiempo lejos de ti. Sé que disimulé mi reacción con sexo, que la oculté, pero no voy a hacerlo más. Por fin sé la respuesta.

—¿Y cuál es? —Tengo que preguntárselo.

—No puedo, no puedo estar sin ti. Buenas noches, Candela.

Cierra la puerta y se va tal y como me ha prometido que haría.

18

Decir que estoy hecha un jodido desastre sería quedarse corto. Cortísimo. Apenas he podido dormir en toda la noche y llevo en el sofá desde que me he levantado, mirando el bol con la cuchara rosa que utilizó Salvador como si allí, en el poso del helado de chocolate, se encontrase la solución a mis problemas.

El chocolate tiene poderes mágicos, pero no tantos.

Hay una frase que no dejo de oír en mi cabeza: «Llama a Víctor. Llama a Víctor. Llama a Víctor». Así que en un arrebato me hago con el teléfono y marco su número sin plantearme qué hora es Estados Unidos o qué voy a decirle. Creo que confío en que lo sabré en cuanto oiga su voz.

—Hola, nena, ¿cómo estás?

—Bien. —Ese momento de iluminación a lo espíritu santo no se produce por ahora—. ¿Te pillo mal?

Oigo el ruido de la calle.

—Los chicos han decidido llevarme a jugar al baloncesto con ellos, eso o se trata de una novatada y van a dejarme tirado en algún barrio peligroso de la ciudad. ¿Habíamos quedado en hablar? Si quieres, puedo darles esquinazo y atraparlos más tarde.

—No, tranquilo, no habíamos quedado.

—¿Ha sucedido algo? Espera un segundo. —Le escucho mientras se dirige a sus amigos: Kyle, el propietario del piso en el que estuve hace unos días, y alguien más—. Ya está, les he dicho que empiecen sin mí, así no podrán echarme la culpa cuando perdamos. He visto a nuestros contrincantes, acaban de llegar, y parecen sacados de la NBA.

—Puedes ir con ellos ahora, no es...

—Ha sucedido algo, nena, lo noto en tu voz. ¿Tienes problemas por haber estado aquí conmigo? Porque si es así, diles que se metan la revista y todo lo demás por donde les quepa y te vienes aquí de una vez.

—No, nadie me ha dicho nada por eso. Creo que ni se han enterado.

—Entonces, ¿ha pasado algo en tu familia?

¿Por qué no es un cretino, un tipo despreciable como Rubén, por ejemplo?

—Salvador está aquí —suelto sin más preámbulos.

Víctor se queda en silencio hasta que la tensión se cuela incluso por la línea telefónica.

—Mierda. Lo sabía —estalla él—. Sabía que cuando ese desgraciado apareciese en escena todo se iría a la mierda. Lo sabía.

—Cálmate, Víctor, no ha pasado nada.

—¿Que no ha pasado nada? Tú no te oyes la voz, por supuesto que ha pasado algo. Soy un imbécil.

—Cálmate. Por favor. Ni siquiera me estás dejando hablar y la verdad es que quiero y necesito hablar contigo.

—¿Por qué? ¿Para decirme que necesitas tiempo para pensar y que de momento no puedes comprometerte conmigo?

—Te estás pasando, Víctor. ¿Puede saberse qué te pasa? Hace unos días me dijiste que querías estar seguro de lo nuestro, que querías ir despacio y que no querías que Salvador se interpusiera de ninguna manera entre nosotros. Y ahora, cuando te llamo para hablar precisamente de eso, ¿no me dejas ni abrir la boca?

—Sí, tal vez me estoy pasando, pero ¿sabes una cosa? Creo que ya me toca, ¿no te parece? Hasta ahora siempre he sido el más comprensivo, el más paciente, el más imbécil. Estoy harto, estoy harto —repite— de ser un plato de segunda mesa.

—¡Tú no eres un plato de segunda mesa!

—Ah, vale, entonces las lágrimas que oigo en tu voz son de emoción porque vas a decirme que has mandado a Barver a la mierda y que por fin sabes que estás enamorada de mí. Son por eso, ¿no?

—Víctor, yo...

—Escúchame bien, nena. Ese tío, Barver, va a hacerte daño.

—¿Y tú no me lo estás haciendo comportándote de esta manera? ¿Atacándome sin dejarme hablar o sin darme ni un segundo para saber lo que siento? Me dijiste que me darías tiempo, Víctor, que tú también lo necesitabas.

—Lo sé, joder, pero no creía que te iba a cambiar la voz, tu jodida voz, solo con ver a ese desgraciado.

—No me ha cambiado nada, estás paranoico.

—Tal vez. Dime que no tengo motivos para estarlo.

—¿Cómo puedes ser así, Víctor? Después de estos días que hemos pasado juntos, después de esos besos... ¿Cómo puedes hablarme así y enfadarte tanto conmigo? No te he dicho que he vuelto con Salvador.

—¿Sabes por qué me has llamado? Me has llamado porque ahora mismo estás triste por lo que sea que te haya hecho ese imbécil; por eso me has llamado cuando no habíamos quedado. Y odio saberlo; odio haber oído en tu voz que te pasaba algo y que me llamabas para hacerte sentir bien, para utilizarme.

—Yo no te utilizo, leñador.

¿Lo estoy haciendo?

—Sé que te dije que podía esperar a que estuvieras segura y puedo hacerlo. Lo que no puedo hacer es consolarte siempre que Barver aparece y te decepciona, y tener que ver cómo te marchas y me dejas después. Eso no puedo hacerlo y lo siento si creíste que te lo estaba ofreciendo. Puedo esperar y luchar por nosotros, pero necesito saber que vale la pena, que tenemos alguna posibilidad.

—Ni siquiera me has dejado hablar, Víctor.

—Porque no quiero oír cómo me cuentas que él ha aparecido y está allí en Barcelona contigo intentando convencerte con una sarta de mentiras. No puedo y no quiero.

—Pues yo necesito que me escuches.

—No, Cande, tú necesitas que yo diga o haga algo que me condene o que me convierta en un jodido príncipe azul delante de ti, porque así no tendrás que decidir tú. Si soy un hijo de puta, me dejas sin sentirte culpable, y si soy Dios sobre la tierra, pues dejas a Barver y todos tan panchos. No, nena, esto no es tan fácil. La vida no es tan fácil.

—Vaya, veo que sabes mucho sobre la vida ahora que estás allí, a miles de quilómetros de distancia, con tus nuevos amigos y tu nuevo trabajo esperándote. Trabajo que aceptaste sin hablar conmigo antes.

—¿Y qué querías que hiciera? ¿Que llamase a Barver y le preguntase a él qué opinaba? Porque eso habría sido lo más lógico, al parecer él está dictando mi vida.

—Eso ha sido un golpe bajo, Víctor. No me lo merezco.

—¿Y yo qué me merezco? Te lo diré, yo me merezco que me llame la chica que pasó esos tres días maravillosos conmigo en Nueva York. Me merezco oír su voz, la voz de ella, de la chica que me pedía que la besase. No me merezco consolarte porque *otro hombre* se ha comportado como un cretino contigo.

—No te llamaba por eso. De verdad quería oír tu voz.

Suelta el aliento y creo que por fin respira menos enfadado.

—Y yo la tuya. Haz lo que tengas que hacer con Barver, pero no me lo cuentes, creo que al menos puedo pedirte eso.

—No voy a hacer nada con él.

—Pues deberías. Deberías decirle claramente que no puede volver a acercarse a ti. Llego a Haro el martes, ¿tú ya estarás en Marbella?

—Sí, voy mañana hacia allí. —El cambio radical de tema me sorprende.

—Te llamaré cuando llegue, ¿de acuerdo?

—De acuerdo.

—Tienes que tomar una decisión, Cande. Por tu bien y por el mío. Esperaré hasta entonces, pero no te lo pondré fácil. No voy a convertirme ni en un mártir ni en un monstruo. Voy a ser yo; si no te basto, entonces no te quedes conmigo.

—Yo no quiero que te conviertas en otro, Víctor.

—Eso espero. Voy a dejar que estos americanos me den una paliza en la cancha. Te echo de menos, nena. Piensa en mí.

—Y tú en mí.

—Lo hago. Adiós.

Víctor me cuelga antes de que pueda explicarle nada más. Se ha puesto furioso y tengo que confesar que tiene razón; le llamaba para que me hiciese sentir bien y para hablarle de Salvador y eso es una estupidez y una absoluta crueldad por mi parte. Mierda, no tendría que haberle llamado. O tendría que haberle llamado por otro motivo que no fuese hablar de otro chico.

Y lo peor es que tiene razón en otra cosa: una parte de mí quiere que él o Salvador decidan por mí y ninguno de los dos va a hacerlo. Y yo no tendría que querer que decidiesen ellos, tengo que hacerlo.

Es mi vida y decido yo, qué diablos.

Pongo en marcha el ordenador y, tras consultar las páginas que necesito, voy al dormitorio y preparo la maleta. Después me ducho y me visto, y con las llaves de casa en el bolso y poco más voy a dar un paseo por mi ciudad, al fin y al cabo, a ella también la he echado de menos estos meses y esta vez es la única que no ha puesto mi mundo del revés. Bajo andando en dirección a la playa sin tener un rumbo fijo. Nunca he ido hasta el mar caminando, siempre utilizo algún método de transporte, pero hoy no tengo prisa.

Hoy agradezco cada escaparate que se cruza en mi camino y me distrae; cada árbol que creo que no estaba plantado allí antes. Intento ordenar mi mente, lo veo mucho más factible que ordenar mi corazón, e intento crear una especie de hilo conductor (algo que tuve que hacer al empezar a escribir la novela). Suena el móvil, no lo miraría, pero Nacho prometió llamarme y a él no quiero darle plantón. Al final es un correo de la correctora que mencionó Salvador.

Se presenta con unas líneas y me dice que me manda unos capítulos, medio libro, con anotaciones en los márgenes «porque el comportamiento del protagonista masculino no le parece lógico».

Si tú supieras, Beatriz, lo ilógico e irracional que puede llegar a ser.

La pobre debe de pensar que se trata de una obra de ficción y que la coincidencia de nombres es solo algo circunstancial. ¿Qué le digo? Ojalá tuviera poderes para convertir a Salvador en un hombre lógico; claro que entonces nuestra historia no sería la misma y ¿de verdad la lógica o la razón tienen algo que ver con la pasión o el amor? ¿Quién quiere o puede ser razonable con el amor?

Si soy razonable, ahora mismo tengo que llamar a Víctor y decirle que acepto irme a vivir con él a Estados Unidos el próximo enero. Es una gran oportunidad para empezar de cero, mi carrera como periodista ha cambiado, ahora tengo un proyecto del que puedo sentirme orgullosa, *Los chicos del calendario*. Y, si la novela funciona, mi sueño de convertirme en escritora estará un paso más cerca. Tengo dinero ahorrado y Víctor, aunque yo no se lo permita, insistirá en que no le pague alquiler.

¿Significa todo esto que no siento pasión o amor por Víctor?

Unas cacatúas pasan volando sobre mí y al levantar la vista veo que estoy muy cerca de la playa. Llegaré hasta el paseo y después seguiré andando frente al mar.

Siento pasión y amor por Víctor, lo que pasa es que también siento «razón», aunque la frase no tenga demasiado sentido.

Por Salvador... por Salvador, ¿cómo explicarlo sin parecer una lunática? Lo que me pasa con él escapa a la razón. Es como la fuerza de la gravedad. Recuerdo que, cuando me la explicaron de pequeña en el cole y la clase entera empezó a hacer preguntas del tipo «¿y dónde está?» o «¿y por qué no la vemos o la podemos tocar?», la profesora lanzó el lápiz que tenía en la mano al suelo y nos preguntó por qué no nos sorprendía que el lápiz no se quedase flotando en el aire o saliese propulsado hacia arriba. La miramos atontados y ella, con cara de satisfacción, nos explicó que la gravedad era lo que hacía que el lápiz se precipitase al suelo y se detuviese allí. Eso era la gravedad, existía y teníamos que creérnoslo. Con Salvador es igual, sé que forma parte de mí y yo de él; es tan grande que no hay lugar para nada más. Es mi fuerza de la gravedad con o sin razón.

Y sin gravedad no se puede vivir, fijaos en los astronautas cuando viajan por el espacio, pero ¿se puede vivir sin razón? Es decir, ¿se puede llevar una vida que parezca sacada de un culebrón sin dejar que la lógica guíe al menos uno de nuestros pasos?

En un vuelo, no recuerdo cuál, últimamente me he subido a bastantes aviones, había una revista de esas de propaganda y había un artículo sobre refranes que podían ayudarte a ser más positivo y triunfador en la vida. Me estremecí solo de pensar en la pobre chica o chico que, como yo hace unos meses, había escrito eso. Me imaginé su cara de consternación cuando su jefe le dijo que escribiera sobre esa chorrada.

Aunque tal vez no lo era tanto, visto está que a mí me afectó y que ahora mismo me está pasando por la cabeza. Una de las frases decía algo así: «Incluso un reloj estropeado acierta la hora dos veces al día».

¿Salvador y yo somos ese reloj estropeado? ¿Estamos condenados a estar mal veintidós horas y solo bien dos? ¿No sería mejor para todos mandar el dichoso reloj al chatarrero y cambiarlo por, no sé, un despertador digital, un cuco?

No puedo creerme que esté comparando a Víctor y Salvador con relojes. O son langostas y gatos o son relojes. Esto solo puede ir a peor.

Paso por el Maremagnum y por el puerto, no busco el barco de Salvador, eso sí que sería una verdadera temeridad, y opto por recorrer el paseo repleto de *guiris*, patinadores, *hípsters* y fauna urbana de lo más variopinta. El sol empieza a estar cansado y yo también, y tengo frío en los brazos porque en mi momento «voy a encontrarme a mí misma frente al mar» se me ha olvidado llevarme una chaqueta de casa. Hay una parada de autobús cerca, me sirve cualquier línea que suba a la ciudad. También podría utilizar una bici, pero el día que recurra al *bicing* empezaré a preocuparme de verdad por mí. Me abriría la cabeza en menos de dos segundos y el Ayuntamiento acabaría demandándome por daños y perjuicios.

—¡Candela! ¡Candela!

Me doy media vuelta convencida de que he oído mal, a pesar de que la voz de Salvador me ha producido el efecto de siempre. Es decir, erizarme la piel de todo el cuerpo.

Él está aquí o, mejor dicho, corriendo hacia mí. Corriendo porque va vestido con ropa de correr, es decir, solo pantalones cortos, porque claro, aún estamos en verano y le parece bien ir provocando infartos por la calle. Sujeta la camiseta en la mano y cuando se detiene frente a mí, que sigo muda y con los ojos secos de no parpadear, se la pone.

Menos mal.

—¿Qué estás haciendo aquí?

—He salido a pasear. —Eso es, he conseguido hablar con normalidad—. ¿Y tú? —Bueno, hasta ahora que me ha dado por preguntar lo obvio.

—He salido a correr. Creía que pasarías el día con tu hermana o con tus padres.

—No. Están todos fuera. Tenían algo organizado, me lo dijeron, pero ahora no me acuerdo, y se suponía que yo no iba a estar aquí por estas fechas. ¿Y tú, no tienes planes? Es sábado.

Salvador sonríe. No sé qué es peor, si esa sonrisa, que tiene el pelo mojado, que puedo ver cómo le tiemblan los músculos de los brazos... La lista es demasiado larga y durante un momento es un alivio que su presencia física me abrume, porque así dejo de pensar en la llamada de teléfono de hace unas horas o en lo que sucedió ayer. Dejo de pensar en todo y dejo que mi cuerpo caiga rendido al «efecto Salvador».

—Bueno. —Sonríe aún más el muy malvado—, estaba en casa preguntándome si era demasiado pronto para llamarte o volver a presentarme en tu casa, así que al final he salido a correr.

Junto las rodillas.

—Yo he salido a pasear.

—Sí, acabas de decírmelo.

¿Cuánto más va a tardar en aparecer el dichoso autobús?

—Ya. Tú sigue corriendo, no te preocupes por mí. Yo me quedo aquí esperando al autobús.

—Tengo una idea, ven. —Atrapa mi mano y tira de mí alejándome de la protección del transporte público.

—No puedes tirar de la gente de esta manera, se supone que una frase como esa va seguida de una propuesta que la otra persona puede rechazar —le riño.

—He decidido dejar de pedirte las cosas —me explica sin dejar de caminar—. Así no puedes decirme que no.

—¿Y crees que te va a funcionar o que vas a acabar con un ojo morado?

—En enero funcionó.

—En enero no sabías lo que hacías; tú mismo lo has dicho.

—Eso no lo he dicho nunca. En enero, cuando intenté hacer lo correcto la cagué, pero antes, al principio, funcionó. Me volvía loco ponerte el casco de mi moto.

—¿No está roto?

—Sí, pero el truco para abrirlo es muy fácil.

—¿Puede saberse adónde vamos?

—Ya hemos llegado. —Se detiene frente a una...

—¿Una heladería? No sabía que te gustaban tanto los helados.

—Desde ayer siento una extraña afición por el de chocolate. Vamos, dicen que aquí son buenísimos.

—¿No los has probado nunca?

—A Pablo no le gustan y comer helado solo no tiene gracia.

—¿Hay cosas que se pueden comer solo y otras que no? ¿Estás seguro de eso?

—Segurísimo. —Había unas chicas delante de nosotros y al irse hemos quedado frente al mostrador—. Dos cucuruchos de chocolate, por favor.

Los pide, los paga y en cuestión de minutos estoy paseando de nuevo con Salvador a mi lado como si fuera lo más normal, cuando en realidad es la primera vez que hacemos algo así.

Ninguno dice nada, pero es como si estos helados nos hubiesen convertido en emisarios de Suiza. Ahora somos completamente neutrales, y durante este paseo ni él ni yo hablamos de lo que nos ha separado o nos ha hecho daño estos meses. Le pregunto por Pablo y él por mis sobrinas, y después hablamos de Nacho y de Valiente.

—Tengo que irme a casa, se ha hecho tarde y mañana viajo a Málaga. —No puedo creer que llevemos horas hablando, sonriéndonos, rozándonos con el brazo y mirándonos como si nos estuviésemos descubriendo. Ha sido muy bonito, irreal, mágico. Quizás ha sido culpa del mar y de las estrellas que ahora brillan en el cielo. A nosotros parecen afectarnos.

—Ven a casa, Candela.

—Salvador, yo...

Sus manos, enormes, fuertes, que siempre me han arrebatado el aliento, aparecen en mis mejillas y las acaricia con el pulgar.

—Ven, por favor. Todavía es pronto. Podemos seguir hablando, no sucederá nada. Sé que este paseo no cambia las cosas, pero deja, por favor, que dure un poco más.

—Es mala idea. —Sonrío al ver cómo le brillan los ojos—. Es una pésima idea.

—No lo es. Dime que sientes que este paseo, que estas últimas tres horas —«¿Tres horas?»— han sido un error y yo mismo te acompaño ahora a buscar un autobús o un taxi, lo que tú quieras.

—No, no han sido un error.

—Ven a casa, deja que me duche y me cambie, y podemos seguir hablando, viendo la tele, lo que tú quieras. Y cuando quieras irte te llevaré a tu piso sin rechistar. Ayer te dije que me había fijado en ti antes de diciembre.

—Sí, aunque no termino de creerte.

—Créetelo. Siempre me he arrepentido de no haberme acercado a ti antes de que existieran *Los chicos del calendario* o de no haberme negado a ser el chico de enero y haber buscado otra manera de conocerte. Dame estas horas, no cambiará nada. Tú mañana te irás a Marbella y decidirás lo que tengas que decidir. —Me ve dudar y lanza la artillería pesada—. Estuviste tres días en Nueva York; yo solo te pido unas horas.

—Esto no es ninguna competición y esta frase, Salvador, ha sido un golpe bajo.

—Estoy dispuesto a todo, Candela, creo que te lo dije ayer, pero si no, te lo digo ahora. No puedo perderte. Ven a casa, por favor.

—¿De verdad querías hablar conmigo antes de que sucediera lo del vídeo de Youtube?

—De verdad, pero no sabía cómo. —Rebufo y él insiste—. No quería que creyeras que tenías que salir conmigo porque era tu jefe, ni tampoco quería ponerte en una posición incómoda con nadie. Y despedirte para poder llamarte habría sido muy feo.

Las extrañas y contadas ocasiones en las que Salvador bromea me giran el corazón, lo descosen y le dan otra forma. Por eso acepto.

—Feísimo. Te habría demandado.

—Pues nos habríamos visto en los juzgados.

—Está bien, vamos a casa, a tu casa, quiero decir.

Él me sonríe.

—Te he entendido.

La que no está segura de entender nada ahora soy yo.

19

—Ponte cómoda, haz lo que quieras. Voy a ducharme, no tardaré nada.

Me planteo salir corriendo, nada de andar despacio ni de disimular, sino ponerme a correr cual Correcaminos y no pararme hasta que el Coyote me lance un yunque en la cabeza y me haga entrar en razón. Salvador debe de haberse dado cuenta de que estoy planeando fugarme, porque realmente se da la ducha más corta y rápida de la historia, y sale del baño en cuestión de minutos.

Con pantalones cortos negros, de algodón, un poco más largos que los de correr y de nuevo sin camiseta, secándose el pelo con una toalla.

—Oh, vamos, lo estás haciendo adrede. —Señalo su pecho de modo acusatorio.

—Estoy dispuesto a todo, cariño, y si esto sirve para hacerte flaquear...

El muy idiota ni siquiera disimula.

—Dejemos clara una cosa: ¿Desde cuándo tienes sentido del humor?

—Desde siempre.

—¿Y por qué no lo utilizabas antes? Tus... —vuelvo a señalarle.

—¿Abdominales?

—Eso. Están muy bien, pero tu sentido del humor... Creo que ahí está el verdadero peligro. No lo utilices más y ponte una camiseta de una vez, vas a resfriarte.

—Como desees.

—¡Y nada de citar *La princesa prometida*! Cita una peli más de mi infancia o adolescencia con mi hermana y salgo de aquí corriendo.

Se ríe, suelta una carcajada que me sacude el estómago y que hace, para qué negarlo, que me entren ganas de lanzarme encima de él y empezar a besarlo.

—¡Y no te rías!

Se ríe aún más, pero se abstiene de repetir la frase de antes y se pone la camiseta negra. Bueno, por fin creo que voy a poder contenerme y volver a pensar.

—Voy a la cocina a por mis medicinas, ¿te apetece beber o comer algo?

La mención de su enfermedad de este modo tan casual entre los dos me devuelve a la realidad y hace que confíe un poco más en él.

—No podemos ver una película sin palomitas. ¿Tienes?

—¿Vamos a ver una película? —me pregunta él lanzándose unas pastillas al interior de la boca.

—Tú has despertado a la bestia, así que ahora tienes que alimentarla. Por supuesto que vamos a ver una película.

—No puedes decir cosas así y pretender que me contenga, así que... *como desees.*

—Salvador...

—Candela...

—Está bien, reconozco que te lo he dejado en bandeja. ¿Tienes palomitas o no?

—Hay una caja en ese armario y el micro ya sabes dónde está. ¿Qué película quieres ver?

—No sé, cualquiera que den en la tele o en ese aparato tuyo tan sofisticado. No. —Levanto una mano porque le veo venir—. Contente. Me refería al Plus, Satélite o lo que sea que Pablo te haya instalado para ver películas que ni siquiera se han estrenado en nuestro país.

—Elige tú, a mí me da igual.

—Tú lo has querido, después no te quejes si acabas con una película romántica.

—Me da igual, si tú estás aquí, todo me parece bien.

Finjo no oír esta última frase y elijo la primera película medio decente que capta mi atención. Lo cierto es que, si alguien me preguntase ahora mismo de qué va, solo sería capaz de decir que es una peli de acción, porque no sé exactamente cómo he pasado de estar sentada sola con un cuenco de palomitas en el regazo a tener la mitad derecha del cuerpo a pocos centímetros de la mitad izquierda de Salvador. Él se ha levantado un momento para ir a buscar agua a la cocina y cuando ha vuelto con dos botellines se ha cambiado de sitio y ha decidido torturarme.

Lo peor es que no puedo echarle la culpa de todo a él, soy perfectamente consciente de que podría haberme ido hace un rato y haberme subido al primer autobús que se cruzase en mi camino, pero no, soy idiota o mi corazón tiene un instinto suicida incontrolable porque estoy aquí y cada vez hay menos centímetros de separación entre Salvador y yo.

Los créditos de la película suben por la pantalla y la última escena, una chica subiéndose a un taxi de Nueva York, parece flotar en el aire. Tendría que haberme fijado, de todas las ciudades que podían aparecer ante nuestros ojos esta es, con toda seguridad, la peor de todas.

Y ahora él no se mueve y parece estar haciendo un verdadero esfuerzo por contener la respiración y mantener la mirada fija en el televisor. ¿Cuándo descubrí las distintas maneras de respirar de Salvador? ¿Llegaré a olvidarlas algún día, a confundirlas?

Mi boca se abre antes de que pueda hacer nada para detenerla.

—Fui a Nueva York porque estaba cansada de estar enfadada y triste y creía que... con Víctor todo se solucionaría.

—¿Y se solucionó?

Aunque seguimos cerca, puedo sentir cómo los ladrillos del muro que está levantando entre nosotros se van pegando uno encima del otro. Es mejor así, me digo. Giro el rostro hacia él convencida de que voy a encontrarle mirándome, pero me equivoco. Sigue con los ojos fijos en el televisor, donde aparece el anuncio de una colonia con el Empire State de fondo.

Es un complot.

—No, en realidad, creo que empeoré las cosas. —Agacho la cabeza porque así, tal vez, acabaré de decir en voz alta lo que estoy pensando—. Sé que empeoré las cosas. Con Víctor, contigo y lo peor de todo, conmigo. Creía que desde enero había aprendido algo, que *Los chicos del calendario* me estaban enseñando a ser valiente y a pensar en las consecuencias de mis actos y en lo que más me conviene, pero al parecer sigo siendo igual de idiota y de torpe que en diciembre del año pasado.

—Aún te quedan cuatro meses.

La frase es tan absurda, tan, tan, tan, tan ridícula que me pongo en pie casi en el acto.

—Mira, me voy. Sí, tengo que irme. —Giro la cabeza hacia la mesa del comedor, donde sigue mi bolso—. Ha sido una tarde muy... surrealista, Salvador. Ya nos veremos.

Él suelta el aliento antes de levantarse. ¿A él le cuesta enfrentarse a esto? ¡¿A él?!

—Claro, ya nos veremos.

Su enfado es una chispa en el mío y estallo.

—No sé por qué te sulfuras; acabas de ver una peli comiendo palomitas.

Se pone las manos en los bolsillos del pantalón más tenso si cabe que hace unos segundos.

—¿Y tú?

—¡Yo nada! En Londres me dejaste...

—Y ayer tú te negaste a hablar de ello, Candela.

—Ya, bueno. —Algo de razón puede tener en esto, pero no estoy dispuesta a dársela—. Yo acabo de decirte que quizás la cagué yendo a Nueva York y tú te has quedado igual.

—¿Igual? —Saca las manos de los bolsillos—. ¿En serio crees que me ha quedado claro?

—Pues sí. —Inconscientemente retrocedo hasta la puerta. Noto la madera a mi espalda de repente—. Has dicho «aún te quedan cuatro meses» —intento imitar su voz y arrugo las cejas como él—, como si en estos cuatro meses fuese a fijarme en otro. Y yo no quiero volver a...

La boca de Salvador me silencia, devora esas últimas palabras que ahora mismo soy incapaz de recordar y respira mi sorpresa. Oigo un ruido y es mi bolso y mi sentido común cayéndose al suelo y esparciéndose por todas partes.

Dios mío, me fallan las piernas y me sujeto a él, pero en cuanto mis manos tocan la camiseta arrugo los dedos y me cuesta pensar. Lo único que quiero hacer es quitársela y... No, no puedo estar haciendo esto ahora. No puedo estar besando a Salvador y tampoco puedo parar. Él suelta el aire en medio de un gemido, como si no hubiese podido respirar hasta ahora, y ese sonido se instala en mi estómago y aprieta el nudo de antes hasta que la única solución que se me ocurre es seguir besándolo. Besarle más, hasta que los movimientos de su lengua, el sabor de su boca y el tacto de su piel me hagan olvidar lo de Londres, todo.

Pero ningún beso puede conseguir esto y él, además, parece enfadado. Una mano sigue en la pared, la noto al lado de mi cabeza, y la otra me sujeta la nuca. Es extraño, no me retiene, aunque su brazo está tenso, sino que con los dedos me acaricia la mejilla y separa la mandíbula como si buscase entrar dentro de mí. Entrando dentro de mí.

Se aleja del mismo modo que se ha acercado, de repente, aunque solo son sus labios los que se apartan, porque el resto de su cuerpo sigue pegado al mío. Puedo sentirle mirándome; yo todavía tengo los ojos cerrados. Si tardo un rato en abrirlos quizá podré fingir que esto no ha pasado o que el beso ha sido fruto de mi imaginación.

Salvador pasa un dedo, el que hace unos segundos estaba encima del pómulo, por debajo de mis pestañas.

—Abre los ojos, Candela. —Sacudo la cabeza hacia ambos lados y aprieto los párpados aún más fuerte. Aunque ya no nos estamos besando seguimos pegados y puedo sentir que sonríe, porque el aire que se escapa de sus labios me hace cosquillas—. Abre los ojos, por favor.

—Yo...

—¿Es esta la reacción que esperabas? —Se agacha y me muerde el cuello, no aparta los dientes hasta que se me pone la piel de gallina y entonces pasa la lengua por encima del mordisco—. ¿O es esta?

Yo empiezo a cerrar de nuevo los ojos y los dedos con los que sigo sujetando su camiseta se aflojan, porque necesito tocarlo. Pero entonces él se aparta de verdad.

—Mierda —farfulla.

Más que la palabra es el tono con que la pronuncia lo que me pone alerta al instante. Le miro y veo que está enfadado. También identifico el deseo en cómo se mueve y el imán que se crea entre nosotros siempre que estamos cerca tira de mí con fuerza hacia él. Pero si Salvador está resistiendo esa fuerza magnética, yo también puedo hacerlo.

—Me has besado tú —señalo lo evidente. Si tanto le molesta haberlo hecho, tendría que haberlo pensado mejor antes.

—Lo sé —reconoce, pasándose las manos por el pelo—. Acabas conmigo, Candela.

Esa estúpida frase me hace escocer los ojos.

—Bueno —me tiembla el mentón—, pues será mejor que me vaya, ¿no crees?

Me doy media vuelta.

—¿Qué somos, Candela?

Tengo que volver a girarme y mirarle.

—¿Cómo...? ¿Qué quieres decir?

Se supone que Salvador no habla de nosotros, que él o miente o dice verdades a medias. O me echa de su lado. O me vuelve loca con sus besos.

Baja los brazos y le veo abrir y cerrar los dedos.

—¿Cada vez que nos peleemos correrás a buscar a Pastor?

Se me queda cara de pez y tardo varios segundos en reaccionar; de hecho, abro y cierro la boca unas cuantas veces antes de conseguir hablar.

—¿Y tú? ¿Cada vez que te pase algo importante me echarás de tu lado y te lo callarás para solucionarlo tú solo?

—Daría lo que fuera por haber hablado contigo antes de que Rubén te dejase y apareciesen *Los chicos del calendario* en nuestras vidas. Joder.

—Y yo daría lo que fuera porque hubieras *hablado* conmigo de verdad en algún momento.

—Sé que he cometido errores, Candela, muchos. Muchísimos. Pero ni siquiera una vez, ni por un segundo, he pensado en otra mujer.

—¿Me estás echando en cara lo de Víctor?

Se gira, se aleja unos pasos y después vuelve, aunque se detiene a cierta distancia de mí.

—Todo esto es una jodida montaña rusa.

No puedo evitar sonreír.

—Peor que el Dragon Khan.

—Yo he cometido muchos errores, te he mentido, te he hecho daño y, aunque lo hice pensando en ti, sé que no tendría que haberme comportado como un estúpido machista egocéntrico y condescendiente, y que tendría que haberte contado la verdad y pedirte ayuda. No tenía ningún derecho a decidir por ti.

—Yo... —parpadeo— no sé qué decir.

Ahora es él quien sonríe.

—Pero no puedo retroceder en el tiempo y no puedo decidir por ti. —Le caen los hombros—. Y por mucho que me encantaría ser capaz de decirte que no me importa que viajaras a Nueva York o lo que sea que haya sucedido entre tú y Pastor, no es verdad.

—Salvador...

Levanta una mano para detenerme.

—Tú tienes que irte a Málaga mañana y yo tengo que poner Olimpo y *Gea* en orden, averiguar qué pretende mi padre y seguir con los controles médicos. Los dos tenemos mucho en qué pensar.

Trago saliva.

—¿Qué me estás diciendo, Salvador?

—Digo que no podemos seguir así. No quiero perderte, Candela, te lo he dicho antes y es la pura verdad. Pero no sé si puedo tenerte cerca ahora. Y tú... —vuelve a pasarse las manos por el pelo— tú tienes que seguir con *Los chicos del calendario*, corregir la novela, escribir la próxima y decidir qué pasa con Pastor.

—Entonces, ¿qué propones? ¿Que seamos amigos? Lo hemos intentado antes y no funcionó.

—Tienes razón. Aunque en mi defensa diré que yo nunca te he visto como una amiga.

—¿Y cómo me ves?

Él sonríe, hay cierta resignación en la comisura de sus labios, pero la sonrisa está ahí.

—Como Candela, mi Candela. ¿Qué te parece si intentamos algo distinto?

No tendría que escucharle, pero da un paso hacia mí y me sujeta una mano con la suya.

—Te escucho.

Levanta la otra mano y me aparta un mechón del rostro para colocármelo detrás de la oreja.

—¿Qué te parece si esta vez intentamos ser Salvador y Candela? Sin nada más, sin nadie más, solo nosotros dos y la verdad. Yo te prometo que intentaré resolver mis problemas y que no volveré a encerrarme en mí mismo.

—¿Y por qué voy a creer que esta vez mantendrás tu promesa?

—Eso tienes que decidirlo tú. —Me suelta y se aparta—. Voy a por las llaves del coche, te llevo a casa.

Podría decirle que puedo irme yo sola perfectamente, que voy a meterme en un taxi o en el primer autobús que vaya al centro, pero de repente estoy muy cansada y harta. Sí, estoy harta de mí, de ellos, de Víctor y de Salvador. Más de Salvador, porque él ha decidido cambiar, dejar de esconderse, y no sé qué hacer con él.

Estoy callada porque no sé qué decirle y al mismo tiempo porque, si empiezo a hablar y a sacar todo lo que llevo dentro, tal vez nos haré demasiado daño. Los dos necesitamos pensar, en eso lleva razón.

—¿Estás lista? —me pregunta al aparecer de nuevo con un jersey encima de la camiseta y las llaves en la mano.

—Sí, claro.

Él tampoco habla mientras bajamos al aparcamiento y nos metemos en su coche. Al pasar junto a su moto me sonrojo y, cuando me atrevo a mirarle, le pillo apartando la mirada y tragando saliva. Al parecer va a seguir manteniendo las distancias y es lo mejor, porque en el estado en que me encuentro ahora mismo tanto podría besarle como gritarle. Apenas encontramos tráfico, la ciudad aún no ha vuelto de vacaciones y es un poco tarde. Salvador detiene el vehículo frente al portal de mi edificio y no aparta las manos del volante.

—¿Quieres que mañana pase a recogerte para llevarte al aeropuerto?

—No hace falta, ya he llamado a un taxi. —No lo he hecho, pero lo haré dentro de un rato.

—De acuerdo. Llámame cuando llegues, ¿vale?

—Os llamaré y os escribiré para contaros qué tal me recibe el chico de septiembre. No te preocupes.

Sujeto el tirador y abro la puerta del coche para bajarme.

—Espera, Candela. —Me coloca una mano en el brazo izquierdo y la aparta en cuanto me detengo y le miro. No lo he hecho en todo el trayecto—. Ahora mismo me odio por no haber seguido besándote en mi casa o por no pedirte que me dejes subir a la tuya y hacerte el amor hasta que tengas que irte.

—En enero lo llamabas *follar*.

¿Pero qué me pasa? ¿Por qué no puedo estarme callada?

Salvador sonríe, parece estar burlándose de sí mismo, como si el sentido del humor fuese un salvavidas o un escudo tras el que protegerse.

—Bueno, sí, ahora también me gustaría *follarte*, Candela.

—Será mejor que me vaya.

—Yo he tenido mucho tiempo para pensar y es un cliché, pero estar cerca de la muerte esclarece mucho las cosas. Puedo esperar, Candela. Voy a esperar, pero eso no significa que vaya a quedarme de brazos cruzados o que vaya a sacrificarlo todo por una noche en tu cama.

—No sé de qué estás hablando.

—Si ahora nos acostamos, mañana por la mañana o quizás incluso esta misma noche decidirás que ha sido un error, que no puedes fiarte de mí y que te he utilizado por el sexo.

—¿Acaso crees que sabes lo que pienso, Salvador?

—¿Acaso no sabes tú lo que pienso yo? Lo del ascensor, lo del helado, esta noche no se irá a ninguna parte. Ve a Marbella, sigue con *Los chicos del calendario*, decide todo lo que tengas que decidir. No, no te estoy dando permiso. —Levanta una mano en señal de paz—. No lo necesitas. Yo estoy aquí y seguiré aquí y, aunque ya no soy el chico del calendario, intentaré demostrarte que valgo la pena.

—Salvador...

—Vamos, baja del coche, por favor. —Gira la llave y pone el motor en marcha—. Antes de que me arrepienta de esto y te pida algo para lo que ninguno de los dos estamos preparados.

20

El avión aterriza en el aeropuerto de Málaga y yo todavía tengo la sensación de estar flotando. Los días que he pasado en Barcelona han sido los más surrealistas de mi vida y que lo diga yo, que llevo nueve meses recorriendo el país en busca de un hombre normal (sí, he bajado el listón, después de pensarlo mucho creo que es mejor ser realista), es decir mucho.

Víctor está enfadado conmigo porque le llamé para contarle que Salvador estaba en Barcelona... y algo de razón tiene. Me he pasado la noche despierta —después de hacer la maleta y comerme todo el helado de chocolate que quedaba en casa y de romper el cubo de cartón en mil pedazos como si así fuese a exorcizar algo— y he llegado a la conclusión de que, por mucho que duela, una parte de mí recurre a Víctor siempre que necesita sentirse bien. Él me atrae y podría pasarme horas hablando con él, pero no puedo seguir engañándome; podría llegar a enamorarme de él, cierto, pero ¿es amor si tienes que convencerte para que te pase?

Tal vez sí y quizá puede durar toda la vida.

Y tal vez lo que pasa es que Salvador me hizo daño y recurrí a Víctor para que él me hiciera sentir bien, lo que me convierte en una cobarde y en mala persona. Rubén me utilizó y me entran ganas de vomitar solo de pensar que yo estoy haciendo lo mismo con Víctor. Yo quiero a Víctor y si Salvador no existiese, si él no hubiese aparecido nunca en mi vida, ahora mismo estaría probablemente tramitando el visado para vivir en Estados Unidos y buscando trabajo allí como una posesa.

Pero Salvador existe y... ¿qué voy a hacer con él? No puedo creerle. Aunque me muera por besarle, por volver a estar con él, no puedo ser tan idiota y caer de nuevo en el error de siempre. Porque si vuelvo a caer y él vuelve a hacerme daño, no sé qué sucederá entonces.

Salgo del avión y voy a buscar la maleta. No tarda demasiado y me hago un propósito: pensar únicamente en el chico del calendario y en mí. Es curioso, ayer, esta madrugada, mejor dicho, mientras preparaba la maleta, he encontrado una pieza del tangram que me regaló María, la novia de Jorge, el chico de febrero. Llevaba desde entonces buscándola; sin ella mi tangram estaba incompleto y no podía terminarlo. En un impulso me la metí en el bolso y la he traído conmigo, ya que mi gato se ha quedado en Barcelona en la mesa de Salvador.

Quizá la pieza resulte ser más efectiva y me ayude a encontrar esa chispa, ese instante en el que te das cuenta de que estás equivocado y que el camino correcto es en sentido contrario.

Tengo un sentido de la orientación pésimo para elegir el camino de la vida.

—¡Cande! —Un chico levanta un brazo y me hace señas; hay mucha gente en llegadas y tengo que esquivar a unas cuantas personas para llegar a él.

—Uf, creía que no iba a haber nadie —le digo al detenerme frente a él.

—Sí, estos días de septiembre aún hay mucho lío. —Sonríe y, aunque ya le había visto en fotografías y en el programa de televisión en el que participó, al natural es distinto, más real—. Hola, soy Benjamín, pero llámame Ben, por favor.

La sonrisa se ensancha hasta hacerle parecer un actor de Hollywood. Hay quien se ha quejado de que ningún chico del calendario es feo de verdad y ya me imagino lo que dirán cuando vean a Ben.

Yo también sonrío, intuyo que Ben convencerá a los incrédulos de que es mucho más que una cara y un cuerpo bonitos.

—Hola, yo soy Candela. —Le tiendo la mano—. Pero llámame Cande, por favor.

Ya nos conocemos, hablamos por teléfono y hemos intercambiado unos cuantos correos, así que esta presentación es un modo de romper el hielo.

—Encantado de conocerte, Cande. Vamos por aquí; tengo el coche aparcado fuera.

—¿Te importa que antes nos saque una foto?

—¿Tan pronto?

—Cuanto antes la colguemos mejor, así podrán decir que hemos vuelto a elegir a un chico demasiado guapo para ser real y que, además, es famoso.

Ben suelta una carcajada.

—¿Siempre eres tan generosa con tus cumplidos? —Alarga un brazo con la mano extendida y la palma hacia arriba—. Dame el móvil; yo tengo los brazos más largos.

Se lo doy con una mueca haciéndome la ofendida, él se agacha para que nuestras cabezas estén más o menos a la misma altura y nos hace el *selfie*.

—Gracias. Y no era un cumplido, solo he dicho qué es lo que la gente dirá. Y no creas que será en tono halagador; volverán a criticarnos por no haber elegido a un chico cualquiera y dirán que el concurso está amañado. Y esta vez tendré que morderme la lengua y dejar que pasen los días.

—Veo que llegas con ganas de pelea. —Sonríe—. Mira, si quieres un consejo, no pienses en ello. La gente siempre opina lo peor de ti, tanto si es cierto como si no. Sé de lo que hablo.

Me quedo mirándolo y asiento. Tengo que confiar en nuestros lectores, en los seguidores que de verdad nos conocen y creer que nos darán, a mí y a Ben, una oportunidad. Tengo el presentimiento de que él se la merece.

Andamos y aprovecho para colgar la foto. Él ha quedado genial. obviamente, yo tengo ojeras y parezco cansada, pero he conseguido salir con una sonrisa.

«#ElChicoDeSeptiembre 🐾 #NoHaceFaltaQueOsLoPresente #AlláVamosMarbella #EnBuscaDeGunillaVonBismarck #Hasthag-

DedicadoATodasLasPeluqueríasDelMundoQueCompranElHola-YElLecturas #YNuestraGea 😉 #MiMadreMeLlevabaAUnaPeluque-ríaDeAbuelas 💋 #LosChicosDelCalendario 📅 🏃 ».

Llegamos a su coche y me sorprende que sea normal y corriente. Vale, sé que es ser muy superficial, pero creía que me encontraría con un coche carísimo o como mínimo deportivo y el de Ben es un coche cualquiera.

—Veo que eres un cínico —le digo retomando la conversación anterior una vez estoy sentada y con el cinturón abrochado.

—Tú también lo serías si hubieras tenido mi vida.

—No te estaba criticando, solo es que yo prefiero confiar un poco más en la gente.

—Eso puede salirte muy caro, Cande. Fíjate en mí, en lo que estás haciendo aquí; yo podría estar confabulado con mi padre y ahora mismo estar llevándote a tu destrucción.

Abro los ojos de par en par y le miro inquieta.

—No te creas que no lo he pensado —reconozco—. No soy idiota, pero hay situaciones por las que vale la pena correr el riesgo.

—En eso tienes razón. Bueno, supongo que yo soy tan arriesgado para ti como tú lo eres para mí. Los dos estamos en el mismo bando, tranquila. —Me guiña el ojo—. No te estoy llevando a ninguna trampa. Nunca se me han dado bien los subterfugios, eso se lo dejo a mi padre.

—Me has dado un susto de muerte, capullo. Oh, mierda, lo siento.

Ben se ríe y la tensión desaparece sin más del interior del vehículo.

Nos ponemos en marcha y en pocos minutos hemos salido del aeropuerto.

—¿Empiezas tú o empiezo yo? —le pregunto—. Creo que deberíamos trazar un plan o algo así, no me fío del señor Barver.

—Haces bien, no le conozco demasiado bien, pero sí conozco a mi padre y te aseguro que tenemos que estar bien preparados. Creo que será mejor que empieces tú, aunque creo que, entre lo que me contaste por teléfono y lo que me dijo Sergio, puedo hacerme una idea de lo que ha pasado. Barver y mi padre os han obligado a que yo sea el chico de septiembre.

—Sí, es exactamente eso. El problema es que no sabemos por qué ni qué pretenden conseguir con eso. No te ofendas, pero es muy difícil que te hubiésemos elegido como chico del calendario si el señor Barver no te hubiese impuesto y no quisiéramos ahorrarnos problemas con él.

Ben se ríe.

—Te creo. ¿Por qué ibais a elegir a un famoso de la tele de tres al cuarto que, además, es exadicto y cuyo oficio es la pastelería? Sé que no tengo ninguna posibilidad de demostrarte que los hombres de este país valemos la pena, más bien lo contrario. Y, para que conste, yo jamás me habría presentado como candidato a chico del calendario.

—¿Sigues *Los chicos del calendario*? —Me halaga que conozca mi proyecto. A pesar del modo en que él mismo se ha descrito, Ben no deja de ser alguien que durante más de dos años presentó un programa en televisión y lideró la audiencia.

—Lamento decir que no. Busqué información cuando Sergio me llamó. —Me mira disculpándose—. Pero lo haré a partir de ahora.

—¿Por qué aceptaste ponerte de nuestra parte enseguida?

—Llevo tiempo queriendo ajustar cuentas con mi padre. No voy a dejar que me utilice otra vez para conseguir lo que quiere.

—Pero, aunque aún no sepamos el motivo, lo que él quiere es que seas un chico del calendario —señalo lo evidente— y lo ha conseguido.

—*Cree* que lo ha conseguido. Él no sabe que estoy al corriente de su intervención; tú podrías haber cedido al chantaje de tu jefe y haberme contado un cuento chino para que aceptase participar.

—El señor Barver no es mi jefe —puntualizo con cara de asco—. Pero puede complicarnos mucho la vida.

—Tranquila, no voy a dejarte en la estacada. Quiero averiguar a qué viene el interés de mi *querido* padre por tus chicos y luego ya veré qué hago. Mi teoría es que Barver está interesado en tu concurso y que mi padre le debe algún favor y lo único que quiere es joderme la vida como de costumbre. Mira, sé que los dos estamos haciendo esto por distintos motivos y que acabamos de conocernos, pero te propongo algo.

—Tú dirás.

—No haré nada que pueda perjudicarte a ti o a tus chicos del calendario; te ayudaré en todo lo que pueda y te contaré cualquier cosa que averigüe si tú haces lo mismo.

—De acuerdo, trato hecho. —Me quedo mirándolo y él se da cuenta, aunque no aparta la vista de la carretera.

—¿Qué pasa? ¿Tengo algo en la cara?

—No, lo siento, es que... —el cansancio me suelta la lengua— veía tu programa de televisión.

—¿Ah, sí?

—Sí, mi hermana Marta y yo no nos perdíamos ninguno.

—¿Ninguno, eh? ¿Así que visteis el día que llegué colocado y me quemé con el horno? —Levanta una mano del volante un segundo—. Me quedó una cicatriz.

—Sí, vimos ese programa.

—¿Y aquel en el que tuvo que entrar un ayudante de realización para echarme antes de que rompiese toda la cocina?

—Sí, ese también.

Asiente.

—Bien, me alegro. Yo los vi después y vuelvo a mirarlos de vez en cuando.

—¿Por qué?

—Para no olvidarlos nunca. Supongo que te preguntas qué pasó o por qué cometí la estupidez de drogarme cuando, aparentemente, estaba en la cima del mundo, ¿no?

—No es asunto mío.

—Tal vez no, pero si todo eso que dices en tus vídeos y en tus fotos es verdad, si de verdad este mes sirve para que nos conozcamos, tal vez acabe contándotelo.

—¿No crees que digo la verdad en mis vídeos?

Gira el rostro hacia mí durante un segundo.

—Digamos que creo que la verdad es una palabra que la gente se toma demasiado a la ligera, que tiene la mala costumbre de estirarla o maquillarla y que, después de lo que me pasó a mí, me he vuelto muy desconfiado con lo que leo o veo a través de una pantalla. O cínico, tal como has dicho tú. Por eso me gustan los pasteles.

—¿Los pasteles?

—Sí, los pasteles son de fiar. Juntas una serie de ingredientes y juegas un poco con ellos, pero siempre sabes que hay unas reglas que no van a romperse.

—¿Como cuáles? —le interrumpo.

—La harina sirve para espesar, el azúcar para endulzar, esa clase de reglas. Tienes los ingredientes, sus normas y tu creatividad, lo metes todo en el horno y pasado un tiempo tienes tu pastel. Si el pastel es bueno, has acertado. Y si es malo, vuelves a empezar. Eso es verdad, no hay trampa posible.

—Nunca lo había visto así.

—Yo siempre, aunque lo olvidé durante un tiempo.

Me quedo mirándolo de nuevo, solo han pasado unos minutos y lo veo distinto.

—Y por eso vuelves a mirar esos programas de vez en cuando, para no volver a olvidarlo.

—Exacto. Creo que nos llevaremos bien, Cande.

—Yo también lo creo.

Ben vive en un barco. Nos los contó a mí y a Vanesa en sus correos y al principio las dos creíamos que nos tomaba el pelo. No hacía tal cosa. Vive en un barco que está amarrado en una zona cerrada al público del puerto de Marbella.

—El coche me lo ha prestado un amigo —me explica cuando cruzamos el tráfico de la ciudad—. Yo voy andando a todas partes.

—¿Siempre has vivido en un barco?

—Siempre no. Me instalé ahí cuando me rehabilité. El mar me ayuda a tranquilizarme, me mantiene con los pies en el suelo, aunque supongo que en realidad tendría que decir que me mantiene limpio.

No puedo oír la palabra *mar* sin pensar en Salvador, en su barco, en lo que pasó el día de San Juan. ¿Cómo diablos voy a poder vivir un mes entero allí? Si Ben no hubiese insistido en que, si quería entender su vida tenía que quedarme en su barco, ahora mismo estaría rodeada de turistas en cualquier hotel marbellí.

—¿Y cómo conseguiste que te dejasen atracarlo en el puerto deportivo todo el año? —Busco la manera de cambiar de tema.

—En la última clínica que estuve conocí a un hombre; estaba casado, aún lo está, y su esposa le había dicho que o dejaba las drogas o ella le dejaba a él. Le oí hablar en nuestra primera reunión, esa que es como en las películas, donde te hacen contar qué has hecho y por qué crees que te has fumado, bebido, esnifado o inyectado la mierda de turno.

—¿Y? —insisto porque se queda callado.

—Le creí, fui el primero al que creí. No me había pasado nunca. Me impresionó. Obviamente me alejé de él como si tuviera una enfermedad venérea, como si al estar a menos de diez metros de distancia de él fuera a caérseme la polla. Mierda, lo siento, cuando me pongo nervioso hablo mal y si un tema me pone nervioso es este.

—No te preocupes por decir *polla* —añado en broma.

—Ya, bueno, lo siento.

—Sigue, mantenías las distancias con ese hombre porque tenías miedo de quedarte eunuco.

—Exacto. Una mañana me desperté antes de lo habitual para ir al gimnasio a hacer algo de deporte y oí un ruido en el baño. Entré a ver qué sucedía y estaba allí con una papelina de coca.

—¿En la clínica?

—Te reirías de la cantidad de pacientes que salen más enganchados que cuando han entrado. Me acerqué a él, estaba quieto mirándola, se la quité de las manos y la lancé al wáter antes de que uno de los dos hiciéramos una estupidez. Salí sin decirle nada, pero al cabo de unas horas se acercó a mí y me dio las gracias. Nos hicimos amigos y nos ayudamos en los momentos más difíciles.

—Vaya.

—Sí, no está mal para ser el primer día, ¿eh?, y aún no hemos llegado al barco. Tomás, así se llama mi amigo, trabaja en las oficinas del puerto deportivo. Es él quien me ha dejado el coche, se lo devuelvo y después te instalas y empezamos a hacer planes, ¿qué te parece?

—Me parece perfecto. Pero nunca he dormido en un barco. —Técnicamente esto es verdad, dormir, lo que se dice dormir, no dormí demasiado—. ¿Y si me mareo?

—No te mareas, pero si sucede, tengo pastillas. Y, a pesar de lo que te dije cuando acordamos que sería el chico de este mes, si realmente no estás bien, siempre podemos buscar un hotel. Esto es Marbella, si algo tenemos aquí son hoteles.

—Sí, lo sé, pero a nuestros seguidores les gusta más cuando convivo al 100% con el chico en cuestión porque puedo contar más cosas y tú, aunque hayas llegado a serlo por accidente...

—¿Accidente?

—Bueno, vamos a llamarlo así, el caso es que prefiero quedarme en el barco.

—Si tú lo dices, tú mandas. Ya hemos llegado. —Pasa la barrera del puerto con una tarjeta de identificación y en pocos minutos aparcamos en la zona de empleados—. Llamo a Tomás.

—Vale. —Bajamos del coche y durante unos segundos observo el mar y el cielo. Lo primero que me sorprende es que es distinto al de Barcelona y lo segundo, que creo que estas diferencias me ayudarán a sobrevivir este mes. Saco el móvil del bolso y le mando un mensaje a Salvador.

«Ya estoy en Marbella. Creo que Ben será un buen chico del calendario. Voy a vivir con él en un barco».

No sé por qué he añadido eso. Mentira, sí que lo sé, para ver qué responde Salvador o si responde. Me tiembla el teléfono y aflojo los dedos para ver la pantalla.

«Ojalá pudiéramos estar ahora tú y yo en mi barco. No he vuelto allí desde San Juan. Te escribo y te llamo más tarde».

El aliento escapa despacio y ni el impresionante horizonte que tengo delante puede devolvérmelo. No tendría que haberle dicho lo del barco, ahora que sé que él también piensa en aquel día no podré quitármelo de la cabeza.

—Ya estamos aquí, Cande. —Mierda, ni siquiera me había dado cuenta de que Ben se había alejado—. Te presento a Tomás.

Un hombre de unos cincuenta años me tiende la mano y me sonríe.

—Encantado, Cande, mis hijas siguen tus aventuras.

—Gracias, igualmente.

Hablamos un rato; le prometo a Tomás que no tengo ni idea de quién va a ganar el concurso de *Los chicos del calendario* y que puede asegurarles a sus hijas que no está amañado.

—Bueno, me alegro, creo que Ben es un candidato perfecto —afirma.

—No te pases, Tomás, o creeré que has vuelto a tomar algo.

Abro los ojos horrorizada.

—Tranquila, Cande —me asegura Tomás—, esta clase de bromas son algo habitual entre *Benjamín* y yo. Él sabe que preferiría matarme antes que volver a meterme nada. Tengo que volver al trabajo. —Señala el edificio que tiene a su espalda. Tomás lleva un impecable traje azul marino y deduzco que ejerce de abogado o contable o algo por el estilo en las oficinas portuarias—. Espero que volvamos a vernos, Cande.

—Yo también, Tomás.

—Avísame si Ben no se porta bien y haré que trasladen su barco a la zona más *perfumada* del puerto.

—Cretino.

—Adiós, imbécil. —Le da una afectuosa palmada en la espalda y se aleja.

Media hora más tarde estoy mareada y con la cabeza colgando de la borda de *La Última* intentando no vomitar mi primera papilla.

21

Sin que me haya dado cuenta, ya estamos a once de septiembre y en una semana me he convertido en la mejor clienta de Biodramina de Marbella. No sé nada de Víctor, él me dijo que me llamaría y no lo ha hecho y, vale, reconozco —otra vez— que soy una cobarde y yo tampoco le he llamado. Me digo a mí misma que le estoy dando tiempo para pensar, para calmarse y para que me eche de menos. Tenía razón en muchas cosas, no me ha resultado agradable analizarlas y estos días he tenido que contenerme para no marcar su dichoso número de teléfono y hablar con él. No soporto pensar que está enfadado conmigo y que tal vez le he perdido. Me duele. Tal vez debería llamarle.

—¿De verdad estás lista para salir a navegar?

Supongo que Ben duda de mi decisión porque me encuentra mirando por la borda, cuando en realidad me estoy planteando lanzar el móvil al agua. Como decía el profesor de filo del instituto: Muerto el perro se acabó la rabia.

—Nunca me he mareado navegando —insisto y guardo el teléfono en el bolsillo. Lo dicho, una cobarde—. Me mareo porque el barco está parado. He tardado unos días en acostumbrarme, pero ya estoy bien.

A pesar de que ha disfrutado de lo lindo tomándome el pelo, tengo que reconocer que Ben ha sido un enfermero estupendo y, cuando alguien te ha visto con la cabeza metida en el wáter, hace un curso acelerado sobre cómo ser tu amigo.

—Además —sigo—, es tu día libre y te has pasado la semana hablando del mar, de las olas y de qué sé yo. Quieres salir a navegar y yo voy a acompañarte.

—¿Y no vas a vomitar?

—No, no voy a vomitar.

—Está bien, de acuerdo. La verdad es que suelo salir a navegar cada noche, pero estos días quería aprovechar al máximo que estás aquí para presentarte a toda la gente que está involucrada en la academia y todos los proyectos que tenemos en marcha. Tal vez te he abrumado un poco —sugiere mientras empieza a aflojar los cabos para que el barco pueda soltarse—. No quiero perder la oportunidad de mostrarle a todo el país que incluso el mayor gilipollas del reino es capaz de hacer algo bien, pero después de esta semana necesito alejarme un poco del puerto y de la ciudad. El mar me ayuda a relajarme.

—Zarpemos de una vez o como se diga y te prometo que en alta mar te cuento todo lo que he averiguado estos días sobre tu padre y el señor Barver.

—A sus órdenes, mi capitán —bromea, llevándose dos dedos a la frente.

Hago una foto a Ben mientras está de espaldas preparando el timón del barco; se ve el mar y la línea del horizonte.

«#ElMar 🐢 #ElChicoDeSeptiembre #CapitánCupcake 🧁 #AVecesEncuentrasAmigosSorprendentesDondeMenosTeLoEsperas #BiodraminaForever».

Ben maniobra en silencio, las veces que estuve en el barco de Salvador él me hablaba y me pedía que lo ayudase mientras me explicaba qué estaba haciendo. Ben me da instrucciones precisas y, al distinguir lo distinto que es este día de todos esos, me pregunto si en esos instantes Salvador no estaba intentando hablarme. A su manera, claro está, pero hablarme.

No quiero darle más vueltas. A lo largo de estos días Salvador y yo hemos intercambiado unos cuantos correos. La novela de enero ya está terminada. Beatriz, la correctora, me torturó un poco con ciertos temas, insistía en que el comportamiento del protagonista no le parecía coherente y yo he intentado explicarle que tiene toda la razón, pero que curiosamente la vida, al menos la mía, tiene la mala costumbre de no serlo.

Aunque tengo que reconocer que en otras cuestiones tenía razón.

La cuestión es que la primera está terminada y ya está en la imprenta, y Salvador y yo hemos intercambiado correos en los que él me ha preguntado por mí, por el trabajo y casi sin querer, con la excusa de la novela, también por mis sentimientos. Oh, es listo, sí, eso ya lo sabía.

Dios, ¿qué va a decir cuando lea marzo?

Ya casi he terminado febrero y tengo previsto mandárselo en breve; él tiene que leerlo, así lo acordamos. Febrero no es complicado o, si lo fue, comparado con marzo dejó de serlo.

En uno de sus correos Salvador me dijo que él por nada del mundo renunciaría a enero ni a ninguno de los meses que hemos pasado juntos, no sé si seguirá pensando lo mismo cuando sepa qué pasó en marzo... Porque es imposible que yo pueda escribir lo que pasó cuando conocí a Víctor sin que se me note lo que siento por él. Tal vez no sepa desenredar todo este lío en mi cabeza, pero estoy segura de que no podré escribir sobre él como si fuera otro chico del calendario más y, lo más importante, no quiero hacerlo. Quiero que el país entero, o los cuatro gatos que vayan a leer mi novela, sepan lo genial y maravilloso que es Víctor Pastor.

—¿En qué estás pensando?

Ben me saca de mi ensimismamiento.

—En nada. Ha sido una semana muy interesante; es agradable estar aquí y disfrutar de un poco de paz.

—Seguro que creías que ibas a aburrirte conmigo.

—No —sonrío—, lo cierto es que no sabía qué esperar de ti ni de este mes.

—Bueno, pues entonces ya somos dos. Me ha gustado tenerte de ayudante toda esta semana, Cande. Creo que podrías llegar a ser una estupenda pastelera.

—Tú haces que parezca fácil y siempre sabes arreglar mis estropicios.

—Nadie nace sabiendo, Cande. La pastelería es, como todo en esta vida, cuestión de prueba y error.

Ben tiene una pastelería cerca del mercado de la ciudad; una pastelería que también sirve de academia para personas rehabilitadas o en proceso de rehabilitación. En la pastelería Ben atiende con paciencia, si bien a regañadientes, a clientes que acuden por morbo o por hacerse una foto con él. Le cambia la cara cuando la persona que entra en la tienda solo pregunta por el pastel y le cuenta para qué ocasión lo necesita sin hacerle ninguna pregunta sobre el programa de televisión. La academia de pastelería está en la parte de atrás, aunque el obrador es el mismo.

Estos días he acompañado a Ben tanto mientras atendía en la pastelería como cuando daba clases y una tarde, incluso, me pidió que me sentase con él y una chica a tomar un café porque ella había acudido a verlo en busca de consejo. Los escuché hablar y esa noche en el barco, después de que yo vomitase —la Biodramina no siempre ha hecho el efecto deseado esta semana—, Ben me contó que me había pedido que estuviese allí porque esa chica me seguía en las redes y le había dicho que esa mañana había estado a punto de recaer. Pasó la tarde con nosotros y Ben insistió en que comiera varios trozos de tarta de manzana y bebiese zumo de frutas.

—No tener hambre ayuda —me explicó también aquel día—. Y sentirte humano, aún más.

Él me ha hablado de la desintoxicación, de sus recaídas y de cómo decidió cambiar de vida, pero no de qué sucedió antes.

—Estás haciendo un gran trabajo con la pastelería y la academia. ¿Es ahí donde invertirás el dinero del premio del concurso si lo ganas?

Sonríe.

—Los dos sabemos que no lo ganaré, Cande, y me parece bien. Mi participación en *Los chicos del calendario* ha estado dañada desde el principio y me parece bien. Me conformo con que unos cuantos de vuestros seguidores cambien de opinión sobre la drogadicción y con averiguar qué demonios pretende mi padre esta vez.

—¿Por qué no os lleváis bien?

—¿Quieres saber algo gracioso?

—Claro.

—Cuando estaba enganchado me llevaba genial con mi padre. Supongo que era porque, a pesar de los escándalos o de las veces que tuvimos que pagar a un periodista o a un policía para que mantuviesen la boca cerrada —confiesa con cierta vergüenza—, me portaba como él quería. El dinero de mi familia no es del todo legal, Cande, y cuando empecé a desarrollar una moral, a hacer preguntas, me volví incómodo.

—Dios mío, Ben.

—Mi padre nunca me hará daño, mi vida no es *House of Cards*, pero me imagino que no le importaría que desapareciera de Marbella, que dejase de ayudar a cierta clase de personas y de entorpecer ciertos asuntos. No sé si me explico.

—Perfectamente.

No me gusta lo que he deducido, pero estoy segura de que no estoy equivocada.

—He estado pensando, que la última vez que recaí fue cuando volví a la televisión. Yo no iba a aceptar rodar esa nueva temporada, pero los de la productora insistieron y al final cedí. Tal vez mi padre haya pensado que esto, tus chicos del calendario, me provocaría el mismo efecto, que volvería a ir de fiesta en fiesta, a engancharme a la fama y a las drogas.

Me levanto, necesito caminar, aunque sea en el pequeño espacio que queda libre en mi camarote. Hace poquísimo que conozco a Ben, pero, aunque acabase de conocerlo ahora mismo, se me retorcerían igual las entrañas. ¿Qué clase de monstruo empuja a su hijo, a cualquier persona, a algo que puede destruirle?

—¿Sería capaz de algo así?

—De cosas peores.

—Y tú... ¿estás bien? —Le miro preocupada.

—Si quieres preguntarme si tengo ganas de esnifar algo, pregúntamelo tal cual, Cande.

—Está bien. ¿Las tienes?

—Sí. Cada día. En esto consiste ser un exadicto, pero no voy a hacerlo, porque tengo más ganas de seguir así, de estar aquí, de ser yo sin la ayuda de ningún elemento químico, que de colocarme.

Le aprieto la mano y él responde del mismo modo.

—Eres muy valiente, Ben.

—No, qué va, lo que pasa es que he dejado de estar muy asustado. Ni *Los chicos* ni tú me estáis haciendo daño, Cande, al contrario, creo que tú y yo nos estamos haciendo amigos, ¿no te parece?

—Puedo contar con los dedos de una mano las personas que me han visto con la cabeza en el wáter, así que sí, nos estamos haciendo amigos.

—Y tus fotos están ayudando a dar publicidad, buena publicidad, de mi academia de reinserción. Si además consigo quitarme a mi padre de encima, me daré por satisfecho.

—Pues vamos a intentar que así sea.

—¿Y tú qué has averiguado esta semana del señor Barver y mi padre? ¿Alguna novedad?

—Nada demasiado interesante. Hace años crearon una empresa juntos y la han cerrado hace poco sin que haya desarrollado nunca ninguna actividad.

—¿Sabes el nombre?

—Dakota Pres o algo por el estilo, tengo los papeles abajo. ¿Por qué? ¿Te suena de algo?

—¿Cuándo dices que la crearon?

—Hace tres años.

—Esa época es borrosa. —Se frota la frente—. Lo siento. Cuando volvamos a puerto los leeré, si no te importa.

—Por supuesto que no.

—Aún no me has preguntado por qué empecé a drogarme.

—No, no lo he hecho.

—No es una historia original.

—Eso, Ben, lo dudo mucho.

—Podría decirte que fue porque me aburría o porque necesitaba desconectar de la presión de la tele o algo así.

—Podrías. ¿Sería la verdad?

—No.

—No tienes por qué contármelo. Nos hemos conocido ahora y nos estamos haciendo amigos, a mí me vale así. No tengo que conocer todo tu pasado y *Los chicos del calendario,* tampoco. Este proyecto, este concurso, no consiste en desmenuzar tu vida ante un montón de desconocidos. Estoy buscando a un chico que valga la pena y tú —me encojo de hombros— tal vez tienes razón y no ganarás el concurso, pero vales la pena, Ben.

—Gracias. —Traga saliva y me aprieta los dedos de nuevo antes de soltarme—. Mierda —sonríe y le brillan los ojos—, mataría por un cigarro.

Yo también sonrío.

—¿Quieres una Biodramina?

Suelta una carcajada de alivio.

—Tenía veintitrés años. —Se sienta en uno de los bancos y mira el mar—. Y había acabado mi carrera de Económicas en Estados Unidos.

—Un momento. ¿Estudiaste Economía?

—Sí, ¿creías que mi padre me había dejado estudiar repostería sin más o que yo, en esa época, habría podido plantarle cara? Cierto que no nos llevábamos tan mal entonces, pero tampoco nos llevábamos bien —sonríe—; eso solo lo consigue la coca.

—Bueno, no lo sé. Me cuesta imaginarte como economista.

—Créeme, a mí también. Era mi último día —retoma la historia—; nadie de mi familia había acudido a mi graduación, aunque tampoco lo esperaba. No sé qué me pasó por la cabeza, pensé que sería buena idea ir a ver a mi madre. Ella vive en Washington; mis padres se separaron y ella volvió a su país cuando yo solo era un crío.

—¿Y la viste?

—Sí. No me resultó difícil encontrar su dirección, estaba en unos papeles que me había dado mi padre, y alquilé un coche. Conduje durante horas y cuando llegué no lo dudé ni un segundo, bajé del coche, caminé hasta una puerta roja y llamé al timbre. Jamás olvidaré esa puerta.

—¿Qué pasó? ¿Ella no estaba? ¿No te reconoció?

—Estaba y me reconoció. Me parezco mucho a su familia, dijo. —Se calla y yo me quedo esperando—. Después me pidió que me fuera. Ni siquiera me preguntó qué estaba haciendo allí. Dijo que no podía pedirle nada, que había firmado todos los papeles. No me dejó hablar.

—Oh, lo siento, Ben.

—Yo estaba allí plantado, intentando entender qué diablos estaba pasando, cuando una chica unos años menor que yo se detuvo a mi lado y me pidió que la dejase pasar. Era mi hermana, supongo. La cara de mi madre cambió cuando la vio, te juro que se transformó. Le dio un beso en la mejilla, le pasó una mano por el pelo y le preguntó qué tal le había ido un examen. La chica me miraba intrigada y cuando le preguntó a su madre, a nuestra madre, quién era, ella respondió que nadie, «un chico que ha traído unos papeles a papá».

—¿Dijiste algo?

—No. Me di media vuelta y me fui. Había crecido con la idea de que mi padre la había echado de mi lado, pero no fue así. Ella me dejó y se largó. No sé si no podía soportar a mi padre o a mí, pero la realidad es que nunca intentó luchar por mí y aquel día me di cuenta. Se lo pregunté a mi padre cuando volví a España y él me enseñó encantado los papeles del divorcio; te juro que parecía encantado de hacerlo. Me explicó que se habían conocido en una cena organizada por la embajada americana y que se habían acostado. Yo fui un error, pero decidieron tenerme porque «en esa época las cosas se hacían así». Palabras textuales de mi padre. Mi madre se quedó unos meses, pero echaba de menos su país y su antigua vida, y pensó que quería recuperarla entera sin ningún estorbo. Sin mí.

—Es... una historia muy triste, Ben.

—Lo es y aún no he terminado. Empecé a beber, me decía que solo lo hacía cuando salía, pero era algo más. Trabajaba con mi padre, en uno de sus negocios, y... —hace una pausa y se gira hacia mí— ¿sabes lo que es sentirse vacío por dentro?

—No.

Él asiente.

—Espero que no lo descubras nunca, Cande. Me monté un sinfín de teorías: Mi madre no me quería, así que ¿qué clase de persona, debía de ser de niño si mi propia madre no me quiso? Mi padre me ignoraba, ¿por qué no me felicitaba nunca por mis logros ni me reñía si me portaba como un imbécil? Ninguna chica se interesaba de verdad por mí, aunque en eso tuve yo la culpa. Ellas veían lo que yo mostraba al mundo y ninguna se quedaba a averiguar si esa imagen era verdad o un mero espejismo. Las drogas simplemente hicieron soportable todo aquello.

—¿Y por qué lo dejaste? —Me llevo una mano a los labios al ver los ojos de Ben—. Oh, lo siento. No pretendía ser...

—No, tranquila, es una pregunta que tiene sentido. Si las drogas lo hacían soportable, ¿por qué lo dejé? Mi madre sigue sin querer saber nada de mí, mi padre sigue siendo un capullo y yo... sigo siendo yo. Un hombre murió por mi culpa.

—¿Qué?

—En esa época tenía otro barco, una motora absurda que utilizaba para colocarme y follar. Era de noche y yo había echado a los cuatro desgraciados que habían salido de fiesta conmigo. No recuerdo si me había acostado con alguien o con todos. Solo recuerdo que les eché porque quería estar solo. Vomité, me dolía muchísimo la cabeza y decidí que lo mejor sería esnifar más coca. Eso lo solucionaba todo. Oí unos gritos; había detenido la motora en medio del mar después de llevar al puerto a esa gente y pensé que me los estaba imaginando, pero al final subí a la borda. Miré hacia el agua y creí ver algo, pero decidí que era un pez gigante o, vete tú a saber, un jodido submarino. No lo era, obviamente. A la mañana siguiente me despertó la guarda costera. Habían encontrado el cuerpo de un pescador cerca de mi motora. A él se le había estropeado el barco y el muy idiota había decidido volver nadando al puerto. Lo habría logrado, no estaba tan lejos, pero al parecer el agua estaba más fría de lo que había creído y empezó a encontrarse mal... Gritó pidiendo ayuda. Era un milagro que hubiese otro barco allí cerca. Habría podido salvarlo y yo no le hice caso. Estaba tan colocado que creí que era un jodido delfín y volví a encerrarme dentro para seguir esnifando. —No me doy cuenta de que estoy llorando hasta que él me ofrece un pañuelo de papel—. Ya te he dicho que era una historia triste. Conocía a ese pescador, no era idiota, era una buena persona. Me lo había cruzado por el puerto varias veces y siempre me saludaba. No me miraba como si fuese un capullo. Hay noches en las que aún le oigo pidiendo ayuda.

No sé qué decirle, pero al mirarle entiendo que no espera que le diga nada. Si le digo que no fue culpa suya, no va a creerme y, en realidad, ¿quién soy yo para decirle eso? Él me ha contado esta parte tan dolorosa de su vida quizá porque quiere que le conozca mejor o quizá porque forma parte de esta vida que está intentado crear. No sé cómo puede vivir con algo así a sus espaldas, con el recuerdo de la voz de ese pescador, sin embargo, tengo que reconocer que su capacidad para enfrentarse a sus miedos y errores me deja sin habla. En este sentido me recuerda mucho a Nacho y empiezo a pensar que las personas perfectas, las que no cometen nunca errores, no son reales y seguramente carecen de corazón.

—Tal vez no le habrías encontrado, aunque no hubieses estado colocado. Apenas se ve nada de noche.

—Tal vez —creo que lo dice para consolarme—. Su barco, el del pescador, tenía la radio averiada y los del seguro utilizaron esa excusa para no pagar ninguna indemnización.

—¿Cómo lo sabes?

—Cuando salí de la clínica de desintoxicación averigüé todo lo que pude sobre él. Estaba y siempre estaré en deuda con ese hombre. Jamás habría entrado en esa jodida clínica si esa noche no hubiese existido.

—¿Y?

—Y es injusto que yo esté aquí vivito y coleando, rehaciendo mi vida, y él no. Muy injusto. Lo mínimo que podía hacer era asegurarme de que su familia estaba bien. No necesito que lo sepa nadie, así que no me preguntes qué hice. Lo hecho, hecho está y es la primera cosa que me permitió sentirme humano después de salir de rehabilitación.

No voy a preguntarle qué hizo, creo que puedo imaginármelo. Podría averiguar el nombre de ese pescador si quisiera, podría introducir esa información en el artículo que haré con Ben de protagonista al terminar este mes, pero no voy a hacerlo. No es lo que él quiere y voy a respetarle.

—Tu madre es idiota —le digo. Suena tonto comparado con lo que de verdad me gustaría transmitirle— y tu padre, también.

Pero él sonríe y pienso que tal vez he acertado.

—Muy idiotas —insisto.

22

—El sábado veinticuatro hay una fiesta.

—¿Una fiesta? ¿Dentro de dos días? —le pregunto a Ben sin dejar de amasar lo que en teoría será una masa para un *Victoria sponge*. Como si lo de hornear no fuera ya de por sí bastante complicado, al parecer ahora está de moda utilizar palabras inglesas para decir *bizcocho*. Uno de los chicos que está aquí conmigo en el obrador insiste en que no es lo mismo, pero lo es.

—Sí, se me había olvidado comentártelo. Creo que tendríamos que ir.

No me extraña que se le haya pasado, estas últimas dos semanas han sido una verdadera locura, los horarios de la pastelería hacen que nos levantemos muy temprano y nos acostemos tarde. La academia de Ben tiene más inscritos que de costumbre, porque él no sabe decir que no y porque desde que yo estoy aquí más gente sabe de su existencia y se han acercado a informarse o a inscribirse directamente.

Salvador y yo seguimos haciendo esto de ser Salvador y Candela sin nadie más, sin trampa ni cartón, y, aunque es muy raro hablar con él por teléfono y escribirle sin ocultar nada o sin tener miedo de abrir sus correos, es también emocionante.

Y a Víctor aún no le he llamado. Mierda. ¿Por qué hago estas cosas? Tendría que haberlo llamado. Me escudo diciendo que él tampoco ha intentado hablar conmigo, igual que en el colegio de pequeños decíamos: *No he sido yo, Ha empezado él*, pero sé que esta vez la culpa recae en mis hombros, mis enclenques hombros. Además, parte del problema es que no puedo dejar de pensar en su absurda teoría del gato alemán ese. Si no llamo a Víctor existen dos posibilidades: la primera, que siga enfadado conmigo y la segunda, y mi preferida, que haya decidido perdonarme por haberle utilizado en Nueva York. Si está enfadado, voy a llorar y voy a sentirme culpable, y voy a echarle de menos durante el resto de mis días (soy dramática, a estas alturas ya deberíais estar acostumbrados). Si no está enfadado, tal vez me pida que seamos amigos, entonces mis problemas desaparecerán y yo le abrazaré y le daré un beso de despedida, porque no voy a negar que los besos de Víctor son de otro mundo. Llamadme cobarde, lo acepto, sé que esta opción significaría que yo no tengo que asumir que he elegido a Salvador y que le he hecho daño a Víctor. Pero existe otra posibilidad: Víctor puede no estar enfadado y pedirme que volvamos a intentarlo como pareja. Entonces yo volveré a entrar en bucle, porque si bien es cierto que con Salvador existe algo inexplicable, con Víctor soy muy feliz y él y sus besos... ¿Ya he dicho que son de otro mundo? En fin, que su dichosa teoría del gato me ha convertido en una loca de la teoría de la probabilidad y al final he llegado a la conclusión de que lo mejor es no llamarlo y él, por mucho que me pese, tampoco me ha llamado a mí.

El lunes de esta semana le conté parte de mi historia, de nuestra historia, a Ben y todavía recuerdo lo que me dijo:

—Hablé con Salva hace años. Yo estaba mal entonces, me colocaba a diario y era la peor versión de mí mismo. Coincidimos en una fiesta en Barcelona, no recuerdo de qué, supongo que sería algo a lo que mi padre me llevaría y él estaría allí más o menos por el mismo motivo. La fiesta era en el hotel Vela, entré en una sala, creo que era una especie de biblioteca, y saqué la coca del bolsillo. Entonces se abrió la puerta y entró él; ya le conocía, nos habíamos visto en alguna que otra ocasión, pero nunca habíamos hablado. No disimulé, pensé que si no le gustaba lo que veía; podía irse.

—¿Y se fue?

—No, cerró la puerta, se apoyó en ella y se cruzó de brazos. Me miró y dijo: «Adelante, por mí no te cortes».

Puedo imaginarme perfectamente a Salvador haciendo eso.

—¿Y qué hiciste?

—Preparé una raya. Entonces él volvió a hablar. «Hay maneras mucho más efectivas de matarte, ¿sabes? Puedes venir conmigo mañana, voy a escalar una montaña no muy lejos de aquí. Subes, cortas la cuerda y te lanzas. Te aseguro que la palmarás en el acto».

Se me escapa una carcajada.

—¿Qué le contestaste?

—Creo que le mandé a la mierda —siguió—. Y él se encogió de hombros, soltó los brazos y caminó hasta mí. Se plantó tan cerca que estuve a punto de darle un puñetazo. Pero entonces Salva me dijo que me guardase la droga, «seguirá aquí dentro de un rato», dijo, y que fuese a tomarme una copa con él.

—¿Lo hiciste?

—Sí. No recuerdo exactamente qué le conté ni qué me contó él a mí, pero siempre recordaré que me hizo sentirme humano y no como un montón de mierda o un famoso de tres al cuarto. No he vuelto a verle desde entonces, aunque hemos intercambiado algunos correos a lo largo de este tiempo. Tiene un sentido del humor muy peculiar. Me imagino que lo que ha pasado entre él y tú no ha sido fácil y, joder, no soy nadie para dar consejos en lo que a relaciones sentimentales se refiere, pero Salva Barver es de los mejores hombres que conozco y si te hizo daño debió de hacerse más a sí mismo. Tal vez deberías darle una segunda oportunidad.

Aún no me he recuperado de que Salvador me haya ocultado que conoce a Ben a este nivel y no me he atrevido a preguntarle por qué lo ha hecho. Creo que ha sido para proteger a Ben, porque esa historia, la del hotel y la raya de coca, no le deja en buen lugar. Es algo propio de Salvador esto de arriesgarse a que alguien opine mal de él para proteger a otra persona.

Dios, ¿eso es verdad o me estoy montando una película otra vez?

—¡Eh, Cande! Vas a marear la masa de tanto darle vueltas —me riñe Ben.

—Oh, lo siento. Tienes razón. Tu bizcocho va a salir dando tumbos del horno.

—Es un *Victoria sponge*. ¿Qué me dices de la fiesta? ¿Te parece bien ir?

—Recuérdame por qué crees que debemos hacerlo.

—No me estabas escuchando.

—Estaba concentrada con tu *Victoria sponge*. Háblame de esa fiesta.

—Es una fiesta benéfica, la organizan en un club de golf. —Ve que arrugo las cejas—. Sí, sé lo que estás pensando, pero mi padre va a estar allí acompañado de su amiguísimo señor Barver.

Se me enciende una bombilla; he atado cabos tan rápido que incluso creo que la tengo encima de la cabeza igual que en los dibujos animados. Barver padre me dijo que me llevase un vestido de fiesta, tiene que ser esta. Tiene que serlo.

—Tenemos que ir.

—Es lo que te estoy diciendo. Además, tenemos la coartada perfecta. Me han pedido que prepare un pastel para subastar allí. Se lo han pedido a varios pasteleros, no seré el único, pero aun así es la coartada perfecta.

—¿Y te lo han pedido hoy, cuando solo faltan dos días?

—En realidad me lo pidieron hace un mes, pero no les hice caso.

—¿Y tienes tiempo?

—¡Al final harás que me sienta ofendido! ¿Dudas de mí, *Ratatouille*?

—Jamás tendría que haberte dicho que era una de las pelis preferidas de mis sobrinas. Además, técnicamente tú eres Ratatouille, Ben, yo soy torpe como Linguini.

—Está bien, me rindo, no sé de quién me estás hablando. El caso es que en dos días puedo preparar el pastel perfecto y tú, señorita periodista, vas a escribir a tus amigos de Barcelona y a averiguar todo lo que puedas sobre esa fiesta. —Choca las manos y una nube de harina aparece a su alrededor—. Estamos en marcha. Tenemos un plan. ¿Lo habéis oído, chicos? Cande y yo tenemos un plan.

Todos le aplauden, aunque no saben de qué va todo esto. Ben ha conseguido que las personas que entran en esta cocina sientan que forman parte de algo especial.

—Vamos, ponte ahí. —Señalo una mesa de trabajo—. Voy a hacerte una foto con tu ejército.

Los aprendices y los pasteleros profesionales se juntan y lanzan un grito a lo jugadores de rugby australiano. La foto es genial, de las mejores que he hecho nunca.

«#Invencibles #UHA 🌴 #CapitánCupcake #ElChicoDeSeptiembre #MesesSorprendentes #QuédateConUnChicoQueSepaHornear #LosChicosDelCalendario 📅17 🏃)».

El bizcocho no sube como debería (me niego a llamarlo *Victoria no sé qué* en mi cabeza) y salgo a la calle para despejarme. Es curioso cómo una ciudad puede sorprendernos. Para mí Marbella era un lugar que solo existía en las revistas que encontraba en la peluquería o más tarde veía en programas del corazón. Nunca pensé que pudiera ser una ciudad de verdad con gente ajena a los campos de golf y a las exclusivas. Hace calor y, al mismo tiempo, sopla una agradable brisa que esparce el aroma a vainilla que me impregna el pelo últimamente. Saco el móvil del bolsillo y me sorprende encontrar una llamada perdida de Víctor.

Llevamos días sin hablar, semanas en realidad, desde que le pillé camino a un partido de baloncesto en Nueva York y él me acusó de querer utilizarle para sentirme mejor tras un desplante de Salvador. Sé que tendría que haberle llamado antes y que no haberlo hecho demuestra, otra vez, que no sé qué diablos estoy haciendo con mi vida en lo que al amor se refiere.

En todo lo demás, tampoco.

Aprieto el botón de llamada antes de que pueda cambiar de opinión. Él contesta al instante.

—Víctor, hola.

—Hola, Cande, me alegro mucho de oírte —consigue hacerme sentir bien al instante.

—Y yo a ti —sale de lo más profundo de mí—. Siento no haberte contestado antes, no me he enterado de que sonaba el teléfono. Siento no haberte llamado. Estaba haciendo un pastel.

—Yo también lo siento. ¿Tú, un pastel?

Los dos agradecemos que se centre en esto y no en la frase anterior. Ni la mía ni la suya.

—Sí, yo.

—Eso me gustaría verlo. —Me lo imagino sonriendo y casi dejo de sentirme culpable por los días de silencio que han existido entre nosotros—. Y me encantaría probarlo.

—No creo que este me haya quedado demasiado bien.

—Precisamente te llamaba para hablarte de eso.

—¿De mi pastel?

Suelta el aliento y por primera vez detecto que está nervioso y no sé cómo reaccionar.

—Sí, bueno, no exactamente. Quería hablarte de una fiesta que va a celebrarse este fin de semana en Marbella, una a la que han invitado a pasteleros de todo el mundo.

Inconscientemente aprieto el teléfono.

—¿Qué sabes tú de esa fiesta? Ben acaba de decírmelo. —Me esfuerzo por no sonar a la defensiva.

—Jimena está invitada.

—¿Jimena? ¿Quién es Jimena? —No entiendo nada, ni lo que él me está diciendo ni que me estén sudando las manos.

—Es una vecina mía. Creo que te hablé de ella hace tiempo. Tiene una pastelería en Haro.

—Sigo sin saber quién es, lo siento.

—La cuestión es que al parecer Jimena es famosa o lo era. No conozco los detalles.

—¿Quién es Jimena y qué tiene que ver con todo esto, Víctor?

—Jimena es mi vecina y hace cruasanes, corremos cada mañana juntos y antes tenía una pastelería en París. La han invitado a Marbella a participar a esa fiesta con un pastel. Lo subastarán y donarán el dinero a una causa, ahora no recuerdo cuál.

—¿Y me llamas por eso?

—Te llamo porque Jimena me ha pedido que la acompañe y no quería sorprenderte. He visto quién es el chico de septiembre y me imagino que estaréis allí.

—Jimena te ha pedido que la acompañes —repito cual cacatúa.

—Sí, ¿te molesta? —No tengo tiempo de responder; él añade—: Porque llevas un par de semanas sin llamarme.

—Me dijiste que tenía que pensar. Tú tampoco me has llamado.

—Cierto —reconoce y recuerda que hace apenas un minuto los dos hemos decidido tácitamente olvidar este tema—. ¿Te molesta que Jimena me haya pedido que la acompañe a Marbella?

—¿Ha... sucedido algo entre ella y tú? —No sé qué quiero que me responda. Soy horrible.

—Corremos juntos. Ella hace cruasanes y los deja en casa, ya lo hacía cuando tú estuviste aquí.

—No me has respondido.

—Tú a mí tampoco me has dicho nada sobre tú y Barver. Ni sobre nosotros. ¿Importaría que hubiese sucedido algo entre Jimena y yo?

—¿A quién le estás haciendo esa pregunta, Víctor, a mí o a ti?

Él se ríe.

—Joder, Cande, eres de todo menos fácil. ¿Te lo han dicho alguna vez?

—Alguna. Deduzco que has aceptado la invitación de Jimena. —El nombre se me atraganta.

—Sí, he pensado que así podríamos vernos.

—No hace falta que te traigas a otra chica si quieres verme a mí, Víctor.

—Tú y yo no hemos hablado en semanas, Cande. Jimena y yo hablamos cada día. Es mi amiga y me ha pedido un favor. Seguro que eso puedes entenderlo, ¿no? Tú también has tenido *amigos* así.

No voy a picar el anzuelo; sé que se refiere a Salvador y a esa época en la que le dije que él y yo éramos amigos.

—Está bien. Tienes razón. ¿Cuándo llegáis a Marbella? ¿Tenéis dónde dormir? El chico de este mes vive en un barco, pero estoy segura de que...

—No te preocupes. A Jimena la invitan los del club de golf; tenemos habitaciones ahí mismo. Llegaremos el sábado y me encantaría verte, Cande.

—A mí también, Víctor.

—Entonces, ¿qué me dices? ¿Dejamos el gato en la caja un poco más?

—Tenías que decirlo.

Él se ríe.

—Sí, tenía que decirlo. Olvídate del gato, era una broma, y veámonos el sábado, ¿te parece?

—Con Jimena.

—Tú estarás con Ben. Esto ha surgido sin más. Quizás el destino nos está diciendo que tenemos que hablar y dejar de comportarnos como idiotas.

—No es una frase muy científica viniendo de ti, pero está bien, de acuerdo. Probablemente tengas razón. Llámame cuando lleguéis y nos organizamos.

—Lo haré. Me alegro mucho, *mucho*, de hablar contigo, Cande. Te he echado de menos.

—Yo también, Víctor.

Cuelgo y lo primero que me viene a la mente es lo confusa que estoy. Tengo un nudo en el estómago y me sudan las manos, pero la sensación me recuerda a la que sentí instantes antes de saber si había aprobado o suspendido el examen práctico de conducir. Una parte de mí quería aprobarlo, tener carnet de conducir era algo sumamente importante, pero otra parte quería suspender porque así podría seguir yendo con Marta o con quien fuera y no tendría que ponerme a ahorrar para comprarme un coche maltrecho de cuarta o quinta mano y seguiría ahorrando para mi viaje en tren por Europa.

Aprobé.

Siempre me he arrepentido de no haber hecho un Interrail.

Escribo un breve correo a Vanesa y a Sergio para informarles de la fiesta y también pongo en copia a Salvador. Oigo mi nombre desde la cocina y aprovecho la excusa para entrar y apagar el teléfono. Si tengo que concentrarme en decorar este maldito pastel inglés, es mejor así.

Por la noche, cuando vuelvo a atreverme a poner en marcha el móvil, tengo un mensaje de Salvador donde dice que llegará a Marbella el sábado por la mañana. Ha averiguado que su padre va a asistir a la fiesta con su actual esposa y que también estará allí el padre de Ben. Afirma que tiene que estar, que sabe que puedo defenderme sola, pero que él necesita estar.

No voy a decirle nada, no tendría ninguna lógica que lo hiciera. Lo cierto es que tanto a Ben como a mí nos vendrá bien su presencia y Salvador no deja de ser el director de Olimpo y tiene sentido que esté. Le contesto con un sencillo «vale» y añado que voy a acostarme.

Por la mañana, cuando me despierto, durante unos segundos dudo de si lo de la fiesta es verdad o si mi mente, que vio demasiadas películas de los hermanos Marx y ha inhalado demasiado colorante alimenticio últimamente, se lo ha imaginado. Cuando salgo de mi camarote y me encuentro a Ben sentado en la mesa rodeado de bocetos de pasteles y con su bloc de notas o recetas secretas, como lo llama él, sé que no.

—Lo de la fiesta es verdad.

—Por supuesto que es verdad —afirma él sin levantar la cabeza—. Buenos días. Tu teléfono lleva un rato largo sonando, iba a lanzarlo por la borda.

—Lo siento, ayer lo dejé aquí sin pensar y se me olvidó ponerlo en silencio.

—No lo entraste en tu camarote adrede, pero no pasa nada. Normalmente duermo como un tronco y no me habría enterado, pero tengo que diseñar un pastel espectacular.

—¿De verdad te preocupa? Tu pastel podría ser el peor del mundo y nadie diría nada.

—Yo lo diría. Yo lo sabría. Mi pastel, nuestro pastel, tiene que estar a la altura. Vamos, desayuna, dúchate, haz lo que tengas que hacer, pero espabila, necesito a mi Spaguetini conmigo.

—Linguini.

—Lo que sea.

Camino hasta el móvil y, efectivamente, veo que he recibido varios mensajes, llamadas y correos.

—Salvador llega hoy, esta tarde, ha adelantado el viaje.

—Genial, ¿tenemos que ir a recogerle al aeropuerto?

Leo el mensaje de nuevo.

—No, dice que lo tiene todo organizado. Llegará aquí a las seis. ¿Le doy la dirección del barco o de la pastelería?

—Dale las dos. —Ben deja el lápiz y levanta la cabeza—. Cande, esta noche puedes ir con él, no tienes por qué... Joder, me siento como si fuera tu padre o tu hermano. Haz lo que te dé la gana.

—Lo haré. Gracias, Ben.

—Espabila, tenemos que hacer un pastel.

Me voy de allí cantando la canción de *Frozen* «Hazme un muñeco de nieve», cambiando la letra por «Ben, haz un pastel conmigo». Él me grita que desafino y se ríe. Tiene razón, desafino mucho y no me cuestiono por qué estoy contenta.

Horas, canciones y amasados más tarde, recibo otro mensaje.

«Dentro de unas tres horas llegaré a la ciudad y dejaré la maleta en el hotel. ¿Dónde estarás? Iré a buscarte. Necesito verte».

«En la pastelería».

—Te dije que era cuestión de prueba y error —la voz de Ben suena a mi espalda y me sobresalta.

—¿De qué estás hablando?

—Prueba y error. Has intentado estar sin él, sin Salva, y ves que no funciona.

No disimulo, Ben está al corriente de mi situación.

—Estar con él tampoco funciona.

—¿Estás segura? Tal vez sea el horno.

—¿Me estás comparando con un horno? Porque, si es así, deja que te diga que tendré que cambiar mi opinión sobre ti, Benjamín Prados. No sabía que podías llegar a ser tan machista, misógino...

—¡Eh, para el carro! Para el carro. No te estaba comparando con un horno. Joder, fui un yonqui, pero nunca he sido tan idiota como para comparar a una mujer con un electrodoméstico. Me refería a mi antiguo horno, un horno de verdad.

—¿Qué le pasó a tu horno?

—Que estaba mal instalado y siempre marcaba la temperatura mal. O quemaba los pasteles o los dejaba crudos. Me di cuenta un día, fue un accidente, me di un golpe con la pared. Bueno, eso ahora da igual, baste decir que me pasé una noche abriéndolo de par en par, no dejé ninguna pieza sin comprobar.

—¿Desmontaste tú solo un horno de pastelería?

—En ese momento me pareció la opción más rápida y eficaz. ¡Y el horno empezó a funcionar! Hice un agujero en la pared y los de la compañía eléctrica casi me denuncian por haber dejado sin luz al edificio durante unas horas, pero el horno funcionó bien desde entonces.

—¿Quién es el horno, yo o Salvador?

—Los dos, vuestra relación. Tal vez no habéis funcionado bien porque, joder, Cande, os crecen los enanos. No me refiero a Pastor, aunque él tampoco ha ayudado; Salva tiene una situación muy complicada. Su padre es un jodido psicópata que parece empeñado en quitárselo de en medio cueste lo que cueste. Y tú cambias de ciudad cada mes y conoces a un chico distinto que se supone tiene que deslumbrarte. No lo habéis tenido fácil. Tal vez si todo eso se esfumase, funcionaríais.

—O tal vez explotaríamos y haríamos un agujero en la pared como tu antiguo horno, solo que a nosotros no habría quien nos arreglase.

—¿Te han dicho nunca que eres demasiado pesimista?

—Constantemente.

23

Al final Ben termina por echarme del obrador. Literalmente. Me echa después de que me queme dos veces con una bandeja y eche más azúcar de la cuenta a una receta. He echado cuatro veces la cantidad indicada.

—No tienes la cabeza para estar en una cocina, acabarás haciéndote daño de verdad o matando a alguien y no creo que mi conciencia pudiese soportarlo.

Él me da un repentino abrazo al terminar esa frase y sé que lo hace porque no quiere que me sienta culpable por haberle hecho recordar esa parte tan dolorosa de su pasado.

—Gracias, Ben. —Le devuelvo el abrazo—. Siento estar así.

—No lo sientas. Lo cierto es que te envidio. Nunca me había planteado la posibilidad de arriesgarme a querer a alguien, pero verte así... hace que me lo plantee.

—¿Estás loco o eres masoquista?

—Creo que las dos cosas. Vamos, entra en la pastelería y come algo, bebe un zumo, llama a tu hermana, yo qué sé. Haz algo, pero no vuelvas aquí hasta que tengas la cabeza en orden.

—Está bien, Capitán Cupcake.

—Odio ese nombre.

—Lo sé.

Salgo a la pastelería y hago caso a Ben; elijo un trozo de pastel de chocolate y me lo sirvo en un plato de cerámica blanca. Camino hasta una de las mesas que hay para merendar, por suerte hoy hay dos vacías, y con una cuchara corto ceremoniosamente el primer bocado.

Las campanillas de la puerta tintinean. Siempre me han gustado estas campanillas, si tuviese una tienda sería lo primero que colocaría, les dan personalidad. En un Zara nunca suenan campanillas. Levanto la vista y con el chocolate derritiéndose en mi boca veo a Salvador.

Realmente hay que ser masoquista para querer sentirse así.

Engullo el pastel y me pongo en pie, al mismo tiempo que él camina hacia mí sin importarle que una señora y un cochecito intenten entrometerse en su camino o que yo todavía no haya sido capaz de decirle nada.

Sus manos son las primeras en tocarme, me sujetan la cabeza, y mientras sus ojos me sonríen sus labios se apoderan de los míos en un beso con tanta intensidad y tanta emoción que funden cualquier resto de chocolate y me convencen de que nunca, nunca, nunca probaré un sabor tan excitante, fuerte, adictivo y auténtico como este.

Le sujeto por las muñecas, mi piel despierta centímetro a centímetro al tocar la suya y me siento como si flotásemos y el mundo entero se estuviese rompiendo en pedazos y desapareciendo a nuestro alrededor igual que cuando desmontas un puzle y te llevas todas las piezas de los márgenes de golpe y queda solo el centro.

—Hola, Candela —susurra él al interrumpir el beso, pero solo durante un segundo, porque vuelve a besarme de inmediato.

O tal vez soy yo la que esta vez le besa a él.

—Hola, Salvador —le digo cuando le acaricio el pelo y él se aparta para sonreírme.

La puerta abatible suena a mi espalda y Ben entra en la tienda.

—Salvador Barver, ¡cuánto tiempo!

—Demasiado, Benjamín Prados. —Salvador da un paso hacia atrás, pero mantiene una mano en mi cintura mientras ofrece la otra a Ben—. ¿Cómo estás?

—Mejor, ya no me escondo en bibliotecas para esnifar.

Veo que Salvador levanta una ceja y me mira:

—¿Te lo ha contado?

—Han sido unas semanas intensas. Ben tuvo que sujetarme la cabeza mientras vomitaba.

—¿Has estado enferma? ¿Por qué no me lo dijiste?

—¿Qué os parece si salimos de aquí y vamos a pasear o a tomar algo? —nos interrumpe Ben—. Cande no estuvo enferma, sencillamente le costó un poco acostumbrarse a mi barco.

—En mi barco no te mareas.

Me sonrojo como un tomate y Ben se ríe.

—Deja el rollo cavernícola, Salva. Estoy seguro de que *tu barco* es distinto al mío.

—Parad los dos.

Salvador por fin comprende qué ha pasado y en vez de callarse o de pedirme perdón se une a la fiesta.

—Pues claro que es distinto; a mi barco solo se sube Candela.

—Cállate, Salvador, lo digo en serio.

Él pone cara de no haber matado nunca una mosca y Ben vuelve a reírse. Genial, lo que me faltaba, que estos dos se unan en mi contra.

Vamos andando hasta el puerto. No describiría la relación entre Ben y Salvador como de amistad, aunque es obvio que efectivamente se han mantenido en contacto desde aquel día en que Salvador interrumpió a Ben en esa fiesta. Me recuerdan a esos soldados que salen en las películas americanas, esas en las que dos Navy Seals o dos agentes especiales de la CIA completamente opuestos tienen que llevar a cabo una misión y surge una especie de complicidad, de hermandad entre ellos. Sí, creo que esta es la descripción que mejor se ajusta a estos dos.

Llegamos al lugar donde está atracado *La Última* y Salvador observa el barco con admiración.

—¿Cómo elegiste el nombre?

He querido hacerle esa pregunta desde que llegué y no me sorprende que sea la primera que sale de la boca de Salvador.

—Porque es mi última oportunidad.

—Es un buen nombre. —Se acerca a Ben y le da una palmada en la espalda—. Significa que no va a hacerte falta otra. Y es un buen barco.

—Gracias. ¿Subes?

—No, gracias. Será mejor que vaya al hotel y descanse un poco. Mañana nos espera un día muy largo. Pero antes de irme quería deciros algo. Creo que sé por qué mi padre y el tuyo están tan interesados en ti últimamente.

—Mi padre cree que con la atención de *Los chicos del calendario* volveré a recaer —sugiere Ben.

—Sí, en parte, pero creo que hay algo más. Sergio y yo hemos estado investigando esa sociedad que encontró Candela y no ha estado siempre tan inactiva como creíamos.

—¿Ah, no? —pregunto.

Estamos de pie en el puerto y formamos un círculo entre los tres.

—No. Durante los dos primeros años la utilizaron para blanquear fondos y evadir impuestos. La cerraron hace poco y Sergio cree que fue porque detectaron que Hacienda había empezado a investigarla.

—No sería la primera vez que mi padre hace algo ilegal y tengo que confesar que ha hecho cosas peores. Pero ¿qué tiene eso que ver conmigo?

—Tú figuras como apoderado de esa sociedad.

—Joder. Joder. Mierda. ¿Estás seguro? No recuerdo haber firmado nada.

—Probablemente no hizo falta, pero sí, estoy seguro. Tu nombre está en todas partes. Si Hacienda o quien sea investiga y procesa esa sociedad y deciden acusar a alguien, será a ti.

—Mierda. Por eso mi padre necesita que vuelva a ser dócil como antes. Un capullo enganchado no hace preguntas y es el jodido cabeza de turco perfecto. Mierda.

—Lo siento —coloco una mano en el brazo de Ben.

—No es culpa tuya, Cande. Gracias, Salva. ¿Puedes mandarme todos los documentos que tengas por correo electrónico?

—Claro, lo haré en cuanto llegue al hotel. No te preocupes, ahora que sabemos qué es lo que pretenden, encontraremos la manera de impedírselo.

—Gracias —repite Ben casi de manera automática—. Tendré que pensar en esto. Nos vemos mañana.

—Por supuesto.

Salvador y Ben se dan la mano a modo de despedida y el segundo sube al barco con la preocupación evidente en su rostro. Yo me quedo en el puerto un poco más.

—¿Estás seguro de que eso es lo que pretenden el padre de Ben y el tuyo?

—Tan seguro como puedo estarlo. Esa sociedad evadía impuestos y blanqueaba dinero, eso lo sabemos, y tal como ha dicho Ben, si no se hubiese rehabilitado, sería el cabeza de turco perfecto. Su padre le vio engancharse cuando hacía ese programa de televisión y tiene sentido que creyese que si le ponía de nuevo en el punto de mira volviese a hacerlo. No digo que comparta esa opinión, pero tiene sentido. Y en cuanto a mi padre —se encoje de hombros—, me imagino que pensó que, si Ben volvía a ponerse agresivo, a comportarse como en ese programa, *Los chicos* saldrían perjudicados.

—Siento que tengas que lidiar con esto. —Salvador me mira confuso—. Que yo y *Los chicos del calendario* hayamos sacado lo peor de tu padre y tengas que enfrentarte a él justo ahora.

Levanta una mano y me acaricia el rostro.

—No es culpa tuya y aunque lo fuera me daría igual.

La caricia me anuda la garganta y tengo que tragar saliva para hablar.

—Víctor va a estar mañana en la fiesta. —Salvador se detiene, queda completamente inmóvil y sus ojos se clavan en los míos—. No le he llamado yo.

—No te lo he preguntado.

—Pero quiero que lo sepas. No le he llamado, no he corrido a su lado para que me consolase después de lo que sucedió en Barcelona ni nada por el estilo.

—Te creo. Confío en ti.

Me da un vuelco el corazón, después de todos estos meses, de todos los chicos que he conocido, sé que la confianza de otra persona es más difícil de conseguir que su amistad o su cariño, y probablemente más valiosa porque en ella se aúnan las dos anteriores.

—Me llamó él ayer. Viene a la fiesta porque acompaña a una chica, una vecina suya.

—¿Viene a la fiesta?

Vuelve a acariciarme la mejilla.

—Sí, esa chica, Jimena, es pastelera y al parecer famosa. Estuvo en París; creo que eso fue lo que me dijo Víctor. Le han pedido un pastel para subastar igual que a Ben.

—Y Pastor ha decidido acompañarla aquí. Supongo que no puedo culparle; yo haría lo mismo o algo peor —añade en voz más baja—. Gracias por decírmelo.

—Será mejor que suba al barco.

—Sí, será lo mejor. Mañana nos espera un día muy largo. —Se agacha y me da un beso en los labios—. Te llamaré por la mañana.

—Claro. ¿Cómo irás al hotel?

—Andando, no te preocupes por mí. No está demasiado lejos y después del avión y del coche me apetece caminar.

—¿Estás seguro?

—Estoy bien, de verdad, no te preocupes por mí. —Pasa una mano por mi pelo y me observa—. Los últimos análisis salieron bien, aún no puedo decir que me hayan dado el alta, pero el tratamiento ha funcionado y no voy a permitir que mi enfermedad vuelva a entrometerse entre nosotros. Te lo prometí y voy a cumplirlo. Pero tienes que confiar en mí, Candela. Si te digo que estoy bien, estoy bien.

—Lo sé, solo es que... me preocupo por ti.

Se agacha para besarme de nuevo.

—Vamos, entra en el barco. Empieza a refrescar.

Asiento y él se espera en el puerto hasta que subo la escalinata y me despido desde la borda. Entonces se da media vuelta y empieza a andar.

No me sorprende encontrarme a Ben sentado frente a la mesa llena de papeles, pero aun así insisto en que lo deje y vaya a descansar.

—De nada servirá que le des más vueltas.

—No le estoy dando vueltas. Estoy pensando qué papeles enseñar a la fiscalía primero. Voy a denunciarle, Cande, es mi única opción.

—Es tu padre, ¿estás seguro de que quieres hacerlo? —Me siento delante de él—. Sé que dices que él nunca te ha querido y que nunca ha sido afectuoso contigo, pero cuando hablas de él hay algo. No sientes completa indiferencia hacia él.

—Tienes razón. Supongo que una parte de mí siempre buscará el amor de mis padres, pero he luchado mucho para llegar hasta aquí y por fin sé que el que ellos no me quieran no significa que no me merezca el amor o el respeto de los demás.

—Por supuesto que no, Ben.

—Esto es lo correcto. No voy a hacerlo solo para evitar que mi padre me tienda una trampa.

—Lo sé.

—Llamaré a un abogado amigo mío; le conocí en la misma clínica que a Tomás. Le pediré consejo.

—Está bien, si tú crees que es lo mejor, cuenta conmigo para lo que quieras.

—Gracias. —Recoge los papeles en pilas perfectas—. Por cierto, ¿qué estás haciendo aquí?

—¿Cómo que qué estoy haciendo aquí?

—Sí, ¿qué estás haciendo aquí? ¿Por qué no te has ido con Salva? Me sonrojo como una idiota.

—No me lo ha pedido.

Es una respuesta estúpida, yo lo sé y él también.

—¿Y tiene que pedírtelo? ¿No puedes pedírselo tú a él?

—Pues claro que puedo pedírselo yo a él. Tal vez estoy aquí porque quiero.

—Aunque eso sería sin duda posible, no es verdad. Me he pasado horas observándoos esta tarde.

—¿Qué quieres decir con eso?

—Que los dos sois idiotas. Me voy a la cama. Buenas noches, Cande.

Se levanta y camina hacia el camarote.

—Buenas noches.

—Si te vas, déjame una nota.

Cuarenta minutos más tarde dejo un pósit pegado a la cafetera: «No soy idiota».

24

Llamo a la puerta de la habitación de Salvador y él no contesta.

«No tendría que haber venido», pienso arrepentida. Pero enseguida cambio de opinión, he hecho bien en venir. Ben tiene razón en eso.

Vuelvo a llamar una vez más; golpeo la madera con los nudillos. Sé el número de habitación porque esta tarde ha llamado por teléfono al hotel mientras estaba con nosotros y se lo ha dicho al recepcionista que le ha atendido.

No creo que en recepción me lo hubiesen dado así como así, bueno, eso espero. El trayecto en el ascensor me ha puesto nerviosa, me sentía como una espía entrando en donde no debía, pero en realidad nadie se ha fijado en mí. Y todo para nada, porque él no está en su habitación o no me oye.

Tercer y último intento.

La puerta se abre y Salvador aparece con el pelo mojado, una camiseta negra pegada al pecho también por el agua y los pantalones de un pijama.

—Hola, yo...

No consigo terminar la frase, aunque en realidad no tengo ni idea de qué iba a decirle. Salvador me besa mientras tira de mí hacia dentro y cierra de un portazo. Mi espalda está pegada a la pared y del cabello de Salvador caen gotas que casi se evaporan al entrar en contacto con mi piel. Él baja una mano por mi vestido y la detiene al llegar al final de la falda, justo por encima de la rodilla.

—Dime por qué estás aquí —me pregunta entre un beso y otro.

—Yo...

Arruga la tela de la falda y la levanta.

—Dímelo.

Me acaricia el muslo.

—Porque quiero estar contigo.

Interrumpe el beso y me mira a los ojos durante un segundo antes de morderme los labios y besarlos como si fuera a morirse si no lo hace. A mí me pasaría lo mismo. Cuando vuelve a alejarse estoy a punto de tirar de él y volverle a colocar justo donde estaba, pero entonces él me besa el cuello y lleva esos labios que me pertenecen hacia los botones delanteros del vestido. Yo busco su camiseta hasta que una mano de Salvador me aparta y él susurra pegado a mi piel.

—Déjalas en la pared. Ha pasado demasiado tiempo desde la última vez y antes de que me toques necesito hacer algo.

—Pero yo quiero tocarte.

La mano del muslo sube hacia arriba y pasa los dedos por encima de la ropa interior.

—Hazlo por mí. Por favor. Necesito hacer esto.

Desliza los dedos por debajo de la goma elástica y baja la prenda al mismo tiempo que él se arrodilla delante de mí.

—Salvador...

—Déjame hacerlo.

Me besa los muslos mientras su nariz pasa también por mi piel, erizándola con cada respiración. Me tiemblan las manos y apoyo las palmas en la pared de la habitación. Durante un segundo creo que voy a explotar igual que esos fuegos artificiales que suben hasta el cielo para convertirse allí en estrellas o en una palmera. Pero cuando creo que no puedo más, porque él me está acariciando las piernas como si fueran interminables y perfectas, y besando cada rincón, lleva los labios justo ahí y todo desaparece.

No para hasta que su nombre se convierte en una repetición de sílabas incesante y mis piernas dejan de sujetarme. Es Salvador el que, con sus manos en mis caderas y la fuerza de estos besos tan íntimos, me mantiene en pie. Mis dedos están en su pelo, que sigue húmedo y alivian el calor que corre por el resto de mi cuerpo.

Él se levanta despacio, besándome la piel que va desnudando al soltar cada botón del vestido con dedos que tiemblan como los míos. Yo bajo las manos por su torso a medida que se pone en pie y cuando llego al final de la camiseta tiro de la prenda y se lo quito, y esta vez no me detiene.

En cuanto la camiseta toca el suelo, mis pies dejan de hacerlo. Salvador me levanta en brazos y me lleva a la cama besándome. Me tumba con cuidado y contenida impaciencia, y después se aleja unos pasos durante los cuales no aparta la mirada de la mía.

La piel de Salvador siempre me afecta, pero nunca tanto como en este instante. Siento cosquillas en las yemas de las ganas de tocarle.

—Candela, no me mires así. Espera un momento o me correré antes de llegar a la cama. Ha pasado demasiado tiempo.

No dejo de mirarlo, me gusta verle perder la calma, saber que no solo puedo desnudarlo físicamente, y con cada paso que da hacia mí aumentan las ganas que tengo de estar con él, aunque nuestros problemas sigan interponiéndose entre nosotros. Y supongo que uno de esos problemas cruza también por la mente de Salvador, porque aún con los pantalones del pijama puestos se acerca a la cama y se tumba a mi lado. Durante un segundo, quizá dos, tengo miedo... ¿Y si vuelve a decir que esto es un error o si...? Pero él detiene mis pensamientos con un beso.

Me acaricia el rostro, me aparta el pelo de la cara y baja la mano hasta el cuello.

—Dime que no vas a arrepentirte de esto —me pide al apartarse.

Entonces le miro y en sus ojos encuentro el motivo por el que estoy aquí ahora y por el que me he ido del barco de Ben.

—No, no voy a arrepentirme. —Le acaricio el pelo—. Yo iba a preguntarte lo mismo.

—No voy a arrepentirme.

—¿Me lo prometes?

Él agacha la cabeza y me besa.

—Es culpa mía que dudes de mí —dice en voz baja—, pero te prometo que nunca me he arrepentido ni me arrepentiré de ti. Me he arrepentido de mí, de muchas de las decisiones que he tomado en todo este tiempo.

—Ojalá no hubieras dejado de besarme.

Él hace una mueca.

—Sí, bueno, yo tampoco quería dejar de besarte, pero... sé que en enero te dije que solo quería sexo y que después intentamos lo de ser amigos y después volvimos a acostarnos. —Intenta borrarme las arrugas del entrecejo con el pulgar—. No quiero que vuelvas a tener ninguna duda de lo que quiero de ti. Sí, vale, sé que las dudas son culpa mía. Lo siento.

—¿Y qué quieres, Salvador?

—A ti, estar contigo. No quiero solo esta noche.

—Yo tampoco quiero solo esta noche. —Pongo una mano en su mejilla y él cierra los ojos y gira el rostro para besar la palma.

Tiro de él hacia mí para besarnos; su boca primero es suave, su lengua pasa por encima de mi labio inferior. Los separo, le dejo entrar. Y también de nuevo en mi corazón (aunque creo que nunca ha salido).

Salvador tiene las manos en mi pelo, nuestros cuerpos están ahora pegados y seguimos sintiendo que no estamos lo bastante cerca. La ropa es un estorbo y tanto él como yo buscamos la manera de hacerla desaparecer. Bajo las manos por sus abdominales hasta llegar a la cintura del pantalón y desaparecen bajo la goma elástica. Él interrumpe este beso tan largo para incorporarme y quitarme por fin el vestido y el sujetador, y se deshace también de la prenda que le quedaba. Desnudos, vuelve a besarme.

Me siento invencible cuando Salvador me abraza, cuando desliza las manos por mi cintura o cuando sus labios me recorren la garganta. Tiene las manos más fuertes que he visto y sentido, me imagino que es por la escalada o por las horas que se pasa arreglando ese barco, pero cuando pasan por encima de mi piel son delicadas y siempre me tocan... Justo ahora desaparecen, con lo mucho que las he echado de menos, y abro los ojos.

Él está sentado sobre sus rodillas, mirándome, y sin darme cuenta me incorporo y voy en su busca. Salvador parpadea y levanta la mano derecha hacia mí. Le tiembla cuando la coloca en mi hombro y me empuja decidido hacia la cama y sus labios devoran los míos. Esta vez es distinto, no solo hay la ternura de antes, sino que en los movimientos frenéticos de su lengua y en su respiración encuentro la pasión de enero. Pero es distinto, es como si enero hubiese sido un ensayo comparado con esto, como si él se hubiese estado conteniendo hasta ahora.

—Te necesito, Candela. Ahora.

Le tiro del pelo y le beso, y él gime y yo creo que voy a perder la cabeza de lo mucho que le deseo. Salvador guía una mano entre nuestros cuerpos, se me eriza la piel al notarla moviéndose y pienso que por fin vamos a...

—Pero antes —su voz interrumpe mis desvaríos— necesito que estés tan desesperada como yo.

—¿Qué? ¿Estás loco? —Abro los ojos y le miro incrédula—. Yo...

Me penetra con un dedo y captura el lóbulo de mi oreja entre los dientes antes de susurrarme.

—Tú nunca estarás tan desesperada por tenerme a mí como yo por tenerte a ti.

—¡Dios!

Le noto sonreír sobre mi piel.

—Pero puedo conseguir que estés muy cerca.

—¿Cerca?

No puedo pensar.

—De mi nivel de desesperación. —Descansa la frente en mi clavícula—. Joder. Tienes que correrte una vez más, Candela.

—Pues ven aquí.

El muy sádico vuelve a sonreír.

—No. —Me besa la piel y pasa la lengua por unas pecas que tengo en el escote—. Quiero verlo.

Mueve el dedo y sigue besándome; son besos suaves, tiernos y lentos a diferencia de lo que está haciendo con la mano con la que me está tocando.

—Salvador.

—En enero me asusté, pero no fue solo por mi enfermedad.

Esa palabra me hace abrir los ojos de nuevo y le encuentro observándome. Tiene la frente perlada de sudor y todo su cuerpo está tenso, excitado. Llevo una mano a su erección, pero antes de que pueda tocarla él me mira y vuelve a besarme apasionadamente. Le clavo las uñas en la espalda y arqueo la espalda, no voy a poder resistir mucho más y no quiero... Tengo que decirlo en voz alta, comprendo de repente en medio de la confusión que crea Salvador en mí cuando me besa y me toca.

—Contigo, Salvador. No... —tengo que humedecerme el labio— no quiero... Sola, otra vez no.

Me cuesta ordenar las ideas y él arruga el cejo y me mira con una ternura que parece casi cómica —si no fuese porque es al mismo tiempo sexy y adorable—, teniendo en cuenta lo sudado y preparado que está.

—Me correré en cuanto entre dentro de ti, Candela —asegura enfadado consigo mismo.

—Hazlo.

Sacude la cabeza.

—Antes tienes que...

Será testarudo... Le sujeto por el pelo y tiro de la cabeza hacia abajo para besarle con la brutalidad y la impaciencia que ha tomado el control de mi cerebro.

—Mira, Salvador, o me follas ahora mismo o...

No consigo terminar la frase —gracias a Dios—. Él pronuncia mi nombre, al menos creo que era mi nombre ese sonido que ha escapado por entre sus dientes, y me penetra con un único movimiento que nos deja a los dos con la respiración pegada a la piel y con el corazón buscando escapatoria por entre las costillas.

¿Es esta la diferencia?

¿Es porque mi corazón sabe reconocer que tiene cerca el de Salvador y corre a buscarlo o soy una idiota que está enganchada al chico que no le conviene?

—Ah, no —farfulla Salvador—, nada de dudas. Mírame, Candela. —Abro los ojos y él permanece inmóvil—. Si no estás segura, no sigamos adelante.

—Estoy segura.

Él agacha la cabeza y mueve las caderas lentamente hacia delante y hacia atrás tres o cuatro veces. Voy a morir de placer, de esto sí estoy segura.

—Joder. No tendría que haberlo hecho; tendría que haber esperado —parece estar hablando para sí mismo—. Pero te veo y pierdo el control. Lo pierdo todo.

—Salvador, cariño. —Vuelve a detenerse al oír que le he llamado así y me mira de nuevo—. He venido aquí, a tu hotel. He venido a buscarte porque quiero estar contigo.

—Vuelve a decírmelo.

Él empieza a moverse otra vez y coloca una mano entre nuestros cuerpos para acariciarme al mismo tiempo.

—He venido porque quiero estar contigo.

Sus movimientos se vuelven más rápidos, bruscos y necesarios. Pero nuestros ojos siguen fijos los del uno en el otro.

—Lo otro.

—¿Cariño?

Él asiente antes de besarme el cuello y ponerme la piel de gallina con la caricia de su lengua.

—Cariño.

Paso los dedos por su pelo hasta llegar a la nuca y, aunque mi cuerpo me pide a gritos alcanzar el orgasmo y que me deje llevar, consigo que ese gesto sea lento y lleno de significado. En momentos como este es cuando más me desarma Salvador; sus frases sexys me ponen, su cuerpo es de infarto, he descubierto que su sentido del humor es peligrosísimo, pero ahora sé que la ternura es su verdadera arma mortal.

Él no lo sabe, en realidad estoy segura de que esta clase de sentimientos jamás han formado parte de su vida, pero no voy a poder recuperarme si sigue utilizándola.

—Necesito —dice entre dientes, y durante un instante creo que dirá algo sensual, pero de repente sus movimientos, que parecían estar ya descontrolados, se detienen y me mira a los ojos—, necesito saber que existe una parte de ti que solo compartes conmigo.

—Sal...

—Lo necesito. Sé que no tengo derecho a pedírtelo y que no es justo. Y sé que debería avergonzarme de ello.

Le tiemblan los hombros del esfuerzo que está haciendo por mantenerse inmóvil y encima de mí sin aplastarme. Es la primera vez desde que le conozco, la primera, que en sus ojos solo me veo a mí, lo que él siente por mí. Y por eso decido contestarle.

—Puedes tenerlo todo, Salvador. —Él se estremece y se mueve un poco hacia delante, pero logra detenerse antes de que los dos perdamos el control—. No solo una parte. Todo.

Afloja un poco los brazos y nuestros labios se rozan. Tras un beso demasiado breve para lo que los dos necesitamos, acerco los labios a su oído.

—Te quiero.

Sé que tenemos mucho de qué hablar y que en la lista de los peores momentos para confesarle a alguien que le quieres este es probablemente uno de ellos, quizás incluso ocupe uno de los tres primeros puestos. Pero siento que ahora, en este segundo, en este momento de mi vida, quiero a Salvador y él... pierde el control, sus labios no se separan de los míos mientras nuestros cuerpos deciden que no pueden soportar más la espera.

Él hunde las manos en mis hombros, me muerde el labio inferior y sé que no se da cuenta porque solo se aparta para pronunciar mi nombre y dejarse llevar por un orgasmo que provoca el mío, porque, si algún día alguien me preguntase cuál es la imagen más erótica que he visto nunca, diría que es él cuando se corre.

Creo que yo también pronuncio su nombre o quizá solo intento recuperar el aliento después de que mi cuerpo haya decidido separarse de mi cerebro, pero Salvador parece entenderme porque me abraza y me acerca a él. Nos tapa con la sábana y me aparta el pelo de la frente y deposita besos sin ton ni son por todas partes.

Es la primera vez —al parecer esta noche, o madrugada, ya no sé en qué hora vivimos, está repleta de «primeras veces»— que parece nervioso después de estar juntos. No siento que quiera marcharse o que me vaya yo, esta es su habitación, al fin y al cabo, es como si se estuviera mordiendo la lengua. Quiero preguntarle qué le pasa, pero me pesan los párpados y mis huesos siguen desaparecidos en combate.

—Me gusta mucho esto de ser Salvador, Candela —tiene la voz ronca—, tu Salvador. Me gusta de verdad.

Yo no digo nada, siento que él no espera que lo haga, y le acaricio el torso con la mano. Dibujo círculos con el pulgar. Pasan los minutos, aún no estoy dormida, cuando añade:

—Y te quiero muchísimo.

Sí, su ternura es un arma mortal, porque sella esa frase con un beso en lo alto de mi cabeza y me estrecha en los brazos.

25

Abro los ojos y Salvador está en la cama conmigo.

Dormido.

Roncando.

Bueno, roncando no, el muy desalmado ni siquiera tiene unos ronquidos insoportables, de esos que podría echarle en cara cuando discutamos. No, él respira profundamente y consigue sonar aún más sexy. El mundo es un lugar injusto a veces. Seguro que yo ronco o babeo y él, míralo, está impresionante.

Está tumbado de lado, dándome la espalda, y por la habitación entra luz suficiente para que pueda ver su tatuaje. Es más grande de lo que recordaba, aunque en realidad nunca antes he podido observarlo demasiado bien.

Recorro la primera línea de números con el dedo índice. Es obvio que ha ido añadiendo líneas con el paso del tiempo, pues tienen una intensidad distinta. Todas son números y letras.

—¿Qué significa?

Sé que está despierto, lo he notado.

—Son coordenadas —me contesta y sé que sabe que me ha sorprendido, que creía que no iba a responderme.

—¿De dónde?

—Del lugar donde estaba cuando me diagnosticaron la leucemia por primera vez.

No se ha dado media vuelta, así que no puedo verlo y me pregunto si lo ha hecho a propósito.

—¿Y los demás números son los lugares donde estabas cuando el cáncer ha remitido o ha vuelto?

No consigo descifrar la cantidad de líneas porque entonces se gira y se coloca encima de mí, y me besa con la boca abierta consiguiendo derretirme el cuerpo en cuestión de segundos. Realmente debería mejorar un poco mi autocontrol en lo que a él se refiere.

—No, esos son distintos —contesta entre ese beso y el siguiente que me deja sin respiración—. Buenos días.

—Buenos días.

Flexiona los brazos pegando su torso al mío y sus labios vuelven al ataque.

—No es justo —me quejo sin ganas.

Él interrumpe el beso y levanta una ceja con una sonrisa.

—¿El qué? —Parpadeo confusa—. ¿Qué es lo que no es justo?

—Que solo tú me hagas sentirme de esta manera.

Si no me hubiese estado besando habría conseguido morderme la lengua. Creo. Durante un segundo quiero que el colchón se parta por la mitad y me engulla; la mirada de Salvador es así de intensa. Pero entonces él sonríe y, aunque todavía siento vértigo por lo que acabo de decirle, me alegro de haberlo hecho.

—Tienes razón, no es justo. Pero me gusta.

Me besa y cuando suelta mis labios los suyos bajan por entre mis pechos hasta detenerse en mi ombligo. Sus manos han seguido casi el mismo recorrido y ahora me sujetan las caderas.

—Tampoco es justo que seas tan preciosa y que me vuelvas tan loco de deseo con solo mirarte. —Nuestras miradas se encuentran en medio de la piel desnuda—. Todas las veces que me he alejado de ti te he odiado un poco por hacerme sentir así.

—Salvador.

—Todo era mucho más fácil.

«Antes de mí». La implicación es romántica y también triste porque detecto en ella cierta añoranza.

—Tú y yo no somos fáciles. Nosotros somos así.

Aprieta los dedos y me acaricia la piel del estómago con la nariz.

—Me basta con que seamos nosotros.

Las manos de él se mueven, pasa los nudillos por mis costillas y las detiene en los pechos, acariciándolos despacio, demasiado, hasta que mi espalda se separa de la cama y su nombre sale de mis labios. Es como si hubiese estado esperando esa clase de señal, su boca se apodera de la mía y me penetra al mismo ritmo que mueve la lengua.

Hundo los dedos en su espalda y él me levanta una pierna hasta su cintura para tener más espacio y hundirse todavía más dentro de mí. Siento que nunca hemos hecho nada parecido. Gimo excitada y desesperada por estar con él y por comprender qué está cambiando entre nosotros, porque no podemos negar que es distinto, que esta vez hay más.

Y puede hacerme más daño.

—Candela, joder, más —gime él también—. Lo que me haces... Lo que solo tú puedes hacerme...

Me mira y pienso en un animal salvaje, en una tormenta, en todas esas imágenes estúpidas que con él tienen sentido. En las estrellas de enero, el tangram de febrero, los besos de marzo, el dolor de abril; en cada caricia y cada momento que nos han llevado hasta aquí.

Apoya los antebrazos en la cama, justo a ambos lados de mi cabeza, y con los dedos sujeta mi rostro para besarme mientras se mueve frenéticamente. Los dos lo hacemos. Lo que nos hemos dicho, este beso, el modo en que nuestros cuerpos se unen, se pierden, se encuentran en medio de este deseo, tiene que haber un modo de describirlo, pero no lo encuentro.

—Joder, Candela —farfulla interrumpiendo el beso y deteniéndose—. Lo que siento cuando estoy dentro de ti.

—¿Qué?

—Todo.

Empuja las caderas con más fuerza y aprieto las piernas alrededor de su cintura. Gime mi nombre antes de besarme de nuevo y esta vez no podemos detenernos hasta que nuestros cuerpos se sacian el uno del otro y, aun así, se niegan a separarse.

Somos nosotros.

Una hora más tarde y con una sonrisa en los labios regreso al barco de Ben. Salvador ha insistido en acompañarme, pero hoy los dos tenemos mucho que hacer antes de la fiesta y le he convencido para que se quedase en el hotel. El beso de despedida en la puerta de su habitación ha valido la pena; estaba furioso por tener que darme la razón.

—¡Bienvenida a bordo, pilluela!

—¿Pilluela? ¿Qué eres? ¿Uno de los piratas del capitán Garfio?

Ben se encoje de hombros y me señala la cafetera.

—Hay café recién hecho; deduzco que no has dormido demasiado. —Me guiña un ojo.

—Creo que no me hacían esta clase de bromas desde que compartí piso en mi época universitaria.

—Tendrás que aguantarte; yo no tuve esa clase de experiencia y ahora pienso aprovecharla al máximo.

—¡Pobre niño rico! ¿Vivías en un apartamento de lujo tu solo?

—No, qué va. Estaba en Estados Unidos, creo que te lo dije, y como quería sacarme los cursos de Cocina además de los de Economía, estudiaba todo el día. Creo que apenas vi a mis compañeros de residencia. No me mires con cara de pena, lo hice porque quise. Podría haber plantado a mi padre, haberme largado y buscado la vida como hace todo el mundo.

—Eres demasiado duro contigo mismo, Benjamín.

—No, no lo soy. Vamos, distráeme, esta conversación se está poniendo demasiado trascendental. Deduzco que las cosas han ido bien con Salva.

Me sonrojo por mucho que intento evitarlo.

—Sí, han ido bien.

—Me alegro.

—¿Y tú, has hablado con ese amigo tuyo abogado?

—Sí, hace un rato. Vendrá también a la fiesta de esta noche. Dice que tendría que ver los documentos, pero que para resultar exculpado de todo necesitaría que mi padre confesase que utilizó mi nombre y mi firma cuando yo estaba incapacitado, es decir, enganchado a las drogas y era incapaz de decidir por mí mismo.

—¡¿Una confesión de tu padre?!

—Yo he reaccionado igual. Es más probable que mi padre se folle a un cerdo delante de todo el país a que reconozca públicamente que ha utilizado a su único hijo como cabeza de turco. Perdona, ayer vi *Black Mirror*.

Abro los ojos ante la imagen que ha descrito.

—Recuérdame que no la vea. ¿Y qué vamos a hacer?

—Mi amigo estudiará los documentos, dice que tiene que haber alguna prueba, y que intentará preparar el caso contra mi padre, si es que lo hay, sin implicarme, pero por ahora no puede garantizármelo. Por lo demás, vamos a ir al club de golf y asegurarnos de que nuestro pastel se lleva el primer premio.

—Estás muy tranquilo.

—He aprendido a estarlo.

Le admiro, estos meses estoy descubriendo que la gente más imperfecta, la que más errores ha cometido y ha rectificado en su camino, es de la que más puedo aprender.

—Y también podríamos hacer algo para obtener esa confesión.

—Sí, ya he pensado en ello, pero de momento centrémonos en el pastel.

—Está bien. Voy a cambiarme, ¿me esperas?

—Por supuesto.

No tardamos demasiado en llegar al club de golf donde esta noche va a realizarse la gala benéfica y la subasta de pasteles. Nos hago una foto a Ben y a mí en la entrada del salón. La decoración está a medias y la sala ofrece un aspecto peculiar así desmontada; recuerda al escenario de una película.

«#ElChicoDeSeptiembre #CapitánCupcake 🐷 #PareceLaSalaDeLa-GraduaciónDeCarrie 👗 #SinLaSangre 🐷 #NuestroPastelVaAGanar 🐷 #PorqueNosotrosLoValemos #LosChicosDelCalendario 📅 🏃».

Apenas un segundo después de apretar la última tecla me suena el teléfono y veo el nombre de Víctor reflejado en la pantalla.

—Tengo que responder —le explico a Ben—. ¿Te importa?

—Por supuesto que no. Estaré en la cocina; trabajan un par de chicos que estudiaron en la academia. Ven a buscarme cuando termines, no hay prisa.

—Gracias.

Descuelgo mientras Ben se aleja relajado.

—Hola, Víctor.

—Hola, Cande, tal vez me estoy volviendo loco.

Es una manera muy rara de empezar la conversación.

—¿Loco? ¿Por qué lo dices?

—Porque creo que te estoy viendo.

Inmediatamente miro a mi derecha y a mi izquierda, y lo único que encuentro son chicos y chicas de la empresa de decoración. Delante tengo el resto del salón y la puerta por la que ha desaparecido Ben. Me doy media vuelta y ahí está.

Víctor sujeta el móvil bajo el arco que separa el vestíbulo del hotel del club de golf de la sala donde va a celebrarse la gala. Junto a él hay una chica alta delgada, de proporciones perfectas y que me mira con cara de pocos amigos.

Víctor sonríe, no avanza hacia mí y me imagino que espera a ver qué hago yo. Sigo con el teléfono en la mano, pegado a mi oído, y de repente me doy cuenta de que es absurdo y lo guardo en mi bolso. Él también cuelga. Disimulo los nervios caminando y, cuando llego adonde están, abrazo a Víctor por el cuello y le doy un beso en la mejilla.

—Víctor.

Él tarda unos segundos, pero al final me rodea la cintura y me estrecha contra él.

—Hola, Cande. Me alegro mucho de verte.

—Yo también a ti.

Quizás es porque apenas hace unas horas he estado con Salvador o quizá, por fin, soy capaz de reconocerme a mí misma lo que he hecho, pero, aunque abrazar a Víctor me produce un cosquilleo en el estómago, mi corazón sigue latiendo a su velocidad normal dentro de mi pecho.

Él debe de notarlo porque afloja los brazos y me mira con una sonrisa tranquila en los labios.

—Tienes buen aspecto —dice entrelazando los dedos de una mano con los míos— Ven, quiero presentarte a Jimena.

Ella está unos metros atrás; nos ha dejado espacio para que tuviéramos intimidad, o eso creo.

—Jimena —la llama y ella levanta la mirada del móvil. Está seria, claro que no la conozco y no sé si es su actitud habitual, pero no parece tener ningunas ganas de hablar conmigo—. Ella es Cande.

—En las fotos pareces más alta. —No me puedo creer que haya dicho esto. Ha debido de notar mi sorpresa, pues añade rápidamente—: Lo siento, a veces no tengo filtro, encantada de conocerte y disculpa mis modales; viajar no me sienta bien.

No sé cómo tomármelo, la verdad. Por un lado, si es amiga de Víctor tiene que haber algo interesante en ella, pero por otro no puedo quitarme de encima la sensación de que me mira mal.

—No te preocupes, Jimena, no ser una torre humana tiene sus ventajas. Yo también estoy encantada de conocerte. Víctor me dijo que eres pastelera y que te han pedido un pastel para la subasta.

Ella se cruza de brazos; no hay que ser ningún experto en expresión corporal para saber que el gesto significa que se pone a la defensiva, y mira a Víctor sorprendida.

—Creía que eras coherente, que si te negabas a hablar de Cande conmigo hacías lo mismo a la inversa. Habría sido lo más justo. Veo que estaba equivocada. —Traga saliva y levanta la cabeza—. Iré a preguntar si ha llegado el envío que hice. Nos vemos luego.

Yo apenas consigo decirle adiós. Víctor insistió en que era solo su vecina, pero lo que ella acaba de decir, el modo en que lo ha dicho y la decepción que brillaba en sus ojos antes de recomponerse no encajan con esa definición.

Víctor se queda mirándola mientras se aleja. Le veo morderse la lengua y contenerse, y me doy cuenta de que conmigo no lo hacía. Conmigo no tenía que hacerlo y yo con él tampoco, y es una de las cosas que más me gustaban de nuestra relación y que hemos perdido.

Sacude la cabeza para reaccionar y vuelve a mirarme. Esta vez se detiene en mis ojos sin disimulo y los observa detenidamente.

En ellos descubre que no voy a preguntarle por qué me ha mentido sobre Jimena y que sé que él va a tragarse las preguntas que de verdad quiere hacerme.

—Hola, Cande —repite—, creo que estos días te han sentado bien. Me alegro, en Nueva York parecías triste.

Maldita contención. Él y yo estábamos mucho mejor cuando nos lo decíamos todo y tenemos que volver a estarlo.

—Oh, Víctor. —De repente tengo ganas de llorar.

—Eh, no te preocupes. —Pasa una mano por mi mejilla—. Creo que llegaré a entenderlo. Vamos, no llores, ven aquí.

—Quiero a Salvador —susurro como una idiota pegada a su camisa—. Lo siento.

—Eh, no digas eso. No negaré que odio oírlo, pero he descubierto algo.

—No me hables de tu gato, por favor.

Él sonríe; puedo sentir que le sube y baja el pecho.

—No, voy a dejar el gato tranquilo, por ahora. Aquel día que me llamaste cuando aún estaba en Nueva York no reaccioné bien. Tuve que jugar tres horas al baloncesto y terminar con un tobillo traspuesto y un ojo morado para darme cuenta.

—¿Un ojo morado? —Me seco las últimas lágrimas y me separo.

—Nos peleamos con el equipo contrario. Necesitaba desahogarme. Un jugador del otro equipo empujó a uno de mis amigos y una cosa llevó a otra. —Se encoge de hombros—. Cualquier otro día lo habría dejado correr o incluso habría intentado que hicieran las paces, pero ese reaccioné de otra manera.

—¿Crees que encontraremos la cafetería de este sitio tan pijo o un lugar donde sentarnos y poder hablar?

—Seguro que sí.

Salimos del salón por una ventana lateral y caminamos por un jardín hasta una terraza en la que hay unas mesas de metal blancas muy elegantes y, por suerte para nosotros, están desiertas. Estoy nerviosa; Víctor sigue siendo tan guapo como siempre, tal vez incluso más que antes, ahora que está, no sé explicarlo, ¿en paz consigo mismo? Tal vez sea eso.

—¿Y todavía te duele el tobillo? Antes has dicho que te lo torciste.

—No, no fue nada grave. Tras la pelea fuimos a un bar a celebrar, no sé exactamente qué celebrábamos, la verdad, y mis amigos me invitaron a una cerveza tras otra. Acabé contándoselo todo, fue lamentable. —Sonríe y yo, también.

—Pues suena genial, la verdad.

—En la Universidad no salí demasiado, entre los estudios, las viñas, Tori, mi padre. Estas semanas en Nueva York han sido como un intensivo en este sentido. Les hablé de ti y al hacerlo comprendí que, si de verdad estuvieras enamorada de mí, no tendría que convencerte de que lucharas por lo nuestro. Es tan evidente que es incluso ridículo; nadie tendría que convencer a otra persona de que lo quiera, ¿no te parece? El amor es lo más repentino e incontrolable que existe, lo más incierto a lo que tenemos que enfrentarnos.

—Pero hay varias clases de amor.

De repente me duele que crea que en algún momento ha tenido que convencerme para que esté con él.

—Sí, supongo que la amistad y también el deseo o la atracción implican cierto grado de amor, pero los dos sabemos que no estoy hablando de eso.

—Tienes razón.

—Además —añade—, también he tenido que reconocer que yo no soy precisamente un experto en lo que a este sentimiento se refiere. Creo que entre tú y yo podría haber algo excepcional, esto lo sigo creyendo, pero ahora también sé que no sería la clase de amor del que estamos hablando.

—¿Cómo estás tan seguro? —No quiero perderme ni una palabra de lo que está diciendo.

—Lo estoy y eso es lo más inquietante de todo.

Se me escapa una risa boba.

—¿Por qué inquietante?

—Porque sé que tiene que haber algo más y el día que me di cuenta, allí en Nueva York después de tomarme esas cervezas y con un paquete de guisantes congelados en la mejilla, comprendí que por mucho que me esforzase o que nos esforzásemos los dos jamás conseguiríamos alcanzarlo. Te quiero, Candela, pero creo que no me conviene estar enamorado de ti. Es demasiado perjudicial para mi salud —intenta bromear a pesar de la seriedad que domina su rostro.

—Yo también te quiero, Víctor, pero tienes razón, no te convengo y siento mucho haberte hecho daño.

Se acerca y me da un beso en los labios, es una despedida.

—No sé qué habría pasado si nos hubiéramos conocido antes —no hace falta que añada a qué se refiere con ese *antes*— o dentro de unos años, pero en cualquier caso habríamos sido amigos.

—Muy buenos amigos —afirmo.

Sonríe de nuevo.

—Ojalá tú y yo hubiésemos coincidido de otro modo, Cande. —Creo que lo desea sinceramente y hay algo en su tono que me hace arrugar la frente—. Tal vez entonces entendería mejor esto del amor de verdad.

—¿El amor de verdad? ¿Qué quieres decir con esa frase, Víctor? ¿Pasa algo?

—No nada. —Sacude la cabeza—. Solo que lamento las discusiones que hemos tenido a lo largo de estos meses. Si uno de los dos hubiese tenido la menor idea de lo que estaba haciendo podríamos habérnoslas ahorrado y haber sido amigos directamente y habernos acostado, claro está. Tienes que reconocer que el sexo ha sido increíble.

Bromea y me provoca. Funciona, pues me sonrojo de la cabeza a los pies. Pero hay algo raro en Víctor. Sin embargo, le sigo la corriente.

—Esa frase tenías que decirla, ¿no?

—Sí, tenía que decirla. Jimena tiene razón en eso.

¿Con que Jimena, eh?

—¿En qué?

—En que el ego de los hombres es nuestro principal problema.

—Pues sí, en eso lleva toda la razón. —Y mi curiosidad por ella acaba de aumentar considerablemente—. ¿Cómo es que no la vi cuando estaba en Haro?

—¿A Jimena?

Asiento.

—Ha cambiado un poco el horario y la ruta de reparto por las mañanas; me imagino que será por eso.

—No sabía que fuerais tan amigos.

—No sé si lo somos, la verdad.

Aquí está de nuevo esta palabra: *verdad*. Me inquieta, aunque logro disimularlo.

—Pero la has acompañado hasta aquí.

—Me pidió que lo hiciera y sabía que tú estabas aquí. ¿A qué vienen tantas preguntas? ¿Estás celosa, Cande? Porque si es así, puedo replantearme todo lo que acabo de decirte como si fuera un adulto y volver a comportarme como un descerebrado y pedirte otra oportunidad.

¿Estoy celosa? Me tomo unos segundos para pensarlo.

—Hemos estado juntos, Víctor —empiezo sin saber muy bien adónde voy a llegar—, y ya sabes que me gustaste desde el principio.

—¿Incluso cuando prácticamente no te hablaba y te echaba de mi laboratorio a diario?

—Incluso entonces. Tienes razón en eso que dices del amor y después de lo que acabas de decirme te debo una disculpa.

—¿Una disculpa?

—Sí. Te utilicé cuando vine a Nueva York. —La frase le sorprende y le veo adoptar un semblante más serio que el de hace unos segundos—. Estaba triste y dolida porque Salvador me había echado de su lado en Londres y sabía que tú me harías sentirme bien. No tendría que haber ido a verte.

—O podrías haber venido igualmente y haberme dicho la verdad. Habría estado a tu lado solo como amigo.

—Me he portado como una cobarde y he hecho lo mismo que Rubén hizo conmigo.

Él levanta una ceja.

—No exageres. Soy mayorcito y sabía dónde me metía. Podría haberte dicho que no.

—Por eso no quisiste que las cosas llegasen a más esta vez.

—Por eso y porque a lo largo de los últimos meses he aprendido a vivir y a reconocer qué quiero. Y tú formas parte de eso, Cande. Tú, Tori y Valeria. No tendría que haberme encerrado en el laboratorio tras la muerte de mi padre. Lo que ha pasado entre nosotros me ha ayudado a salir de ahí. Sí, lo de la química entre dos personas es una jodida putada y espero por su bien que Barver te trate como te mereces. Mi ego está más tocado que mi corazón porque las cosas no hayan salido bien entre tú y yo, y he descubierto que soy la clase de hombre que quiere sentir una pasión arrolladora en su vida tanto si el gato está vivo o muerto. Así que... me alegro de haber estado contigo y espero que no volvamos a comportarnos como idiotas y a desaparecer el uno de la vida del otro.

—Yo también lo espero.

26
VÍCTOR

No puedo decir que la decisión de Cande me haya sorprendido. Sabía que iba a suceder; lo he sabido desde el día que me llamó a Nueva York o quizás incluso antes, cuando vino a verme y se fue sin que nos acostáramos.

Estoy dolido, por supuesto que lo estoy, aunque tal como le he confesado a ella, me duele más mi orgullo que mi corazón. Me duele no haberme dado cuenta antes de lo que estaba pasando, me molesta no haber podido prever este resultado y evitarlo. No todo es culpa de Barver o del destino por haberle metido a él antes que a mí en la vida de Cande. Si el problema fuese solo Barver, tal vez podría derrotarlo. No soy engreído, es la realidad. Las personas nos recuperamos de todo, aprendemos a seguir adelante y nos adaptamos.

Barver acabará dejando a Cande, lo ha hecho antes y volverá a hacerlo. No lo digo en plan malvado de telenovela, es sencillamente su patrón de conducta y a mí, a pesar del reciente fiasco en mi vida amorosa, se me da muy bien leer patrones.

Cuando eso suceda estaré al lado de Cande si ella me lo pide, pero esta vez solo como amigo. Si los dos fuésemos personas distintas no me importaría que volviese a utilizarme sexualmente, incluso lo propiciaría. Pero somos los que somos y es mejor que de ahora en adelante Cande y yo nos ciñamos a la amistad.

Subo a pie hasta el piso donde se encuentran nuestras habitaciones. Aún me cuesta creer que Jimena fuese una pastelera famosa en

París y que me haya pedido que la acompañe aquí. Sigo creyendo que la teoría de mi hermana Tori sobre que es una espía del FBI retirada tiene mucho más sentido.

Estábamos corriendo cuando me lo pidió: «Tengo que llevar un pastel a Marbella y he pensado que podrías acompañarme», me dijo, así que técnicamente no fue una invitación. «Los pintores que todavía están rondando por tu casa te están volviendo loco. Puedo oír cómo les gritas desde la mía. Y pronto volverás a irte a Estados Unidos».

Estuve a punto de chocar contra un árbol. Le contesté lo más evidente, que no entendía por qué me lo pedía a mí y añadí que podía soportar a los pintores los cuatro días que quedaban. Entonces ella añadió que Cande estaba aquí.

No fue eso lo que me convenció. Yo ya poseía esa información y si hubiese querido habría podido acercarme y visitar a Cande antes. Fue la provocación que noté en su voz, como si estuviese convencida de que al decirme eso iba a negarme más rotundamente o a provocar alguna clase de conversación. Jimena me exaspera, no me atrevería a definirla como amiga, ni siquiera sé si somos eso, y no ha pasado nada entre los dos. Ella no ha vuelto a provocarme con comentarios como ese que hizo hace meses sobre que se había masturbado pensando en mí.

Digamos que a Jimena no logro entenderla y que ni sé por dónde empezar a intentarlo. Lo único que sé es que consigue hacerme reaccionar y que esa mañana, entre un roble y otro, me molestó que estuviera poniéndome a prueba y que hubiese dado por hecho que no iba a pasarla. Le sorprendió que aceptase, lo sé porque trastabilló y casi se resbalaba con la grava del camino, aunque no dijo nada. Yo tuve que morderme el interior de la mejilla para no sonreír.

Si el chico de la recepción no se ha equivocado, nuestras habitaciones están de lado y llamo a la suya antes de entrar en la mía. Tal vez ha salido sin avisarme. Estaba muy enfadada cuando me ha dejado con Cande. Ha dicho que no le sentaba bien viajar, pero no sé si termino de creérmelo. Estoy a punto de irme cuando oigo unos pasos y la puerta se abre. Decido no tentar a la suerte y comportarme como si no hubiese pasado nada:

—Ya estoy aquí. ¿Necesitas ayuda con el pastel?

Jimena se ha cambiado, lleva una camiseta y unos pantalones cortos. No es la primera vez que me fijo en sus piernas, cuando estoy en casa corro con ella desde que decidió adoptarme, pero es la primera vez que veo que lleva las uñas de los pies pintadas de color violeta. Es una incongruencia tan grande con el resto de su persona que finjo un leve ataque de tos para disimular mi sonrisa.

—¿Y Cande? Creía que a estas horas estarías retozando con ella.

—Para tu información, Jimena, no he *retozado* en mi vida, he follado y he hecho locuras, eso sí, pero retozar no. Y Cande y yo, aunque no es asunto tuyo, hemos decidido que nos limitaremos a ser amigos.

—¿Te ha dejado?

—Sí. Es un poco extraño mantener esta conversación en el pasillo de un hotel. ¿Necesitas ayuda con el pastel o no? Si lo prefieres, podemos ir a visitar la ciudad o ir a la playa o a la piscina.

—Te lo estás tomando muy bien.

No va a darse por vencida.

—No ha sido ninguna sorpresa. Tú tenías razón, mi orgullo se ha llevado la peor parte.

—Creía que la querías.

—¿Desde cuándo tú y yo tenemos esta clase de conversaciones, vecina?

—Hemos tenido dos conversaciones de esta clase, *vecino*, las dos después de que Cande hiciera de veleta y te cambiase por ese otro tío como si fuerais intercambiables. Que tú hayas decidido olvidarlas y tratarme como si fuese una perfecta desconocida es tu problema.

—Yo no te estoy tratando como si fueras una perfecta desconocida. ¿Qué coño te pasa, Jimena?

—Cuando salimos a correr hablamos, ¿no?

—Sí, ¿a qué viene eso ahora?

—Hablamos de todo, de tu padre, de las bodegas, de tu trabajo en Estados Unidos, de Tori y Valeria. De todo excepto Cande Ríos.

—Te dije que no me gustaba hablar de ella.

—Y yo te respeté y te respeto. Joder, Víctor, eres idiota y yo todavía más. Creía que si no hablabas de Cande conmigo, con ella tampoco hablarías de mí.

—¿Pero qué tonterías dices, Jimena? ¡Claro que le he contado con quién venía a Marbella! Pero no tiene nada que ver.

—Tiene que ver, pero, lo dicho, es culpa mía. Solo mía.

No tengo ni idea de qué está pasando. Joder. Jimena me pone nervioso, no sé cómo reaccionar. Ahora mismo dudo entre largarme de aquí y decirle que no se meta en mi vida y pedirle que siga obligándome a hablar de esto a ver si me aclaro de una maldita vez. A pesar de que sé que he logrado ocultárselo a Cande, estoy cabreado por lo que acaba de pasar entre ella y yo, y tengo miedo de hacérselo pagar a la chica equivocada.

—¿De qué estás hablando, Jimena?

—De nada. Será mejor que lo dejemos. Lo único que me pasa es que no me gustan las personas que juegan a dos bandas y es lo que ha hecho esa chica contigo y con ese otro chico.

A mí no me gusta lo que está diciendo. No me gusta reconocer que tal vez sea eso lo que ha hecho Cande.

—Tal vez solo es algo que hace la gente cuando está confusa —me obligo a defenderla.

—¿Confusa? —Levanta las manos como si quisiera señalar lo idiota que le parece mi comentario—. ¿Ahora lo llaman *estar confusa* a salir con dos tíos a la vez?

—Técnicamente no ha sido a la vez.

—¿Te estás oyendo? ¿*Técnicamente*?

—¿Por qué estás tan enfadada? ¡A ti no te va nada!

Jimena se muerde la uña del índice de la mano derecha, es un tic, en realidad nunca llega a mordérsela; se acerca el dedo, captura la piel entre los dientes y lo aparta como si recordase que no debe hacerlo. Lo hace siempre que piensa o que está molesta por algo. Me sorprende haberme fijado en ese detalle.

—Tienes razón. A mí no me va nada. Siento haberme metido donde no me llaman.

—No quería decir eso.

Me ignora.

—El envío ha llegado a la perfección. La base del pastel está en la cocina y solo tengo que terminar la crema y la decoración.

—Sigo sin entender por qué no podías haber hecho el pastel entero aquí.

—¿Tu laboratorio es intercambiable con cualquiera?

—Vale, tal vez sí lo entiendo. Bueno... ¿entonces qué, vamos a la playa o a la piscina?

—Oh, ve adonde te apetezca, yo me quedaré a descansar un rato. ¿Nos vemos dentro de tres horas? Necesitaré tu ayuda con los últimos toques. No me fío del personal del club.

—Claro —acepto confuso—, pero creía que podríamos hacer algo...

—No, no tienes por qué distraerme. No te preocupes, Víctor.

Cierra la puerta antes de que yo consiga entender qué está pasando ni por qué siento que acabo de meter la pata estrepitosamente.

27
SALVADOR

El coche y su conductor nos están esperando, lo he alquilado para que esta noche nos lleve a Candela, a Ben y a mí al club de golf. No he podido verla durante el día; he estado muy ocupado reuniéndome con el abogado amigo de Ben y repasando la documentación que tenemos sobre la sociedad de mi padre y el suyo. Vaya dos progenitores, ninguno dudaría en lanzarnos a los leones si creyeran que eso va a beneficiarlos. Lo harían incluso para salir del aburrimiento.

Todavía me cuesta creer que Candela viniera anoche a mi habitación. Pero pasó, mi piel aún siente la suya y, aunque sé que esto no significa que hayamos solucionado nuestros problemas, ella ha decidido darme otra oportunidad. La última, como el barco de Benjamín. Se enciende una luz en cubierta y aparece Ben; los dos llevamos un traje oscuro y en su solapa brilla discretamente un pin, lo leeré cuando esté cerca, pero me atrevo a decir que sé de qué se trata.

—Buenas noches, Salva. Me ha llamado Jesús, gracias por reunirte hoy con él.

—De nada. ¿Estás preparado para lo de esta noche?

Ha bajado al puerto y le veo meterse las manos en los bolsillos.

—Ahora mismo no me importaría fumarme un cigarrillo. El pastel está preparado, los chicos de la academia han hecho un gran trabajo y Cande me ha ayudado a prepararlo esta tarde. Es el mar.

—¿El qué?

—El pastel, he intentado recrear el efecto de las olas. El mar me ayuda a tranquilizarme y siempre que tengo un mal momento salgo a navegar.

—Ah, te entiendo. Yo también tengo un barco, no sé si Candela te lo ha contado —me sorprendo explicándole—. No es como el tuyo, todavía lo estoy arreglando, aunque puede navegar. Lo compré hace años, cuando pensé que volvía a estar enfermo. Esa vez fue una falsa alarma.

Es extraño, no puedo decir que haya visto a Ben demasiado a lo largo de los últimos años, pero desde aquella vez en el hotel Vela existe una afinidad entre nosotros. Supongo que se debe a que los dos sabemos demasiado bien lo cerca que hemos estado de la muerte.

—El mar me calma, me recuerda que nada es tan grave, que aún puedo solucionarlo.

—No vamos a permitir que tu padre y el mío se salgan con la suya, Benjamín.

Tengo que centrarme, tengo que contener las ganas que tengo de estrangular a mi padre y no es ninguna metáfora. No puedo llegar a esa fiesta así; mi padre lo detectaría enseguida y sabría sacarle provecho. Él siempre ha sido extremadamente bueno explotando las debilidades de los demás.

—Hola.

Me giro de repente y veo a Candela. Se me funde el cerebro y la rabia de hace unos segundos se convierte en deseo, de hecho, puedo notar el cambio de temperatura en mi piel, que se me acelera la respiración y empiezo a sudar.

No la he oído porque ha bajado descalza. Sujeta un zapato de tacón en una mano y el otro intenta ponérselo mientras mantiene el equilibrio. Se tambalea y me acerco a ella para servirle de punto de apoyo —y de todo lo que quiera—, pero al rodearla por la cintura descubro la espalda del vestido o, mejor dicho, la ausencia de ella, y...

—¿Vas a ir a la fiesta con este vestido?

Y me convierto en un idiota cavernícola maleducado.

—¿Qué le pasa al vestido? ¿No te gusta?

Ella ha conseguido ponerse el primer zapato y está a punto de terminar con el segundo.

—Lleva la espalda al descubierto. —Mis ojos bajan ahora por sus piernas y noto que se me hace la boca agua—. Y es corto.

Candela levanta una ceja, mi reacción no le hace ninguna gracia y una parte de mi cerebro sabe que tiene motivos para estar molesta conmigo y cuestionarse mi salud mental.

—Yo creo que estás muy guapa, Cande —interviene Ben, del que casi me había olvidado—. Vamos, Salva, reacciona. Tenemos que irnos ya.

—Sí, claro. Disculpadme los dos. El coche nos está esperando ahí.

Ben me da una palmada en la espalda y me dice en voz baja: «Ánimo, tío» y con una sonrisa se dirige al vehículo. Candela sigue de pie delante de mí.

—¿Estás enfadado porque he visto a Víctor? Porque si es eso lo que te pasa...

—No estoy enfadado porque has visto a Pastor.

En realidad, me había olvidado de eso hasta ahora. Ella me ha llamado antes, esta tarde, para decirme que habían coincidido en el golf y que le había dicho que estamos juntos. Al parecer Pastor había llegado a la misma conclusión y se lo ha tomado bien; le ha dicho que ellos están destinados a ser buenos amigos. No sé si es sincero, no me avergüenza reconocer que soy lo bastante desconfiado para ponerlo en duda, pero me basta con que Candela esté conmigo.

—¿Pues qué te pasa? —Abre los ojos como platos—. ¡Oh, Dios mío! Te arrepientes de...

No la dejo terminar, la beso allí mismo, le acaricio la espalda desnuda que va a volverme loco toda la noche y la beso hasta que los dos perdemos el aliento.

—No me arrepiento de nada, Candela. Siento haberme comportado como un bruto. —Le beso el cuello y confieso—. Es el vestido, voy a pasarme la noche pensando en quitártelo y en las maneras en que voy a follarte cuando estemos a solas.

—Ah, vale.

Me río.

—Me alegro de que mi sufrimiento te parezca bien.

—Es lo que te mereces. —Bromea ella acariciándome el pelo.

Le doy otro beso y vamos al coche. Durante el trayecto al golf pienso que es la primera vez que vamos juntos a un acto de esta clase como pareja. Tener su mano dentro de la mía me proporciona una paz y una fuerza que hasta ahora no había sentido nunca y sé que podría acostumbrarme.

—Esta noche va a salir bien —declaro ante la mirada confusa de Ben y Candela—. Va a salir bien.

Ben sonríe.

—Está bien, voy a ser optimista. La última vez que lo fui conseguí desengancharme —accede—. Esta noche va a salir bien.

Llegamos al golf, han decorado la entrada y, tal como esperábamos, hay varios fotógrafos de la prensa recibiendo a los invitados. Ben capta la atención de los flashes, aunque más de una foto nos captura a mí y a Candela de la mano. Noto que ella me aprieta los dedos.

—¿Te molesta que nos fotografíen juntos? —Me incomoda descubrir lo importante que me resulta su respuesta. Siempre he sido un hombre muy reservado y he mantenido mi vida personal tan lejos como he podido de la prensa. Irónico y un poco —o muy— hipócrita teniendo en cuenta algunos de los artículos que publica *Gea* mensualmente, pero es mi vida. Sin embargo, estoy dispuesto a propagar a los cuatro vientos que Candela y yo por fin estamos juntos.

—No es eso. No sé si sabré explicarlo.

Tiro de ella hacia un lado; hay antorchas esparcidas por el jardín y la decoración intenta reproducir un bosque encantado.

—Inténtalo.

—Estos meses he compartido muchos momentos personales con el mundo entero —empieza—. *Los chicos del calendario* es algo maravilloso, no me malinterpretes, pero a veces tengo la sensación de que lo que de verdad importa se me escapa por entre los dedos. No quiero que me suceda lo mismo contigo.

—No sucederá.

Le acaricio la mejilla e inclino la cabeza para besarla.

—Vaya, Salva, creo recordar que me dijiste que acostarse con una empleada era despreciable. —La voz de mi padre me hiela la sangre y me maldigo por haberme olvidado de que estaba aquí. Mierda—. Veo que al menos en esto has cambiado de opinión. Me alegra ver que no eres tan intransigente como creía.

Me niego a apartarme de Candela como si estuviese haciendo algo malo; ella me mira preocupada. Muevo el pulgar por el pómulo y le doy el beso que quería darle, aunque más breve de lo que pretendía.

—Buenas noches, Ricardo. —No he soltado a Candela de la mano y me dirijo a mi padre como lo haría con cualquier conocido—. ¿Has venido a jugar un partido de golf?¿Cómo va la jubilación?

Odia que le recuerde que ya no es su momento, que tal vez nunca lo fue. Sé perfectamente que no está aquí por eso y él sabe que lo sé, aun así, los dos vamos a fingir lo contrario. No sé qué sucedería si algún día fuésemos sinceros el uno con el otro. Yo lo intenté una vez y tengo las cicatrices para demostrarlo.

—Me están esperando, espero volver a coincidir con usted, señorita Ríos, en algún momento de la velada.

Sí, lo dicho, mi padre sabe blandir un arma y yo he cometido el error de poner una muy peligrosa en sus manos.

—Yo también lo espero, señor Barver.

Sonrío orgulloso, al parecer Candela todavía lo es más.

28

El encuentro con el padre de Salvador me deja alterada, lo cual, por primera vez en la vida, creo que es bueno, porque así no tengo tiempo de ponerme nerviosa por la cantidad de famosos que están llegando a la fiesta y por lo que sucederá durante la subasta de pasteles o por lo que pasará cuando aparezcan Víctor y Jimena.

No tengo que esperar demasiado para averiguarlo. Víctor acaba de entrar, a su lado, y sin tomarse de la mano, va Jimena. Nos ven en el acto y tengo que reconocer que la sonrisa que él dirige hacia nosotros es sincera.

Será mejor que lo hagamos cuanto antes, igual que arrancar una tira de cera fría cuando te depilas.

—Buenas noches, Víctor, Jimena. —Los saludo en cuanto llegan adonde estamos.

—Buenas noches —responde Jimena—, ¿me acompañas a pedir una copa?

Debo poner cara de cervatillo en medio de la carretera, porque tanto Víctor como Salvador se dan cuenta. ¿Qué diablos pretende esta chica? ¿No puede ir sola a pedirse una copa? ¡Si parece una amazona!

—Buenas noches —habla Salvador y tiende una mano a Víctor—. Me alegro de verte, Pastor. Quería darte las gracias. —Mantiene la mano firme y dirige la mirada honesta y decidida hacia los ojos del otro—. Por todo.

Víctor me mira un segundo antes de centrar su atención en Salvador y estrecharle la mano con fuerza.

—Yo también me alegro de verte, Barver. Me alegro de que todo haya salido bien.

—Acompaña a Jimena, si quieres, Candela. No te preocupes por nosotros.

No sé si estoy preocupada. Bueno, sí que lo estoy, pero también es cierto que me muero de curiosidad y que odio tener que perderme esta conversación. Voy a tener que encontrar la manera de sonsacársela más tarde.

—Está bien. ¿Qué te apetece beber, Jimena? Creo que hay distintas mesas de bebidas.

No me responde hasta que nos hemos alejado un poco de los chicos.

—Quiero un *whisky*. Por lo que sé tú eres más de *gin-tonics*, ¿no?

Definitivamente no me gusta el tono en que me está hablando y lo de hacerme la tonta tiene un límite.

—Depende.

—Busqué tus vídeos hace unos días. —Ella también decide dejar de fingir—. Sabía quién eras, pero no te había prestado atención, no me van esta clase de historias, no te ofendas.

—No me ofendo. —Contengo el *todavía*.

—¿Vas a volver a aprovecharte de Víctor o crees que por fin has decidido utilizar los ovarios y comportarte como una adulta?

Estamos frente a una barra, un camarero muy amable está sirviendo bebidas a unos centímetros de nosotras y durante un segundo me he planteado hacerme con el vaso de la señora que tengo al lado y echar el líquido encima de Jimena.

—¿Perdona? Nada de esto es asunto tuyo. —La miro a los ojos—. Y te agradecería que no me faltases al respeto.

—¿Respeto? ¿Qué sabe una persona como tú del respeto?

—Te estás pasando, Jimena. No quiero provocar ninguna escena; esta noche ya es lo bastante complicada sin esto y Víctor no se lo merece.

—¿Qué les sirvo, señoritas?

—Un *whisky*, por favor —contesta Jimena.

—Otro para mí, gracias.

El camarero se aleja y las dos nos medimos con la mirada.

—Lo que ni Víctor ni nadie se merece es ser *el otro*, que le utilicen como escapatoria de una vida aburrida o llena de problemas.

Llegan nuestras copas y, aunque el *whisky* no es ni de lejos mi bebida preferida, agradezco el escozor que me provoca cuando me baja por la garganta.

—Tienes razón, pero sigue sin ser asunto tuyo. No tengo que caerte bien, Jimena, ni siquiera tienes que volver a verme y ni mucho menos tienes que seguir a *Los chicos del calendario* por las redes.

Ella vacía su copa y se queda en silencio, deja la mirada fija en la madera de la barra y con los dedos juega con el extremo de la servilleta que el camarero ha dejado al lado del vaso. Está tan callada que doy por hecho que no va a volver a hablarme y me dispongo a irme.

—Estuve dos años con un hombre casado, decía que dejaría a su mujer, que ella ya no le hacía feliz. Le creí. Me convencí a mí misma de que estaba conmigo por amor, porque me necesitaba y porque solo yo podía entenderlo. Un día salí de mi pastelería, tenía que ir a buscar algo, es curioso, no recuerdo qué era, y decidí acercarme a su lugar de trabajo y sorprenderle. Hacía un día precioso en París. Le vi salir del edificio con ella, iban de la mano y ella estaba embarazada de seis o siete meses. Él la miraba y... le dio un beso. No puedes saber el daño que le hace eso a otra persona, Candela. Ni te imaginas lo que se siente al descubrir que te han utilizado como parque de recreo.

—Lamento que te sucediera eso, Jimena, y aunque no te lo creas, las cosas entre yo y Víctor han sido muy distintas. Me alegra saber que él tiene una amiga como tú.

No sé a santo de qué he sentido la necesidad de añadir esa última frase, pero Jimena por fin levanta la cabeza y me mira.

—Víctor y yo no somos amigos, solo somos vecinos.

¿A qué viene esta reacción?

—De acuerdo, lo que tú digas, pero es evidente que te preocupas por él.

—Será mejor que vaya a ocuparme del pastel. —Vuelve a parecer la amazona que ha entrado en la fiesta.

—Claro, pero ya que tú me has dicho todo esto, déjame añadir algo. —Me mira con impaciencia—. Lamento lo que te pasó, pero eso no te da derecho a juzgarme y condenarme. Aunque hayas visto los vídeos o leído todos los artículos, no sabes qué pasó. Puedes repetirme que Víctor y tú solo sois vecinos y como no te conozco tal vez sea verdad, pero le conozco a él y Víctor no ha venido solo hasta aquí para ayudarte con el pastel o para agarrarte de la mano durante la subasta y tampoco ha venido para verme a mí —añado—. Eso podría haberlo hecho hace días; él sabe que no necesita ninguna excusa para verme.

—Deja tus charlas de psicología barata para otra. Puedo reconocer que me he excedido y que tal vez no debería haber sido tan directa, pero nada más.

—Se te da fatal lo de pedir disculpas, chica. Está bien, nada de charlas de psicología barata, voy a ser tan directa como tú. Víctor y yo seremos amigos siempre, así que, si tienes intención de seguir formando parte de su vida como *vecina*, ve acostumbrándote. Y si sientes algo más, adelante, ve a por él. Es uno de los hombres más maravillosos que existen.

—Pues tú...

—Déjame terminar. Yo nada. No sé qué diablos le pasó a tu hombre casado y no quiero saberlo, pero su historia no es la mía. Por mucho que me ataques a mí, a él no le harás daño, Jimena. Tal vez algún día conozcas la verdad sobre mí, quizá Víctor quiera contártela, yo no voy a hacerlo. Ha sido una charla de lo más interesante, gracias. Creía que nada podía empeorar mi encuentro con el señor Barver, pero estaba equivocada. Suerte con tu pastel. Y una última cosa, si *tú* le haces daño a Víctor, tendrás que vértelas conmigo. Lo digo en serio.

Me alejo de la barra sin esperar otra respuesta y, aunque estoy furiosa por lo que me ha dicho, tengo que confesar que ponerme en plan macarra me ha gustado. Veo a Salvador hablando con Víctor y tengo la tentación de acercarme a ellos dos, pero él me sonríe y sé que están bien y decido ir en busca de Ben; el pobre debe de pensar que le he abandonado en medio de este patio de leones.

Encuentro a Ben y me dice que cuando termine la gala tiene que contarme algo importante, pero que ahora tenemos que centrarnos en el pastel. Está todo listo, faltan los últimos toques, básicamente temas de decoración, y quiere que estén perfectos.

El tema del pastel es el mar. Es un pastel de varios pisos, cada uno de un sabor distinto, todos confeccionados con productos naturales de la zona y de temporada. Las bases son redondas y están cubiertas de pasta de azúcar blanca que Ben, con la ayuda de los chicos de la academia y la mía, ha pintado con distintos tonos de azul. Es precioso, quita el aliento. Las olas parecen de verdad y su simplicidad desprende mucha fuerza.

—Es el pastel más bonito que he visto nunca —le digo a Ben cuando lo dejamos terminado.

—Nos ha quedado muy bien, espero que sirva para recaudar mucho dinero.

—El pastel cuya puja sea la más alta recibirá mucha atención de la prensa. Seguro que será el nuestro y que tu academia saldrá en todas partes.

—¡Quién sabe! El de esa chica, Jimena, es espectacular. Había oído hablar de ella, que había cerrado su pastelería en París por problemas personales, que había sufrido una crisis nerviosa. Tiene mucho talento.

El pastel de Jimena es en verdad una maravilla. Sigue gustándome más el nuestro, pero el suyo es increíble. También es elegante, parte de una base cuadrada y encima de ella bailan lo que parecen hojas o lenguas de fuego; me imagino que están hechas de azúcar o de algo igualmente dulce. Me quedo mirándolo mientras Ben se acerca a felicitarla, hay algo que... ¡el color! El color rojo de esas lenguas es idéntico al que Víctor utiliza en la etiqueta de sus vinos, el mismo color de las hojas de ese árbol que hay cerca de la vieja prensa. ¿Conque *vecinos*, eh?

Empieza la subasta, Salvador aparece a mi lado y me da un beso en los labios antes de que pueda preguntarle nada.

—¿Cómo te ha ido con Jimena?

—Me odia.

Salvador sonríe.

—Bueno, a mí Pastor tampoco me quiere demasiado.

—¿Ha pasado algo?

—Hemos hablado y creo que con el tiempo volveremos a hacerlo.

El maestro de ceremonia presenta los pasteles y a sus creadores y, por culpa de la última frase de Salvador, no le presto demasiada atención, aunque él se niega a explicarse mejor y al final acabo resignándome. Las pujas son astronómicas teniendo en cuenta que se trata de pasteles, pero los asistentes lo hacen para colaborar con las causas que representan. El pastel de Ben, obviamente, va destinado a un programa de ayuda a la desintoxicación. El de Jimena, a un centro de mujeres maltratadas. Salvador, en nombre de *Gea* y de *Los chicos del calendario*, puja la misma cantidad por los dos y Ben asiente apoyando la decisión.

Los últimos minutos son muy reñidos, pero al final Ben y nuestro pastel se alzan con la victoria y corremos a felicitarle. Él dirige unas palabras de agradecimiento a los asistentes y les recuerda que pueden ayudar a cualquiera de las causas a diario, que no hace falta que se organicen esta clase de galas para colaborar con quien lo necesita.

—Has estado muy bien —le digo al abrazarlo cuando se reúne de nuevo con nosotros.

—Sí, felicidades, Ben. —Salvador le da unas palmadas en el hombro.

Entonces llegan Víctor y Jimena; ella felicita sinceramente a Ben y él hace lo mismo con ella y con su pastel. Los observo durante unos instantes: Ben, Víctor, Salvador. Son muy distintos y los tres han pasado por momentos muy difíciles: me siento muy afortunada de tenerlos en mi vida.

—Voy a hacer una foto —declaro y todos se giran a mirarme—. Si no os importa, claro está.

—Si quieres, puedo hacerla yo —sugiere Jimena. Está distinta, no me atrevería a decir que su tono es cordial, pero quizá sí menos asesino.

—Sí, gracias, muy buena idea.

Tomo a Salvador de la mano y vamos los cinco hacia donde sigue el pastel de «El mar». Jimena nos ayuda a colocarnos para que salgamos todos y no parezca la foto de una boda. Al final tengo que reconocer que queda genial: Víctor finge estar a punto de tocar el pastel y Ben lo está mirando con cara de susto, mientras Salvador y yo sujetamos la bandeja uno a cada lado.

«#TresMejorQueUno 😉 #TresChicosDelCalendarioYUnPastel 🐢 #PareceElTítuloDeUnaPeliDeLosOchenta 🍿 #ElMejorPastelDel-Mundo 🥇 #VaASubirmeElAzúcar #EntreOtrasCosas #ElChicoDeEnero ✨ #ElChicoDeMarzo 🌿 #ElChicoDeSeptiembre 🌀 #UnaNocheMágica».

La orquesta que ha estado tocando durante toda la velada sube el volumen y la intensidad de sus canciones para animar a los invitados a bailar. Jimena se despide de Ben y de Salvador, y después se acerca a mí.

—No sé si volveremos a vernos, Candela.

—Llámame Cande, por favor.

—Está bien, Cande. No me arrepiento de lo que te he dicho.

—Yo tampoco.

Y de repente Jimena sonríe y le cambia el rostro, sigue pareciendo una amazona y me da un poco de miedo, aunque durante un segundo parece casi humana y creo que podríamos llegar a hablar sin tener ganas de arrancarnos la médula.

—Buenas noches, Cande.

—Buenas noches.

—¿No te quedas a bailar? —nos interrumpe Víctor, mirándola a ella.

—No. Tú quédate si quieres, yo prefiero no hacerlo.

—¿No te gusta bailar? —insiste.

—Depende de mi pareja. Buenas noches, Víctor. Adiós, Cande.

Se aleja y Víctor se queda de pie a mi lado sin decir nada y observándola. Yo aprovecho para hacer lo mismo con él y decido que tiene el mismo aspecto que cuando está observando algo a través del microscopio.

—Le pasa algo —dice.

—¿Tú crees?

Realmente los hombres son obtusos.

—Sí, será mejor que vaya a hablar con ella. ¿Nos vemos mañana?

—Claro, llámame antes de que te vayas.

—Genial. —Se agacha y me da un beso en la mejilla antes de irse. Se detiene un segundo para despedirse de Ben, pero es obvio que tiene prisa por salir de allí y Ben no le retiene.

—Esto de ser chico del calendario produce un efecto extraño en los hombres, Cande —se ríe cuando llega a mi lado—. Tengo miedo de averiguar qué me pasará a mí cuando te vayas.

—Eres idiota, Ben, ¿lo sabes? A ti... Déjame pensar... Ah, ya lo tengo: tu academia despegará; recibirás tantas donaciones que podrás abrir la clínica de desintoxicación que siempre has querido y crear tu propio programa de reinserción; tu padre te dejará en paz, no, espera, irá a la cárcel por lo que ha intentado hacerte, y conocerás una chica estupenda que te hará perder la cabeza por amor.

—¿Solo eso? Vaya, qué pena.

—¿De qué estáis hablando? —Salvador ha conseguido quitarse de encima a un señor que llevaba rato sin darle tregua.

—A Cande le ha faltado prometerme que me regalaría un unicornio.

—Eso también, añádelo a la lista.

—Con lo de mi padre me conformo y la verdad es que gracias a vosotros creo que estoy un paso más cerca de conseguirlo.

—¿Has hablado con él?

—Mucho mejor. —Saca el móvil del bolsillo y nos enseña una grabación—. Le he preguntado directamente si pretendía colgarme el muerto de esa sociedad.

—¿Y te ha contestado? —Salvador se cruza de brazos.

—Mi padre es un fanfarrón, no ha podido evitarlo. No sirve como prueba, pero estoy seguro de que me será muy útil para negociar con él cuando llegue el momento.

—Yo también lo estoy, me alegro mucho, Ben. Seguro que tanto tu padre como el mío se arrepienten de haberte impuesto como chico del calendario. Ya os dije que esta noche iba a salir bien.

—Ya era hora. Voy a buscar tres copas de champán y brindamos.

—Los dejo charlando y me acerco a un camarero con una sonrisa.

—Vaya, señorita Ríos, veo que está contenta.

Intento contener el escalofrío.

—Mucho, señor Barver. ¿Y usted? ¿Está disfrutando de la gala?

Él sonríe y se me eriza la piel.

—Ha tenido sus más y sus menos, no voy a negárselo, pero el resultado final está siendo muy satisfactorio. Espero volver a verla pronto. Disfrute de su champán. —Señala la botella y las copas que el camarero ha dejado a mi lado y se va.

Me niego a dejar que ese último comentario me enturbie la alegría de antes y lo echo de mi cabeza.

OCTUBRE

29

Víctor se va al día siguiente. Conseguimos tomar un café antes de que él y Jimena salgan hacia el aeropuerto, pero es breve y no me atrevo a preguntarle por ella; no creo que nuestra recién estrenada relación de amistad esté preparada para esto.

Salvador se queda dos días más, se reúne con Ben y su abogado, y juntos se preparan para un posible ataque del padre de Ben, pero este no llega a producirse. Ben cree que es porque su padre se asustó al hablar con él en la gala y comprobar que no había recaído en las drogas y que, si se atrevía a colgarle el muerto de esa sociedad, se verían las caras. Salvador no lo tiene tan claro, le conté lo que me había dicho su padre antes de irse de la gala y está convencido de que aún no hemos visto lo peor.

Este mes tampoco vendrá Abril a hacerle fotos al chico del calendario. Con la excusa de la fiesta, otro de los fotógrafos que trabaja habitualmente en *Gea* viajó hasta aquí y nos hizo todas las que necesitamos para el reportaje. Es una lástima, me habría encantado estar aquí con ella.

Hoy es el último día de Salvador aquí en Marbella; a mí me quedarán unos pocos más con Ben y después estaré en Barcelona para filmar el vídeo y seguir con el próximo chico del calendario.

—¿Crees que podrías dejar de golpear la mesa con el lápiz un segundo?

Estoy en la habitación de Salvador, que se va dentro de unas horas.

—Lo siento. —Él estaba hablando por teléfono con Pablo y yo me he sentado en la cama y he empezado a jugar con el lápiz de la mesilla de noche—. Estoy nerviosa.

Él camina hasta mí y se sienta a mi lado.

—¿Por qué?

—Soy consciente de que cuando te lo diga en voz alta me parecerá ridículo, pero es que cada vez que parece que estamos bien, o tú te vas o me voy yo, y las cosas se van al traste.

—Esta vez no.

—¿Cómo estás tan seguro?

—Porque no voy a permitirlo.

—Eso suena muy sexy, Salvador, pero no me tranquiliza.

—Está bien. Esta vez no sucederá porque tú ya sabes que estoy enfermo.

—No lo estás.

—Ya sabes a qué me refiero, sabes lo de mi leucemia y lo de mis pruebas y tratamientos. Ya no hay ningún secreto entre los dos.

—Lo sé, te he dicho que sonaba ridículo.

—No es ridículo. —Me quita el lápiz de los dedos y lo deja en la mesilla de noche—. Yo también tengo miedo. Pero no sucederá nada y, si sucede, te lo contaré o tú me lo contarás a mí y juntos lo resolveremos, ¿de acuerdo?

—De acuerdo. —Suelto el aliento—. Pero estoy escribiendo el libro de febrero, marzo y abril, y tendrás que leer lo que pasó durante esos meses y...

Me besa, me desnuda y hacemos el amor. Resulta ser un método bastante efectivo para que me olvide de lo que estoy diciendo.

Los últimos días en Marbella pasan sin que me dé cuenta; mi premonición sobre el éxito de la academia de Ben no ha resultado ser tan exagerada como él creía y hemos estado muy ocupados buscando un nuevo local y nuevos pasteleros que puedan ayudarle con las clases. La pastelería está llena a todas horas, antes ya lo estaba, pero ahora hay cola en la calle. Y hasta hay una clienta que le tira los tejos a Ben, vale, quizás estoy exagerando un poco con esto, pero podría ser.

Él me acompaña al aeropuerto y nos despedimos allí con la promesa de que volveré pronto y que él nos mantendrá informados, a Salvador y a mí, de lo que suceda con su padre.

—Tengo que reconocer, Cande, que ser un chico del calendario ha resultado ser toda una experiencia.

—Y que lo digas, Ben, y recuerda que nunca dejarás de serlo.

En Barcelona las cosas también están tranquilas, tanto que me preocupa un poco. Sí, soy de esa clase de personas, a estas alturas es ya incuestionable que mi pesimismo está justificado con mi *gafismo*. Salvador viene a buscarme al aeropuerto, vamos a mi casa y se queda a cenar y a dormir. Aunque no dormimos demasiado.

—Tal vez podrías dejar aquí algo de ropa —le digo mientras le observo sacar una camisa de la bolsa—. Aunque no es que esté demasiado, ahora que lo pienso. Es una tontería —balbuceo porque él no dice nada.

Deja la camisa donde estaba y se acerca para besarme.

—No lo es. Traeré un par de cosas la próxima vez. Gracias por decírmelo.

—De nada.

Vamos juntos a Olimpo y el nudo que tengo en el estómago se aprieta. Esto no va a acabar bien, no es mi estilo, probablemente aparecerán unos extraterrestres y me secuestrarán o, mejor aún, los *zombies* que me tenían tan intrigada hace un mes.

—¿En qué estás pensando?

—En *zombies* —le respondo y Salvador se ríe, y pienso que tal vez esta vez no sucederá nada malo.

En Olimpo no hay ningún malvado de película esperándonos, todo lo contrario, Sergio y Vanesa nos felicitan por la foto de la gala de los pasteles; ha roto el récord de «me gusta» de *Los chicos del calendario* y tras una reunión nos aseguran que tanto la revista como la página web van viento en popa.

—Voy a grabar el vídeo del chico de septiembre —les digo a los tres, que siguen hablando de lo que vamos a hacer a partir de ahora—. Os veo luego.

Salvador me guiña un ojo y Sergio y Vanesa fingen no darse cuenta. A estos dos no los engañaríamos aunque lo pretendiésemos.

Abril me está esperando en nuestro lugar de siempre, mi antigua mesa, y en cuanto la veo corro a abrazarla.

—¿Cómo estás? Estás guapísima, por cierto, resplandeciente. El embarazo te sienta muy bien.

—Estoy gorda, gordísima —me estrecha entre sus brazos—, pero feliz. No sé qué clase de hormonas te chuta esto de estar embarazada, pero son la bomba, créeme. Deberían venderlas en dosis individuales.

—Me alegro mucho de verte así, Abril. Tenemos que ponernos al día.

Me muero de ganas de preguntarle por Manuel, pero me contengo. Prefiero sacar el tema cuando tengamos más tiempo y los del departamento de Marketing no estén esperando ansiosos este vídeo.

—Claro, ¿vamos a tomar algo después de esto?

—Por supuesto.

—¿Estás lista para grabar o tienes que prepararte antes? —Toquetea la cámara.

—Sí que son fuertes estas hormonas. Creo que es la primera vez que vamos a grabar algo y no te fijas en mi maquillaje.

—Las hormonas son la hostia, pero la verdad es que tú también estás resplandeciente. Deduzco que el mérito es de cierto chico que ha decidido dejar de comportarse como un imbécil, ¿me equivoco?

—No, no te equivocas.

—Me alegro mucho por ti, por los dos, en realidad. Sois dos de mis personas preferidas y hacéis una pareja estupenda.

—¿Grabamos antes de que me ponga a llorar o me levante a darte otro abrazo? —le pido.

—Empieza cuando estés lista.

Respiro profundamente un par de veces y después miro hacia la cámara con una sonrisa.

—Hola a todos, ¿cómo estáis? Yo acabo de volver de Marbella y hace un rato me preguntaba qué pasaría si los *zombies* nos atacasen. No es culpa de Marbella, lo siento, es una ciudad preciosa y nos han tratado maravillosamente. Lo que pasa es que desde hace unos días las cosas van muy bien y no estoy acostumbrada. Ya me conocéis, yo soy más de liarla en Youtube. *Zombies*, ¿qué me decís? ¿Tenéis alguna teoría al respecto? Yo creo que a mí me dejarían pasar, dudo que mi cerebro les interesase demasiado, seguro que de tanto dar vueltas a las cosas sabe raro. A lo mejor serían majos los *zombies*, dejando a un lado sus gustos culinarios, claro. Gracias a todos los que os habéis interesado en participar en el programa Valientes de Nacho, el chico de agosto, y también a los que pujasteis por el pastel de Ben. Sois los mejores.

»Como habréis visto, el pastel de Ben ganó y fue una fiesta de lo más interesante. Coincidí allí con Víctor, el chico de marzo, y también estaba el chico de enero. No os quejaréis, este mes he conseguido reunir a tres chicos del calendario en el mismo lugar y no he tenido que meterme en ningún río para salvar a *Bambi*. Es un logro. Y el pastel estaba buenísimo. El ganador no lo probamos, claro, pero Ben horneó otro con la misma receta y lo repartió entre los chicos de la academia. Buenísimo, repleto de sabores y de matices, sorprendente como su creador. Sí, ha llegado el momento de hablar del chico de este mes, Benjamín Prados. Sé que muchos dudasteis de su elección, que creísteis que lo habíamos elegido por su pasado televisivo o para generar morbo, creo que eso lo leí en alguna parte. ¿Opináis lo mismo ahora? ¿A que no? Ben nos ha demostrado que todos podemos dejar nuestro pasado atrás y cambiar, mejorar, enfrentarnos a nuestros errores, asumirlos y seguir adelante convertidos en mejores personas. No sé vosotros, pero a mí eso me parece muy difícil y, ahora que lo pienso, los chicos de estos dos últimos meses están resultando ser toda una inspiración. ¿Ben me ha hecho cambiar de opinión sobre los hombres de este país? Pues la verdad es que no lo sé, empiezo a darme cuenta de que *Los chicos del calendario* no consisten en eso o, mejor dicho, no consisten solo en eso. ¿Y si no es *un* chico el que me hace cambiar de opinión? ¿Y si se trata de atreverse a conocer gente, a conocerla de verdad, y aprender un poco de cada persona que se cruza en tu camino?

»¿Sabéis qué me explicó Ben? Me dijo que a menudo se pone la grabación de aquel programa de televisión, seguro que sabéis a cuál me refiero, aquel donde él cocinaba y del que le echaron. No lo hace porque sea masoquista, no se trata de eso, se trata de saber que la has cagado y de recordar todo lo que has conseguido después. Se trata de ayudar a los demás y de no hacer leña del árbol caído o de pensar que eso no puede sucederte a ti. Él lo ha hecho, se ha rehabilitado y su objetivo es ayudar a las personas que pasan por lo que él ha pasado y no tienen su privilegiada situación económica, ayudarlos sin juzgarlos, sin hacerles sentir que son menos porque han cometido un error.

»Eso, en mi opinión, es ser muy valiente y es algo que me ha enseñado Ben a lo largo de este mes. Esto y que para cocinar un buen bizcocho no puedes utilizar margarina. ¿Y por qué deberíamos hacer algo tan maravilloso como un pastel a medias? No digo que ahora vayamos todos a atiborrarnos de azúcar, pero sí creo que deberíamos pensar un poco en lo que hacemos, aminorar la marcha y saborear los pequeños momentos porque en realidad son los más grandes.

»Gracias, Ben, ha sido un placer compartir septiembre contigo. Creo que tendrías que aprender a ser más optimista y, puestos a añadir, me encantaría verte sonreír más a menudo y que confiaras más en ti. Pero bueno, ahora que has sido un chico del calendario podemos seguir trabajando en ello. —Guiño un ojo—. El próximo chico del calendario es de Valencia, se llama Adrián Cortés y es mecánico. Visto mi historial hasta el momento, con los yacimientos arqueológicos, los perros, los baños alicatados y el rescate de ciervos en medio de un río, espero que Adrián tenga la paciencia de un santo si pretende que le ayude en el taller sin tener que llamar a los bomberos cada dos por tres. De momento no os cuento más, os dejo así, a la brava. Nos vemos dentro de dos días en Valencia. Sed buenos, ya me entendéis.

—Te ha quedado genial —afirma Abril—. Me alegra oír que Ben está bien.

—¿Le conoces?

—No exactamente. Trabajé durante un tiempo en ese programa de televisión, era ayudante de cámara. Solo fueron unos meses. Coincidí con él tres o cuatro veces por los pasillos y le vi en la sala de maquillaje otras tantas. Me daba lástima, no sé explicarlo. Todo el mundo le trataba como al típico niño rico, como a un cantante de rock malcriado, ya me entiendes, y a mí, sin embargo, me parecía un niño perdido.

—Pues creo que tú eras la única que le vio de verdad, por lo que me estás contando.

—Tendría que haberle dicho algo, pero ya me conoces, «vive y deja vivir». No me acerqué a él.

—No te habría escuchado, pero díselo si algún día viene por aquí o vuelves a coincidir con él. Tengo el presentimiento de que le encantará tu historia, Abril.

—¿Así que ahora toca Valencia y un mecánico?

—Es una elección arriesgada.

—¿Lo dices por su profesión?

—No, por supuesto que no. Vamos a tomar un trozo de pastel en alguna parte y te lo cuento. Por culpa de Ben ahora sufro síndrome de abstinencia.

Abril se ríe.

—De acuerdo, pero ten presente que el pastel de aquí no va a estar tan bueno.

—Me sacrificaré. ¿Puedo preguntarte ya por Manuel o tengo que esperar un poco más?

—Será mejor que te esperes a que haya comido algo. Estoy más agresiva con el estómago vacío.

—¿Tan mal están las cosas?

Abril se encoge de hombros.

—Él no paraba de insistir, de acompañarme a todas partes, de decirme que... que estaba contento y que quería estar conmigo y con el bebé.

—Ah, claro, son cosas horribles, lo entiendo perfectamente.

—Es culpa mía que me haya quedado embarazada.

—Vaya, llama al Papa de Roma, eres la segunda que se queda embarazada sin ayuda.

—Muy graciosa.

—No es solo *culpa* tuya, Abril. Fue cosa de los dos.

—Pero él tiene toda una vida por delante.

—Y al parecer quiere pasarla contigo y tu barrigota.

—No me estás ayudando.

—Yo creo que sí.

—Le dije que era un niñato, que solo quería jugar a la familia feliz porque se sentía culpable y que en cuanto viese el trabajo, las obligaciones del día a día de tener un hijo, se largaría con la primera que se le pasase por delante.

—Oh, Abril, creía que esto ya lo habías superado.

—Pues ya ves que no.

—¿Y qué te dijo Manuel?

—Nada. Me miró a los ojos, me dio un beso de esos que te hacen caer las bragas —bromea, pero se le humedecen los ojos— y se fue. No he vuelto a verle desde entonces.

—¿Cuándo fue eso?

—Hace dos semanas.

—Bueno, vamos a por esa tarta que las dos necesitamos con urgencia y tracemos un plan.

—No, nada de planes.

—Tarta y un plan. Y a callar. He decidido que ahora mando yo. Tú colgaste ese vídeo en Youtube, así que me lo debes.

30

He estado en Valencia varias veces y no sé si es eso o que esta vez mi partida de Barcelona ha sido tan fácil y tan ausente de drama, pero no siento los nervios que suelen acompañarme cada vez que viajo a la ciudad del mes.

Salvador me ha acompañado a la estación, hemos pasado la noche juntos, y después se ha salido pitando hacia Olimpo porque tenía una reunión importante. La publicación del libro va hacia delante, su padre no ha hecho aparición en escena, y *Los chicos del calendario* no podrían estar pasando por un momento mejor. Ni siquiera la aparición de unos *zombies* podría echarlo a perder.

Adrián, el chico de octubre, no va a venir a buscarme cuando llegue. Se ha ofrecido a hacerlo, pero el taller mecánico está a tres calles de la estación y le he dicho que no valía la pena, puedo llegar allí sola perfectamente.

Tal como le dije a Abril, la elección de Adrián como chico del calendario es arriesgada. Él no es un chico como los demás e intuyo que su mes no se parecerá en nada a ningún otro.

La candidatura de Adrián como chico del calendario llegó a finales de abril, nunca olvidaré el día que la leí, fue en junio (entonces aún íbamos un poco descoordinados y llevábamos algo de retraso). Estaba en Segovia y Alberto y yo nos habíamos pasado el día colocando las baldosas nuevas de los baños de la última planta del geriátrico. Cuando llegué a mi pequeño piso de alquiler pensé que me desmayaría nada más tocar la cama, pero tras ducharme y, aunque me dolía todo el cuerpo, no podía dormirme y puse en marcha el ordenador. Fui al buzón de la web de *Los chicos*, allí es donde recibimos la gran mayoría de candidaturas, y me puse a leer.

«Cuando leas esto, tal vez ya estaré muerta...».

Así empezaba el correo donde se presentaba a Adrián como candidato a chico del calendario. Supongo que no es de extrañar que siguiera leyendo. Primero pensé que se trataba de una broma, que el autor de dicho correo quería imitar esa clase de cartas o de vídeos que se graban en las películas cuando un grupo de científicos queda atrapado en otro planeta y descubre que los alienígenas van a acabar con ellos. Pero no era una broma ni un recurso literario ni nada de eso, era la pura verdad.

A Adrián le presentó como candidato Diana, su mujer, y ahora ella está muerta. A pesar de lo triste de la situación, la carta de Diana era muy divertida. No hablé de ella en el vídeo porque antes de hacerlo quiero enseñársela a Adrián. No sé hasta qué punto está dispuesto a compartir este recuerdo con todo el mundo. En el correo Diana me contaba que llevaba más de un año enferma y que le quedaba poco tiempo de vida. No se extendía en detalles tristes, aun así, la tristeza estaba allí, en cada línea. Diana decía que si había un hombre que valiera la pena en este país y que pudiera hacerme cambiar de opinión era Adrián, y después listaba todos los defectos de él y cómo contrarrestarlos y convertirlos en ventajas.

Lloré como si no hubiera un mañana, como si alguien me hubiese obligado a mirar el final de *Titanic, El cuaderno de Noah* y *Yo antes de ti* al mismo tiempo.

No le enseñé a nadie el correo de Diana, tenía la sensación de haber encontrado algo demasiado íntimo, pero al cabo de unos días me atreví a llamar al teléfono que figuraba al final del mismo. Resultó ser el móvil de su hermana pequeña y en breves palabras me dijo que Diana había fallecido. Ni siquiera le dije quién era, me pareció una idiotez molestar a esa gente con mi insignificante concurso, le di el pésame y colgué. Volví a llamarla unos días más tarde y me presenté como es debido. Ella, Carol, no tenía ni idea de lo que había hecho su hermana Diana. Primero se quedó sorprendida y después creo que sonrió, porque le cambió la voz y me confesó que a ella Diana también le había dejado una carta. Me pasó los datos de su cuñado y me aconsejó que, si estaba interesada en hablar con él, me esperase un poco.

Llegamos a Valencia, el tren se detiene mientras la voz de megafonía anuncia las distintas conexiones, la hora y el clima. Yo miro por la ventana y observo la gente que hay a mi alrededor. ¿Por qué no somos más conscientes de la suerte que tenemos de estar aquí? No es que vaya a ponerme mística, pero la verdad es que, cuando pienso en Diana y en su historia, siento que mis preocupaciones son ridículas. Sí, vale, a todos nos preocupa lo nuestro, pero un poco de perspectiva de vez en cuando no le hace daño a nadie.

Mi madre, cuando se pone trágica y trascendental —es una combinación un tanto rara—, dice que lo único que no tiene solución en esta vida es la muerte y creo que empiezo a coincidir con ella.

Arrastro mi maleta fiel por el andén y llego a la calle, hace buen día. Tengo ganas de conocer a Adrián en persona, por teléfono me pareció serio, aunque claro, sus circunstancias no son para menos. Tal vez os preguntéis por qué ha aceptado ser un chico del calendario, yo le llamé convencida de que iba a colgarme en cuanto le explicase quién era y qué quería. Esperé unos días, tal como me había sugerido Carol, pero no tenía ninguna garantía de nada. No me colgó, en realidad, me escuchó atentamente y cuando terminé de hablar lo único que me dijo fue que Diana siempre conseguía lo que quería y que me esperaba a principios de mes.

Supongo que averiguaré el resto de la historia estas próximas semanas.

Por eso digo que Adrián es una opción arriesgada para *Los chicos del calendario*; hasta ahora ningún mes he tenido que lidiar con alguien que acabase de perder a un ser querido y las historias de los chicos, dentro de sus peculiaridades, han sido todas más o menos divertidas; he vivido en una bodega, en un barco, con un surfista famoso, con un arqueólogo ligón... Adrián es mucho más real que todo eso y no quiero ridiculizar su pérdida ni tampoco convertir este mes en uno de esos programas lacrimógenos de Isabel Gemio.

Voy a tener que esforzarme mucho por sacar lo mejor de mí y por respetar al máximo el recuerdo de Diana y su historia con Adrián.

Me suena el teléfono, estoy esperando para cruzar la calle y aprovecho para abrir el bolso y buscarlo. Veo el nombre en la pantalla, «Rubén», y me planteo no contestar, ¿qué digo no contestar? Me planteo lanzar el aparato al suelo y bailar un zapateado encima. Pero eso serviría para que me quedase sin móvil y él volvería a llamarme.

No parará hasta hablar conmigo.

—¿Qué quieres, Rubén?

—Hola, Cande. ¿Ya has llegado a Valencia?

Se me eriza la piel.

—¿Cómo sabes dónde estoy?

—Lo sabe todo el mundo, Cande, lo dijiste en tu último vídeo.

Mierda, tiene razón. Le odio.

—¿Qué quieres?

—Necesito hablar contigo. Acabo de llegar a la ciudad y me preguntaba si podíamos vernos.

—¿Me has seguido hasta aquí? Porque si es así, Rubén, voy a llamar a la policía.

—No te he seguido, solo te he buscado porque necesito hablar contigo. Joder. Llama a la policía si quieres, aunque no te lo creas, estoy intentando ayudarte.

—¿Ayudarme? Tienes razón, no me lo creo.

—¿Podemos hablar, sí o no? Necesito contarte algo.

Tendría que decirle que no, lo sé, pero hay algo en su voz que me inquieta y sé que si no averiguo qué le pasa no podré quitármelo de la cabeza.

—¿Dices que acabas de llegar? ¿Has venido en tren?

—Sí, estoy en la estación.

—Pues no te muevas de ahí, ve a la cafetería y espérame. Enseguida llego.

Deshago el camino y vuelvo a la estación. Le mando un mensaje a Adrián para decirle que llegaré unos minutos más tarde de lo previsto y acelero el paso. Cuanto antes llegue, antes se irá Rubén de Valencia y, si tengo suerte, de mi vida.

Llego a la cafetería y le veo de pie frente a la puerta. Parece nervioso y está más delgado y, no sé, parece mayor, hay algo diferente en su actitud.

—Ya estoy aquí —anuncio y él levanta la cabeza y me mira.

—Gracias por venir. Vamos dentro, así podremos hablar más tranquilos.

Al lado de una mesa veo la maleta de Rubén, la del *instabye*, y no puedo evitar sonreír con cierto afecto. Esta maleta y su dichosa foto lo empezaron todo. El café está vacío; me imagino que por eso ha dejado la maleta aquí sola y estaba fuera esperándome.

—¿Te vas de viaje?

—He encontrado trabajo en Londres, empiezo mañana.

—Oh, vaya. —No puedo ocultar mi sorpresa.

—Sí, al final te he hecho caso. No podía seguir comportándome como un adolescente toda la vida.

—¿Qué está pasando aquí, Rubén?

Viene un camarero y le pido un agua; ni loca voy a beber un café ahora mismo, y Rubén hace lo mismo.

—Quiero pedirte perdón.

—¿Qué? —Miro a mi alrededor en busca de una cámara oculta.

—Quiero pedirte perdón —repite con decisión—. Fui un idiota, un hijo de puta. Me porté muy mal contigo y no me refiero solo a cómo me fui o a lo que sucedió en Mallorca. Me refiero a antes, a cuando salíamos juntos.

—No sé qué decirte, Rubén. No estoy segura de creerte.

Él asiente y suelta el aliento.

—Lo entiendo. Seguro que te estás preguntando qué estoy tramando o si esta disculpa forma parte de un plan retorcido para hacerte daño o aprovecharme de ti.

—Me has leído la mente.

—Es comprensible y me lo merezco, pero no, no estoy intentando hacerte daño ni aprovecharme de ti. Aunque supongo que sí que tengo un plan.

Esa frase no me gusta nada.

—¿Qué estás haciendo aquí, Rubén?

—Cuando volví de Mallorca tuve un accidente —va directo al grano—; no fue nada grave, estaba surfeando, me caí y la tabla me golpeó la cabeza. Perdí el conocimiento durante unos minutos y habría podido ahogarme si unos chicos que había nadando por allí no me hubiesen sacado del agua. No es ninguna historia heroica, pero, joder, me asusté cuando me desperté en el hospital y no había nadie esperándome. Nadie. Mis padres ni siquiera saben lo que pasó y mis amigos —dice la palabra con ironía— tampoco. Decidí que tenía que cambiar y aquí estoy.

—Sí, ya veo, así que esta visita forma parte de tu plan para... ¿Para qué? ¿Para tener la conciencia tranquila?

—Algo así.

—¿Quieres que te diga que te perdono? ¿Es eso?

Dudo mucho que pueda hacerlo de verdad, no estoy tan zen, pero si diciéndole eso consigo que se largue, estoy dispuesta a intentarlo.

—No creo que me perdones después de oír lo que tengo que decirte.

—¿Qué tienes que decirme?

—¿Te acuerdas de mi piso en Barcelona? ¿El que tenía antes de mudarme a tu casa?

—¿Qué? Por supuesto que me acuerdo de tu piso. ¿Qué tiene que ver con todo esto?

Él aparta la mirada unos segundos, como si necesitara tomar fuerzas y después vuelve a dirigirla hacia mí.

—En mi habitación había una cámara.

El mundo se detiene durante un segundo. La espalda me queda empapada de sudor y el corazón me late tan fuerte que puedo oírlo dentro de mi cabeza.

—¿Qué has dicho?

—En mi habitación había una cámara. La instalé un día medio en broma, quería darte una sorpresa y después me olvidé.

—¿Una sorpresa? ¿Te olvidaste? ¡Te olvidaste! ¿Por qué me estás contando esto? ¿Esa cámara grababa?

—Sí.

—Oh, Dios mío. Dime que no nos grabaste.

Voy a vomitar.

—Una vez, solo una vez, y fue un accidente.

—Borraste el vídeo, dime que borraste el vídeo.

Rubén se mete la mano en el bolsillo y cuando la saca deposita un lápiz USB encima de la mesa.

—El vídeo está aquí.

—¿Cómo sé que solo está aquí y que no has hecho cientos de miles de copias? Voy a vomitar, voy a llamar a la policía.

—Espera un momento. —Alarga la mano hacia mí y veo que me he levantado de la mesa—. Por favor. Aún no he terminado.

Vuelvo a sentarme con el corazón en un puño y me apropio del maldito USB.

—Pues termina.

—Me había olvidado por completo de la cámara y del vídeo hasta hace unos meses.

—¿Por qué tengo la sensación de que lo peor está por llegar?

—Porque es así. Hace unos meses el señor Barver se acercó a mí. Tenías razón, él fue el que me invitó a Mallorca. Me dijo que estaba dispuesto a pagarme muy bien por información sobre ti.

—¡Oh, Dios mío!

—Al principio le dije que no había nada que contar; no es que me portase como un ser humano decente, es que no se me ocurrió nada interesante que decirle sobre ti. Hasta que me acordé del vídeo.

No puede ser, no puede ser, no puede ser.

—Voy a...

—Miré el vídeo antes de dárselo. Entonces no pensaba como ahora —sigue mirándome a los ojos—, pero aun así sentí que no podía dárselo sin más y corté ciertas imágenes.

—¿Qué hay en el vídeo que le diste?

—Salimos tú y yo en la cama haciendo...

—¡No sigas!

—Lo siento mucho, Cande. Ahora no se lo daría.

—Ya, bueno, pero no podemos viajar en el tiempo y convertirte en un ser humano decente antes de que te dieses ese golpe en la cabeza.

—Ese hombre tiene el vídeo desde principios de verano, Cande, y no lo ha utilizado. Quizá no vaya a hacerlo.

—Va a hacerlo —afirmo segura de que es así—. Está esperando el momento oportuno.

—Mierda, lo siento. Toma —saca un talón del bolsillo de la chaqueta—, este es casi todo el dinero que me dio. No lo quiero.

—Yo tampoco.

—Tienes que dejar que haga algo, Cande.

—¿Por qué?

—Porque tú eres la única persona que me ha mirado alguna vez como si importase. Lamento no haberme dado cuenta antes y lamento haberme comportado como un cerdo egoísta contigo. Pero ahora puedo ayudarte.

—¿Cómo?

—Podemos ir a la policía como has dicho antes.

—¿Y de qué serviría? Probablemente querrían ver el vídeo y, en cuanto alguien se pusiese en contacto con Barver, él lo colgaría en las redes o vete tú a saber qué haría. No, es mejor que no.

—Quiero ayudarte, necesito ayudarte.

Me zumban los oídos.

—¿Sigues en contacto con él, con Barver?

—No, la última vez que le vi fue en Mallorca.

—Pero podrías ponerte en contacto con él, ¿no? Decirle que tienes algo más sobre mí que puede serle útil.

—Sí, supongo que podría. ¿Qué estás pensando?

—Todavía nada. —Aprieto el USB entre los dedos—. ¿No hay más copias?

—No.

—¿Y la cámara?

—Destruida.

—¿Me estás diciendo la verdad?

—Toda la verdad.

Me quedo mirándole; no sé si creerle. Sería una estúpida si le creyera así sin más. Aunque lo cierto es que no puedo quitarme de encima la sensación de que este Rubén que está aquí no es el mismo que vi en Mallorca ni el que colgó esa foto en Instagram.

—Vete a Londres, Rubén, yo tengo que seguir con *Los chicos del calendario*; el de este mes me está esperando.

—¿No vas a hacer nada?

—Te llamaré si necesito que hagas algo por mí.

Me levanto de la mesa y él me sigue.

—Cande, espera, una última cosa.

—¿Qué?

—Gracias por escucharme y por todo el tiempo que estuvimos juntos. Lamento haberte hecho daño.

31

El USB me quema los dedos. Un vídeo mío y de Rubén en la cama... Mi estómago sigue retorciéndose. Él y yo nunca hicimos nada interesante, la verdad, pero solo de pensar en todo lo que puede hacer Barver con esas imágenes, sean las que sean, quiero morirme.

Quiero matar a Rubén, quiero matarle por haber hecho algo tan infantil, cruel y machista como instalar esa cámara sin decírmelo. Quiero matarle por haber vendido nuestra intimidad a ese desgraciado sin ni siquiera pestañear y quiero sacudirle con todas mis fuerzas por haber reaccionado y desarrollado una conciencia a estas alturas de la vida.

¿Se supone que debo perdonarle? ¿Ahora, cuando por su culpa toda mi vida, mi nueva vida, puede irse a la mierda?

Zombies, ojalá hubieran llegado ellos y no Rubén con un maldito lápiz de memoria.

Según Rubén, el padre de Salvador tiene el vídeo desde junio y todavía no ha hecho nada con él. Salvador. Tendría que llamarle y contarle lo que ha sucedido; los dos prometimos que a partir de ahora íbamos a decirnos la verdad en todo momento y a confiar el uno en el otro. Pero no negaré que no me hace ninguna ilusión tener que explicarle que su padre tiene un vídeo en el que salgo acostándome con mi ex. Ninguna.

Además, no puedo decirle eso por teléfono; esperaré a verle dentro de unos días, cuando venga a Valencia, y entonces se lo contaré. Esto no es mentir ni ocultar la verdad, es esperar al momento propicio.

Veo el cartel del garaje de Adrián y agradezco la distracción. El nombre no es demasiado original, Bujías, pero el cartel tiene un aire retro que lo hace único y estoy segura de que capta la atención de todo el que pasa por aquí. Hoy es lunes y obviamente está abierto, hay un par de chicos con monos de trabajo ocupándose de unos coches y veo una oficina al fondo.

—Hola, buenos días —los saludo, uno se acerca a mí—. Soy Candela Ríos, estoy buscando a Adrián.

—Buenos días, yo soy Marcos. Perdona que no te dé la mano o dos besos. —Se señala a sí mismo—. No quiero mancharte. El jefe está allí, nos dijo que te estaba esperando.

—Gracias.

Antes de seguir saco un momento el móvil del bolso y le mando un mensaje a Salvador para decirle que estoy bien y que le llamaré más tarde. También le mando otro a Vanesa; le gusta saber que no me ha pasado nada por el camino y que los planes que ella traza con tanto esmero llegan a buen puerto. Salvador contesta al instante diciéndome que piensa en mí y me fallan un poco las piernas mientras elimino la distancia hasta el despacho de Adrián.

Llamo a la puerta y él no tarda en contestarme y abrirme. He visto las fotos que nos mandó, pero en cuanto le veo vuelve a sorprenderme lo joven que es. Adrián tiene veintisiete años. Supongo que es infantil creer que hay que tener cierta edad para que te pasen grandes desgracias y que mientras eres joven no puede sucederte nada malo, pero la vida es así y la realidad es que Adrián, aunque tendría edad para estar planeando su boda con la chica de sus sueños, es viudo y propietario de un taller mecánico.

—Hola, Cande, bienvenida a Valencia y a Bujías.

Me tiende una mano y yo se la estrecho.

—Muchas gracias por recibirme y por aceptar ser el chico de octubre, Adrián.

Él asiente, me suelta y me invita a pasar. Es alto, muy alto, y está delgado, pero a juzgar por cómo le queda la ropa diría que esa delgadez es nueva. Es rubio y tiene los ojos azules, y unas facciones dulces, aunque muy tristes.

—¿Has tenido algún problema en el viaje? Gracias por ofrecerte a venir tú sola. Habría venido con gusto a recogerte, pero la verdad es que los lunes siempre son muy complicados.

—¿Ah sí? ¿Por qué?

Dejo la maleta apoyada en la pared y me siento en la silla que me ofrece.

—Por las averías del fin de semana, hay mucha gente a la que el domingo le falla el coche y aparece aquí el lunes desesperada. Además, hoy nos entregaban varios pedidos de piezas que habíamos hecho.

—No te disculpes, con o sin trabajo, la estación está aquí cerca y me gusta pasear. ¡Fui yo la que te dije que no vinieras! —Si él hubiese venido a buscarme tal vez no habría podido hablar con Rubén con la misma intimidad, así que al final ha sido mejor así—. Me gustaría hacernos una foto a ti y a mí en el taller para presentarte a los seguidores de *Los chicos del calendario*, ¿te parece bien?

—Claro.

—Relájate, no estamos en el dentista ni te voy a hacer pasar ningún examen —le digo para intentar romper un poco la tensión que percibo.

—Todo esto me resulta muy difícil, soy muy reservado, lo siento.

—Ya te lo dije cuando hablamos por teléfono y te lo repito ahora: si no lo ves claro, lo dejamos. Puedo llamar al segundo candidato que habíamos elegido para este mes; no hace falta que participes en esto a la fuerza. Piénsalo tranquilamente y no te sientas culpable por decir que no.

Guardo el teléfono e intento transmitirle una tranquilidad que no siento. No por su culpa, sino por lo que acaba de contarme Rubén. Paseo por el garaje y él sigue sin moverse, cierra los ojos y me imagino que está pensando. Vuelve a abrirlos y tras soltar el aliento se dirige a mí:

—Gracias, eres muy amable, y te pido disculpas por la mala cara. Estoy nervioso y lo cierto es que esto se aleja mucho, muchísimo, de mi zona de confort. Pero voy a hacerlo.

—¿Por qué? —No puedo disimular mi asombro.

—Diana me lo pidió.

—Oh, claro. —Soy tonta, tendría que haberlo deducido yo sola—. Lo siento.

—¿Qué sientes?

Me quedo pensándolo unos instantes.

—Siento que hayamos tenido que conocernos en estas circunstancias.

—Yo también. Vamos a hacernos esa foto que dices y después te instalaré arriba. ¿Estás segura de que estarás bien en el apartamento?

—Claro.

—Pues vamos.

Salimos al garaje, los dos chicos de antes se acercan a hablar con nosotros y en unas pocas frases me queda clarísimo que no solo son empleados, sino que además sienten verdadero afecto por Adrián. Marcos es más joven, diría que acaba de llegar a la veintena, y Paco es mayor, rozará la cuarentena. En unos minutos me explican que el garaje era del padre de Adrián y que se lo dejó cuando murió hace unos años. Él, Adrián, me explica que nunca ha querido hacer otra cosa, que creció entre coches y que siempre ha sentido que este es su lugar.

—Pues yo aún sigo poniendo velas a la virgen para darle gracias porque en el examen del carnet de conducir solo me entró una pregunta de mecánica.

—Este mes vas a perderle el miedo a los motores, eso te lo aseguro. ¿Te va bien aquí para la foto?

—Sí, perfecto.

Le entrego el móvil a Marcos y nos fotografía delante de un viejo coche que, al parecer, están desmontando para volver a montar con piezas nuevas.

«#HolaValencia 🐦 #ElChicoDeOctubre 🚗 #Bujías #Hombres-ConCorazón #VaASerUnMesMuyEspecial #LoPresiento #LlamadmeBrujaLola 🔮 #LosChicosDelCalendario 🏃 📅)».

Pasa una semana de lo más tranquila, es raro después del ajetreo y las emociones del mes pasado. Al principio no sabía cómo tratar a Adrián, llamadme torpe —lo soy—, pero él es el primer viudo joven que conozco y me sentía como si ese detalle fuese lo único que lo definiera. No lo es. Me imagino que las personas que lo conocen desde siempre pueden apreciar los cambios que ha sufrido desde la enfermedad y la muerte de su esposa, pero yo no, y cuando me di cuenta de esto tan evidente me relajé y empecé a tratar a Adrián como a cualquier otro chico del calendario.

Sí, ya, parte de lo que me sucedía es culpa de Marta, la llamé para contárselo, y también de mi madre, porque las dos me obligaron a ver *Love Story* de pequeña y me imaginaba a Adrián en plan Ryan O'Neal. A él se lo conté ayer después de cenar. Estábamos fuera, habíamos cenado con sus amigos en un restaurante bastante céntrico y volvíamos andando a casa. Yo estoy pasando el mes en el apartamento que hay justo encima del garaje y él está en el suyo, donde se mudaron él y Diana cuando se fueron a vivir juntos, que está justo a una esquina. Adrián no se ha planteado volver al piso del garaje, dice que lo alquila de vez en cuando y si está libre tiene un lugar donde instalar a sus amigos cuando van de visita a la ciudad. Además, no quiere irse de su casa, «me duele más fingir que Diana no ha existido que estar rodeado de sus cosas», eso fue exactamente lo que me dijo.

—¿Como Ryan O'Neal? ¿En serio? —Levantó una ceja y, aunque él no se parece en nada a Salvador, ese gesto me hizo pensar en él. ¿A quién quiero engañar? Pienso en él a todas horas, estoy a punto de expulsar corazones por los ojos de lo atontada que estoy. Y lo mejor de todo es que no me importa, estoy contenta y feliz. El USB sigue dándome pavor, todavía no le he contado a nadie que lo tengo, porque no sé qué hacer con él. Ni siquiera me he atrevido a mirarlo, aunque no dudo de que Rubén en esto me dijo la verdad. Vale, sé que me estoy comportando como una niña pequeña cuando se tapa las orejas para no escuchar una reprimenda, pero en realidad el padre de Salvador está desaparecido en combate y tal vez se ha olvidado por completo de que tiene el maldito vídeo. Así que he decidido fingir que no existía, al menos durante unos días, y centrarme en mi trabajo y en el chico de este mes.

—Sí, es culpa de mi hermana. La verdad es que no sé cómo hablar contigo de todo esto —le confesé a Adrián y, al mencionar a Marta, no pude evitar sonreír.

—¿Todo esto? ¿Te estás burlando de mí?

—Un poco. Me dijiste que te costaba compartir tu vida con los demás —le recordé— y no quiero ser irrespetuosa.

—Es verdad que te dije eso, aunque creo que tal vez me malinterpretaste o yo no me expliqué bien. Me cuesta compartir mi vida, no solo la muerte de Diana. No soy de la clase de persona que cuelga fotos explicando qué ha hecho el fin de semana o que se ha apuntado a un gimnasio. No lo era antes y no lo soy ahora.

—Accediste a ser el chico del calendario por ella. ¿Puedo preguntarte por qué?

—Claro, solo dame unos minutos para organizar mis ideas, ¿vale? Es difícil y, aunque sé que tiene todo el sentido del mundo que me lo preguntes, no sé exactamente cómo responderte.

—Tómate el tiempo que quieras. ¿Tú has visto *Love Story*?

—Por desgracia, sí. Mi abuela la ponía cuando la echaban en la tele y yo solía pasarme los veranos con ellos en el pueblo.

—Es tremenda —reconocí—. Mi madre tenía el póster en la habitación de la plancha. Decía que había marcado una época y que había cambiado el mundo del diseño. Esto último lo añadía siempre como excusa para no descolgarlo.

—¿Ya no lo tiene?

—No, se rompió una cañería y le salieron humedades. Creo que mi padre planea comprárselo otra vez y enmarcárselo. Hacen estas cosas.

—Está bien, es bonito.

—Antes de conocerte no solo te veía como a Ryan O'Neal, ¿sabes?

—Tengo miedo de preguntarte como quién más me veías.

—¿Has visto una peli de Coixet que se titula *Mi vida sin mí*? —Vi que la mención de esa película lo afectaba de un modo distinto y me pregunté si había metido la pata. Cambié el tema de conversación tan rápido como pude y he estado evitándolo hasta ahora.

El señor Barver (padre) no ha vuelto a dar señales de vida. Rubén, por lo que yo sé, está instalado en Londres y no se ha puesto en contacto conmigo. No es que quiera que lo haga, por mí mejor si se queda viviendo en el Big Ben el resto de sus días. Víctor me ha escrito, me ha mandado fotos de Valeria, me ha explicado que todo va viento en popa en lo que a su futuro trabajo se refiere y me ha mencionado a Jimena en el correo. No dice nada sospechoso, solo que hace unos días ella se torció el tobillo corriendo y está lesionada. Todavía no me atrevo a hacerle preguntas en ese sentido; no es que sienta celos, pero sí que me siento protectora con Víctor, como si fuera su hermana mayor. Bueno, no, eso tampoco, esa imagen me produce cierto repelús, la verdad. Quiero a Víctor, ahora que sé qué clase de amor siento por él, no tengo ningún miedo en reconocerlo. Le quiero y quiero que sea feliz y si esa pastelera corredora antipática le hace daño le bajaré la temperatura del horno para siempre. Pero aún no me atrevo a sacar el tema con Víctor y él hace lo mismo con Salvador, lo evita como si fuera una mina que al pisarla saltásemos todos por los aires.

Y Salvador sigue en Barcelona trabajando, ha recibido los resultados de las últimas pruebas y, aunque no le han dado el alta, son buenos. Él es optimista, dice que no tengo que preocuparme por él —como si yo pudiera evitarlo— e insiste en que todo va a salir bien. Confieso que hay momentos en que morderme la lengua para no insistir y preguntarle si está seguro y qué ha hecho con el hombre taciturno e intenso que me volvió loca en enero. Pero no lo hago, porque me gusta verle así, me gusta verme así. Soy feliz y él también lo es; me lo ha dicho y, aunque no lo hubiese hecho, incluso alguien tan torpe como yo en estos temas es capaz de distinguir la felicidad en la voz y en la mirada de otra persona. En especial si la otra persona es él.

En resumen, que soy feliz y estoy contenta y, al parecer, me he convertido en ese híbrido entre persona y unicornio que necesita propagar la felicidad allá donde va. Adrián es mi víctima actual y el pobre ni siquiera puede huir a estas alturas porque se ha comprometido a ser el chico del calendario de este mes. Lo está haciendo de maravilla, dicho sea de paso.

—¿En qué estás pensando? Llevas más de diez minutos callada y tengo miedo —me dice Adrián.

—En la conversación de ayer por la noche, cuando salíamos de cenar.

—Ah, vale, ya me extrañaba.

Estamos paseando por la ciudad, hoy es fiesta y hemos hecho turismo. Yo he hecho turismo, Adrián ha sido un guía de excepción, en cierto modo me ha recordado a Jorge cuando me enseñó Granada. He visto jirafas, unos animales que nunca había asociado con esta ciudad, y un espectáculo de delfines.

—Lo siento, no quería incomodarte. Hemos pasado un día fantástico, gracias por hacer el guiri conmigo.

—No me incomodas y de nada. ¿En qué estabas pensando exactamente?

—En que te cambió la cara cuando mencioné la película de Coixet.

—Sí, ya, no soy buen actor. La verdad es que había olvidado esa película hasta que Diana me dio sus cartas. Ella no grabó cintas, me escribió cartas, algo así como una especie de recetas.

—¿Recetas?

—Sí, tengo varias cartas y tienen títulos en el sobre donde están guardadas. Hay una que dice «carta para el día que nazca tu primer hijo». Cosas así. Quería romperlas, la amenacé con hacerlo cuando me las dio.

—Pero no lo hiciste.

—No. Ella me pidió que no lo hiciera y —se encoge de hombros— visto está que no podía negarle nada. Las tengo guardadas. No sé si llegaré nunca a leerlas.

—Me habría gustado conocerla.

—Os habríais llevado bien, estoy seguro.

—¿No has leído ninguna carta?

—Sí, las primeras. Por eso digo que no sé si llegaré a leer las siguientes. Lo dudo mucho.

—Tu esposa quería que vivieras feliz después de su muerte, eso es muy bonito.

—No digo que no lo sea. Digo que me duele demasiado pensar en ella y hay momentos en que desearía olvidarme de todo. Sé que eso me convierte en alguien horrible. Diana me escribió un montón de cartas preciosas y yo aquí quejándome porque sus recuerdos son dolorosos. No quiero olvidarla —señala de repente, deteniéndose en la acera como si así pudiera remarcar la importancia de esa frase—. Quiero olvidar que no está aquí. Y como eso es imposible, porque ella siempre estará aquí, hay momentos en que me gustaría no haberla conocido nunca.

Abro los ojos de par en par, parpadeo, intento hacer retroceder las lágrimas.

—Dudo mucho que eso sea verdad. Acabamos de conocernos, lo sé, pero desde el primer día he sentido que Diana formaba parte de ti. En estos meses no he encontrado ningún hombre perfecto, no existe. Es una premisa absurda. Pero he aprendido que hay personas que se complementan que, aunque pueden existir por separado, solo tienen sentido juntas y tú y Diana sois eso.

—Tienes razón y la verdad es que cada día, cuando me acuesto, me pregunto si Diana estaría contenta con lo que he hecho, si está mirándome desde el cielo y diciendo: «Hoy has vivido bien, me alegro» o si, por lo contrario, está furiosa conmigo. Yo quiero que esté contenta.

—Hoy has vivido bien, Adrián. —Le abrazo—. Muy bien, me has llevado a ver jirafas.

—Tienes razón, todo el mundo sabe que son muy típicas de Valencia. Vamos, se está haciendo tarde. Lamento haberme puesto sentimental en medio de la calle.

—No te preocupes, yo he vivido más de un momento intenso en plena acera.

—¿Ah, sí? ¿Puedo preguntarte con quién? Tú sabes muchas cosas de mí, entre otras que estoy aquí porque mi esposa me lo pidió en una carta después de morir.

—¿No sabías que ella te había presentado como candidato a chico del calendario?

—No, no lo sabía. Lo leí después; insistió en que, si me elegíais, tenía que participar, que lo hiciera por el bien de los hombres de nuestro país. Le gustaba tomarme el pelo. Creo que lo hizo para asegurarse de que no me encerraba en casa y para que nuestros amigos pudiesen reírse de mí durante meses. Jamás se me pasó por la cabeza que fuerais a llamarme.

Reanudamos la marcha hacia el garaje.

—Yo soy así, imprevisible.

—Entre otras cosas. No me he olvidado de mi pregunta: ¿con quién has vivido momentos intensos en plena acera?

—Oh, vaya.

32

Cambiarle el motor a un coche no es coser y cantar como parece en *Grease*. Es agotador, acabas con agujetas en todo el cuerpo y con manchas en la camiseta que sabes que no eliminarás jamás. «Jamás de los jamases», como dice mi madre.

Y es muy divertido.

Todo empezó hace unos días, justo después del festivo del doce de octubre, cuando nos hice una foto a Andrés y a mí delante de un viejo Seat 850 *coupé*. Tranquilos, a no ser que seáis unos fanáticos de los coches, es normal que no sepáis de qué coche se trata, yo no lo sabía.

El Seat 850 *coupé* fue un coche muy popular en España durante los setenta y tiene ese aire retro que ahora gusta tanto. A mí me recuerda a los coches americanos, tiene un morro, perdón, un *frontal*, muy elegante y una forma digna de James Bond. En la foto se me ocurrió poner esto:

«#ElChicoDeOctubre #EsBuenoConLasHerramientas #Coche-Vintage 🚗 #AdriánPodríaArreglarloYSubastarloComoLosPastelesDeBenjamín».

Fue solo una manera de vincular a los dos chicos del calendario, porque los dos me han sorprendido y me han enseñado muchas cosas, pero la foto solo llevaba unos segundos colgada cuando empecé a recibir ofertas, es decir, pujas para el coche en cuestión. Cientos de pujas. Le mandé un wasap a Salvador al instante y también le escribí a Vanesa para que le echase un vistazo a lo que estaba sucediendo. Yo estoy al mando de esto —en Olimpo son unos inconscientes, visto está—, y sin darme cuenta acababa de montar una subasta para un coche que entonces ni siquiera sabía si de verdad podía arreglarse.

Y entonces nos llamó el señor Seat. Bueno, el señor Seat no exactamente, pero sí el director general de la sede española. El señor Seat habló conmigo y después fue a reunirse con Salvador en Barcelona para ultimar los detalles de su colaboración con *Los chicos del calendario* y en cuestión de días Adrián recibió un motor nuevo y un montón de herramientas relucientes cuyos nombres estoy intentando aprenderme desde entonces.

Lo único malo de todo esto es que en Olimpo todos van de culo con «el proyecto Seat»; Adrián y yo y los chicos del garaje también, pero es distinto, y Salvador todavía no ha podido venir a pasar unos días conmigo. Le echo de menos, aunque tengo que reconocer que también me gusta esto de hacer de pareja normal y llamarle por teléfono sin temor a que desaparezca de nuevo. Es toda una novedad... y cada vez se le da mejor lo de ser cariñoso cuando nos llamamos por la noche. Cariñoso y temerario, jamás tendría que haberle dicho que su voz me pone como me pone.

—Se te cae la baba, Cande.

Me llevo una mano a la barbilla sin pensarlo y al encontrarla seca miro ofendida a Adrián.

—No es verdad.

—Lo has comprobado. Tengo miedo de preguntarte en qué o, mejor dicho, en quién estabas pensando. Ven, necesito tu ayuda para colocar los nuevos embellecedores. —Sigo sus instrucciones junto a la primera rueda que atacamos juntos—. Está quedando precioso, casi me da pena tener que desprenderme de él.

—El chico del calendario del mes pasado vivía en un barco y lo trataba de *ella* y tú tratas a este coche de él. ¿Qué lógica hay?

—Ninguna. Tal vez tendría que cambiar de pronombre y utilizar el femenino con el coche; he decidido que vamos a pintarlo rosa.

—¿Rosa?

—Sí. Eres la primera en saber que he decidido donar todo lo que gane con esta subasta a la asociación española del cáncer de mama y gracias a Barver —se refiere a Salvador— Seat también hará una importante donación. ¿Qué te parece?

—Me parece una gran decisión, Adrián. —Le miro a los ojos—. Diana estará encantada.

Ahora me refiero a ella en presente, igual que hace él. No está loco, sabe que su esposa está muerta y no habla con ella en plan Jennifer Love Hewit en *Entre fantasmas*. Lo que hace es recordarla, no fingir que no ha existido, y tratar su espíritu como algo eterno pues él lo siente así en su corazón.

—Sí, yo también lo creo, por eso el coche tiene que ser rosa.

—Quedará genial.

—Vamos a tener que darnos prisa, esa es la única pega, y ya trabajamos más horas de lo recomendable. Los chicos del taller dicen que están entusiasmados con este proyecto, pero no los culparía si decidiesen largarse y tú... tú seguro que te arrepientes de haberme elegido como chico del calendario. Ni ejerciendo de guarda forestal tuviste estos horarios.

—No me arrepiento y los chicos del taller no van a largarse. Todos estamos encantados de formar parte de esto y de estar a tu lado y del de Diana. Lo único que pasa es que, probablemente, necesitas dormir, te estás poniendo muy melodramático.

—¿Melodramático? La subasta oficial del Seat es este fin de semana y todavía tenemos que colocar el nuevo salpicadero y la tapicería. Tenemos que comprobar el motor y, después de todo, pintarlo. Tal vez tendría que dejarlo con este color...

—No, tiene que ser rosa. Vamos, hoy ya no podemos hacer nada más. Vas a quedarte dormido de pie o vas a colocar estos tapacubos de cualquier manera y mañana dirás que ha sido culpa mía —bromeo—. Los dos necesitamos descansar.

Creo que va a llevarme la contraria; sujeta el embellecedor con ambas manos y mira el coche de un extremo al otro. El garaje está perfectamente ordenado, esto me sorprendió el primer día y no deja de fascinarme que sea un lugar tan pulcro y bien clasificado, y en la pared hay colgado un póster de esos donde salen vehículos antiguos con aire retro. Al lado hay una foto enmarcada del taller en la que aparecen Adrián y Diana junto a Marcos y a Paco, y detrás de ellos, como si de una profecía se tratase, el Seat que estamos acabando de restaurar. La foto es reciente, de este año, me lo contó Marcos. Al parecer el Seat llegó hace poco y, un día que Diana visitó Bujías aprovechando una breve alta del hospital, improvisaron y se la hicieron.

—Tienes razón. —Se aparta y camina hasta una de las mesas de trabajo para dejar las herramientas—. Hoy ya no podemos hacer nada más. Será mejor que vayamos a descansar.

Nos despedimos y yo en cuestión de pocos minutos estoy en el apartamento. Está justo encima del garaje, pero no se comunica desde el interior; tienes que salir a la calle y entrar por el portal contiguo. Adrián se espera a que cierre la puerta y, cuando se va hacia su casa, le oigo farfullar algo sobre la pintura rosa y cómo se está complicando la vida.

El apartamento es pequeño, estos días me he enterado de que, aparte de alquilarlo de vez en cuando, Marcos, el empleado más joven de Bujías, también duerme aquí cuando sale de fiesta por la ciudad y no puede conducir de regreso a su pueblo. Me disculpé por haberle echado momentáneamente de su refugio de fin de semana, pero él se limitó a encogerse de hombros y asegurarme que le iría bien un mes de descanso. Levantando las cejas como si se tratase del malo de una película de dibujos, añadió que las chicas de Valencia le echarían de menos y así se lanzarían encima de él cuando volviese a estar en circulación. La frase fue tan machista, engreída y absurda que tuve ganas de darle una colleja, pero Paco se me adelantó.

Está siendo un octubre cálido, empiezo a desnudarme para meterme en la ducha y quitarme la grasa del taller. La camiseta no lograré salvarla y ya he descubierto que mis uñas tardarán unos cuantos días en volver a ser las mismas de antes. No es que tuviese una supermanicura ni nada de eso, pero ahora tengo las manos de Bellatrix Lestrange. Suena el móvil y casi me caigo de bruces al suelo yendo en su búsqueda a la pata coja, sujetándome una pernera de los vaqueros mientras intento quitármelos y contestar al mismo tiempo.

—¡Víctor!

—¿Te pillo en mal momento? Suenas... —Carraspea.— Tienes la respiración entrecortada. ¿Estás...?

—¡No! —Me sonrojo— No. Me estaba quitando los pantalones y he hecho el mono mientras buscaba el teléfono. Solo es eso.

—¿De verdad? Puedo llamar más tarde.

—De verdad. —Espero un segundo, en su tono de voz he detectado una sonrisa—. ¿Me estás tomando el pelo?

—Un poco.

—Si no fuera porque te he echado de menos y tengo ganas de hablar contigo, ahora mismo te colgaba. ¿Qué tal va todo?

—Bien, dentro de unos días vuelvo a viajar a Estados Unidos. Me han pedido que visite las instalaciones del nuevo laboratorio antes de darlas por concluidas y aprovecharé para visitar unas cuantas casas de alquiler más.

—Vaya, veo que estarás muy ocupado. ¿Y vas a viajar solo?

No sé si son celos lo que hace que se me encoja el estómago y lo que me ha impulsado a hacerle esta pregunta. No tengo derecho a tenerlos. Cruzo los dedos para que Víctor no vea nada raro en mi curiosidad y me conteste sin darle ninguna importancia, pero él se queda en silencio. ¿Por qué hay segundos que duran más que otros? Y después suelta el aliento.

—Sí, voy a ir solo. —Respira y me lo imagino paseando por su laboratorio o tal vez sentado en la mesa de su cocina—. Escúchame, Cande. Mierda, esto es más difícil de lo que pensaba.

—¿El qué? —No quiero tener náuseas, aunque las tengo, y me sudan las palmas de las manos. ¿Está intentando decirme que está con Jimena? Sé que tengo que alegrarme por él y que si fuera una chica como Dios manda ahora mismo tendría que estar diciéndole que no pasa nada. «No pasa nada». Puedo hacerlo, puedo hacer esto—. ¿Le ha pasado algo a tu hermana o a Valeria?

No puedo hacerlo, al final me he comportado como una cobarde y he salido por la tangente.

—No, las dos están bien, muy bien, y mi cuñado también. Mira, no quería mantener esta conversación por teléfono, pero tampoco quería volver a subirme a un avión y presentarme en Valencia como hice en Mallorca. No me salió demasiado bien.

Trago saliva.

—¿Qué quieres decirme, Víctor?

—He estado pensando en lo que dijimos en Marbella y también en lo que sucedió en Nueva York y entiendo que estás con Barver —suena como un profesor repasando la clase anterior—. Y me parece bien que, de momento, tú y yo solo seamos amigos.

«De momento».

«Solo».

Noto la sábana en la parte posterior de mis muslos y veo que me he sentado en la cama sin darme cuenta. Tiro de los vaqueros porque mantener esta conversación atrapada en ellos como un pingüino no me parece nada digno.

—Creía que ibas a decirme que estabas con Jimena.

—¿Jimena? ¡No! —asegura demasiado rápido—. ¿Por qué dices eso?

—No, por nada. En Marbella me pareció que había algo entre vosotros.

—No lo hay, aunque en cierto modo de esto es de lo que quería hablarte.

—¿De Jimena?

—No —respira frustrado—, de que no puedo dejar de pensar en ti. Tal vez algún día te contaré lo que ha pasado con Jimena y seré capaz de reconocer que ella, en cierto modo, me ha obligado a reconocer lo que acabo de decirte. Sé que mi ego y mi masculinidad estarían muchísimo mejor si me olvidase de ti por completo, pero —carraspea— Jimena tiene razón y no puedo seguir así. No es justo para nadie. Estos días he descubierto que eso, la masculinidad y el ego, son chorradas comparadas con la felicidad del resto de mi vida. Y hasta que no resuelva las cosas contigo, aunque la persona más maravillosa del mundo aparezca delante de mis narices, seré incapaz de verla.

—Víctor...

—Sí, ya, lo sé. Todo esto es jodidamente complicado, pero me niego a creer que no sientes nada por mí. Sé que no es así. Y eso es parte del problema. Si yo siento algo por ti y tú sientes algo por mí...

—Por supuesto que siento algo por ti.

—Entonces, mi teoría es esta...

—El gato no, por favor.

Le oigo sonreír y me siento un poquito mejor. Durante unos segundos he tenido miedo de ponerme a llorar. ¿Por qué he tenido que conocer a Salvador y a Víctor casi al mismo tiempo?

—No, el gato vamos a dejarlo tal como está. Es otra teoría.

—Tengo miedo de preguntarte de qué se trata.

—De los falsos positivos.

—Vale, ya me he perdido otra vez.

—Toda investigación se realiza en un primer momento en un laboratorio, en un espacio cerrado donde controlamos las condiciones que nos rodean. Una vez obtenemos un resultado, antes de afirmar que nuestro descubrimiento es válido, debemos testarlo de nuevo en el mundo real.

—Claro, ¿pero eso qué tiene que ver con nosotros?

—*Nosotros* todavía no hemos estado en el mundo real, Cande. Tú misma lo has dicho un montón de veces este año. *Los chicos del calendario*, no son tu vida real.

—Ya no sé si existe el concepto de *vida real* en lo que a mí se refiere, Víctor —reconozco.

—Exacto. No sabes qué pasará contigo a partir del treinta y uno de diciembre, mira lo que te pasó el año pasado y cómo estás ahora. No tienes ni idea de qué harás en enero del 2018. Y yo tampoco. Sí, sé que probablemente estaré trabajando en Estados Unidos, pero en lo que a mi vida se refiere no tengo ni idea de con quién estaré. Puedo estar con Jimena —estoy segura de que lo añade porque antes ha detectado que la idea no me hacía gracia— o puedo estar contigo.

—Víctor, yo...

—Barver y tú tampoco habéis pasado la prueba del mundo real, nunca habéis sido una pareja normal. En realidad, tú y yo hemos compartido más realidad que tú y él. Es muy fácil querer a alguien cuando solo vives momentos dramáticos o cuando apenas te has dicho la verdad.

No me gusta reconocer que algo de razón tiene.

—Ahora estoy con Salvador, Víctor —me obligo a decirle.

—Lo sé y no te estoy pidiendo que lo dejes por mí. No sería justo y no soy esa clase de hombre.

—Entonces, ¿qué es lo que quieres? ¿Por qué me has llamado?

—Quería hablar contigo, eso lo primero. Te echo de menos. Y quería que supieras que no me doy por vencido; que, a pesar de lo que te dije en Marbella, me doy cuenta de que ni mi mente ni otras partes de mi cuerpo dan por concluida nuestra relación. Respetaré tu decisión, si así lo deseas, podemos ser amigos y solo amigos durante el resto de nuestras vidas, pero si cambias de opinión y quieres algo más, dímelo. Cuando sea.

—Eso no es justo para ti, Víctor.

—Eh, creo que en abril ya te dije que me dejases juzgar por mí mismo lo que me parece justo. Y no te estoy diciendo que vaya a empezar a componer versos en tu honor o a deprimirme y tampoco voy a ser un monje de clausura. No podría y no quiero mentirte sobre eso. Además, dudo mucho que tú me creyeras. Y la verdad es que me respeto demasiado para hacer eso. No, yo voy a vivir, voy a irme a Estados Unidos y hasta que llegue el día seguiré saliendo por aquí, en Haro. Pero quería que supieras que puedes contar conmigo y que, si vuelves a aparecer en mi casa igual que hiciste en Nueva York y me dices que quieres que estemos juntos, no te preguntaré nada más. Creo que el mundo real se nos daría muy bien, Cande.

—Yo... no sé qué decir, Víctor. Me halagas. Ojalá tuviera dos vidas.

—Con una me basta.

—Pero Salvador y yo estamos intentando que lo nuestro funcione.

—Perfecto, así no te quedará ninguna duda. —No añade «cuando salga mal», no le hace falta.

—Y estos meses van a ser complicados; él aún no tiene el alta médica y su padre puede volver a causarnos problemas. Por no mencionar que todavía faltan dos meses para que terminen *Los chicos del calendario* y tendremos mucho trabajo en diciembre con la final.

—¿El padre de Barver ha vuelto a aparecer?

—Y Rubén —me descubro contándole—. No quiero aburrirte con mis problemas, Víctor.

—Quiero que me aburras con tus problemas, esa es la jodida cuestión, Cande. A ver, cuéntame qué ha hecho ahora el imbécil que te dejó.

Y así, sin más, le cuento a Víctor lo del USB con ese maldito vídeo. Vídeo que ya me he atrevido a mirar y que, si bien no es nada del otro mundo, no quiero que sea de dominio público. Digamos que es más una escena de una película de sobremesa de Antena 3 que un capítulo de una serie de HBO, pero, aun así, son mis tetas y mi culo, y estoy en la cama con el despreciable —aunque ahora tenga crisis de identidad y haya decidido ser honrado— Rubén.

—Joder, Cande, ahora mismo quiero pegar a Rubén. ¿Puedo hacer algo por ti, nena?

—No, gracias. El señor Barver no ha hecho nada con el vídeo; lleva semanas sin aparecer por Olimpo, así que tal vez se ha olvidado del tema y de nosotros. Nunca he entendido qué le pasa con *Los chicos del calendario*. Y Rubén está en Londres y me prometió que no volvería.

—¿Y le crees?

Es evidente que él no.

—No tengo elección. Ahora mismo tengo que concentrarme en el chico de octubre, en que este proyecto que me ha cambiado la vida termine lo mejor posible y en estar al lado de Salvador.

Puedo adivinar que eso último le ha dolido.

—De acuerdo. Pero si necesitas algo, lo que sea, llámame, ¿de acuerdo?

—De acuerdo, lo haré.

Nos quedamos en silencio, casi puedo oírle pensar a través de la distancia que nos separa.

—Te llamaré dentro de unos días, Cande. Cuídate mucho, vale. Te quiero.

—Tú también, leñador.

33

El coche está listo, Marcos lo bautizó hace días como la Pantera Rosa, pero entre Paco, Adrián y yo le hemos convencido para que deje de llamarlo así. El dibujo animado es genial y el pastelito rosa de crema blanca era el preferido de Marta, pero el nombre no acaba de encajar con nuestro Seat. Él, ella, mejor dicho, es impresionante y no le hace justicia.

Nos llamaron de la AECC para darnos las gracias por lo que estábamos haciendo, Adrián se pasó casi una hora hablando con la representante de la asociación sobre Diana y su historia. Yo los dejé a solas, ni *Los chicos del calendario* ni yo tenemos derecho a entrometernos en eso, y cuando salieron del despacho que él tiene en el taller los dos habían llorado. La señora, Encarna, me abrazó y durante unos segundos tuve ganas de pedirle consejo, de contarle que mi pareja estaba enferma y que no sabía cómo podía ayudarle de verdad y no hacerle sentir en ningún momento que la lástima formaba parte de lo que siento por él. Al final no le dije nada, pero se me escapó una lágrima y me imagino que ella pensó que se debía a la emoción generalizada o a que conocía la historia de Adrián y Diana mejor de lo que había dejado intuir de entrada. Encarna nos dejó un montón de lazos rosas y de panfletos para que los repartiésemos por Valencia y así lo hicimos. Dejamos unos cuantos en el taller para hoy y los demás los hemos ido esparciendo en cada una de nuestras salidas.

Puedo afirmar que Adrián no se ha encerrado en su casa ni se pasa el día mirando viejas fotografías de Diana envuelto en una manta y escuchando baladas francesas (todo el mundo sabe que los cantautores franceses son los mejores para estos casos). Sin embargo, tampoco puedo afirmar que esté viviendo de verdad. Le conozco desde hace poco, cierto, pero mi teoría es que Adrián está intentando obligarse a vivir, lo cual no es malo y sin duda es muy valiente; de hecho, creo que está convencido de que a base de fingir que está bien un día llegará a estarlo.

Hoy el taller y todos sus ocupantes estamos relucientes. Marcos y Paco no llevan sus monos de trabajo, se han puesto vaqueros y una camiseta con el Seat rosa estampado y una frase... ¿Qué demonios pone en las camisetas?

—¿Qué pone en las camisetas? —Me acerco a Marcos para leerla bien—: «Fuerte y resistente como una tigresa rosa».

—¿Te gusta? —Saca pecho, no sé si es para presumir o para que yo pueda leer toda la frase—. No he puesto *pantera*.

Me contagia su sonrisa.

—La verdad es que me encanta, Marcos. ¿También has hecho una para mí?

—Claro, tenemos todos y han sobrado unas cuantas. Están en el despacho, pero tú no te la pongas ahora. Estás guapísima con ese vestido.

—¿Estás practicando para cuando recuperes el piso?

—No —se ríe—, de verdad estás guapa.

—Gracias. Tú también.

—Ya me lo han dicho. —Me guiña un ojo—. Voy a ver si Paco lo tiene todo controlado.

En realidad, va en busca del otro hombre para que le tranquilice. Todos hemos hecho lo mismo en algún momento, porque sencillamente Paco transmite paz, pero le dejo fingir que ese no es el motivo.

Montar la subasta ha sido fácil después de lo que Salvador y yo aprendimos sobre el tema el mes pasado en Marbella; a este paso seremos expertos en organizarlas. En *Gea* se han ocupado de las cuestiones legales, obviamente, y pocos días después de que yo colgase la foto con el coche todo estuvo en marcha.

Cualquiera puede hacer donaciones, desde un euro hasta la cantidad que deseen. Todo lo recaudado irá directamente a la AECC y el coche pasará a ser propiedad de la persona que haya hecho la donación más alta. Igual que en el caso de los pasteles de Marbella, el coche no deja de ser algo simbólico, aunque viéndolo ahora mismo no me importaría quedármelo.

—Si quieres, podemos ir a dar una vuelta luego. Alguien tiene que comprobar que funciona de verdad. —Adrián me pilla desprevenida—. ¿Estás nerviosa?

—Un poco. Aunque no te lo creas, lo de Youtube no es lo mío. Yo soy más de esconderme detrás de la pantalla y no de ponerme delante.

—Nadie lo diría.

—Sí, bueno, ironías de la vida, supongo.

Hemos decidido retransmitir la última hora de la subasta por el canal de Youtube de *Los chicos del calendario*. Cuando digo *hemos* me refiero a que Sofía, Jan y Vanesa tuvieron la idea y me acorralaron. Salvador ha estado tan ocupado poniéndose al día desde que ha vuelto de Londres que no me atreví a molestarlo con esto y menos cuando no tiene ningún sentido que me afecte tanto. Llevo meses grabando vídeos cada dos por tres. Tal vez se deba a que todavía no le he contado lo de Rubén. Lo haré hoy sin falta, aunque confieso que es una conversación que preferiría no tener nunca. Ojalá pudiese hacer desaparecer mi pasado con Rubén chasqueando los dedos. Pero, como dice Adrián, el pasado siempre forma parte de nosotros.

Salvador llegará esta noche, tal vez llegue a tiempo de ver el momento estelar de la subasta o tal vez no, me dijo que no podía asegurármelo y la verdad es que casi prefiero que llegue cuando hayamos terminado, así *Los chicos* desaparecerán y podremos ser solo él y yo. Salvador y Candela. Quiero presentarle a Adrián, intuyo que se llevarán bien. He tenido que morderme la lengua más de veinte veces para no contarle al chico de este mes que Salvador tiene leucemia. Tal vez os parecerá egoísta y, sí, si lo hiciera estaría traicionando la confianza de Salvador, pero igual que me pasó con la señora de la

AECC creo que él me entendería y que podría ayudarme, que me haría compañía.

Desde Olimpo nos han mandado a un técnico, una chica muy agradable que enseguida ha congeniado con Marcos, y que ha instalado unos focos para que todo salga a la perfección. Se llama África y cada vez que la miro me parece de lo más incongruente, porque es rubia platino, tiene la piel casi transparente y los ojos azules. Tranquilos, no se lo he dicho.

—Cuando queráis, ya está todo listo. ¿Sabes lo que vas a decir, Cande?

—Más o menos.

La verdad es que voy a improvisar, a ser yo, como dice Abril. Ni queriendo podría ser otra persona.

—Y tú, Adrián, ¿ya sabes dónde vas a colocarte y qué tienes que hacer?

—Sí y desde hoy siento un profundo respeto por las azafatas de los salones del automóvil.

—Oh, vamos, y eso que tú puedes hacerlo con Converse y sin tener que hacer poses raras.

—Yo soy como tú, pero con coches, claro está.

—¿Como yo?

—Tú prefieres estar tras la pantalla y yo prefiero estar debajo de un coche y no enseñándolo, pero hoy los dos vamos a luchar contra nuestra timidez y nuestros miedos, y vamos a subastar este precioso coche rosa para recaudar un montón de dinero para el cáncer.

—Así se habla, muy bien dicho.

—Pues pongámonos en marcha antes de que empiece a sudar como un cerdo o a tartamudear.

—Puedo retocarte el maquillaje.

—Ni se te ocurra, aun no sé cómo me he dejado convencer para que me pongas estos polvos *transnosequé*.

—Traslúcidos; según Abril son lo mejor para no parecer una actriz porno de los ochenta. Se ve que siempre iban untadas en aceite Johnson.

—Esta amiga tuya, Abril, parece simpática.

—Lo es. Cuando visites Barcelona te la presento, porque me visitarás, ¿no?

—Diría que sí.

—Podemos empezar cuando queráis —nos interrumpe África.

Esperamos cinco minutos más; África comprueba la cámara y Adrián vuelve a inspeccionar el Seat, que sigue tan perfecto como la última vez que lo ha mirado. Yo vuelvo a dirigir los ojos hacia la puerta a la espera de que Salvador aparezca y, al no encontrarlo allí, saco el móvil del bolsillo para echarle un último vistazo antes de apagarlo. He recibido un mensaje; es de él avisándome de que llegará tarde, en el último tren.

Paso el pulgar por la pantalla, nuestra relación ha cambiado mucho estas últimas semanas. La conversación que mantuve con Víctor me creó algunas dudas, de nada serviría ocultarlo, pero he intentado ser objetiva y generosa conmigo y con Salvador; nos merecemos un poco de cancha y cuidar lo nuestro. Lo único que me incomoda es que aún no le he dicho lo del USB. He tenido tiempo, obviamente, hemos hablado cada día, pero no quería decírselo por teléfono. Hoy por fin nos veremos y podremos ponernos al día... entre otras cosas.

«Tranquilo. Estaré esperándote cuando llegues. Buen viaje 💋».

—Vamos, Cande, ya es la hora.

Sí, ya es la hora.

Empiezo yo, resumo lo que hemos hecho estos días y cómo la lié colgando esa foto en Instagram. Hablo de Diana, Adrián y yo hemos acordado que yo sacaré el tema y él continuará después, y lo hace en cuanto yo termino. Adrián pasea alrededor del coche enseñándolo a las personas que nos están viendo por el canal, intercala explicaciones del vehículo con anécdotas de él y su esposa y cuando termina... cuando termina incluso yo, que odio conducir, compraría el maldito coche rosa para ver si así se me contagiaba parte de esa historia de amor tan bonita.

Marcos y Paco nos salvan a los dos de ponernos a llorar allí mismo. Aparecen con dos *tablets* que África ha traído para la ocasión y se ponen a leer los comentarios y las pujas de nuestros seguidores. Hay muchísimas. Muchísimas. Es imposible que nosotros cuatro podamos decidir así en directo quién es el ganador de la subasta, conociéndome meteré la pata.

—Chicos, os quiero, en serio —me dirijo a la cámara—. Sois increíbles. Esto —señalo una *tablet* como si así pudiera explicarlo todo—, esto es... No tengo palabras. Ya hemos llegado a la hora límite de la subasta, a partir de ahora podéis seguir donando dinero a la AECC, pero ya no participaréis en la subasta de nuestra «tigresa rosa». —Paco, Marcos y Adrián me aplauden—. Revisaremos todas las pujas, en *Gea* se asegurarán de que no nos dejamos a nadie fuera, y anunciaremos el ganador mañana en Instagram. Sed buenos, chicos y chicas del calendario. Hasta mañana.

—Ha quedado genial —nos asegura África apagando la cámara. Sus movimientos me recuerdan a Abril y la echo de menos.

—Gracias, el directo se me da fatal —afirmo.

—A tus seguidores es lo que más les gusta. Durante la emisión hemos batido el récord de visitas del canal y la página oficial de *Los chicos del calendario* se ha caído dos veces. Ha sido un éxito.

—¿Me alegro?

África sonríe.

—Alégrate, *Gea* tiene cada vez más lectores y gracias a este proyecto está entrando por fin en el sagrado y peligroso reino de las nuevas tecnologías. —Ve que la miro raro—. Sí, sé que se supone que no debo hablar de esto, pero...

—Pero has aprendido con Abril y ella te ha enseñado así.

—Supongo. —Acaba de guardar sus cosas—. Estoy reventada; si no os importa, me largo hacia la estación. Llego a tiempo de pillar el último tren que va a Barcelona. Prefiero dormir en casa y no en un hotel.

—Claro. —Le tiendo la mano—. Ha sido un placer conocerte, África.

—Lo mismo digo, Cande.

Marcos se ofrece a acompañar a África a la estación, gesto que por supuesto no sorprende a nadie, y Paco se va del taller con su familia, que ha venido a ver su actuación. Adrián está acariciando el capó del coche cuando me hace una propuesta irrechazable.

—¿Vamos a dar una vuelta?

Nos montamos en la «tigresa rosa» conscientes de que somos unos afortunados; ella no nos pertenece y dentro de unos días desaparecerá por completo de Bujías y de nuestras vidas, pero gracias a ella hemos hecho algo bonito y el dinero que hemos recaudado será de ayuda para la AECC.

Adrián conduce hacia la playa, abandonamos las calles de la ciudad hasta llegar a una avenida y después el mar Mediterráneo aparece a nuestro lado. Es de noche, pero hay luna llena y las farolas iluminan levemente nuestro paseo.

—¿Diana te pidió alguna vez que la dejases?

Me he atrevido a hacerle esta pregunta por el entorno, porque estamos dentro de este coche en el que ella parece estar sentada en la parte de atrás, porque es la única pregunta que no he podido quitarme de la cabeza desde el día que le conocí.

—Una. Al principio. No le hice caso, me puse furioso. Muy furioso. Discutimos, fue una de nuestras peores discusiones. Entonces no pude entender lo que me estaba pidiendo ni por qué.

—¿Entonces?

—Más adelante, cuando la enfermedad empeoró, lo entendí. No la habría dejado de todos modos, jamás habría renunciado ni a un solo día de los que pasamos juntos, pero entendí por qué me lo había pedido. Diana me quería y tenía miedo de que, en mi cabeza, cuando ella se fuese, solo la recordase así, enferma.

—¿Y cómo la recuerdas?

—Las imágenes de ella enferma existen, pero no son las primeras que me vienen a la cabeza cuando pienso en ella. Ya no.

Asiento y volvemos a quedarnos en silencio, no puedo decir nada ante la emoción que brilla en los ojos de Adrián.

Volvemos al taller, Adrián aparca el coche con mucho cuidado y después de bajarnos lo tapamos con una funda que nos mandaron especialmente para ello desde Seat.

—Espero que la persona que vaya a quedarse con ella sepa apreciarla, es un gran coche.

—Lo es —afirma Adrián—. Te acompaño fuera —se ofrece, pero veo que está mirando la vieja fotografía que cuelga de la pared.

—No, no hace falta. Solo tengo que salir a la calle y entrar en el portal de al lado. Nos vemos mañana. Buenas noches.

—Buenas noches, Cande. Gracias por el día de hoy.

—No, gracias a ti.

Le abrazo y le doy un beso en la mejilla antes de salir. En la calle, cuando creo que voy a ponerme a llorar, veo a Salvador. Está cansado, va andando con la cabeza gacha como si estuviera pensando en algo y de su hombro izquierdo cuelga su bolsa de viaje negra.

Levanta la cabeza justo entonces y al mirarme sonríe y acelera el paso.

—Hola, Candela.

Se detiene ante mí y con la mano derecha me acaricia el rostro.

—Hola, Salvador.

Él baja la cabeza y me besa.

34

Tal vez debería entrar en Bujías y presentarle Adrián a Salvador, pero eso podemos hacerlo mañana. Ahora mismo hay otras cosas que necesito, que necesitamos, con más urgencia.

Abro el portal y subimos la escalera sin soltarnos de la mano y en silencio. Él sigue concentrado, hay una arruga en su frente que no ha desaparecido tras el beso, y yo también estoy pensativa. La conversación con Adrián me ha obligado a plantearme cosas que hasta ahora he conseguido negarme: ¿y si Salvador no se cura nunca y si su enfermedad reaparece en el futuro y empeora? Sin darme cuenta le aprieto los dedos.

—Eh, cariño —él se detiene—, ¿sucede algo?

No puedo decirle que estoy pensando en que puede morirse. No puedo.

—No, nada. Estoy muy contenta de verte. Te he echado de menos.

—Yo también a ti.

Sonrío y le suelto para buscar la llave y abrir la puerta del apartamento. Entramos y cuando le veo aquí de pie, con la camisa con un botón del cuello desabrochado, un poco de barba y ese mechón de pelo negro cayéndole en la frente, pierdo... Lo pierdo todo y solo existe él y la necesidad que siento de desnudarle, tocarle, meterme bajo su piel.

Me lanzo encima de Salvador sin ninguna delicadeza, sentiría vergüenza si él no hubiese reaccionado gimiendo y levantándome del suelo con las manos en mi trasero.

—Joder, Candela, te necesito.

—Yo a ti más —confieso antes de morderle el labio y después besarle frenéticamente. Es verdad. Necesito sentirlo dentro de mí, notar de la manera más básica que estamos juntos, que él está conmigo y que voy a tenerle siempre.

—He visto el vídeo —me explica cuando me apoya contra la puerta—, aunque los túneles me cortaban la cobertura de vez en cuando. Estabas preciosa. Eres preciosa, Candela. ¿Pero sabes lo que pensaba mientras te veía?

Mete la mano bajo la falda del vestido y la sube hasta llegar a la ropa interior.

—¿Qué pensabas?

—En todo lo que iba a hacerte cuando llegase. En todo lo que quiero y necesito hacerte. No puedo controlarlo. Es superior a mí, a todo.

—A mí me sucede lo mismo, Salvador.

Él me besa entonces y siento como si con los labios se estuviera disculpando por la rudeza con la que me está bajando las bragas. Quiero decirle que no hace falta, yo le estoy desabrochando el cinturón del pantalón con la misma desesperación, pero los dos hemos perdido la capacidad de hablar.

—Sí, tócame. Por favor —me pide entre dientes cuando por fin logro soltar el botón y bajarle la cremallera.

—Salvador... quiero... Hazme el amor.

Él me besa, noto los dientes en los labios y después en mi cuello cuando entra en mi interior. Nos quedamos sin respirar un segundo y él empieza a moverse despacio, lentamente, controlando cada uno de sus movimientos.

Va a volverme loca.

—No —farfulla— no puedo... Necesito estar más adentro. Lo necesito.

No entiendo lo que dice, mi cerebro ha dejado de funcionar y lo único que soy capaz de procesar es que tendríamos que habernos desnudado y que nada puede compararse a lo que nos pasa cuando estamos juntos.

—Salvador.

Le acaricio el pelo y le beso. Él nos aparta de la pared y camina conmigo en brazos, sujetándome por las nalgas y sin salir de mí, hasta la mesa, donde me deposita con cuidado y me separa las piernas.

—Joder, sí —gime antes de besarme otra vez—. Necesito sentirlo todo, Candela. Contigo lo necesito todo.

Me echa hacia atrás hasta que mi espalda toca la madera y entonces me afloja los botones del vestido y me acaricia los pechos. Yo levanto las piernas, las entrecruzo en su cintura y todo, absolutamente todo, desaparece y solo quedamos él y yo. Salvador y Candela, y este amor y deseo que nos une sin remedio.

Al terminar nos miramos a los ojos. Después del sexo, de la pasión con la que nos hemos entregado el uno al otro, él se agacha y me besa con ternura y acaba de quitarme el vestido. Puedo sentirlo dentro de mí, no tardará en apartarse, pero estos besos... Esta intimidad nos eriza la piel a los dos y vuelve a acelerarnos el pulso.

Nos separamos con cuidado, conscientes de que tenemos que hacerlo, y nos desnudamos mirándonos a los ojos y en silencio. Los dos parecemos habernos quedado sin palabras. Desnudo, Salvador camina hacia mí y vuelve a besarme. Esta vez despacio, lentamente, acariciando cada centímetro de piel. Nos tumbamos en la cama, no tardamos en volver a perder la razón, pero esta vez nos esforzamos en ir despacio, en atesorar cada mirada, cada segundo y cuando él vuelve a mi cuerpo se detiene, me mira y susurra mi nombre y me roba el corazón.

—Te quiero, Candela.

Horas más tarde me despierto en sus brazos y él me está acariciando el pelo.

—Tengo que contarte algo —habla con la voz ronca—. Es importante.

Me incorporo al instante muy asustada.

—¿Han llegado los análisis? ¿Algo ha salido mal?

Él me acaricia el rostro y tira de mí para besarme.

—Dímelo, Salvador.

—No, no han llegado más análisis. En este sentido, todo sigue su curso. Es mi padre.

—¿Tu padre?

No, no puede ser. Maldita sea.

—Sí, mi padre. Hoy ha venido a verme.

—¿Qué quería? —Vuelvo a tumbarme encima de él. Quiero que me abrace y tengo miedo de lo que veré en sus ojos si lo que me está contando va por el camino que creo.

—Que renuncie a Olimpo. Joder. No sé cómo decirte esto, Candela. Mi padre...

Se le acelera el corazón; no puedo soportar verle así.

—Lo sé, tiene el vídeo de Rubén.

Noto el instante exacto en que Salvador se tensa y se gira hacia mí, incapaz de entender lo que acaba de salir de mis labios.

35

—¿Qué has dicho? Repítemelo.

Trago saliva. ¿Por qué? ¿Por qué nos está pasando esto? ¿Por qué he sido tan idiota de nuevo?

—Rubén vino a verme aquí el día que llegué. Nos encontramos en un bar de la estación y me contó lo del vídeo y de tu padre. —Salvador sale de la cama y ni siquiera le importa discutir desnudo de lo enfadado que está. Yo me cubro con la sábana y sigo con el relato con voz de autómata—. Me dio un USB.

—¿Dónde está?

—Ahí —señalo la bolsa de mi ordenador portátil y Salvador se acerca y la abre. Sujeta el USB entre dos dedos y lo mira durante unos segundos, como si pudiera hacerlo desaparecer solo a base de desearlo.

—¿Lo has abierto?

—Sí. —Tengo la garganta seca y los pulmones me golpean las costillas—. ¿Y tú?

Que no lo haya visto, que no lo haya visto, que no lo haya visto. Por favor.

—No. Mi padre se conformó con enseñarme una foto.

Cierro los ojos y una lágrima se escapa del derecho. Supongo que tengo que conformarme con esto.

—Rubén está en Londres, me dijo que me avisaría si...

—¿Por qué no me lo dijiste, Candela? —Aprieta el *pendrive* tan fuerte que temo que lo rompa y se corte. Si fuera tan fácil hacer desaparecer nuestros problemas, lo habría roto yo misma hace días, pero sé que no es así—. ¿Por qué?

—Yo... no lo sé

—Oh, sí que lo sabes, Candela. Lo sabes perfectamente y quiero que me lo digas. Me niego a creer que, después de lo que hemos pasado, después de lo que has insistido siempre en que yo te ocultaba la verdad sobre mí, no sepas por qué no me has dicho esto.

Tiene razón.

—No quería que te preocupases. Acabas de volver de Londres, todavía tienes que seguir con el tratamiento y...

—No utilices mi enfermedad como excusa. Me dijiste que no estás conmigo por lástima y te creí. Joder, Candela, ¡te creí! Así que no empieces ahora a demostrarme lo contrario. ¿Me ocultaste lo del vídeo y la visita de Rubén para protegerme porque estoy enfermo? ¿Sí o no, Candela?

—No lo hice porque estás enfermo. No te veo de esa manera y... no me lo callé por nada de eso. Cuando pienso en ti... Yo solo quería esperar a verte.

Él no me cree, le tiembla el músculo de la mandíbula y aprieta el USB de nuevo antes de soltarlo y dejarlo encima de la bolsa de nuevo. Se agacha y se pone los calzoncillos. Pasea en silencio durante unos segundos, en otras circunstancias saldría de la cama y correría a abrazarle, pero presiento que ahora mismo no es ni lo que él ni yo necesitamos.

—Mi padre me ha dado una semana de margen para decidirme. No hará nada hasta entonces, así que disponemos de estos siete días para pensar algo, pero, joder, Candela, mírame.

—Te estoy mirando.

—No vuelvas a tratarme como a un desvalido, no lo soy. No lo soy. Tú no tienes que protegerme de nada.

—¿Y tú a mí sí?

—Es distinto.

—No, no lo es. ¡Joder! —Abre los ojos y me mira sorprendido—. ¿Qué pasa, solo puedes hablar mal tú? Me preocupo por ti y metí la pata, ¿vale? Lo siento. Iba a decírtelo, no tenía intención de ocultártelo eternamente. Solo quería buscar el momento adecuado.

—¿El momento adecuado? El momento adecuado habría sido el día que Rubén te lo dio, justo cuando ese imbécil desapareció de tu vista, Candela. Así mi padre no me habría pillado por sorpresa y habría podido prepararme antes, anticiparme a su jodido ataque y haberle plantado cara hoy mismo. En vez de eso, he tenido que morderme la lengua y tragarme la bilis mientras él sonreía satisfecho y me enseñaba una fotografía tuya con otro hombre. Joder, Candela, ¡con otro tío!

—Fue antes de conocerte y lo sabes.

—Ya bueno, no soy del todo racional con esto, es más que evidente, ¿no crees?

—Pues claro que es más que evidente y por eso quería esperar al momento adecuado.

—¿Y cuándo habría llegado ese momento tan perfecto? Dímelo.

—No lo sé, ¿vale? Tal vez dentro de cuarenta o sesenta años. No lo sé.

—No quiero discutir contigo, Candela, pero no puedo negar que me has hecho daño y que no soporto la idea de que mi padre tenga ese jodido vídeo tuyo con Rubén. No lo soporto. Y lo peor de todo es que ni siquiera puedo estar seguro de que no haya más.

—¿Más vídeos? —Tengo náuseas—. Rubén me juró que no había ninguno más.

—No me refiero a Rubén. —Vuelve a caminar hasta su bolsa de viaje negra y saca una fotografía que deja a mi lado antes de apartarse como si tuviera miedo de que fuese a tocarlo.

Ha caído del revés y me tiemblan los dedos cuando le doy la vuelta. No puede ser. Dios, es imposible. Cierro los ojos, pero cuando vuelvo a abrirlos la imagen de Víctor besándome en ese hotel de Barcelona el día de Sant Jordi sigue aquí mirándome.

—Esa noche... —trago saliva— te vi con esa rubia y pensé...

Dejo caer la fotografía de nuevo en la cama; no puedo seguir mirándola.

—Es de la noche de Sant Jordi y sé que aquel día te hice mucho daño y me comporté como un imbécil. —Por fin se da media vuelta y me mira—. Sé que no tengo derecho a enfadarme por nada de lo que sucediera entonces. Lo sé. Pero, joder, Candela. No puedo. Quiero decirte que entiendo que besaras a Pastor, pero la verdad es que no es así. Y tener que verlo, cuando mi padre me dio estas jodidas fotografías...

Deja la frase sin terminar y vuelve a alejarse de mí. Camina hasta la ventana, yo le doy la vuelta a la fotografía y me seco una lágrima. No me siento culpable de lo que pasó aquel día y me duele la reacción de Salvador por mucho que intente entenderlo. Pasan unos minutos y él sigue ahí, parece frío, inalcanzable. Todas esas cosas que pensaba de él en enero y que ahora soporto. Quiero recuperar al verdadero Salvador, al que me ha dicho que me quería en esta cama hace un rato.

—Tú y yo no tenemos una historia cualquiera, Salvador, y lamento haberte hecho daño, pero te quiero.

Él respira profundamente y se da la vuelta.

—Yo también te quiero, Candela.

Confesar nuestros sentimientos nos ha hecho recordar lo que de verdad importa y él camina hacia mí y se sienta en la cama a mi lado. Yo por fin respiro un poco mejor. Le acaricio el hombro y mis ojos se detienen en los tatuajes de su espalda.

—No llegaste a contarme qué significan todos estos números. Solo me hablaste de la primera línea.

Salvador suelta el aliento.

—Son coordenadas, todos son coordenadas. —Levanta una mano y atrapa la mía para besarla—. Tenemos que pensar algo, Candela. Al menos nadie más sabe de la existencia del vídeo. —Él nota el instante exacto en que se me detiene el pulso—. ¿Candela? —Gira el rostro hacia mí—. ¿Quién más sabe que existe este vídeo? ¿Quién más?

Se levanta de la cama y me mira; el pecho desnudo le sube y baja pesadamente, como si a él también le costase respirar.

—Víctor.

—¿Víctor Pastor sabe que existe el vídeo? ¡¿Víctor?! —Nunca había visto el dolor reflejado de esta manera tan cruel en el rostro de

Salvador. Se agacha, quizá para ocultarme lo que está sintiendo, y empieza a vestirse—. El mismo tío, el jodido tío que te besa en esa jodida fotografía que me está torturando desde que la vi. El mismo tío, claro, por supuesto. ¿Desde cuándo?

—Desde hace unos días.

Se incorpora de golpe.

—Pastor sabe desde hace unos días que existe el vídeo y yo he tenido que enterarme por mi padre porque me ha enseñado una jodida foto, ¡fabuloso!

—No es lo que estás insinuando, Salvador. —Me levanto de la cama envuelta en la sábana—. Deja que te lo explique.

—Oh, no hace falta. Lo he entendido a la primera. A mí no me lo has contado porque esperabas un jodido momento perfecto que solo existe en tu maldita y sobreestimulada imaginación.

—Eh, no hace falta que te pongas así. Si me dejas hablar...

—No, no quiero escuchar nada más, Candela. No puedo. Tengo que irme de aquí.

—¿Irte?

—Sí, irme. No puedo estar aquí ni un segundo más.

—¿Por qué?

—Me has mentido, Candela. Vale, llámalo como quieras, me has ocultado la verdad y a Pastor se lo has dicho. Él también se acostó contigo, ahora tengo una mierda de foto que me lo recordará cada día por si me quedaba alguna duda. —Aprieta los cordones de los zapatos como si fuera a partirlos por la mitad—. Y a él no has tenido que protegerle. Pero a mí, a mí, al hombre que se supone que es tu pareja, tu novio, tu jodido chico del calendario o de las estrellas, me has ocultado la verdad porque, según tú, tienes que protegerme. ¡Vete a la mierda! ¿Tú sabes lo que he hecho por ti?

—Salvador, entiendo que te duela que se lo haya dicho a Víctor, pero no es lo que te imaginas. Él...

—¡No quiero saber nada de él! —Se pone en pie y se cuelga la bolsa negra del hombro—. Ahora mismo no puedo lidiar con esto. Será que tienes razón y soy débil.

—¡No eres débil! Eres testarudo y demasiado celoso, y crees que puedes con todo tú solo, pero no eres débil. ¡Escúchame un momento!

—Mañana me esperan en Londres; tengo que seguir con el tratamiento.

—Puedo acompañarte.

—Es curioso, es exactamente lo que iba a pedirte, pero ahora prefiero ir solo.

—¿Qué estás diciendo, Salvador?

—Tengo que seguir con el tratamiento y tengo que seguir ocultándole a mi padre mi enfermedad, porque no puedo permitir que tenga más munición contra mí. Tú no sabes lo que he tenido que hacer a lo largo de los años para proteger Olimpo de mi padre, para defender la voluntad de mi abuelo. Sobreviví a la leucemia y Olimpo, el recuerdo de mi abuelo, era todo lo que me quedaba. Mi motivo para vivir. Por eso me hice mi primer tatuaje. Y después llegaste tú y lo cambiaste todo. —Se acerca a mí—. Y ahora esto, después de todo lo que hemos pasado, después de todos los secretos que precisamente *tú* me has echado en cara... ¡Me has ocultado lo del vídeo y Pastor lo sabe! Tal vez deberías de haberlo elegido a él.

—No lo dices en serio.

—Tengo que irme. Estaré en Londres un par de días, lo justo para que pueda someterme a esta última sesión.

—¿Y después?

—No lo sé. Te llamaré en cuanto pueda hablar de nosotros, ahora mismo lo único que siento es... Joder, no sé lo que siento. Te quiero, pero me has puesto del revés, Candela. Creía que tú no podías hacerme daño y me lo has hecho. No digo que no me lo tenga merecido, pero...

—No lo he hecho por eso, no te he ocultado lo del maldito vídeo porque quisiera vengarme de ti ni nada por el estilo. Ha sido un error, Salvador, un estúpido error. No saques las cosas de quicio, por favor. No nos hagas esto. Ahora no. Pase lo que pase, por muchas fotos o vídeos que existan con Víctor —Dios, que no haya ninguno— yo te quiero a ti. ¡Te quiero!

—Lo siento. No sé qué otra cosa hacer. Antes de ti, cuando me sucedía algo así, como lo que ha hecho hoy mi padre, salía a escalar una montaña sin protección. No buscaba la muerte, a pesar de lo que cree mi hermano; buscaba sentir algo que no fuese miedo. Tengo que irme, Candela. Tengo que hacerlo. Te llamaré cuando vuelva de Londres y haya decidido qué voy a decirle a mi padre.

—No puedes perder Olimpo por mí. Deja que publique el vídeo donde le dé la gana.

—Nunca he cedido a los chantajes de mi padre y no voy a empezar a hacerlo ahora. Tengo que pensar. Encontraré algo, lo que sea, pero no dejaré que nadie más vea ese vídeo ni la fotografía con Pastor.

—Tal vez sería lo mejor. Puedo hablar con Rubén y con Víctor, ninguno de ellos se opondrá. —Espero—. Y tú y yo encontraremos la manera de demostrar que tu padre está jugando sucio y echarle de tu vida para siempre. Deja este ataque de celos y escúchame, Salvador.

No me escucha, me recorre con la mirada y no sé cómo interpretar lo que veo en la suya, y sin hacer nada, sin besarme, sin decir nada más, camina hasta la puerta.

—¿Y nosotros? ¿Qué pasa con nosotros? Sé que has dicho que tienes que irte a Londres para seguir con tu tratamiento y que vas a llamarme cuando tomes una decisión respecto a tu padre, pero te conozco, Salvador. Te conozco —repito siguiéndole— y te estás alejando otra vez de mí.

—No sé qué pasará con nosotros. Le contaste a Pastor lo del vídeo y a mí no.

—¡Pero no por el motivo que crees!

Creo que él quiere acercarse a mí, besarme, meterse en la cama conmigo y fingir que nada de esto ha sucedido. Yo quiero lo mismo. Pero le veo levantar los muros que le protegían en enero, uno tras otro, hasta que su mirada queda completamente oculta.

—Lo siento, Candela. Tengo que irme.

—Cuéntame qué significan los otros tatuajes.

Traga saliva, la nuez le sube y baja lentamente.

—Adiós, Candela. Te llamaré, es lo único que puedo decirte ahora. Eso y que, si has podido hacerme tanto daño, es porque te quiero. Pero tengo que irme.

No sé si lo repite para sí mismo y porque quiere dejarme claro que no existe otra opción. Me quedo donde estoy durante unos minutos, observando la puerta por la que él ha desaparecido. Es increíble que hace unas horas hayamos hecho el amor apoyados en ella y que ahora me duela mirarla. Me doy permiso para llorar un poco, no demasiado, porque en realidad lo que estoy es muy cabreada.

Muchísimo.

Salvador no me ha dejado hablar, vale, la he cagado, lo de ocultarle lo del vídeo no ha sido una de mis mejores ideas, pero se equivoca al creer que se lo he contado a Víctor porque confío más en él. Conozco a Salvador.

Un momento. ¡Conozco a Salvador!

¡Será idiota! Os juro que un día de estos le atizaré de verdad si no deja de comportarse como un maldito héroe. No me hace falta un héroe, le quiero a él y quiero que él confíe en mí. Vale, tal vez este no sea el mejor momento para quejarme de esto, pero él tendría que haberme escuchado y no tendría que haberse dejado cegar por los celos hacia Víctor. Si soy sincera, no sé cómo reaccionaría yo si ahora viese una fotografía de Salvador besándose con esa Barbie rubia en la fiesta de Sant Jordi, seguro que también perdería la capacidad de razonar, ¡pero habría dejado que se explicase! Y Salvador ha sabido desde el principio lo que ha pasado con Víctor.

Claro que una cosa es saberlo y otra que su padre se lo restriegue por las narices con una fotografía de veinte por treinta centímetros.

Si Salvador se ha ido de esta manera es porque, además de enfadado, que no dudo que lo está, trata de protegerme de algo. Se supone que ahora los dos tendríamos que ser lo bastante listos y sinceros el uno con el otro para decirnos la verdad y luchar juntos en vez de en lados opuestos. Aunque esta vez tengo que reconocer que es culpa mía que estemos en esta situación.

Voy a solucionarlo.

Él no me ha mentido en lo del tratamiento, eso no lo pongo en duda. Aprovecharé estos días que estará en Londres para poner en marcha mi plan.

Lo primero es llamar al chico del mes que viene, menos mal que me puse las pilas con lo de elegir a los chicos de los dos meses que faltan y este problema ya lo tengo solucionado.

Lo segundo es encontrar algo con lo que negociar con el señor Barver. Él tiene mi vídeo, genial, y fotografías con Víctor, maravilloso, pues yo voy a tener algo igual de peligroso. Sé que es muy peliculero lo que estoy diciendo, pero estoy desnuda, envuelta en una sábana, después de lo que podría calificarse como «el polvo del siglo» con el chico que quiero y él se ha largado en plan mártir, así que si hay algún momento que justifique ponerse en plan Escarlata O'Hara, es este.

Paseo de un lado al otro con mi sábana. Tiene que haber algo. Joder. Llevo casi diez meses en *Los chicos del calendario*, por no mencionar todo el tiempo que llevo trabajando en Olimpo; tengo que haber oído algo, leído algo que pueda darme una pista sobre Barver padre.

Me golpeo el dedo pequeño del pie con la pata de la cama y el dolor me hace reaccionar. Lo tengo. Más o menos. En septiembre, cuando ayudamos a Ben, encontramos toda esa información sobre esa empresa fantasma que Barver y su amigote tenían en Estados Unidos. Es un tiro a ciegas, lo sé, pero estoy dispuesta a arriesgarme.

Voy a confiar de una vez por todas en mi instinto.

Busco el móvil por el interior del bolso, estoy tan nerviosa que acabo vaciándolo encima de la cama. Marco el número y espero.

Tiene que contestar.

Tiene que contestar.

—¿Cande?

—¡Víctor! ¿Aún estás aquí, en España?

—Sí, mi vuelo no sale hasta mañana por la tarde.

—Pues me voy contigo.

ECOSISTEMA DIGITAL

NUESTRO PUNTO DE ENCUENTRO

www.edicionesurano.com

2 AMABOOK
Disfruta de tu rincón de lectura
y accede a todas nuestras **novedades**
en modo compra.
www.amabook.com

3 SUSCRIBOOKS
El límite lo pones tú,
lectura sin freno,
en modo suscripción.
www.suscribooks.com

DISFRUTA DE 1 MES
DE LECTURA GRATIS

1 REDES SOCIALES:
Amplio abanico
de redes para que
participes activamente.

4 APPS Y DESCARGAS
Apps que te
permitirán leer e
interactuar con
otros lectores.

 | iOS